法醫追凶
Last name

最後一個名字

戴西 著

「她不止一次提到過章法醫，說要是妳在身邊就好了。」

一位來自隔壁分局的同仁找到她，請求協助破案，並出示了一張照片，上面儼然是她與多年好友王隊長的合照，而那位同仁竟說：「這是她的遺物……」

找出真相才能送好友「回家」，
法醫從業者的半寫實懸疑小說

目錄

故事一　襲警謀殺案

楔子 …………………………………………… 006

第一章　特殊的傷疤 ………………………… 010

第二章　刺激的實驗 ………………………… 014

第三章　第八個 ……………………………… 024

第四章　有人沒說實話 ……………………… 035

第五章　一屍兩命 …………………………… 048

第六章　證據鏈閉環 ………………………… 064

第七章　特殊的晚餐 ………………………… 078

第八章　名單上的最後一個名字 …………… 093

故事二　疼痛無聲

楔子 …………………………………………… 102

第一章　潘朵拉魔盒 ………………………… 106

第二章　牙仙 ………………………………… 119

第三章　陳年舊案 …………………………… 132

第四章　觸電 ………………………………… 143

第五章　義務警察 …………………………… 154

目錄

第六章　年輕女屍 …………………… 171

第七章　便宜她了 …………………… 191

第八章　西洋骨牌 …………………… 207

第九章　DNA ………………………… 223

第十章　殺人犯的兒子 ……………… 242

第十一章　自律神經障礙 …………… 257

第十二章　凶手另有其人 …………… 277

第十三章　活成了你的樣子 ………… 294

第十四章　MAOA 基因 ……………… 310

第十五章　基因療法 ………………… 326

故事一
襲警謀殺案

人的一生中都會有一個終生難忘的第一次。

故事一　襲警謀殺案

楔子

下雪了。

他踮起腳尖放下厚厚的窗簾，仔細地遮擋住所有能夠透露出光線的縫隙。

淡黃色的燈光下，房間裡靜悄悄的。一張床，一個書櫃，書桌旁的靠背椅上掛著的是他的帆布書包。

屋子裡很暖和，甚至感覺有些悶熱，但是牠卻在不停地發抖。

牠的情況並不是很好，已經在鋪著厚毛毯的紙板箱裡躺了差不多三天了，仍然不吃不喝，一點起色都沒有。對此，他能做的就是盡量不去觸碰牠的身體，因為還沒有到時候，牠就必須活著。

發現牠的地方是院子裡的籬笆牆後面，那裡幾乎沒有人會去，長滿了齊膝深的雜草，還有很多垃圾。牠狼狽不堪地躲在裡面已經有好些日子了，因為重病而變得非常虛弱。

牠的病來自肺部，所以時不時會微弱地咳嗽和喘息，更多的時間是在沉沉酣睡中度過的，但是只要醒過來，牠就會晃晃尾巴向靠近自己的人類表示謝意。

儘管他什麼都不給牠吃，飢腸轆轆的牠還是會那麼做。

牠是一隻聽話的流浪狗，依稀能看出牠的毛本來是白色的。

牠隨時都可能死去。

楔子

　　漸漸地，牠已經感覺不到飢餓了，意識也變得模糊起來，只有縮成一團的小小身軀在不斷地上下起伏著，幅度不大，那是牠在呼吸，節奏越來越急促。儘管如此，牠卻依舊努力抬起頭，晃著禿尾巴，想再好好看看這個救了自己的少年，因為牠知道自己活不久了。

　　牠卻沒有能夠看清楚那個少年，而是被眼前那道逼人的寒光晃得頭暈，這是牠一輩子中最後的記憶。

　　「噗——」

　　位置恰到好處，手起刀落，小小的腦袋便滾落在了一旁，剩下的四肢無力地抽搐著，伴隨著脖頸處汩汩而出的鮮血，牠很快便不再動彈。一股濃烈的鐵鏽味瀰漫開來。

　　他用手背擦了擦濺到嘴角的血，然後左手抓起血淋淋的狗頭就著燈光細細觀賞，由於亢奮，他雙眼放光，渾身止不住地顫抖。

　　原來自己手中的刀可以打磨得這麼快！

＊　＊　＊

　　雪後初晴的早晨，寒意襲人，空蕩的社區裡靜悄悄的。

　　7點剛過，非常準時，住在對門三樓的女孩便穿著粉紅色的制服背著書包慢吞吞地開門走下樓，向不遠處的社區腳踏車庫走去。每天這個時候離開家去上學已經成了她上國中以後的固定規律。

　　今天是她的生日。

　　天還沒亮的時候，他就把自己精心包裝好的禮物小心翼翼地掛在了車庫中那輛粉紅色的腳踏車把手上。本來是準備挑粉紅色的包裝紙的，因為這是她最喜歡的顏色，但是狗血迅速滲透的效果是他沒有預料到的，所

007

故事一　襲警謀殺案

　　以，最終他還是選擇了和鮮血一樣的深紅色包裝紙。

　　做好這一切後，他就躲在車庫廢棄的雜物間裡，坐在冰涼的水泥地板上。他捨不得離開，因為他想親眼看一看自己心愛的女孩收到這份特殊禮物時的激動場面。

　　哪怕只是用耳朵去聽。為了這一刻，他曾經設想了無數種可能。

　　腳步聲逐漸接近，在冬日安靜的早晨聽起來顯得格外清晰，而他的心也在隨之跳動，節奏幾乎融為一體。他太激動了，乾脆不再去刻意掩飾自己嘴角不自覺的笑容。

　　開鎖的聲音，挪動車子的聲音，感覺過去的每一秒都是那麼緩慢，讓他等得心焦，也惴惴不安。終於，沉重的金屬撞擊聲停止了，接著便是撕開紙盒的聲音。

　　時間並沒有被凝固，慘叫聲是在九秒鐘後陡然響起的，這比他想像的要遲了幾秒，看來她是被嚇傻了吧。

　　車庫裡瞬間變得熱鬧多了，驚恐的號哭聲伴隨著車輛傾倒重重撞擊水泥地面的聲音接二連三響起，坐在雜物間水泥地上的他無聲地笑了。

　　最終，女孩跌跌撞撞地跑出了腳踏車庫，撕心裂肺的號哭聲逐漸遠去。

　　他又感到無聊了。

　　耳畔再次恢復平靜後沒多久，他便站起身推開雜物間的門，抬頭的那一刻，他愣住了——自己的面前竟然站著一個人，那是他的同學阿明，戴著滑雪帽，穿著厚厚的羽絨服，書包斜挎在肩頭，憤怒的目光像錐子一般地緊盯著他，就像是在看一個噁心的怪物。

　　「阿明，你在等我去上學嗎？」他笑嘻嘻地問道。

楔子

　　話音未落，一拳狠狠地砸在了他的鼻梁骨上，猝不及防。血，瞬間洶湧而出。

　　「你這混蛋！」

　　阿明丟掉書包，猛地撲了上來⋯⋯

故事一　襲警謀殺案

第一章　特殊的傷疤

（現在）

深秋了，早晨的氣溫已經開始接近個位數，空氣中明顯感覺到了絲絲涼意，梧桐樹的落葉鋪滿了狹窄的林蔭道，抬頭看去，天空碧藍，陽光也變得不再像夏天那麼刺眼。

正要走進警局的時候，章桐的耳畔傳來一個陌生男人的聲音：「請問，妳是章桐章法醫嗎？」

眼前的年輕人聽口音就不是本地人，身材高大，皮膚略顯黝黑，上身穿著皺巴巴的灰色外套，腳上是一雙沾滿了灰塵的旅遊鞋，旁邊地上放著一個灰色旅行袋，空空蕩蕩的。

「是我，你是哪位？找我有什麼事嗎？」章桐問。

「我是雙龍峪分局的警員，我叫方明，我想請妳幫我一個忙。」說著，方明掏出了自己的工作證件。

「雙龍峪？」章桐對這個地名感到有些陌生。

方明有些尷尬，他清了清嗓子：「章法醫，我們那裡的位置比較偏，屬於鄉下的一個小城，坐火車一個半小時就能到。」

章桐這才恍然大悟：「我懂了，那個地方，上次聽童隊他們在會議上提到過。」

「對，對，對！」方明激動地連連點頭，「那次是抓一個在逃犯，我也

第一章　特殊的傷疤

去現場支援了。」

「那你這次是來玩的？」章桐伸手指了指地上的小行李袋。

方明有些哭笑不得，他趕緊擺手搖頭：「章法醫，別誤會，我來是想請妳幫忙調查一個案子。」

「案子？走正常程序上報就可以。」章桐更不明白了，「而且我是法醫，只提供證據不查案。」

「不，不，不，章法醫，妳聽我說，」方明臉上的笑容消失了，目光中竟然有了些許懇求，「這個案子很特別，也只有妳才能夠幫我了。」

「這裡法醫有很多個，為什麼是我？」

方明沒有直接回答這個問題，他從錢包裡摸出了一張相片遞給章桐，相片中是兩位年輕的女警察。

章桐很驚訝：「你怎麼會有這張相片？」

「收拾遺物的時候，在她的床頭櫃裡發現的。」方明的嗓音有些沙啞，「我打聽了一下妳的單位，然後就直接找過來了。章法醫，對不起，打擾妳了。」

片刻沉默過後，章桐驚愕地看著方明，聲音不自覺地抬高：「遺物？她出事了？」

＊　＊　＊

方明默默地伸手從外套內襯口袋裡抽出一個牛皮紙信封，遞給章桐：「這是她的屍體照片。」

辦公室裡安靜得可怕。章桐探身接過信封，撕開，然後在辦公桌上倒出裡面裝著的所有相片。

故事一　襲警謀殺案

　　雖然都是已經被定格的影像畫面，她的心卻隨之一沉。相片中的屍體面目全非，但是章桐一眼就認出了其中一張上小腹部那長約 10 公分的三角形疤痕。

　　記憶中那是個特殊的命案現場，遠離都市的一個偏遠山區，自己是當值法醫，因為沒徹底清場，潛藏的凶手突然發動致命的襲擊，如果不是王亞楠替自己擋了一刀，那後果就不堪設想了。當時因為來不及等救護車趕到，生死關頭章桐便只能臨時用自己工具箱中的探針來替她清創並縫合小腹部的傷口止血，這才留下了這麼一個特殊的疤痕。

　　「完了完了，這傷疤這麼醜，沒有男人會娶我了。」王亞楠恢復後在醫院鏡子裡看著自己小腹部的疤痕，愁眉苦臉地抱怨。

　　「能活著就不錯了，再說哪裡醜了，多別緻的勳章啊！」

　　畢竟一起工作了五年，往事歷歷在目，她的淚水順著眼角滾落下來。

　　「方明，和我說說這個案子吧。」章桐臉上有撫不去的悲傷，「王亞楠警官是怎麼死的？」

　　「好的。」方明的眼神逐漸黯淡了下去，「事情挺複雜的，我就從最初那一次開始說起吧。14 年前，大年三十的晚上，城關有一個大型演出，雙龍峪分局全員在職值班，負責演出的治安工作。那時候，我還在警校，現場缺乏人手，所以我們也就被臨時抽調去了現場執勤。由於現場處理經驗不足，我跟著一個當地的老警員工作。老警員人不錯，大家都叫他龍叔，他雖然才 50 多歲，但是頭髮全白了。換班休息的時候我們聊天，他跟我提起了他的孫女兒，說好久都沒見過她了，怪想她的。我們兩人一個組，要巡邏十次，每次二十分鐘，中間休息五分鐘，那五分鐘時間過得飛快。有時候連喝杯茶的工夫都沒有。」說到這裡，方明苦笑，「不過我很興奮，

第一章　特殊的傷疤

畢竟這是離開校園的第一次外出執勤，看什麼都是新奇的。當時演出會場人很多，也很擁擠。接近午夜零點時會有一個特殊的節目，章法醫，不知道妳有沒有聽說過『彩色賽跑』，就是主辦方噴灑彩色的玉米粉，現場會比較雜亂，玉米粉是易燃物，密度高，一旦有明火就會出事故。所以，雖然我們事先對主辦方三令五申，那天晚上的現場卻還是出了事，八個人因為燒傷而被送醫院急救。我也被調往了醫院負責跟進。一直忙到凌晨5點多才回單位集合，也就是那時候我才知道龍叔失蹤了。」

章桐一皺眉：「失蹤？」

方明點點頭：「是的，失蹤，直到半個月後的元宵節，我們才在郊外的金馬湖裡發現了龍叔的屍體。」

「是不是意外失足導致的墜湖溺水身亡？」

「不，他殺！」方明嚴肅地說道。

「死因是什麼？」章桐的心一緊。

「顱腦外傷，但是分局的法醫發現他顱內的大腦沒了！」方明抬頭看著章桐，面如死灰，緩緩說道，「而且，龍叔只是死亡警察名單中的第一個。」

章桐驚了：「難道說還有第二個？」

「每隔幾年就有一個，死因不同，並且每個警察的身上丟失的器官都不同！」方明顫抖著嘴唇說道，「她是第七個。」

「她身上丟了什麼？」章桐上身前傾，急切地追問道。

「右手，」方明指了指桌上的屍體相片，「她的右手，沒了。」

窒息的感覺瞬間席捲了全身，許久，章桐才終於冷靜了下來，她皺眉看著方明，沉聲問道：「告訴我，她到底是怎麼死的？」

故事一　襲警謀殺案

第二章　刺激的實驗

　　李曉偉接到章桐的電話趕到警局的時候正好是中午，他伸手掀開食堂厚厚的塑膠門簾，一眼就看見獨自坐在窗邊吃午餐的章桐，便快步走了過去。

　　這個時候來食堂裡吃飯的人不少，有些擁擠，環境也很嘈雜。

　　「我要去雙龍峪一段時間，不是出公差，具體什麼時候回來，我還沒辦法確定。」章桐放下了手中的湯勺。

　　「我正好有假，可以陪妳去呀。」李曉偉笑咪咪地說道。

　　章桐抬頭看了他一眼：「我不是去旅遊。」

　　「我能幫妳拎包，」李曉偉點點頭，「而且我知道怎麼對付野豬。」

　　雙龍峪背靠大山，所以經常會有野豬在城關周邊出沒。

　　章桐呆了呆：「好吧，既然你這麼肯定，你應該知道我為什麼突然要去雙龍峪了吧？」

　　「我知道。」李曉偉臉上的笑容逐漸消失了，「雙龍峪的案子是由本部直接過問負責的，遺憾的是因為久偵未破，去年開始就成了我們系裡懸案組的一個研究課題，我雖然沒有直接參與，但是聽說過。我想妳突然要去那地方，八成應該是和這個案子有關，可我又很奇怪妳們單位對它並沒有直接管轄權，怎麼會……」

　　章桐從口袋裡摸出錢包，取出裡面那張合影遞給李曉偉，平靜地說

第二章　刺激的實驗

道：「這張相片是九年前照的，那是我參加的第一個專案組，組裡就兩個女警察，她叫王亞楠，在刑偵大隊工作，我和她一起共事過五年。四年前她工作調動去了雙龍峪分局，一直到去世。所以，我向張局提出要去雙龍峪看看，因為沒有管轄權，我就只能以私人的名義先過去。」想了想，她接著說道，「我就是不想讓亞楠的事成為一樁懸案。」

「妳為什麼不走正常程序？」李曉偉問。

章桐知道自己沒辦法在李曉偉面前隱瞞任何事情，便乾脆說出了方明今天來找過自己：「雙龍峪是個小地方，這案子真要能破的話，就不會死那麼多人了。」

李曉偉若有所思地點點頭：「我陪妳去。」

章桐沒再拒絕。

＊　＊　＊

凌晨4點，夜色很濃，喧囂的街道逐漸變得冷清。

相親失敗了，她今天喝了很多的悶酒，直到酒吧快打烊的時候，她才搖搖晃晃地推門走了出來。

停下腳步，環顧四周，她思索著自己如果不開車的話到底該如何回家。家在城關的另一頭，好幾十公里的路，走回去那是不可能的。

夜風吹過，她腳下不穩便是一個踉蹌，腦子雖然感覺清醒了一些，但這也只是暫時的，雙龍峪的酒本身就是以度數高而出名，她根本不勝酒力，硬撐的後果便是天旋地轉。

就在她雙膝一軟又一個踉蹌差點摔倒的時候，一雙有力的手從背後攬住了她的腰，隨之響起的是那個男人的聲音，低沉而又溫柔：「乖，別鬧

故事一　襲警謀殺案

了，我送妳回家！」

聽到這話，她本能地渾身一哆嗦，剛準備回頭，卻發覺自己根本就沒有辦法掙脫那雙鐵鉗般的手的禁錮。

「不，你到底想做什麼？你走開，聽到沒有，快放開我！」她渾身無力，卻又做著徒勞的掙扎。

男人不容分說便把她帶向了那輛灰色的轎車，這是她自己的車。不止如此，他還熟練地從她的隨身挎包裡摸出車鑰匙打開了車門。

他怎麼會知道這是她的車？

強烈的不安瞬間從心中升起，她緊張了起來，酒也醒了一半：「停下，快停下，你到底想做什麼？」

「我送妳回家呀。」男人裹挾著她鑽進了車裡，調整了一下座位的高低檔，甚至還體貼地幫她整理好了衣服，「妳喝得太多了，不能開車。」

是嗎？他怎麼突然變得好像與先前判若兩人？

月光下，他用手捧起她的臉，仔細端詳，手指輕輕地撫摸過她被凍得有些冰涼發木的臉頰。她看不清楚他的眼睛，只覺得眼前朦朦朧朧的，就像隔著一層薄紗。而他的手也是冷的。

倦意襲來，她突然感覺自己的認知和方向感出現了很嚴重的問題，明明是自己熟悉的車，為什麼車內的一切都不在原來的位置上了？車頭的玩偶，車內的紙巾盒，甚至包括駕駛座在內，副駕駛座什麼時候和駕駛座調換了位置？

一連串的疑問讓她腦袋更蒙了。

他鑽進車裡坐好後，關上車門，綁上安全帶，確認無誤了，笑咪咪地對她說：「妳喝得太多了，好好睡一覺吧，我送妳回家。」

第二章　刺激的實驗

　　她艱難地點點頭，便閉上了雙眼，因為她實在是太睏了，上了三天三夜的班，又喝了那麼多酒，她現在只想睡覺，所以很快便靠在後仰的車座上陷入了昏睡。

　　夜色更濃，車輪下的窄路就像一條蛇一樣蜿蜒曲折。雙龍峪並不是大城市，沒有那麼多寬敞平坦的柏油馬路。很快，灰色小車便躲開了所有的監控探頭，勻速開出城關，遠處就是盤旋的山間公路。

　　而她睡得很沉很沉。

　　半個多小時後，天邊泛起了魚肚白，隨著迷霧逐漸散去，一位正在公路 25 號彎道上做著清掃工作的清潔工人驚恐地看著一輛失控的灰色小車向自己瘋狂地衝了過來，而他根本就沒有機會去躲避。

　　嘭——

　　時間凝固在相撞的那一刻。

　　可憐的清潔工人被硬生生撞飛，尖叫聲尚未停止，灰色的小車借勢衝向了不遠處的彎道防護水泥墩。先是車頭，接著是由於慣性橫過來的車身、車尾。

　　駕駛室內，她毫無防護的軀體一下撞碎了車前擋風玻璃，直直地衝了出去，速度快到都沒有給她清醒過來發出慘叫的機會，顱骨就狠狠地撞在了冰冷的水泥防護墩上。「撲哧——」一聲，顱骨撞裂，鮮血飛濺，落地後沒多久，她便停止了呼吸。

　　而車內副駕駛座位上的他卻好好的，只是猛烈的三次撞擊讓他的五臟六腑都好像要衝出胸膛一般，令他暫時無法呼吸。現在時間還早，不會有人那麼快就發現這裡的慘劇。他大口喘著氣，空氣中濃烈的血腥味讓他幾乎作嘔。幾分鐘後，他眨了眨眼睛，難受的感覺終於消失了。這時候，他

故事一　襲警謀殺案

才確信自己是真的安全了。

他快速鬆開安全帶，小心翼翼地鑽出被撞成一堆廢鐵的車子，其間盡量不留下任何痕跡。在走之前，他來到不遠處水泥防護墩旁，蹲了下來，仔細看著躺在血泊中的她，尤其是她那逐漸黯淡下去的眼神，確認她是否已經死亡，結果毋庸置疑。

面對眼前發生的一切，激動之餘，他竟然笑出了聲。整整三天時間裡不斷來回地演算模擬，他知道自己只要走錯一小步，那麼後果就是兩人一起死，如今看來他是幸運的，也是聰明的，因為他活了下來，而且四肢健全、毫髮無損。

他臉上露出了僵硬的微笑。

臨走時，他彎下腰，拔出隨身帶來的鋒利的匕首，從那具依舊帶著溫熱的軀體上割下了一點東西，小心翼翼地放進隨身帶著的小塑膠袋裡，包好，放進口袋，這才站起身向不遠處的草叢走去。

很快，他的背影就消失在了早晨寒冷的陽光中。

＊　＊　＊

走出火車車廂的那一刻，章桐猛地打了個寒戰，她裹緊了脖子上的圍巾，迎接這刺骨寒風。

身後跟著下車的李曉偉有點暈車，整個人灰頭土臉的，精神也不好。

章桐皺眉看著他：「我叫你別來的。」

聽了這話，李曉偉瞬間春風撲面、精神抖擻，笑嘻嘻地說道：「沒事，等下補充點碳水化合物，很快就能入鄉隨俗了。」

章桐輕輕嘆了口氣。

第二章　刺激的實驗

兩人一前一後地向出站口處走去。

來到出站口，章桐停下腳步四處張望，見一輛警車停在出站口的左邊。車旁，一位年輕的小警察急切地注視著出站口閘門的方向，手裡高舉著一張紙，上面用粗水筆寫著幾個大字──章法醫。

章桐淡淡一笑：「有人來接我們了。」

「你們好，我是馬雲濤，叫我小馬就可以了。」年輕警察熱情地自我介紹，「您一定是章法醫吧！歡迎來到雙龍峪。」

車開動後章桐便問道：「小馬，方明警官現在在哪裡？我記得他說過今天會來接我的。」

小馬臉上的神情有些凝重：「方哥被借調回現場了。今天凌晨又發生命案，現在我們這裡人手嚴重不足。」

章桐提高了聲調：「難道又有警察被害？」

小馬點點頭：「今天早晨5點還差5分的時候，巡檢的清潔工人主管報的案，本以為只是一起普通的醉酒車禍事故，因為還撞死了一個清潔工，但是交警趕到現場時才發現，死者是交警指揮中心的事故處理調度員。」

他轉而嘆了口氣：「章法醫，方哥說了妳們的來意，最近這瘋子搞得大家人心惶惶的。對了，我們馬上會經過現場，要我停一下嗎？」

章桐搖搖頭，目光注視著窗外：「不，還是直接帶我們去局裡等吧。」

警車緩緩通過現場，章桐一眼就看到了警用隔離帶另一端倒臥在水泥墩旁的女屍，目光中不禁閃過一絲陰影。

「小馬，王警官對你們好嗎？」章桐隨口問道。

故事一　襲警謀殺案

「非常好。她是刑偵出身，我們這邊很多案子都是她來了以後才破了的。」小馬咬了咬嘴唇，「王警官就像姐姐一樣，我們都不會忘了她的。」

聽了這話，章桐和李曉偉下意識地互相看了一眼，李曉偉默默點頭。在來的路上，章桐就曾經向他提到過王亞楠是個心思縝密的警察，並且她有一個習慣，那就是自己身邊不能有積案，只要有空，她就會想盡一切辦法解決。現在章桐從小馬的話中更是印證了這一點。那麼，她去世之前就很有可能去碰發生在雙龍峪當地的系列殺警案，會不會就此招來凶手的報復那就不得而知了。

「王姐還是個跆拳道高手呢，真沒想到。」小馬似乎是想活躍一下車內的氣氛，他抬頭看了看後照鏡中的章桐，「她在這裡工作的幾年時間裡，一連拿了分局兩屆的格鬥冠軍，尤其是她的那招手刀，非常厲害。」

「手刀？」章桐不由得一怔，「我只知道她是黑帶級別，她很小的時候就開始練跆拳道了，但手刀是什麼？」她轉頭看向身邊坐著的李曉偉。

「以手為刀，這是空手道和跆拳道裡面都有的一種格鬥招數，發源於中國氣功。」李曉偉回答，「我見過厲害的那種，磚頭都能劈斷了。」

章桐臉色變了，她突然問小馬：「王警官出手刀的時候用的是哪隻手？」

「右手。」

李曉偉注意到章桐神情的異樣：「妳想到什麼了？」

「方明跟我說起過，亞楠丟失的就是右手，齊手腕切去了。」章桐把臉轉向了窗外，「看來這個瘋子所拿走的東西都是被害人生前最看重的東西。」

李曉偉沒有再說話。

陽光消失了，警車緩緩地勻速開進隧道，兩旁淡黃色的照明燈光依次

第二章　刺激的實驗

在車裡投下了一連串一閃而過的詭異陰影。

＊　＊　＊

雙龍峪分局位於縣城東面，是20世紀建成的，帶有明顯的俄式風格，紅色的磚瓦牆，低矮的門樓，大院裡還有一片高大的胡楊林。下車後走進帳局大廳的一剎那，眼前的光線便猛地一暗。

放下行李後，兩人被直接帶到了負責刑偵事務的副局長辦公室。

房間在二樓，並不大，也就10平方公尺多一點，木質地板依稀還看得出原先的顏色，陳設非常簡單，一個書櫃，一張辦公桌，外加一圈硬木椅子。房間唯一的點綴就是牆上那張放大的集體照。

方明此刻正站在副局長身旁，兩人低頭商量著什麼。一看是章桐和李曉偉進來了，方明臉上頓時露出瞭如釋重負的微笑：「章法醫，妳們總算來了。這是我們趙副局長。這就是我跟您說的章法醫，這位是……」

「我是章法醫的朋友，警官學院犯罪心理學系的講師李曉偉。」李曉偉拿出了自己的工作證件。

趙副局長點頭，面露歉意地伸手指了指自己面前的兩張空著的椅子：「條件不好，你們大城市來的，多擔待吧！」

大家坐下後，章桐便注意到房間裡除了自己和李曉偉以外，就只有方明和趙局兩個人：「你們單位的法醫呢？我能見見我的同行嗎？」

方明面露難色：「章法醫，很對不起，我們局裡目前暫時沒有正式的法醫，還在等待支援，原來的法醫因為壓力過大，前兩天辭職了。」

「原來是這樣啊。」章桐點點頭，「趙副局長，方警官，因為等待管轄權申請的流程耗費的時間太長，這次我和李老師就是以休假的方式過來的，我們不直接參與案子的辦理，只是提些建議和意見，你們看可以嗎？」

故事一　襲警謀殺案

聽了這話，趙副局長感激地點點頭：「當然可以了，而且在你們來之前，妳們單位也來了電話給我，總之放心吧，有任何需求儘管開口。雖然這邊的工作條件比較差，但是我們仍然會全力配合你們的工作。」說到這裡，他輕輕嘆了口氣，「遇害的都是我們的兄弟，我們的壓力實在太大了。不可否認，以前是我們忽視了這個案子的重要性，並沒有併案處理，失去了第一時間抓住這個混蛋的寶貴機會。現在，不瞞你們說，局裡很多人都有意向辭職了，我也並不怪他們，因為大家都是人，都上有老下有小的，一旦有個什麼不測，確實心裡過意不去，所以我不會阻攔。但是章法醫，妳放心，我不會走，刑警隊的兄弟們也不會走。客套話就不多說了，總之拜託你們了。」

章桐點點頭。

趙副局長臉上露出了難得的笑容：「以後刑警隊那邊，就方明協助你們。剩下的人不多了，還要保證這裡的治安，大家肩上的擔子都很重，我們盡力而為吧。」

章桐看了看方明：「那我們就從今天早上的那具女屍開始。屍體運回來了嗎？」

方明回答：「回來了，就在解剖室，兩具屍體都在。」

章桐站起身，向門外走了兩步，突然停下腳步把李曉偉拽到一邊：「你就不用跟著我了，我們分工。」

李曉偉心領神會地點點頭：「好的，隨時電話聯絡。」接著，他轉身對趙副局長說道，「趙局，我接下來想和你們局裡每個警察進行一次談話，不知道你能否給我一份在職和已經辭職的人員名冊？」

趙副局長一愣，隨即明白了李曉偉的用意，便爽快地點點頭，拉開抽

第二章　刺激的實驗

靨翻找了一下後,把一個黃色公文夾遞給他,誠懇地說道:「那就拜託李老師了。」

故事一　襲警謀殺案

第三章　第八個

　　分局的法醫解剖室既狹窄又悶熱，房間裡充斥著消毒水和腐敗空氣的味道，儼然就是一個不通風的儲藏室。

　　「你們法醫辭職才三天？」章桐問，「我怎麼感覺就像是走了一個世紀。」

　　方明點點頭，臉上露出了尷尬的笑容：「沒辦法，條件實在是太差了。」

　　「不過能在這種環境下工作，也實在是難為他了。」章桐輕輕嘆了口氣，彎腰從隨身帶來的工具箱裡拿出一件一次性分體解剖服俐落地穿上。

　　「章法醫，妳把工具都帶來了？」方明伸手指了指打開的鋁合金工具箱。箱子有些陳舊，除了一次性耗材以外，解剖工具顯然也已經使用過很多年，就連刀柄上的花紋都快被磨平了。

　　「不，這箱子裡的東西以前是屬於我父親的，這次來雙龍峪，我不能動用單位裡的公用物品，那是違反工作程序的。」今天早上臨上車的時候，章桐除了必備的行李以外別的都沒帶，唯獨帶上了父親章鵬曾經使用過的這個銀灰色的鋁合金小工具箱，夾層裡還有他的名字和曾經使用過的警號。當年父親去世後，單位便把這個小工具箱和裡面剩餘的耗材一併轉贈給了她留作紀念。

　　「你今天就是幫我做紀錄，不用動手，我說什麼你做什麼，明白嗎？」章桐戴上了口罩，然後小心翼翼地把頭髮塞進了帽子裡，確保沒有露在外面。

　　方明點點頭：「好的，章法醫。」

第三章　第八個

＊　＊　＊

　　房間裡只有一張解剖臺，章桐示意方明先幫她把那具被撞身亡的環衛工屍體搬了上來，屍檢過程非常順利，死因也與車禍高速撞擊所導致的失血性休克合併創傷性休克相吻合。

　　但是當第二具女屍搬上來的時候，章桐注意到方明的神情有些異樣，站著發呆，好幾次都根本不知道自己需要做什麼。

　　「怎麼了？」章桐的心微微一動，「你認識她？」

　　方明也不隱瞞，聲音沙啞，眼眶有些發紅：「她是我警校同學的妹妹，就像我的親妹妹一樣，畢業後被分配到交警隊了，叫李敏，才22歲。真對不起，章法醫，我有些失態了，剛才在現場的時候，我就認出她來了。」

　　章桐呆了呆，輕輕嘆了口氣：「你休息下吧，下面的事我自己來做。」

　　方明感激地看了她一眼：「謝謝妳，章法醫，我出去抽根菸，我就在外面，不會走遠，有問題隨時叫我。」說著，他便脫下解剖服，緩步走出了解剖室。

　　章桐按下了錄音鍵開始口述：「2020年11月7日，時間上午9點13分，地點雙龍峪分局解剖室，現在開始2號女死者的屍檢……」

　　章桐的聲音在貼滿瓷磚的解剖室裡輕聲迴盪著，伴隨著解剖刀拿起放下接觸搪瓷托盤時所發出的清脆撞擊聲。突然，她停了下來，皺眉問道：「方明，你同學的妹妹是不是患有哮喘？」

　　「哮喘？」方明應聲推門走了進來，滿臉的疑惑，「沒聽說過，章法醫，小敏的身體一向很好的，在學校的時候各項體能考試成績都是女生中數一數二的。每年的體檢報告她都會拿給我看，上面也沒有見到什麼醫生

故事一　襲警謀殺案

的特殊備註。」

章桐一聲不吭地摘下手套丟進垃圾桶裡，然後伸手關了錄音機。

「章法醫，小敏她的死因，她……她到底出了什麼事？」方明焦急地看著章桐。

「我需要做個毒化檢驗，她的咽喉部位組織結構處有不正常的腫大，支氣管水腫，扁桃體二度肥大，心臟左冠狀管壁明顯增厚，並且伴有斑狀血塊，」說到這裡，她略微思考了下，「我以前見過與這種狀況非常類似的案例，但是現在這起還不好說，必須得等毒化報告出來。但我現在可以說一下我的懷疑，僅僅作為一個參考，最終結果還要看檢測結果。那就是她在死前兩個小時內飲用了酒精和麥角副酸二乙醯的混合物。酒精濃度現在已經沒有辦法具體檢驗出來了，但是 LSD 殘留可以查出來。」

方明問：「LSD 是什麼？」

「迷幻劑，這種藥物會使服用者血壓不正常升高、心跳加速、渾身發軟、頭暈、噁心、嘔吐，最後症狀雖然會消失，但是會對心臟冠狀管壁產生很大的損傷。而這種迷幻劑還有一個特點，就是一旦和含酒精的飲品一起服用的話，如果服用者本身有過敏史，那麼她的氣管和咽喉部位就會產生不正常的腫大。這些症狀現在在死者身上都展現出來了。唯一感到欣慰的是，致命的過敏症狀發生之前，她就已經死了。她的死因是多器官嚴重挫裂傷合併臟器出血，外加顱腦重度撞擊導致的開放性失血休克死亡，死亡發生得太快，她沒受多大痛苦。但是導致車禍的原因如果只是以簡單的酒後駕駛來定論的話，那是不正確的。對了，你們這裡有可以做這方面檢驗的單位嗎？」

「有的，本部實驗室離這裡只有 100 多公里，我開車快一點的話能在

第三章　第八個

下午3點前趕到。」方明回答。

章桐點點頭，她重新換了副手套戴上，掀開死者身上蓋著的白布，然後用手指撩撥開她的頭髮，指著左邊那個血肉模糊的傷口說道：「她的左耳朵沒了，從創面來看應該是被一把鋒利的刀具給齊根部割去的。」

方明臉色一變：「能確定嗎？」

「可以。而且從傷口邊緣來看，應該是死亡狀態發生的同時。只是很奇怪，為什麼要割掉她左邊的耳朵？」章桐輕輕蓋上了白布。

方明的聲音有些顫抖：「因為她是交警隊專門處理事故勘查的電話調度員。」

這是第八個。

＊　＊　＊

李曉偉習慣在聽取別人談話時做一些相關的筆記，只要是自己認為值得記錄下來的，他都會不厭其煩地把它們逐一寫在紙上，哪怕看上去只是一些胡亂堆砌起來的詞語。

上午名單上的最後一個人離開辦公室後，他看著筆記本，低頭陷入了沉思。八個案子，矛頭都無一例外地指向了警察，難道說這八個警察之間有著特殊的連繫？不然的話，為什麼單獨對這一特殊人群下手呢？

在過去的七年時間裡，每個警察的生活都是按部就班的，沒有什麼特殊的地方。是因為什麼讓凶手偏偏選中了他們呢？

「還不去吃飯嗎？」章桐的聲音在門口響了起來，她已經脫去了工作外套，身著黑色的高領毛衣和藍色牛仔褲，腳上穿著棕色小羊皮靴，胸口掛著臨時工作牌。

故事一　襲警謀殺案

　　李曉偉微微一笑，抓起那本特殊的筆記本放進口袋，這才放心地關門離開。

＊　＊　＊

　　分局的飲食習慣和平常略有不同，饅頭、餅子代替了米飯，兩菜一湯以辣味居多，這可苦了章桐，她皺眉看著自己面前的兩盤菜，半天沒吱聲，也沒動筷子。

　　李曉偉樂了：「妳不會不吃辣吧？」

　　章桐點點頭：「唉，只能入鄉隨俗了。上午你那邊問得怎麼樣？有沒有什麼特別的情況？」

　　「沒有，除了情緒有些不穩定外，我還真看不出哪裡有什麼不對。警察也是人嘛，心裡有點小想法也是情理之中的。我的看法是凶手單獨挑中這個職業的人，肯定有原因。妳想，這邊雖然是個小地方，各警種的警察加起來也有好幾百人，為什麼要在這麼大的時間跨度上挑中這些警察呢？幾年一個，特定的職業範圍。妳知道一般的凶手最不願意去碰的就是警察了。因為針對這個職業所產生的犯罪成本遠遠超過針對一個普通百姓的，除非凶手追求個人成就感。所以，我認為這麼做的人，自身性格上肯定極度偏執。連環殺人凶手分為兩種，一種是有目的地進行殺人，目標為某些特定事件所涉及的人。我記得三年前長橋曾經發生過一起特殊的殺人案，凶手費盡心機地把所有在論壇上罵過他的人逐一找了出來，然後殺死，他所設定的殺人計畫非常巧妙，如果不是出於凶手本人的自負和極度自戀的心理，當地警方根本就沒有機會抓住他，把他繩之以法。這個案子是我導師協助破的。」李曉偉接著用手指沾了茶水在桌上畫了個圈，「總之，只要找到這個圈，我們就能找到破案的突破口。」

第三章　第八個

「那第二種呢？」章桐知道事情不會這麼簡單。

「第二種？就是漫無目標地以殺人為樂，這種人最可怕，抓住他的難度也最高。因為他的殺人目標可以是各種職業的從業人員，也可以是某種特定職業或者類型的人，就像我們這起案子中的警察。甚至於只要他覺得你正好走進他的計畫，他就有可能殺了你，就像獵物掉進陷阱一樣那麼隨意。怎麼說呢，這種人，有很大一部分在小時候曾經有過虐殺小動物的經歷。從心理學的角度來看，有些病例正因為小時候對小動物的殘酷虐殺，滿足了自己感官上的一時刺激，在得不到正確的疏導和治療的情況下，會形成無情型變態人格，不過很快他們就不會只滿足於虐殺小動物了，會迅速上升為在自己同類身上實施相同的行為，並且有過之而無不及。我們所面對的這個凶手目前來看還不是典型的反社會型人格障礙，因為他並不衝動，他所實施的每一次行動都是有明確計畫的，所面對的人群也是特定的，所以說，這傢伙是介於第一種和第二種可能之間，但更偏向於第二種。」

章桐長嘆一聲：「那麼，我們目前最主要的就是找出八個死者之間的特殊連繫。」

「沒錯，」李曉偉用力地點點頭，「而且要快，因為他還會再下手。」

＊　＊　＊

人的一生中都會有一個終生難忘的第一次。

記憶深處的那晚，夜深了，霧氣飄滿長街，昏黃的路燈若隱若現。

他站在街角等了很久，她終於出來了，搖搖晃晃，心滿意足，也醉得更厲害了。他在陰影中看到有好幾次她都不得不扶著牆慢慢地向前移動，只要一不留神就會跌坐在水泥地面上。沒有人來接她！他心中暗自竊喜。

故事一　襲警謀殺案

　　不錯的機會，他緊走幾步和她並排，這個時候，街上已經沒有什麼人了，就連灰溜溜的流浪狗也消失得無影無蹤。

　　他想開口，卻舌頭打結，支支吾吾半天沒說出一個字。

　　還好她發覺了，歪著頭笑咪咪地看著他：「小老弟，想做什麼？買杯酒給姐姐我，我什麼都答應你！」

　　他用力點點頭，順手朝身後黑漆漆的小弄堂一指。她先是一愣，隨即又一次哈哈大笑了起來，然後彎腰凝視著他的眼睛，陣陣酒味撲面而來，讓他幾欲作嘔。但是他一點都沒有表露出來，相反，只是晃了晃手中的錢。

　　「少了點。」她微微皺眉，目光在鈔票和他俊朗的側臉之間來回看了幾圈之後，終於點頭了，「十分鐘！只能十分鐘！」

　　他點點頭，笑得很天真。

　　十分鐘還差五秒的時候，他就一個人悠哉地走出了小弄堂，渾身上下都是血，但是他很滿足，也一點都不擔心自己會被人發現。因為深秋的凌晨是沒有多少人會願意在外面待著的。

　　回到家的時候，社區裡也是死一般的寂靜。開門進屋，他沒有發出一點聲音。不過他不用擔心什麼，因為那個討厭的小男人又來了，如今正在母親的床上摟著母親，鼾聲陣陣睡得正香。其實即使他們醒著的話也不會太在意他，他本來在別人的眼中就一直是個可有可無的人，包括在自己母親的眼裡。

　　緊閉自己臥室的房門，他打開桌上的檯燈，然後盤腿坐在靠床的地板上，開始認真地仔細查看塑膠袋中那兩團根本就分辨不清楚本來面貌的肉塊，他小心翼翼地打開塑膠袋，然後用兩根手指夾著肉塊慢慢地拿了起

第三章　第八個

　　來，在淡黃色的燈光下，皮膚本來的粉紅和鮮血的殷紅混雜在一起，隱約散發出詭異的光芒。

　　他興奮極了，他試圖壓抑內心的狂喜，但一連串的深呼吸也不足以讓他徹底平靜下來。

　　第一次殺人的感覺讓他驚喜萬分。相比之下，剛才自己所做的一切早就隨同那條沒有光線的小弄堂在他的腦海中消失得無影無蹤了，甚至天亮後當他經過案發現場的時候，都沒有再朝那個方向看上一眼。

　　以前晚上回到家，還沒進家門，就聽見了母親震耳欲聾的怒吼聲——又去殺貓殺狗了，再這樣下去的話就別上學了，送你去菜市場當殺豬的算了，還不用在家白吃白喝！

　　對此，他根本就沒有放在心上，哪怕在多年以後的今天。

　　此刻，他站在街上，呆呆地看著對面商廈門口一男一女的背影，女的年紀已經不小了，穿著華麗的羊絨風衣，燙著頭髮，而勾著她臂彎的男人歲數至少年輕了一半，誇張的韓式髮型被染成了時下最流行的「奶奶灰」，濃重的香水味似乎隔著半條街都能聞到，而那緊緊包著臀部的牛仔褲更是讓他無法直視。

　　他深知他們根本就不是母子，因為自己才是那個該死的老女人的倒楣兒子！

　　看著那兩人幾乎不分彼此的親暱背影，他面無表情。已經很多年了，他早就已經學會了波瀾不驚地去面對自己身邊所發生的一切。

　　一輛高大的水泥罐車開過，揚起了漫天的沙塵，街道兩旁的人們紛紛掩住口鼻四散躲避。很快，沙塵消失，他也消失得無影無蹤。中年貴婦有些神色慌張地從商場裡走了出來，若有所思地左顧右盼。而那個年輕男人

故事一　襲警謀殺案

也緊隨其後，滿是詫異：「張姐，妳丟了什麼東西了嗎？」

中年貴婦的目光中閃過一絲驚慌，隨即又變得極為鎮靜，神情從容不迫：「沒有，我只是剛才進商場的時候好像看見一個老熟人罷了。」

「那現在呢？」年輕男人笑著追問，「我們還去做 SPA 嗎？」

「那是當然了，走吧！」中年貴婦輕輕一笑，擁著年輕男人轉身走回了商場。似乎剛才在二樓轉彎處無意中透過窗戶看到的那個猶如鬼魅般的影子，就從未在這個世界上出現過一般。

＊　＊　＊

「啪。」一堆厚厚的卷宗被扔在了桌面上，堆起來足有半公尺高。

「你真打算在今天把這些卷宗都看完？」章桐有些不可思議。這是 20 年來所有凶殺案的卷宗資料，因為沒有經過電腦處理，所以當李曉偉提出要查看所有的卷宗後，檔案室的管理員一臉的震驚，不過他還是乖乖地拉來了一堆手寫卷宗資料。

「你得慶幸這裡民風純樸，凶案不多，我的章大法醫啊！」李曉偉嘀嘀咕咕，變戲法一樣從桌子底下挪出了一張舒服的圈椅，塞到辦公桌旁後，這才坐下來，誇張地伸了個懶腰，「不過妳放心吧，我今天肯定都把它們給吃了。」

章桐眼光變得尖銳：「其實你說得也對，時間不等人。我那邊還有一些屍檢報告需要查看一下。」說著，她轉身走出了這間堆滿雜物的小房間。

＊　＊　＊

回到解剖室隔壁的法醫辦公室，剛坐下，門口便傳來了敲門聲。

第三章　第八個

「章法醫，我們找到一具還沒有被火化的屍體。」方明急匆匆地說道。

「死亡時間？」章桐問。

方明回答：「半年前，生前是我們警隊的一個警員。」

「算入死亡名單中了嗎？」

方明老實回答：「沒有，當時被認為是車禍，之所以拖這麼久是因為死者家屬和肇事方在打官司。」

「他丟了什麼？」

「我問過火葬場整理遺體的工作人員，說是少了一片肺葉。」方明打開工作筆記，「死者當晚 10 點騎電動車從單位下班回家，路上和一輛大卡車撞了，人當場死亡，司機逃逸，交警部門接警後聯絡車主，卻遭到否認，說車輛被偷，自己案發當晚並沒有開車。不止如此，監控等一切手段也無法證實車主撒謊，動機方面也排除了車主的嫌疑，所以最終這起車禍就以交通事故定性了。」

「肺葉？」章桐不解地重複了一遍。

方明點點頭：「具體為什麼我不知道，遺體整理師說事後聯絡了交警隊的法醫，對方說現場仔細搜尋過好幾遍，確認沒有遺漏。」

「重大車禍中確實會有死者體內器官被擠壓出身體的先例，但是單單一片肺葉就有些怪異了。」章桐想了想，問，「那他是襲警案的第幾個？」

方明搖搖頭：「按照時間來算，他應該是第五個。」

「別的呢？都火化了？」

「不，還有兩具，其中第六號死者死於意外火災，雖然沒有發現明顯部位的缺少，但是王警官要求保留，說是有疑點需要考核，我們就把他算

033

故事一　襲警謀殺案

了進去。至於第七號……就是王警官，是我堅持保留的，她唯一的親人是她母親，老人家年紀大了，身體也不好，所以我們上司聯絡了當地街道社區，商量下來準備先瞞著，等案子破了以後再另行通知。」

「謝謝你，有心了。」章桐輕聲說道，「我這就過去處理。」

＊　＊　＊

儘管已經是冬季，太陽依舊高照當空，對於少雨的雙龍峪來說，冬季只是意味著寒冷和更多的風沙。

中午還沒有到，柏油路上就已經籠罩著層層煙霧，交通擁堵，車輛排成看不到頭的長龍，一輛白色 IVECO 斜靠在路邊，後半截車身被撞得稀巴爛，破碎的零件和擋風玻璃散了一地，車頭卻奇蹟般的完好無損。而車身下的汽油痕跡混雜著隔壁牛肉麵館下水道裡蔓延出來的污水，把馬路邊緣染得五彩斑斕。

他站在路邊已經十多分鐘了，雙眼緊緊地盯著雙龍峪分局的紅磚大樓，手裡的手機一遍遍地重複著撥號，終於，電話接通了。

「你在哪裡？」電話那頭的聲音充滿了焦慮。

「我很好，放心吧。」他淡淡地說道。

「快回家吧，你媽媽很擔心你。好幾次都特地到我家來問你的情況。」

他聽了，卻撲哧一笑，聲音中充滿了嘲諷：「別管她。我今天打電話給你就是想請你幫個忙……」

第四章　有人沒說實話

　　冷不丁一陣刺痛迅速從右手食指上蔓延開來，章桐倒吸一口冷氣，她趕緊丟下解剖刀，摘下手套丟到工作臺上便轉身衝到了水池邊，一邊沖洗手指，一邊仔細查看起了傷勢，還好有驚無險。

　　李曉偉正好來到門口，發覺異樣：「怎麼啦，出什麼事了？」

　　「我剛才檢查他的左下肢的時候，被刺了一下。」章桐指了指解剖床上的屍體。

　　「皮膚有沒有破？」

　　「沒有。」章桐如實回答，「別擔心，我處理好了。」

　　不同於以往的乳膠手套，出事的這副是厚膠皮做的，長達肘部，在右手食指上可以很清晰地看到一個鋸齒狀的破口，李曉偉臉上的神情頓時凝重了起來。

　　「我戴了兩副手套，沒事。」說著，她又拿出一副新的戴上。

　　「屍體上怎麼會有針？」李曉偉問。

　　章桐俯下身去，仔細查看著屍體的左下肢部位，半天沒吱聲，隨後手一抬：「給我一把鑷子。」因為屍體已經嚴重收縮成焦炭狀，所以如果不仔細查看的話，很容易忽視裡面的東西。

　　時間在緩慢移動。終於，她用力拔出了一個長條狀並且有些扭曲變形發黑的異物，仔細看了看，然後轉身放在了托盤上，發出了輕輕的碰撞聲。

故事一　襲警謀殺案

「這是什麼？」李曉偉腦子裡一片空白。

「針筒。」看他還是不太明白，章桐便又補充道，「應該是一次性針筒。因為屍體被火燒變形，所以這個針筒順著腹股溝滑入了他的生殖器部位，並且神奇地卡在三角區域，從而被保護了起來。說實話，這個情況在以前我確實沒見到過。雖然通常屍僵消失後，屍體會恢復柔軟狀態，但是因為屍體被火燒過，焦炭化實在太嚴重，水分蒸發，無法做全面的屍表清理。屍體表面還有一些因為過火而融化和皮膚產生黏連的衣物碎片，生殖器所在位置又極其特殊，針筒就被夾在了裡面，針頭朝上。我想剛才我之所以會被扎到，是因為我的右手在檢查屍體的這個位置時，沒有意識到裡面還有東西，所以就看走眼了，唉。這種針筒是塑膠材質，如果不是死者身體保護了它的話，一場大火早就已經把它燒化了，也就不會有任何證據留下。這麼看來，冥冥之中或許也是巧合吧。」她把針筒放進樣本瓶子，準備等一下送去檢驗。

李曉偉感到有些不滿：「為什麼前任法醫沒有檢查出來？」

章桐沒有吱聲。

「妳有沒有考慮過這是有意插入的針筒而不是偶然滑落的呢？」李曉偉突然追問道。

聽了這話，章桐不由得愣住了：「雖然有點陰謀論的調調，但是照你這麼說的話也不無道理。有人知道我們會對屍體進行檢驗，所以在殺死死者後，故意把針筒放在這個特殊的位置，知道大火即使焚燒了屍體的表面，但是因為屍體的自我保護，這個特殊位置不一定會被波及，而只有一種人才會去檢查屍體的這個部位，那就是法醫。」

李曉偉點點頭：「前面那個法醫辭職了，但是妳不一樣。」

第四章　有人沒說實話

目光看向樣本瓶中的針筒，章桐臉色變了。

「你應該還記得 X 光掃描的操作步驟吧？」她問道。

「那是當然。」李曉偉有點糊塗。

「幫我個忙，對他掃描一下，我擔心這具屍體裡面還有別的什麼意想不到的東西。」

「他們是在哪裡發現這個死者的？」

「警察單身宿舍樓道，我剛才看紀錄了，當時燒了一棟樓，事後清理火場時就發現了他。死因被定為火災事故，所以沒有經過正式屍檢。」說著，章桐回頭看了看解剖室最裡面的小庫房，空間絕對不會超過 2 平方公尺，並且被塞了個嚴嚴實實，「而且是亞楠要求保留下來不火化的。」

「妳看什麼？」

章桐微微皺眉：「我想我們應該能夠找到做 X 光所需要的設備和相關的防護服，畢竟這裡是分局單位。」

李曉偉環顧了一下整個房間，面露苦笑。

＊　＊　＊

半個多小時後，結果出來了。

「幾個？」李曉偉打開屋裡的大燈，看見章桐緊鎖雙眉看著 X 光機螢幕出神。

「包括我剛才拿出來的一個在內，共有 7 個，針管長 10 公分，直徑 1 公分，都是法醫慣用針管，分別在左肩膀、右肩膀、左下肢和右下肢的部位，確實很難看得出來。」

「這麼大的針筒可以植到身體裡嗎？」李曉偉滿臉問號。

故事一　襲警謀殺案

「千萬不要低估醫學與人體結構之間的無限可能。」章桐肯定地回答。

她伸手指了指托盤上那個已經被取出的針筒，「除了這個以外，其餘的6個都是被小心翼翼地植入皮膚軟組織內的，火災過後，死者全身皮膚組織遭到破壞，針尖就開始裸露，很容易扎到別人。我想和我一樣被扎到的人並不少，因為只要搬動死者，人被扎到的可能性就非常大。」

李曉偉點點頭：「沒錯，這混蛋植入的位置都是別人搬動屍體時所必須接觸的位置。」

「還好我的手指沒有被扎破，有驚無險。這樣吧，你去刑警隊幫我打聽一下，最好找到以前曾經接觸過屍體的人，問他們是否有同樣被扎到的經歷，如果有的話，感覺是什麼樣的，有沒有就醫。然後我們在局長辦公室碰面。」章桐站起身，把屍體又推回了冷庫。

她有考慮過是否要接著進行王亞楠屍體的復勘，但是很快便打消了這個念頭，用力拉上了冷庫的大門。

自己還沒有做好足夠的心理準備，再緩緩吧。

＊　＊　＊

可惜的是，他沒有什麼人可以訴說，因為絕對不會有人相信，把整個分局攪得天翻地覆的犯罪天才竟然就是他。

夜晚在街面上行走，他會和往常一樣把衛衣帽子戴在頭上，這樣一來，經過自己身邊的人就不會再想著多看他一眼。他希望別人不記得他長什麼樣，能把他當成個影子最好。

「你怎麼不去死呢？生了你真是倒了八輩子的楣……」

耳畔冷不丁刮過的一句話讓他猶如遭雷擊一般停下了腳步，渾身僵

第四章　有人沒說實話

硬，心也提到了嗓子眼。這是身體對記憶本能的反應。

可是他等來的卻是漸漸遠去的女人的責罵聲和孩子發洩般的哭泣聲。

一陣夜風迎面吹來，他晃了晃腦袋，嘴角露出一絲苦笑。看來，無論怎麼掩飾，一個人最脆弱的地方是永遠都不可能真正隱藏的。

他又開始孤獨地在街上徘徊，就在那個時候，他看到了她。

晚上的月光是很美的，美到明亮的月光下幾乎沒有任何可以用來藏身的地方。繞過石浦子街，他又一次來到了這條熟悉的岔道上。停下腳步站在同樣的月光下，看著同樣的位置，他微微皺眉，記憶中的一幕再次浮現在了自己的腦海中。

那天，也是這個時候，他遇到了她。

她丟了鑰匙，彎著腰趴在地上四處尋找，嘴裡碎念。

猶豫了很久，他終於上前：「需要我幫忙嗎？」

她聽到了，只是微微一愣，隨即點頭默許。後來，鑰匙沒有找到，但是他有幸認識了她，他絕對不會告訴她，鑰匙其實就在他的手心裡握著，他早就找到了，只不過他不會再給她了而已，因為還不是時候。

這是第一個讓他真正感受到心動的女人，他曾經幻想自己從此後能夠和她默默相守。

那段日子裡，他小心翼翼地經營著這段騙來的感情，甚至一度萌發了再也不殺人的念頭。

去年下第一場雪的時候，他鼓足勇氣在她的家門口等她，結果卻換來了憤怒的一巴掌。「你居然跟蹤我！」

聽了這話，他感到說不出的委屈，還差點流出了眼淚。是的，她說得

故事一　襲警謀殺案

沒錯，雖然認識和交往了一段時間，但是她非常謹慎，並且從來都不讓他送她回家。

她劈頭蓋臉地對他怒吼，用他最熟悉的女人的模樣：「滾，你要是敢再跟著我的話，你試試看！」

他的心在寒風中漸漸地變冷，果然啊，這個世界上的女人，骨子裡都是一模一樣的。離開的時候，他隨手把鑰匙丟進了附近的垃圾桶。

他沒有殺她，此後也沒有在她的生活中出現過，兩人就好像從未相識，只是在偶爾經過這個特殊的岔道口時，他會想起那個單純的背影罷了。

不為什麼。

* * *

夕陽猶如鮮血般殷紅，照射在分局的紅磚外牆上，遠遠看去，就好像著了火一般。

章桐坐在局長辦公室的窗口旁，全神貫注聽著方明彙報情況，時不時地偷偷看著天邊的晚霞，出神地思考著什麼。

「第一個死者，龍叔，當了一輩子刑警，破案上百起，因為身體的原因快退休了，卻在新年前的最後一天神祕消失，被發現的時候，他已經死了，死因是鈍器數次擊打頭部導致重度顱腦損傷死亡。」

雙龍峪的郊外，河流浩浩蕩蕩，船隻來往眾多，人工堤壩隨處可見，曾經不止一次發現過溺水者的頭部被螺旋槳在水下打掉一半的案例，但龍叔的情況不一樣。章桐仔細讀過屍檢報告，知道發現屍體時，死者氣管和肺部還有少量泥沙，不排除入水時還活著，也有可能是被打暈入水，而且顱骨的創面與螺旋槳造成的受力面完全不同，至於說腦子的話，也曾經有

第四章　有人沒說實話

人提出說是被魚蝦吞噬，畢竟屍體在水裡浸泡了一段時間，但是她注意到屍檢紀錄上顱骨解剖又顯示腦組織雖然有腐敗跡象，但是斷面整齊，並沒有被啃噬的痕跡。

可惜的是當時的法醫在死因結論中提到——不排除失足落水暈厥，最後在水下受到鈍器打擊導致重度顱腦損傷死亡。結合當時特殊的河流環境，所以案子一直沒有明確的定性方向。這一拖就是十多年。現在屍體早就已經被火化，一切都太晚了。看著批語上王亞楠的簽名以及高度懷疑要求徹查的內容，章桐的心情陷入了難言的苦澀。方明跟自己說起過這一系列案件之所以現在被併案重視，相當程度上是因為王亞楠，只是誰都不會想到她會成為其中之一。

「接下來的第二個死者是一個監獄警察，死因是酒後異物堵塞氣管引起機械性窒息死亡。據說死者在當晚下班後去親戚家喝喜酒，回家後因為家屬上夜班，於是就一個人在家睡覺，第二天早上被老婆發現的時候，身體已經僵硬了。屍檢報告上說，死者舌頭堵在喉嚨裡，導致機械性窒息死亡。我們之所以決定把有關他的死亡事件暫時列入系列殺人案，因為死者生前是警察。」

「舌頭是齊根斷的對嗎？」

「是的。」

「那法醫有查看過舌頭邊緣創面的痕跡嗎？」章桐問。

「有，他拿出來看過，斷裂面參差不齊，不是很平整。」

「屍體有沒有明顯的搏鬥痕跡？比如說十指的指甲縫隙有沒有查看過，屍檢時應該有這道工序。」

「沒有，屍檢報告很簡單。當時死者很平靜，就像睡著了一樣，臉上沒

故事一　襲警謀殺案

有什麼特殊表情，我想窒息應該是在深度睡眠時產生的吧。」方明回答。

聽到這裡，章桐雙眉緊鎖：「我認為法醫判斷的死因是正確的。舌頭產生離斷傷的原因分兩種，一種是絕對不可能由自己造成的齊根離斷，這種必須藉助外力；另一種是傷者在喪失意識的前提下可以自己做到，但是斷裂面會有大部分殘餘。我曾經處理過一個案子，有個醉鬼晚上喝多了，死在街上，被人發現後就送到我那裡，死因是嘔吐物阻塞氣管導致機械性窒息，我在他的口腔和胃內容物中發現了部分斷舌，判定為他在死前因神志不清造成，而那一刻，他的痛感神經並沒有受到損害，因為我在死者的十指指甲縫隙內發現了皮膚殘留物，經鑑定，和他脖子上的抓痕相吻合。所以說，因為劇烈疼痛，他曾經試圖把那半塊舌頭摳出來，但是因為飲酒過量，渾身無力，再加上咽喉部位舌頭上的傷口大量出血，所以，他死亡前就保持著那種抓撓自己脖子的姿勢。」

說著，她回頭看了看身邊坐著的李曉偉：「除非深度昏迷，疼痛一般都會暫時讓人清醒，剛才所講到的 2 號死者，我雖然沒有看到屍體，但是從方明警官的描述情況來看，舌頭的離斷傷是在死後發生的，所以，我贊成他殺結論。」

這話一出，房間裡頓時一片寂靜。

＊　＊　＊

夜深了，他一個人坐在飄窗上，絲毫沒有睡意。此刻，他正全神貫注地畫著一張素描。白色的十六開素描本就架在他的腿上，他低著頭，目光溫柔而又專注，素描雖然還沒有完全成型，但是可以看得出他是非常用心地在畫畫。在他左手邊不到 50 公分的距離處是個 1.5 公尺寬、2 公尺深的熱帶魚魚缸，水聲潺潺，魚兒歡快地游來游去。

第四章　有人沒說實話

　　在這種地方養熱帶魚是非常少見的，再加上他本來生活就很低調，所以就更沒有多少人知道他養這種魚了。在內心深處，他早就已經把牠們當作自己唯一的夥伴。

　　大約三年前，一個偶然的機會，他路過了這裡最大的花鳥市場，本來只是無心地逛一逛打發時間，回家的時候，他卻小心翼翼地帶回了這隻並不小的魚缸，還為此特地僱了一輛三輪車推著回家，因為無論什麼車子都放不進去，魚缸實在是太大了。

　　一個多月後，他又一次從物流中心神神祕祕地帶回了一個密封的大鐵箱，上面貼滿了防水滲漏的保護條。他把箱子搬進了自己的房間，然後打開箱子，忙碌了整個下午。直到最終坐下來時，窗外已經是華燈初上。他就像現在這樣，在淡黃色的燈光下細細打量著魚缸，這時候他更加確信，自己深深為之著迷的，其實就是魚缸中這些可愛的魚。

　　對這些特殊的魚，他有一種相見恨晚的感覺。

　　如果不算尾鰭的話，這種魚的單個個體絕對不會超過 30 公分，頸部短，但是下顎骨十分堅硬，有倒刺，牙齒呈現出銳利的三角形，上下互相交錯排列，身體是卵圓形，通體是灰綠色，背部則是深墨綠色，而腹部是引人注目的鮮紅。這種魚雖然並不大，但是個性非常凶猛，當牠咬住自己的獵物的時候，是絕對不會鬆口的，同時身體瘋狂扭曲，直到把一塊肉活生生地從獵物的身上咬下來才算罷休。

　　一條魚尚且如此凶狠，一群魚覓食時候的場面，那就更為壯觀了。而觀賞牠們進食的過程是他每天最享受的。偷偷摸摸的賣家曾經非常慎重地提醒過他餵食時千萬要小心，尤其是自己的手，絕對不能夠放到水下，哪怕貼近水面都是危險的，因為這幫魔鬼隨時都能讓他的手變成帶著肉渣的白骨。

故事一　襲警謀殺案

　　就像此刻他身旁的魚缸裡，水花翻滾，短短幾分鐘時間，一條身材碩大約有十斤重的鯰魚拚命掙扎，在這群魔鬼之間左衝右突，絲毫不顧自己的身體早就已經被啃食得乾乾淨淨。或者說，求生的強烈慾望讓牠根本就沒有時間意識到自己已經被吃得只剩下了一個腦袋。

　　而這，只不過是牠們的一頓晚餐而已。

　　可別小瞧了這群漂亮的小魔鬼，牠們其實是非常聰明的，捕食時會先攻擊獵物的尾巴和眼睛，因為一旦眼睛受到了攻擊，那麼獵物再龐大的身軀都會瞬間失去抵抗能力，而在死亡的威脅面前，失去抵抗能力就等於接受死亡。

　　這種魚叫食人鯧，不過更多人記住的是牠的另一個名字——食人魚。

　　手機發出了提示的叮咚聲，他放下素描畫，拿起手機，開始專注地看著螢幕上的訊息，臉上漸漸地露出了微笑。好吧，又開始了！自己等的就是這個。

　　放下手機，他深吸一口氣，跳下飄窗，直接來到玄關附近的冰箱旁，打開，取出了一個紅色的塑膠袋，然後慢吞吞地走到魚缸旁。塑膠袋裡的東西早就已經化了，所以袋子表面顯得溼溼的。

　　或許是看到了主人前來，小魚們開始躁動不安，在魚缸裡來回不停地快速游動著，眼睛裡閃爍著興奮與凶狠的光芒。這是牠們進食前的例行熱身運動。他知道，剛才的那條大鯰魚對於這幫小魔鬼來說是遠遠不夠的，現在這個嘛，就當作宵夜吧。

　　他開始有條不紊地把袋子裡的東西一樣樣丟進魚缸，水花翻滾，魚兒們上竄下跳拍打著尾鰭幾近瘋狂。很快，袋子快要空了的時候，水面便恢復了平靜，只有幾根灰白色三五公分長的小骨頭在水裡漂漂盪盪的，逐漸

第四章　有人沒說實話

沉到了水底。他懶得去打掃，剛要準備把袋子隨手丟到垃圾桶裡，突然摸到了什麼，臉上隨即露出了深深的歉意：「你看你看，還有呢，別心急啊！這就給你們，全都給你們！」

話音未落，一塊灰白色的肉塊便被丟進了魚缸，半圓形的，不難分辨出那是人的耳朵。只是短短的一瞬間，那本來已經逐漸透明的魚缸裡又泛起了一小股渾濁的浪花，在魚群散去的剎那消失得無影無蹤。

捕獵是一種樂趣，而餵食則是一種滿足。他痴迷地看著這些瘋狂的食人魚，開始憧憬那即將到來的又一次捕食。

＊　＊　＊

推開門，房間雖然狹小，卻很精緻，與王亞楠一貫的風格很相配。淡紫色的窗簾，一張懶人沙發，瑜伽墊靠窗而放，一個小小的竹製書櫃，上面掛著的花布是聖誕節的時候亞楠和章桐一起上街買的，亞楠堅持說是蠟染的，章桐看她那麼喜歡，也就不忍心戳穿那個小販的把戲。

現在想來，真是物是人非。

章桐不由得輕輕一聲嘆息。

方明放下行李，回頭一臉歉意地看著章桐：「章法醫，妳確定要住在這裡嗎？房間還沒來得及收拾。」

「不用了，就這樣挺好的。謝謝你，方明。」

「章法醫，王姐其他的私人物品還在這個房間的衣櫃裡，我們因為工作太忙了，人手又不夠，所以沒及時清理。」方明指了指衣櫃的方向。

「那就交給我吧，」章桐微微一笑，「今天已經很晚了，謝謝你特地送我過來。」

故事一　襲警謀殺案

＊　＊　＊

　　送走方明後，章桐輕輕關上房門，耳邊立刻變得安靜了下來。這裡雖然是分局的宿舍，離紅樓並不遠，就在一個大院裡，但也並不是每個房間都住著人。李曉偉被臨時安排住在隔壁，兩人約好第二天早上一起去吃早飯。

　　累了一整天了，章桐覺得渾身筋骨痠痛得厲害，她索性蹬掉鞋子，然後盤膝坐在亞楠的床上，環顧房間四周，許久，她終於重重地倒在了床上。床鋪發出了異樣的吱嘎聲。章桐心中不由得一緊，立刻翻身坐起，略微停頓幾秒鐘，然後果斷地又一次臉朝天重重地倒在床上，沒錯，那個聲音讓她屏住了呼吸。

　　她迅速從床上爬了下來，然後俐落地挪開床上的被褥，打開隨身帶著的強光小手電筒開始在床板上一寸寸搜尋。很快，一個顏色與眾不同的卡在縫隙間的木塊吸引住了她的目光，章桐伸出右手使勁地開始掰那木塊。

　　「咚咚咚……」牆壁上發出了有節奏的敲打聲，正在看書做筆記的李曉偉愣了一下，他先是側耳傾聽，抬頭看了看牆壁，突然意識到這是隔壁章桐的房間裡傳來的聲音，來不及多想，他立刻丟下筆，打開門，走廊裡靜悄悄的。他隨手掩上了門，快步來到章桐的房門前，剛想伸手敲，門就打開了，緊接著章桐伸手一把把他拖了進去。

　　房門在身後關上，李曉偉有些尷尬：「妳想幹麼？」

　　章桐瞅了他一眼：「別瞎想。」

　　「那妳……」李曉偉更是一頭霧水。

　　「我需要你陪我去解剖室。」章桐神情凝重地做著準備，「有些事情我沒有助手的話，做不了。」

　　「現在？凌晨兩點半？」

第四章　有人沒說實話

「你怕死人？」章桐有些詫異。

「不不不，我才不怕。」李曉偉趕緊擺手，「只是奇怪妳為什麼現在要去解剖室？」

章桐遲疑了一下，把自己的手機解鎖後，滑開螢幕相簿，然後把手機遞給李曉偉：「你仔細看看吧，這是王亞楠在出事前一個月在沙月節上照的。」

相片中的王亞楠身穿一條米黃色短袖長裙，面容雖然有些消弱和憔悴，但是可以看得出笑得很開心。

「妳是從哪裡弄到這張相片的？」李曉偉一臉狐疑地看著章桐。

「準確來說是手機記憶卡，」章桐回頭瞥了一眼床鋪，眼神悽然，「我們認識五年了，知道她有一個習慣，那就是在自己床鋪下的木板上藏東西，藏只屬於她自己才能知道的祕密。她一個人來這裡這麼久了，這張手機記憶卡裡拍了很多她的相片……我想，她之所以把手機記憶卡藏在那裡，應該也有她自己的用意。我比誰都了解亞楠的為人。你仔細看看，這張相片上背後的橫幅日期，還有，你看看她的腰身和腹部。」

李曉偉茫然地看著手機上的相片，半响，他臉色變了：「她懷孕了？」

章桐點點頭：「至少有兩個月了，因為她比較瘦，所以很容易看出來。」

這時候，李曉偉才意識到了情況的嚴重性，因為王亞楠懷孕的消息包括她最親近的方明在內，都沒有人跟自己和章桐說起過，而且根據紀錄，王亞楠死後，也沒有人出來承認自己是她體內孩子的父親。大家似乎對這件事都絕口不提。

「我擔心亞楠的死會不會和這個孩子有關，所以我必須去解剖室，而且要快。」章桐惴惴不安地說道，「看來我們周圍有人沒有說實話。」

故事一　襲警謀殺案

第五章　一屍兩命

　　無論兩人生前曾經多麼熟悉，死後仍然會變得很陌生。

　　第一眼看見王亞楠的臉，章桐竟然會認不出來。不只是好幾年沒有見到的緣故，更主要的是王亞楠變得憔悴了許多，雖然已經用水沖洗乾淨了，但是臉色依舊發青。

　　復勘工作相對比較簡單。屍體是做過屍檢的，所以章桐所要做的事情就是對比屍檢報告，按照標準屍檢程序再進行一遍，屍表檢查完結後，拆開Y形縫合線，然後做體內相應的複查，胸腔內的所有器官都已經打包後重新被塞了回去，逐一再次拿出稱重和檢驗更需要檢驗者時刻保持冷靜的頭腦。

　　凌晨的解剖室裡安靜得都能聽到自己的呼吸聲，章桐全身心地投入工作中去。她相信自己肯定會找到王亞楠要告訴她的「真相」。所以自己必須拋開一切雜念，冷靜面對問題。

　　「屍檢報告上寫的死者的死因是溺水，是嗎？」章桐頭也不抬地問道。

　　李曉偉點頭：「是的，發現她的時候，就在游泳池裡，那天因為天氣很熱，游泳的人很多，水也並不很深，所以當時沒有人意識到發生事故。而死者是站在游泳池的排水口附近的，發現的時候，她身體向下俯臥，右手卡在水槽裡，拔出來的時候，右手被切斷了，是典型的離斷傷。所以屍檢報告上的結論是意外事故，但是上面打了個小問號。」

　　「後來清理排水口的時候有沒有發現斷肢？」

第五章　一屍兩命

李曉偉搖搖頭：「上面沒有備註說找到殘肢。」

章桐抬頭看著他：「不可能就這麼消失得無影無蹤的。」

李曉偉沒有吱聲。

鋒利的解剖刀繼續向下割去，因為是游泳池溺水身亡，所以並沒有做進一步的解剖，子宮當然也就沒有動。

「我以前接觸過一個案子，游泳池溺水身亡，是個 7 歲的女孩，死因是腿部抽筋跌落游泳池，加上她本身有先天性的心臟病，沒有得到及時救治，在大約僅 1 公尺深的游泳池裡被活活淹死了。當時的情況和亞楠在泳池裡的情況差不多，被發現時，死者也是卡在了出水口附近，因為孩子體形瘦小，而出水口的保護網又正好鬆脫了，結果導致孩子下半身被活活卡在裡面，最後我費了好大的勁才把她完整地拉了出來。各個地方的游泳池入水口和出水口都不是統一標準的，但是像亞楠這樣的離斷傷，確實沒有聽說過。」章桐看著那空空的斷掌根部，長嘆一聲。

「確定是銳器切斷的嗎？」李曉偉問。

章桐點點頭：「沒錯，斷掌傷口周圍非常整齊。我只知道出水口那邊有個閥門，平常不出水的時候會關閉，閥門是不鏽鋼的，會不會是正好卡在閥門裡了？案發時，正好是泳池對遊客開放的時候，那個閥門為什麼會打開再關上？如果是在那個時候打開的話，那股水的吸引力是非常可怕的。」

「難道說真的是一場事故？」李曉偉緊鎖雙眉。

「亞楠的身體非常好，反應也很靈敏，即使懷孕了，我想她的反應速度也不會下降到那種程度，你說對不對？」章桐一邊說著，一邊伸手在工作臺托盤裡換了一把鉤狀探針，然後對打開的腹腔進行處理。

故事一　襲警謀殺案

房間裡的氣氛突然變得有些緊張。

「她的子宮壁變軟，宮頸變厚，並且子宮整體有增大跡象。可以看出她確實懷孕了，並且時間在 8～12 週之間，胚胎也已經開始發育。」說著，章桐小心翼翼地把胚胎放到旁邊的托盤裡，「胎兒長約 40 公釐，體重在 10 克左右，眼皮開始黏合在一起，手腳清晰可見，肘部可以彎曲，可以很明顯觀察到胎兒的心臟……」話音未落，淚水無聲地順著臉頰滑落下來。

「怎麼了？」

章桐搖搖頭，沒有說話。

＊　＊　＊

早晨，一縷金色的陽光慢慢地穿過雲層，照射在警局的紅樓上，從上到下，逐漸籠罩了整座大樓。深秋雖然冷得刺骨，但是空氣清新，章桐突然明白了王亞楠會這麼願意待在這裡的另外一個重要原因。

她更喜歡自由自在，而這裡有著以前從未有過的碧藍的天空，相比之下另一邊冬季總是灰濛濛的。

「妳說什麼？王姐懷孕了？」不出章桐所料，方明的臉上露出了驚訝的神情。

「她最近半年有男朋友嗎？正在交往的男朋友？」章桐問。

方明皺眉想了想，果斷搖搖頭：「沒有，她一直都是一個人，住的也是單人宿舍。」

一邊的李曉偉突然問道：「那她最後處理的一起案子是哪個，你還記得嗎？」

「是一起很小的虐殺流浪狗流浪貓的事件，發生在北西區，那裡是老

第五章　一屍兩命

居民區的聚集地，所以治安本身就不是很好。時間是四個多月前了吧，一直都沒有結果，本來這案子不屬於我們刑警隊處理，但是因為一方面老百姓感到強烈不安，另一方面，派出所那裡也一直毫無頭緒，甚至有些焦頭爛額。」

李曉偉雙眉一挑：「不安？」

方明無奈地點點頭：「是的，虐殺小動物的手段確實殘忍了點，我們接下了這個案子進行調查，希望能盡快抓住這個犯罪嫌疑人，只是事情的發展並沒有那麼順利，而王警官還沒處理完這個案子就出事了。」

「那天她為什麼會去游泳？」李曉偉問。

「天太熱了，下班後我們大家都去了，順便放鬆一下。游泳館離我們分局不遠，季度票還便宜，平時大家就經常去。」

「和我說說那個系列案件吧，方明。」李曉偉輕聲說道。

「好吧，王警官是五年前來到我們單位工作的。她來了沒多久就注意到這一系列所謂的『意外事故』，但是因為當時沒有直接證據能夠證實每一個出事的警察都是被同一個凶手所殺，所以，儘管在會議上王警官多次提到這個問題，卻沒有最終正式併案。但她從未放棄過這個念頭，」說到這裡，方明不由得長嘆一聲，目光悽然，「她對我說的那句話我至今都記得很清楚──意外多了，就不再是意外。後來王警官就開始私下調查和蒐集這一系列案件的證據，從龍叔的案子開始。但是你們也知道，在我們這個地方，很多資源都是比較落後的，包括路面監控，也因為經費的問題只是在主幹道裝了幾個，再想繼續裝就沒錢了。前面警察出事後，因為當時被定性為意外，所以大多連屍體都沒有保留，再加上這裡的風俗習慣，更不會做深度的屍檢工作。對此，工作難度可想而知，她只要一有時

故事一　襲警謀殺案

間就在外面跑，盡一切力量收集證據。後來我們宿舍發生了火災，現場發現了那具焚毀嚴重的屍體，她堅決要求保留下來，說以後總會有辦法查明原因。只是我怎麼也沒有想到，這事過去沒幾個月，她就出事了。我之所以私下去找章法醫，那是因為我是刑警隊的專案內勤，王警官跟我數次交流過這個系列案件的相關情況和案件特徵，她不止一次提到過章法醫，說要是妳在身邊就好了，案子或許早就能併案了，因此在她出事後，儘管分局上司最初反對我來找章法醫，而我也挺擔心章法醫因為程序問題而拒絕，現在看來一切問題都迎刃而解了。我不相信命運，但是我相信她的判斷。」方明看著章桐若有所思地說道。

方明走後，也到了吃午餐的時間，李曉偉關了辦公室的燈，兩人便一起出門準備向食堂走去。經過轉彎處的飄窗臺時，一個人影突然閃了出來，是個年輕的女生，年齡在二十三四歲，看胸口的工作牌是接警臺的。

她一臉的緊張，不容分說就把章桐和李曉偉帶進了一間空著的房間，房間裡堆滿了雜物。「你們是外地來的警察？」

李曉偉和章桐面面相覷，然後點點頭，伸手一指自己胸口的臨時工作牌：「是的，請問妳是？」

「剛才無意中經過你們辦公室的時候，我聽到了你們和方明的對話，我想我知道王警官懷孕的事。」她皺眉說道，「我是接線員警，我叫鄭潔。有一天晚上正好我值班，我接到了王警官的電話。」

章桐立刻繃緊了神經：「電話？她報警了？」

「是的。」鄭潔點點頭，「凌晨3點58分，電話是從北西區打來的，雖然是王警官的手機，但是我們這邊要求過手機必須定位，所以我很快就確定了她的具體位置。」

第五章　一屍兩命

「繼續說。」李曉偉神情凝重。北西區並不是王亞楠所住的宿舍所處的區域，而凌晨3點多沒事還在街上徘徊的正常人也很少。章桐突然感覺到了一陣窒息。

「她說她被強姦了。」鄭潔輕聲說道，「需要幫助。」

「那後來呢？錄音還在不在？」

鄭潔點點頭，皺眉回憶道：「還在。我當時立刻通知人過去，隊員去了現場後給我電話回覆說——她說她喝醉了，說很抱歉，打錯了。」

「不可能！她在撒謊！」章桐果斷地否認，「那是什麼時候發生的事？」

「三個多月前的7月21日，那天我值夜班。」

章桐臉色刷白：日子正好在範圍之內。

李曉偉認真地看著那女孩：「小鄭，妳為什麼會記得這麼清楚？」

鄭潔點點頭：「因為王警官確實是在撒謊。一個多月後的早上，我換班後剛進洗手間，就看見她吐得很厲害，我問她是不是病了，她說沒有。我回想起那天凌晨接到的電話，就感到很奇怪。」說到這裡，她面露尷尬的神情，「你們……你們可別說我八卦啊。」

聽出了對方話音中的欲言又止，章桐便搖搖頭，苦笑道：「沒人說妳，放心吧，我們還要感謝妳呢。我們相信妳。」

鄭潔的臉上這才露出了笑容：「那就好。後來，我就刻意進了王警官剛出來的那個小隔間，你們猜我在垃圾桶裡看到了什麼？」

章桐皺眉看著她：「妳不會是正好看到了驗孕棒吧？」

「沒錯，兩條線！對了，我留下了那段報警錄音。我們這裡的規定是報警錄音一個月清理一次，但是我覺得王警官這個事很奇怪，因為以前從

故事一　襲警謀殺案

來都沒有警察報警說自己被強暴的事發生過。」鄭潔掏出了手機，滑了兩下後遞給章桐，「來，留個聯絡方式，我好把音訊傳給你們。」

＊　＊　＊

鄭潔走後，兩人打開了錄音。

（電腦報時3點58分）這裡是110接警中心，請問你需要什麼幫助？

我被強姦了。（喘息聲、咳嗽聲、電頻干擾聲）

女士，請重複一遍您的要求以及您的姓名和所在位置。

我……（喘息、咳嗽嚴重）我是王亞楠，警號35871，我在北西區一座橋邊，我被強姦了，你們快來人……

（聲音嚴肅）我這就派人過去，王警官，請留在原地別動，我也會聯絡急救車……

錄音很短，章桐皺眉看著李曉偉，目光中充滿了憤怒。李曉偉微微搖頭，伸出手指示意章桐繼續聽下去。章桐打開了第二個音訊資料。

（電腦報時4點21分）這裡是110接警中心，請問你需要什麼幫助？

師姐，我是安志剛，警號35938，我現在就在北西區橋邊，見到王警官了，但是她說沒有被強姦，是她喝多了，錯打了電話。

（短暫沉默）那她現在人呢？在哪裡？

她自己叫了輛計程車走了，拒絕上醫院，說沒事，回去睡一覺就好。

好吧，你們回來吧，我做下紀錄。

錄音結束。

章桐陰沉著臉看著李曉偉：「亞楠在騙人，她從來都不會喝醉酒報假案的，我了解她的為人。肯定有什麼事情發生了，所以才會讓她突然打消

第五章　一屍兩命

了報警的念頭。」

李曉偉點點頭：「走，我請妳喝茶！」

分局對面的小街上有一家茶館，平時人不多，李曉偉和章桐兩人一前一後走了進去。

「一壺普洱，要最好的。」李曉偉朝著茶館的掌櫃打了個手勢，然後挑了個僻靜的位置坐了下來。

章桐不解地左右看了看：「你才來沒幾天，怎麼對這裡這麼熟？」

李曉偉笑了：「我和妳不一樣，妳在解剖室裡一泡就是大半天，我呢，需要思考，自然就出來逛逛了，散散心嘛，妳說對不對？」

說話之間，年輕的小掌櫃笑咪咪地端來了一個托盤，一邊給兩人泡好茶，一邊熱情地說道：「上好的普洱，李醫生是我們這裡的貴客，這壺我們小店奉送。」說著，他又陸續擺上了四個小碟，都是一些瓜子花生之類的通常吃食。

「貴客？」小掌櫃走後，章桐更是糊塗了，忍不住追問道，「不對，你肯定有什麼事情瞞著我。我們到這裡才72小時，你怎麼可能是貴客？而且居然是這麼貴的普洱免費奉送？」

「好吧好吧。」在思考模式只遵循強邏輯原理的女人面前，李曉偉趕緊認輸，他左右看了看，這才壓低嗓門說道，「昨天晚上9點多，我在街上閒逛的時候，正好遇到這家店店主的妹妹想不開要自殺，搞得周圍看熱鬧的都快趕上追明星拍電影了，結果呢，我就陪著她在橋欄杆上坐了一個多小時，然後她就沒事人一樣高高興興地回去了。」說著，他伸手指了指自己面前的普洱茶，一臉的無奈，「他硬要感激我，我也沒辦法拒絕的。」

「自殺？」

故事一　襲警謀殺案

　　李曉偉點點頭，慢悠悠地開始邊喝茶邊聊天：「遇到渣男，被拋棄了，順便被坑走了自己的私房錢，猜想有一萬多塊吧，錢是小事，她看重的是自己的感情。不過幸好她遇到了我。」說到這裡，他不由得看著章桐意味深長地嘿嘿一笑。

　　章桐沒領他這個情：「別扯遠了，說正事。」

　　李曉偉長嘆一聲：「好吧好吧，是這樣的，我覺得有些話不太適合在那邊說，所以拉妳來這裡。妳難道沒發覺不只是王亞楠的案子，還有別的警察的案子，這裡面都有一個內在的關聯嗎？」

　　章桐臉上的笑容消失了，她知道李曉偉如果沒有足夠證據的話，是絕對不會下這樣的判斷的。「你的意思是說有人把警察的情況通知給了凶手？」

　　李曉偉點點頭：「沒錯。但是我不知道是誰，我也不想讓那個傢伙知道我們的下一步計畫。」

　　「就連方明都不能信任嗎？」章桐皺眉說道，「是他叫我們過來的，如果他不出現，我們也就錯過了這些案子。」

　　「不！」李曉偉肯定地回答，「每個案子中都有他的影子，所以我想我們的調查最好獨立展開，我又考慮到不想傷害大家的感情，所以，以後有什麼情況，我們就在外面說。妳同不同意？」

　　聽了這話，章桐沒有吱聲，她覺得李曉偉的結論雖然帶有一些明顯的主觀判斷，但是換個角度想想，其實也是在情理之中的。更何況這是一個針對警察的系列大案，如果想揭開真相，就必須用非常的手段去處理。

　　「我贊成。」

　　李曉偉笑了：「下一步，我們去北西區看看，找一下那裡的街道辦事

第五章　一屍兩命

處，和老太太們聊聊天。」說著，他看了一下手錶，「我和她們約好了，晚上7點半在北西區廣場見。」

「我不擅長和人聊天。」章桐尷尬地說道。

「妳是法醫，平時並不參與辦案，但是這個案子很特殊，我相信妳的朋友也很希望妳參與其中呢。」李曉偉為章桐面前空了的茶杯又續上茶，然後優雅地做了個請的手勢，「這茶不錯的，相信我。」

章桐乖乖地端起了茶杯。

＊　＊　＊

走出茶館的時候，街面已經是華燈初上。兩人招手上了一輛計程車。這是一輛「黑車」。

此刻坐在駕駛位上的他心中狂喜。這兩個傻瓜還不知道自己搭上的是誰的車。

他知道和他們面對面是冒險，雖然臉上沒有寫著「我是殺手」這四個大字，但是他還是忍不住。茶館中他來到了他們的身邊，好像是天賜良機。這麼大的地方，是絕對不會有人發現他們出事的，即使真的出了事，又有什麼人會真的在意？而等別人發現這兩個遠道而來的倒楣蛋失蹤了的話，那已經是第二天了。

最後他卻理智地打消了這個念頭，覺得在茶館店堂裡出手的話，會很危險，自己也不容易全身而退。於是，他頭也不回地直接走出了茶館，來到自己的黑計程車旁，換上一個車牌，隨手按上一個頂燈，然後就等在茶館對面的死角。這個位置，只要是他們從茶館裡出來招手叫車，那麼自己就會是第一個，而茶館裡的人根本看不到自己的存在。

故事一　襲警謀殺案

　　計畫向來都是天衣無縫的，所以他如願載上了這兩個大城市來的小警察。

　　地址是北西區的廣場，他非常熟悉這個地方。路上兩人倒是沒有說話，心事重重地看著窗外的夜景。

　　路上所需的時間不超過一刻鐘，要經過惠山隧道和十八彎，不會有紅燈，所以離目的地並不是很遠。

　　難道說自己要放棄這個下手的好機會？他心有不甘。正在這時，一輛警車閃著燈超過了他的計程車，緊接著在他前面不到50公尺的地方停下，他也就不得不靠邊停了下來。警車上下來一個人朝後面的這輛計程車走來。章桐一眼就認出了他——方明。在檢查過司機的駕駛證件後，方明對車後座上的章桐和李曉偉感到很意外：「章法醫、李老師，你們去哪裡？我帶你們去吧。」也不好拒絕，章桐在付過車費以後，就跟李曉偉一起上了方明的車。

　　看著警車揚長而去，坐在黑計程車裡的他一頭霧水。事情變化得太快了，難道自己的身分被人識破了？抑或真的只是巧合？絕對不可能！不過還有下次，因為自己有的是時間。想到這裡，他又笑了，滿懷希望。真是愚蠢的對手！

　　他深吸一口冬夜裡清冽的空氣，渾身是勁，便搖上車窗，該回家了。

　　想起家裡那些漂亮的小魔鬼，他的臉上露出了得意的微笑。

＊　＊　＊

　　王亞楠的死是打開所有凶殺案的唯一一把鑰匙。

　　對這一點，章桐毫不懷疑。雖然目前為止連同亞楠在內一共死了八個

第五章　一屍兩命

警察，但是真正可以用來做比對的屍體只有三具，而這三具屍體都是明顯有疑點的。

章桐開始懷念起那些各種檢驗所需要的儀器設備，因為在這邊什麼都沒有。

「別抱怨了，章法醫。」下車後，看著章桐一臉愁容的樣子，李曉偉忍不住嘀咕。

「你怎麼知道我在抱怨？」章桐有點意外。

「好啦，都寫在妳臉上了，有眼睛的都看得到。這地方是落後了一點，但是有我的腦子再加上妳的智慧，我相信我們最終會破了這個案子的！」李曉偉誇張地伸了個懶腰。

來往車輛的喇叭聲此起彼伏，而不遠處則傳來了歌曲《小蘋果》的旋律，喇叭顯然已經有了一定的「年齡」，所以聽上去明顯高了三度音，節奏也變得讓人無法忍受。但是跳舞的人們樂此不疲，並且時刻保持著整齊的隊形。

李曉偉衝著章桐招手示意，然後快步向跳舞的人群中走去，沒過多久，他又出現了，只是身旁多了兩位中年婦女。四人走進了廣場邊上的肯德基餐廳，找了個僻靜處坐了下來。

一位身材微胖，身穿粉紅色衛衣的中年婦女點點頭：「你就是李老師電話中提到的章醫生？」章桐心裡一動，抬頭看了滿臉堆笑的李曉偉一眼，顯然說醫生確實比法醫要好得多。

「是的，張阿姨。我們這次來，就是想調查一下前段日子妳們報的警，就是殺狗狗貓貓的案子。同時呢，也想知道一點有關這位警察的情況。」說著，李曉偉伸手從早就準備好的筆記本中拿出了一張王亞楠的相

故事一　襲警謀殺案

片，遞給了坐在對面的兩位大媽。

兩人輪流看了相片後，其中個子比較高，身穿棕色衛衣的中年婦女神情凝重地說道：「我們知道這位王警官後來出事了，據說是在泳池裡出的意外，真的好可惜，她可是個不錯的女人。」

另一位接過話頭，長嘆一聲：「這丫頭挺上心的，三天兩頭朝我們街道辦跑，還跟我們出去走訪調查，對我們也是一口一個『阿姨』叫得很尊敬，她這麼年輕就沒了，真可惜，老天爺不長眼睛！」

「那後來這個案子怎麼說？」章桐忍不住打斷，「抓住那壞蛋了嗎？」

被叫做張阿姨的中年婦女雙手一攤，顯得很無奈：「不了了之了唄，這年頭啊，殺個貓宰個狗的，在某些人眼睛裡真的不算什麼，但是你真要殺，關起門來做這些缺德事也就算了，你們說說看是不是這個道理？這大庭廣眾之下把貓剝了皮、剁了腦袋血淋淋地掛在樹上，人來人往的社區裡，你們說叫那些上學必須經過那裡的孩子們如何面對？他們的心理能承受得了嗎？我看啊，我們大人都尚且不敢去看，更別提那些未成年的孩子了，這可是作孽啊！毛阿姨，我講得在理，對不對？真是一點都不誇張。自從王警官出事後，就再也沒有人那麼上心地管過這事了。」

章桐忍不住追問道：「兩位阿姨，除了這種剝皮斬首示眾的手法，妳們還記得有別的什麼方式沒有？」

「有，多著呢，說出來簡直讓人頭皮發麻！晚上聽了都會做噩夢！我們大家湊錢在那裡裝了監視器都沒有用，沒幾天探頭就被人用竹竿子打壞了。」張阿姨沒好氣地說道。

「這種情況最早是從什麼時候開始的，兩位阿姨對此還有印象嗎？」李曉偉問。

第五章　一屍兩命

「很早以前了，具體年分我記不太清了，反正是斷斷續續的。社區裡經常會不定期地出現什麼死貓死狗死麻雀的屍體，我是指那種非正常死亡的。不過這年頭，喜歡惡作劇的壞孩子多的是，家長都不願意好好管教了。」毛阿姨小聲嘀咕道。

張阿姨突然想到了什麼，猛地用力一拍毛阿姨的肩膀：「妳還記得趙老師家的小君嗎？」

「妳是說住在社區東頭的趙老師？」毛阿姨一臉茫然。

「那妳說我們這北西區還有幾個趙老師？更別提他的女兒瘋了的那個，」張阿姨皺眉說道，「那才叫作孽！」

聽了這話，李曉偉和章桐不由得面面相覷，隨即皺眉問道：「張阿姨，小君發生什麼事了，能和我們說說嗎？」

張阿姨一臉的同情：「我記得那事發生在十多年前的冬天，具體哪一年我不記得了，反正小君那孩子正好14歲，上國三。多麼乖巧懂事的一個小丫頭，長得又漂亮，皮膚白白嫩嫩的，趙老師夫婦倆對她可是傾盡所有啊，結果呢，在她生日那天早上，不知道哪個孩子壞透了，送給她一個禮物，就掛在她的腳踏車上。打開一看，你們猜裡面是什麼？」

李曉偉有些不安：「不會是動物的殘屍吧？」

「沒錯，就是一個狗的腦袋！事後我去看了，哎呀，太血腥了！活生生把孩子給嚇出了間歇性精神障礙，半年不到就退學了。」張阿姨無奈地搖搖頭，「後來醫院來接她的時候，孩子那個哭啊，把我們旁人都給看哭了，小君那孩子太可憐了。」

「那查出來是誰做的了嗎？」李曉偉問。

張阿姨搖搖頭：「怎麼查？一個死狗的腦袋而已，血淋淋的，派出所

故事一　襲警謀殺案

的人來過了，說應該是熊孩子惡作劇，即使抓住也是教育一下還得放人，別的他們也做不了什麼，反正又沒鬧出人命來，就叫我們社區多關心一下這事，後來街道組織大家逢年過節的搞個募捐箱捐點錢給趙老師他們夫妻倆安慰一下。你們說這種事是不是太過分了，居然對一個孩子下手，真是畜生，長大了都不會好到哪裡去！」

「是啊是啊，說到那個王警官，她聽了也覺得很過分呢，為此還特地要求去了趙老師家，當然是由我們陪著去的。趙老師自從女兒出事了以後，就很少和外面人接觸了，早早退休在家，一天到晚神經兮兮地就擔心別人會害他們。真是作孽啊！」毛阿姨附和著點頭，一臉的嚴肅。

李曉偉在筆記本上寫下自己的手機號碼和姓名，把紙撕下後對摺了一下把它遞給張阿姨：「麻煩兩位阿姨下次有機會再去的時候，幫我把這個聯絡方式給他，什麼時候趙老師想談談，任何時候找我都可以，我的手機24小時開機的。對了，張阿姨，妳們還記得小君那時候在學校裡的同學嗎？就是關係得挺好的女同學。」

張阿姨想了想，說：「有，我女兒阿菊，現在在南大上學，去年剛考上研究所。小君那孩子要是沒出事的話，現在也應該學業有成了，當年她的成績可是班裡第一，年年都是，記得每次開家長會趙老師都是要上講臺做報告的……」

李曉偉注意到章桐的臉色有些不對，在向張阿姨要了她女兒的聯絡方式後，便趕緊找了個藉口告辭，兩人走出肯德基餐廳，沿著馬路牙子向前慢慢走去。

在前面不遠處有一座橋，來之前李曉偉查看過地圖，上面顯示是北西區唯一的一座橋。站在橋上，夜風瑟瑟，周圍一片寂靜，雖然和廣場隔開

第五章　一屍兩命

了不到100公尺的距離，卻彷彿是另外一個世界一般，格外冷清。

「這應該是亞楠報警的地方，對嗎？」章桐問。

李曉偉點點頭，他左右看了看，然後伸手一指：「那邊有監控，希望三個月以前的資料他們還有。」他一邊說著，一邊用手機拍下了那家單位所在的具體位置、門牌號以及名稱，稍作整理後就合上了手機螢幕。

章桐忍不住問道：「你在幹麼？」

「我在找系裡的同事幫我。他們能處理這個問題。」就在這時，手機發出了叮咚聲，他低頭一瞥，嘴角露出了笑意，「現在的監控基本上都是無線傳輸影片，會把資料儲存在雲端，我剛才把資料傳給了他，他已經回覆了，最遲明天早上8點前會把恢復的影片發到我手機上。」

章桐皺眉嘀咕了句：「你這是非法的。」

李曉偉搖搖頭：「只是監視資料讀取，或許程序上是有一點點小問題，但是性質上絕對是合法利用，我們只是節約了一點時間而已，誰叫這個鬼地方設備這麼落後呢。而且我同事只是提取那個特定時間段的影像，更何況這是公共場合，並不是私人空間，不會涉及侵犯個人隱私問題的，妳就放寬心吧。」

章桐一臉的勉強：「回分局吧，我還有事要處理。」

李曉偉招手攔了一輛計程車。

故事一　襲警謀殺案

第六章　證據鏈閉環

　　清晨的薄霧仍在胡楊林邊的小路上徘徊，陽光透過高大的樹冠，將斑駁的光影灑在紅樓前光禿禿的草坪上。章桐用力推開法醫辦公室的玻璃窗，深吸一口氣，感到心滿意足。這裡和自己的辦公室相比起來，至少能在房間裡看見足夠多的陽光，呼吸到新鮮的空氣。她揉了揉發酸的眼睛，感到頭沉沉的，這都是熬了一晚上沒睡的結果。伸手關了桌上的檯燈，屋裡便恢復了白天的模樣。而李曉偉則蜷縮在辦公桌的另一頭，兩個長條板凳頭尾一對接，就在上面睡著了。

　　「哎，快醒醒。」章桐輕輕推了推他，看李曉偉終於睜開了雙眼，這才說道，「叫你昨晚回宿舍去睡，你偏不要。」

　　「沒事沒事，在辦公室裡值班我就是這麼睡的，習慣了。」李曉偉嘿嘿一笑，從長條板凳上坐了起來，伸了個懶腰，目光落在雜亂的辦公桌上，「怎麼樣，找出什麼了嗎？」

　　章桐伸手一指辦公桌上的幾大摞檔案：「這是這邊今年一年之內上報的虐殺小動物案件的所有資料，我仔細看過了，北西區的案子是一個人做的，切割虐殺手法相同，雖然我沒有親眼見到動物屍體，但是從上面的現場近距離相片來判斷屍體表面的創口，確實是一個人所為，並且使用的是同一把刀具。」說著，她在紙上畫了起來，「刀刃在9到10公分，全長不會超過20公分，刀刃的厚度不會超過5公釐，並且刀背上有交叉的鋸齒狀，可以臨時用作割斷繩索的鋸子。這些特徵都符合水手刀。但是水手刀

第六章　證據鏈閉環

到處都可以買到，並且價格低廉，所以這些證據就只能證明，這個北西區的虐殺動物案件是一個人所為。而且他殺死的狗隨著時間的推移從小體型到中大體型逐漸發展……」

李曉偉問：「妳擔心什麼？」

「我擔心這傢伙的下一步目標就是人，因為他不會只滿足於殺害小動物，從逐步發展的受害動物體型上來看，就有這樣的趨勢。」章桐輕聲說道，「亞楠之所以盯上這個人應該和我們想的方向一樣。」

李曉偉點點頭，神情凝重：「從心理學角度來講，這傢伙完全符合反社會型人格障礙的類型，因為他漠視生命並且以他人的痛苦為樂，說到這個，我也確實感到很擔心，怕他發展下去會一發不可收拾。」正在這時，李曉偉的手機響了起來，他滑開螢幕，看了沒一會兒臉色就變了，神情有些不太自然。

「出什麼事了？」

李曉偉沒有回答，只是點選了一下螢幕，輕聲說道：「我傳給妳了，那段監控，妳自己看吧。」

章桐拿起自己的手機，點開剛收到的影片，只有短短的不到五分鐘的時長，她默不作聲地看著，雙眉緊鎖，這是高畫質探頭攝製的，所以影像非常清楚。蹲坐在橋邊臺階上的就是王亞楠，可以看出當時她很痛苦也很虛弱，以至於不得不斜靠在橋欄杆上，打完電話後一動不動，十多秒鐘後，一輛車在對面停了下來，可惜看不清楚車牌號，但是車上緊接著走下來的人的背影有些眼熟。

尤其是他的一個舉動，更是讓章桐的心一下被揪住了。那人走到王亞楠身邊就雙膝著地跪了下來，似乎在哀求什麼，雖然聽不到說話聲，也看

故事一　襲警謀殺案

不到王亞楠的臉部表情，但是她雙手抱住了頭用力搖著，似乎是在果斷拒絕什麼，很快那人就匆匆回到車裡駕車離去。只是前後腳的工夫，一輛巡邏車就在橋上停了下來。影片到此戛然而止。

李曉偉一直惴惴不安地關注著章桐的面部表情，見到她面如死灰，不由得長嘆一聲：「看來你已經認出那個男人是誰了，對嗎？」

「目前來看有兩件事情很重要。第一，對王亞楠的屍體做再一次屍檢，並且要嚴格保密，我還要重新勘驗她被人發現的死亡現場，還有另外兩具屍體，我也要做再次檢驗，我肯定遺漏了什麼線索；第二，你立刻幫我把胎兒樣本送到本部做 DNA 提取。」章桐果斷地說道，「樣本就在後面的冷凍庫房。」

「可是，對方不會願意提供 DNA，而且我們直接找他要的話，會打草驚蛇。」李曉偉有些擔心。

章桐輕輕搖了搖頭，冷冷地說道：「我知道他的父親還在，就住在北西區，可以找街道辦的人協助做身體檢查，一旦 Y 染色體匹配上的話，那他就是讓亞楠懷孕的混蛋，光憑這一點，再加上亞楠的報警，就可以先指證他強姦！」

聽了這話，李曉偉心中有了底：「放心吧，我馬上就去。」

「等等，我寫個留言，你找我同學，她在本部 DNA 研究中心，你到那裡後直接找她就行了。」章桐草草地在一張便條紙上寫了一個號碼、一個名字和幾句話後，撕下塞給了李曉偉，「只要你說我的名字，她肯定會優先處理的。」

說完這句話後，章桐便心事重重地站起身，快步向門外走去。

＊　＊　＊

第六章　證據鏈閉環

　　他看上了那條狗，黑色的拉布拉多犬，最多不超過兩歲，體型非常完美，毛髮黑亮得就像一匹黑色的綢緞讓人忍不住想伸手過去摸一下。而且還很乖巧，規規矩矩地在主人的身旁走著，雖然拴著狗鏈子，但是形同虛設，因為明顯可以看出這是一條訓練有素的狗。但是主人顯然是個新手，因為她手忙腳亂，根本就不知道該如何去命令手中這條聽話的拉布拉多犬。

　　見此情景，他不由得暗暗搖頭，真是可惜了。而他，卻完全知道該如何讓一條看似聽話的狗迅速暴露出牠急躁好奇的本性。年輕女孩實際上根本就牽不動這條體重約40公斤重的公拉布拉多犬，與其說是人在遛狗，還不如說是狗在遛人來得更為恰當些。於是，他借用手中的報紙遮住了臉，等女孩走過他身邊的同時，吹動手中的銀色哨子，三短一長，果然，狗耳朵隨之一動，停下了腳步，喘息聲也變得粗了起來。他微微一笑，繼續吹，只不過這一次的節奏變成了兩短兩長。他完全不用擔心有人會聽到狗哨聲，其實就連他自己也無法聽到。但是狗聽到了就足矣。尤其是一條天性服從的狗。

　　黑色拉布拉多果然迅速做出了反應，猛地向路邊的草叢裡撲了過去，女孩一個踉蹌追了幾步後便被狗掙脫了繩索，並被慣性拽倒了，順勢一屁股坐在了泥地上，急得在原地大叫了起來：「拖拖，拖拖，站住！你發什麼神經啊！拖拖！你給我站住……」

　　而黑色拉布拉多犬早就已經不見了蹤影。

　　只要是動物，總是有其本性使然的，無論你曾經付出過多麼大的努力。看著年輕女孩急哭了的樣子，他偷偷地笑了，站起身，開始慢吞吞地收拾起自己的魚竿，今天要早點回家，因為家裡有一個貴客正在等著自己。

故事一　襲警謀殺案

因為激動，他的雙手開始微微發顫，以至費了一番工夫才把魚竿上的線收整齊。

＊　＊　＊

當天下午，河邊的林蔭道上，年輕女孩呼喚黑色拉布拉多愛犬的聲音由遠至近，在她看來，與其四處盲目尋找，還不如就在牠跑丟的地方等，或許，玩累了的拖拖會想到回來。她看見林蔭道旁的河邊上坐著一個釣魚的人，戴著綠色風帽，穿著同樣顏色的防風衣，神情專注地盯著河面上漂浮的魚標，嘴裡唸唸有詞。印象中早上狗狗走失時，這個人也在同樣的地方釣魚。

年輕女孩猶豫片刻，便硬著頭皮向他走了過來：「請問，你見到一條黑色的拉布拉多犬了嗎？有這麼高。」她一邊說著，一邊比劃了一下狗的大概高度。

她注意到那人右手邊的工具箱裡有一把沾血的水手刀，應該是用來殺魚的吧，因為魚桶裡已經有了兩條小鱸魚。

釣魚的人抬起頭，順手摘下了頭上的風帽，一臉的驚訝：「什麼？狗？沒看到。」

年輕女孩快哭了：「求求你了，兩歲的黑色拉布拉多，脖子上的繩子是深紅色的，麻煩你再仔細想想，實在不行請一定幫我留意，謝謝你了！」

釣魚的人卻只是報以微笑：「好吧，我看見了一定幫你把牠逮住。」

「謝謝，謝謝，太感謝了。」女孩終於破涕為笑，轉身繼續四處尋找，準備離開。

「妳左手邊的小樹林裡好像有動物的叫聲，當時我沒有注意，我在聽音

第六章　證據鏈閉環

樂，要不妳去看看吧，不知道是不是妳家丟失的狗。」釣魚的人一臉的善良。

「真的？在哪個方向？」年輕女孩開心極了，雖然依舊淚眼矇矓，卻很明顯沒有那麼傷心了。釣魚的人順手指了指那個不到30公尺遠的小樹林，因為剛好長在一片高大的胡楊林的縫隙中，所以顯得有些不倫不類。

略微遲疑，或許是大白天的緣故，年輕女孩便硬著頭皮向小樹林走去。釣魚的人繼續回頭耐心地盯著他的魚竿和那似乎永遠都漂浮在水面上的魚標，嘴裡開始喃喃自語了起來。

「十、九、八、七、六、五、四、三、二、一……」話音剛落，小樹林裡便傳出了淒厲的慘叫聲，一聲又一聲，夾雜著拖長了聲調的號哭。

他咧嘴粲然一笑，就在這個時候，魚標猛地往下一沉，他不由得哈哈大笑了起來，看來這條上鉤的魚兒並不小。

在他身後，年輕女孩跌跌撞撞地衝出了小樹林，邊跑邊哭，經過釣魚的人身邊的時候，她呆呆地看了他一眼，奇怪他為什麼會笑得這麼開心。

因為只是一條兩斤多重的魚而已，但是在她身後的小樹林中，可憐的拖拖被人活生生地給扒了皮，兩眼也被掏空了，只留下了兩個黑洞洞的窟窿，鮮血淋漓的屍體被掛在樹杈上，隨著風上下輕微晃動，猶如沒有靈魂的軀殼在跳著死亡的舞蹈。

釣魚的人慢吞吞地走進小樹林中，他站在樹杈下看著這可怕的一幕，卻只是嘿嘿一笑：「抱歉了，你的眼睛，是牠們的美食！」

＊　＊　＊

章桐喜歡骨頭，因為無論經歷了多麼可怕的夢魘，骨頭依然是最好也是最終的目擊證人，並且骨頭從來都不會說謊。

故事一　襲警謀殺案

　　人體有 206 塊骨頭，從沉重的股骨到纖細的聽骨，小到差不多一粒米大小，如果粗心的話，甚至於會遺漏在某個不起眼的角落裡，讓人大費周章地四處尋找。

　　從結構上來講，骨骼是生物工程師的偉大傑作，因為它們巧奪天工，無論多麼大的一塊骨頭，都有屬於它自己的特殊使命。重新拼湊骨頭雖然並不是一件非常簡單的事，但是章桐最好的紀錄是 4 分 25 秒。

　　要想知道這具焦屍的身上到底發生過什麼，就必須徹底除去它身上的軟組織。這費了章桐大半天的工夫去尋找所需要的工具。雖然說在條件簡陋的分局處處都受到限制，但是樹挪死、人挪活，還好這裡的法醫已經辭職了，章桐儘管是個外來戶，但至少說話還是很有分量的。

　　乒乒乓乓的鍋灶堆了一堆，章桐換好衣服後，戴上手套、口罩，一邊尋找清洗劑和鹼性溶液，一邊開始燒水，然後分離焦屍。沒過多久，屍骨在沸水中所產生的怪異的腥臭味道開始逐漸瀰漫整個樓道，走過的人無不紛紛掩鼻加快了腳步。

　　方明出現在門口，不由得目瞪口呆：「章法醫，妳在做什麼？」

　　章桐頭也不抬：「做你們之前的法醫早就該做的事情。」

　　「這味道太難聞了，大概還有多久啊？章法醫，樓道裡到處都是。」方明愁眉苦臉地說道。

　　「還有四個小時吧，抱歉了，這房間裡通風設備比較差，大家忍著點吧。你找我有什麼事嗎？」章桐抬頭問道。

　　「這是化驗報告，我放桌上了。」不等她回答，方明放下報告便摀著鼻子一溜小跑消失了。

　　見此情景，章桐搖搖頭，臉上露出了苦笑。

第六章　證據鏈閉環

　　高壓蒸煮製取骨骼是一件非常費力的事情，並不是簡單地把骨骼往水裡一丟就了事，在漫長的等待之後，還要逐一清洗骨骼和剝離剩餘乾淨的肌肉組織，以免屍骨腐爛。三個半小時過後，壓力鍋關火自然冷卻，最後打開鍋蓋，章桐伸手拿過邊上早就準備好的洗衣粉和小蘇打混合液往裡一倒，開始溶解依舊還附著在屍骨表面的油脂，這樣的配方在條件比較差的地方來說已經是很不錯的了。

　　接下來就是分別取出所有的骨頭，然後依次剔除骨頭表面的肉並清洗，最後把它們逐一放在通風架子上。這裡找不到專業的通風架，她就乾脆搬來了辦公室裡的老式工業電風扇，經過改裝後，儼然就是自製的通風架，感覺效果還不錯。

　　除去軟組織的痕跡後，這具在警察宿舍樓火場廢墟中被發現的焦屍就徹底變成了一具乾淨的骨架。身高為 172 公分左右，體形中等，40 歲上下，右股骨和左肱骨有明顯的舊傷，而身為一名警察，身上不帶點傷是不太可能的。從痕跡來看，應該是車禍造成的，時間在十年以上。踝關節、膝關節都有明顯的關節炎，頸椎骨和腰椎也有不堪重負的炎症，這是常年坐辦公室的後遺症，死者生前最後從事的應該是辦公室文書內勤工作。

　　章桐拿著放大鏡繼續仔細地查看下去。

　　舌骨有折斷的痕跡，但是這並不能說明任何問題。因為火場的屍體在受到建築材料重壓後發生骨折也在情理之中。

　　檢查到顱骨正面的時候，她突然眼前一亮，顱骨上的牙齒很明顯地可以看出一條清晰的琺瑯質，這是典型的玫瑰齒。一般來說窒息而亡的死者因牙齦血管破裂出血，齒頸部才會出現玫瑰色或者深棕色。難道說這個死者真的是死於窒息？回想起上次屍檢的時候，死者的胸骨雖然因為房梁的

故事一　襲警謀殺案

重壓而有塌陷的跡象，氣管中是布滿菸灰的，這證明死者最後確實是死於火場吸入有毒煙霧。此刻這玫瑰齒的出現就只有一個解釋——死者雖然因為窒息失去知覺，但是並沒有死。

那麼，究竟是什麼原因造成的死者窒息呢？聯想起死者身上一些要害部位所發現的針管，章桐的目光落在了工作臺上的那本剛剛由方明送過來的化驗報告。她放下手中的頭骨，拿起化驗報告翻看了起來，她知道這份報告能告訴自己，那幾個被植入死者皮下組織的試管中的不明物質，究竟是什麼東西。

「大量胺基酸、海藻和維生素？這怎麼可能？難道是個惡作劇？」章桐無法相信自己的眼睛，可是檢驗報告上寫得明明白白，除了這幾樣東西外，還有就是呋喃西林。怪不得即使被扎了，也沒有人感覺有什麼異樣。她掏出手機撥通了李曉偉的電話，背景很嘈雜，顯然對方正在車裡。

「胺基酸、海藻、維生素、呋喃西林，這四樣東西放在一起，你第一個念頭是什麼？」

「誰家的熱帶魚病了？」李曉偉脫口而出。

「沒錯，呋喃西林雖然是消炎藥，但是一般不給人用，是養魚人的必備之物，尤其是那種熱帶魚。而胺基酸、海藻、維生素這三樣東西放在一起的話就是魚餌，百分百能釣上魚的東西。你是心理醫生，怎麼會對動物方面的知識有這麼多的了解？」

李曉偉嘿嘿一笑：「我沒課的時候就愛看獸醫雜誌，就網路上那種免費的雜誌，別的都要錢。」

「對了，你到了嗎？」

「馬上就到，我很快就回來了，妳放心吧。」

第六章　證據鏈閉環

　　電話結束通話，章桐認真地看著桌上的白骨，許久，不由得長嘆一聲。照這麼來看，那個在他體內植入針筒的傢伙就是一個愛養熱帶魚的瘋子，但是死者的窒息還是沒有找到真正的答案，那個傢伙究竟是怎麼對死者下手的？

　　就在這時，顱骨側面的一處陰影吸引了她的目光，這是一個典型的骨質缺損，長約 2.5 公分，寬約 3 公分，明顯是由鈍器粗糙面以切線方向作用於死者的顱骨表面，造成的表面骨質缺損，形成擦劃痕跡。根據痕跡判斷，凶器應該是一把長柄錐子。翻轉至顱骨頂部，因為受到火燒，有一定的崩裂性骨折跡象，這和死者被發現時的焦屍狀是完全配得上的，因為在高溫的灼烤下，顱骨表面受熱過度會產生這種類似於高墜的特殊情況。

　　章桐皺眉想了想，隨即用骨鋸從額骨上方開始往下鋸，眼前的一幕讓她頓時屏住了呼吸，頂骨骨縫之間有明顯的出血痕跡，並且呈發散狀向四周散開，幾乎遍布整個顱骨內部，而傷口與火燒所引起的骨折混雜在一起，難怪自己最初屍檢時會忽略。由此可以看出死者在不知情的狀況下受到來自外力的打擊，根據骨折著力點方向判斷不是一下，而是很多下，再加上外力作用下按住死者的頸部，舌骨骨折，導致死者暈厥。而這把火是在死者徹底失去反抗能力以後放的。當時凶手以為受害者已經死亡，所以放火掩蓋自己的作案痕跡。

　　只是很可惜這一切線索都被忽視了。時間已經過去了大半年，火場也早就被清理乾淨，唯一的證據就是自己面前的這具骸骨。

　　繼續看下去，死者的雙向肋骨確實有明顯的骨摺痕跡，從創面來看，也是死後造成的，這與現場報告中發現死者被埋在一堆火場建築垃圾下面完全可以連繫上。

　　那麼，凶手的作案動機究竟是什麼？

073

故事一　襲警謀殺案

＊　＊　＊

局長辦公室裡，章桐開始總結自己的屍檢報告。

「可以得出結論——死者在與凶手接觸時，被凶手突然用硬物暴力打擊頭部，導致暈厥，凶手接著採取掐頸等手段讓死者徹底失去知覺。然後開始埋針筒，在逃離現場之前放了一把火毀滅罪證。凶手本以為死者早就已經被自己掐死了，所以才會放心大膽地做皮下埋植針筒的工作，誰知那時候死者還沒死，真正奪走死者生命的正是隨後的那場火災。而根據現場報告來判斷，死者是在警察宿舍樓的地下室被發現的，那裡平時用來儲存雜物和過冬食物，大火燒穿了樓板，導致平房坍塌，屍體下墜，掉入地下室後被水泥屋頂掩蓋重壓，這樣才導致胸口嚴重塌陷。」章桐指著辦公桌上的幾張屍檢相片說道，「我最初進行屍檢時，因為是焦屍，再加上現場已經不存在，並且死亡原因沒有可疑之處，所以就忽視了死者的腦硬膜下血腫，要知道火災現場的過火屍體身上因為高溫灼烤也會形成一些骨折的跡象，但是像這樣的顱腦內部傷害是不會形成的。所以說，這個死者的死亡性質毋庸置疑是他殺！」

局長聽了這話後，想了想，問道：「那身分確定了嗎？是不是我們系統裡的人？」

「是的，一位輔警內勤，單身，在這邊沒有家人。出事前請假回老家探親，說是母親病了，都以為他已經回去了，後來就一直沒有下落，我們也沒往他出事上面去想，以為在他家裡耽擱了，所以沒有及時回來。後來他一直沒來上班，也沒接電話，王警官就覺得奇怪，懷疑他遇害了，死者就是他，但是技術那邊比較薄弱，又因為實在是想不出為什麼凶手要對他下毒手，而且，輔警屬於合約制，沒有編制，來去都比較自由一些，沒辦

第六章　證據鏈閉環

法，王警官就只能堅持保留下來屍體再說。」方明轉而問章桐，「章法醫，連環殺警凶手的特徵是死後拿走死者身上的某個器官，但是這具屍體身上並沒有丟失什麼，這個怎麼解釋？需不需要另外獨立出來？」

章桐搖搖頭：「他這一次是沒有拿走什麼，但是他留下了這個。」說著，她把那份有關針筒的檢驗報告放在桌上，「內容物是魚餌和一種治療熱帶魚皮膚病的抗生素類藥物痕跡。」

「什麼意思？」局長不解地問道，「為什麼要留下這個？不是多此一舉嗎？」

章桐苦笑：「這個凶手顯然是一個非常自大的人，每次帶走的都是死者身上最珍貴、最引以為傲的東西，充滿了嘲諷的意味，而這一次，他這麼做所要嘲諷的對象，我想就是我們法醫了。因為從埋下針筒的位置來看，只要是搬動屍體的人，都會被扎到，從而引起恐慌，由於針管中的東西是未知的，有時候過度恐慌也會要了人的命。而對我們從醫的人來說，越是這種東西所引起的條件反射就越嚴重，我想，這個凶手非常懂得控制人的內心世界。」

聽了這話，方明輕輕嘆了口氣：「章法醫，謝謝妳，如果沒有妳的話，我們這位同事的真正死因或許到現在還沒人知道。」

章桐搖搖頭：「這是我的本職工作，不用那麼客氣。」

「方明，那個李敏身上的迷幻劑檢驗報告上是不是什麼都沒有檢查出來？」趙副局長一邊翻看桌上的檢驗報告，一邊問道。

方明點點頭：「是的，她的血液中並沒有檢查出有迷幻劑的痕跡，是乾淨的。」

「難道說她的死亡就只是酒後駕車引起的？」

故事一　襲警謀殺案

章桐搖頭：「我們不能迴避死者的耳朵被人割走了，這符合那個殺警凶手的作案標記。」

「但是死者確實是死於酒後車禍，還造成了另外一名無辜群眾的身亡，這是無法否認的事實。」方明嘆了口氣。

「等等，」章桐突然想起了什麼，「我記得在做屍檢的時候，她的胃內容物中有菌菇類的東西，你能幫我打個電話給酒吧嗎？」

「沒問題。」方明拿起桌上的電話聽筒，「需要我問什麼？」

「幫我問一下他們當晚的食材供應中是不是有一道菜裡含有牛肝菌類的東西？」方明點頭，幾分鐘後他掛上電話，肯定了她的想法，「是的，他們每晚都有一道招牌菜──紅酒牛肉燉牛肝菌，據說銷量不錯，很多人都愛吃，難道說這個菜有問題？」

「這道菜沒有問題，西餐中的典型菜式，但是他們用的牛肝菌可能有問題，應該是褐黃牛肝菌，別名叫見手青，就是手摸菌體的時候，菌體就會變成青色。這種特殊的牛肝菌如果做好了，是一種美味，但是一旦炒製方法不當，就會中毒，讓人產生幻覺和興奮感，最初只是頭暈或者想嘔吐，跟喝醉了一樣，中後期時是昏睡不醒，這些都是因為褐黃牛肝菌毒素直接對人體的神經系統發生攻擊後產生了一系列幻覺。」章桐皺眉想了想，說道，「這家酒吧應該是刻意讓人產生這種幻覺的，而這道菜之所以會暢銷，也全都是因為這個褐黃牛肝菌在裡面有了關鍵性作用，它的毒性不亞於植物類的毒品。」

趙副局長聽了，臉色頓時陰沉了下來：「小方，記下來，會議結束後，馬上派人聯合衛生部門的人一起到那家店去好好查查。那些經常去吃的人，一問就知道。」

第六章　證據鏈閉環

　　方明點頭，在筆記本上記錄下了要點。

　　「章法醫，妳接著說，因為李敏的車禍，我們必須盡快定性，這樣好對那位被撞死的無辜群眾做一個合理的賠償。」趙副局長轉而看著章桐。

　　「目前看來，車禍確實是李敏造成的，而她的死也是因為沒有繫好安全帶。但是我個人認為在那種中毒狀態下，李敏是沒有辦法開車經過那麼多路口的，她並不是盲目地在駕駛，而褐黃牛肝菌中毒是會影響人的判斷力的。李敏的屍體上顯示她的喉嚨有過敏的跡象，這和褐黃牛肝菌的中毒症狀相吻合。但是車禍發生時，車內的副駕駛座位上應該還有一個人，而他是牢牢地繫好安全帶的，這也就可以解釋為什麼在李敏的屍體上找不到她的耳朵。車禍發生後，那人從車上下來，第一件事就是繞到死者身邊，割掉了她的耳朵。」說著，章桐突然神情一變，「等等，我忽略了一個要點，方明，跟我走一趟。」說著，她伸手拉開辦公室的大門快步走了出去。

　　真相其實一直在自己的面前，章桐卻直到現在才突然意識到。她推開解剖室的大門，不由得淚眼婆娑，原來亞楠早就已經意識到了其中的關聯所在啊！

故事一　襲警謀殺案

第七章　特殊的晚餐

　　血的漩渦在冷水中蕩漾，最後緩慢散開，浮起一片片花紋，復歸平靜。一塊肉在水裡清洗過後就會變得異常慘白，那是因為它內部僅存的血管中最後一點血已經完全被擠壓了出來，而沒有血的肉，注定就是慘白的。

　　殺那頭黑色拉布拉多犬的時候，他刻意剁掉了那隻肥肥的後腿，估摸著怎麼也有四五斤重吧。他把牠分成了三塊，另外兩塊放在冰箱裡，而手中這一塊則被小心翼翼地剔除了骨頭。他一遍又一遍地清洗肉的表面，直到確定再也沒有雜質了，這才心滿意足地把肉塊丟進了那隻巨大的魚缸裡去。

　　本來平靜的水面突然翻起了陣陣水花，為了爭奪這難得的美食，巴掌大小的食人鯧爭先恐後地向獵物猛撲過去，儘管獵物已經完全沒有了生命。魚群徹底包裹了那塊狗肉，在水中不斷地來回掙扎著、翻滾著。飢腸轆轆的食人鯧吃肉的速度是異常快的，快到讓人無法想像。

　　雖然和這幫可怕的小魔鬼只隔著一層厚厚的魚缸玻璃，但是他的目光依然充滿了興奮和崇敬。他渴望有這樣的速度和激情，而旺盛的精力是他繼續生存下去的勇氣。有時候，夜深人靜，他常常會把自己想像成這幫在魚缸中來回逡巡的食人鯧中的一員，毫無顧忌、自由自在地露出自己鋒利的牙齒，獵捕所帶來的興奮充斥著他的腦海。

　　只是奇怪的是，最近或許是哺乳類動物的肉塊吃多了的緣故，食人鯧

第七章　特殊的晚餐

開始越來越習慣那種特殊的血腥味了，對他投入魚缸的魚肉根本就視而不見。但是這樣又有什麼問題呢？牠們的本性就是攻擊一切能吃的肉類生物，或許是自己的溺愛成功激發了牠們嗜血的本性吧。想到這裡，他粲然一笑。魚群散去，魚缸中那塊狗肉蕩然無存。透過魚缸的那層玻璃，他分明看到了那些四處游動的食人鯧的眼睛中所流露出的尚未滿足的渴望。

　　　　＊　＊　＊

站在胡楊林邊上的小樹林裡，章桐看著面前樹杈上可憐的狗屍發呆。顯微鏡下的比對結果是完全吻合的，而亞楠當初之所以對北西區這個案子這麼關注，想來她肯定也是看到了其中的內在連繫，只不過兩人的發現方式截然不同罷了。

傍晚的天空布滿了緋紅色的晚霞，室外的氣溫也在逐漸下降。狗的屍體被凍得硬邦邦的，雖然已經死去了大半天的時間，但是屍身並沒有腐敗，而創面的痕跡也非常清楚。章桐示意方明幫忙把狗屍體放下來，平鋪在黑色塑膠布上。兩盞車載應急燈分別從兩個不同的角度照射到狗的屍體上，光線是足夠了，她活動了一下有些僵硬的手指，然後戴上手套，跪在一旁的地上，開始對黑色拉布拉多犬進行現場的屍表檢查。

「凶手是用同一把刀進行分屍的，狗屍體上所有的創角都非常銳利，數條淺表的切痕都帶有典型的延長線，而從被剜掉的狗眼眶裡參差不齊的表面也可以斷定凶手用的就是那把被磨得非常鋒利的水手刀。還有一個原因，可以認定是同一把刀，就是這把刀的刀尖有缺損，所以每次的切創痕跡都會在固定的位置上留下一個怪異的直角痕跡。」說著，章桐騰出雙手在空中比劃了一下，「我在李敏的耳根部也發現了類似的小缺口，因為它不同於我們一般使用的刀，刀刃有一定的厚度，刀尖如果有缺損的話，切

故事一　襲警謀殺案

刺創上就很容易看出來。任何一把刀所造成的創面都會有一個特殊的痕跡留下，等同於人類的指紋。所以，我可以斷定，殺這隻狗的人和前面的一系列殺狗殺貓事件有關，而且和李敏的被害案件也有關。這裡應該就是這條狗跑丟的地方，對嗎？」章桐抬頭看著一邊站著的方明問道。

方明點點頭：「是的。狗主人反映說本來很聽話的狗在這附近突然發了瘋一樣竄進樹林就不見了，而這條狗曾經被專門送去犬隻學校進行禮儀學習，是一隻非常聽話也很懂規矩的狗，智商並不低，也從不違背主人的任何意願。就是不明白狗為什麼會突然跑丟？」

聽了這話，章桐臉上的表情頓時凝重了起來，她若有所思地低頭看著黑色塑膠布上殘缺不全的狗屍體，半晌，果斷地說道：「只有一種可能，就是狗哨子。」

「狗哨？」

「是的，狗哨是一種專業的哨子，能發出人類耳朵不能聽到的超音波，只要懂得使用它，就能很輕易地命令狗做出任何動作，尤其是服從類工作犬，哪怕這狗沒有經過任何訓練，聽到狗哨後，牠也會出於本能而做出違背主人指令的動作。」章桐一臉同情地輕輕撫摸著早就僵硬的狗屍體，長嘆一聲，「可憐的小東西，我想牠怎麼都不會想明白自己會死在嚴格遵守指令這個本能上。」

不遠處林子邊上的年輕女孩在聽了這些話以後，哭得更傷心了，抽泣著說道：「肯定是那個人做的！那混蛋！那混蛋、死變態殺了我的拖拖……」

章桐和方明聽了這話後不由得面面相覷。

「妳說什麼？妳見到凶手了？」方明的神情有些緊張。

年輕女孩斷斷續續地把下午找狗的事說了一遍，然後憤憤然說道：「就

第七章　特殊的晚餐

是他，肯定就是他！那時候周圍就只有他一個人，而且，他的魚桶裡有一把刀，還帶著血，我看到了的！」

「魚桶裡有魚嗎？」方明問。

女孩點點頭。

方明笑了：「釣魚的隨身帶刀很正常，便於分割魚的身體。」

章桐聽了，心卻是一動：「那刀是什麼樣的，妳能跟我比劃一下嗎？大概的樣子就好。還有，它的背上是不是交叉的鋸齒狀？」

年輕女孩一邊比劃一邊點頭：「沒錯，就是那個樣子。」

章桐讓方明到一邊，小聲問道：「這條河附近釣魚的人多嗎？」

方明點點頭：「是有，但不是很多。」

章桐沉聲說道：「我想，你們要找的是一個喜歡釣魚的人，受過專業訓練，他有一把水手刀，刀尖斷口在 1.5 到 1.8 公分。那人性格內向，不太引人注意，卻極富心機，而且，他獨居的可能性非常大，家裡還養了熱帶魚。當時你和王警官一起調查北西區案子的時候，應該對這種人有印象，對嗎？我記得你應該就是住在北西區的。」

方明點點頭，一言不發，臉上的神情格外凝重。

遠處，一群晚歸的烏鴉被驚動了，撲騰著翅膀猛地騰空而起。

章桐依舊坐在臨時的辦公桌旁，現在她心中只有一個疑問，那就是為什麼王亞楠屍體上的刀痕無法和那把水手刀匹配上。她一遍又一遍地看著顯微鏡，紋路始終都無法比對上，而游泳池出水口的閘門是無法造成這樣的傷口的，除了電鋸！

太陽穴痛得厲害，章桐抬起頭瞥了一眼桌上的手機，靜悄悄的，李曉

故事一　襲警謀殺案

偉一直都沒有電話打過來。她開始擔心了，不知道是否一切都順利。來的時候也沒有帶止痛片，她只能長嘆一聲，強迫自己集中精力去思考眼前的問題。

難道說是因為自己的情緒太不穩定了，所以才會一直都無法抓住凶手的尾巴？她皺眉想了想，站了起來，快步走向後面的解剖室，拉開冷凍櫃門，3327，她又一次開始仔細查看王亞楠的斷手創面。

突然，她呆住了。

「天呐，我怎麼這麼蠢！傷口是死後造成的！」章桐衝到室外撥通了李曉偉的電話。

「我剛拿到檢驗報告，正在趕回來的路上。差不多還有一個小時的路程吧⋯⋯」電話剛接通，李曉偉興奮的聲音就在電話那頭傳了過來，但是他沒有聽到章桐的說話聲，便感到了異樣，「出什麼事了？」

章桐深吸一口氣：「亞楠不是被那個凶手殺的，她的死是被刻意偽裝的，我剛才查了她的病歷紀錄，知道她在死前一直在服用葉酸，我懷疑她的葉酸被人做了手腳，但是現在已經無跡可尋了，因為我沒有在她死後的第一時間趕到現場，我感到自己好無能！」

李曉偉長嘆一聲：「不，妳冷靜一點，妳沒有錯，目前這些證據足夠證明她的死有很大問題，我很快就趕回來了，妳馬上鎖好辦公室的門，不要讓任何人進來！除了我，不要讓任何人進來！」

「難道說⋯⋯那孩子⋯⋯」章桐感到天旋地轉，她不得不伸手扶住身邊的圍牆。

李曉偉的聲音格外沉重：「妳的判斷是正確的，對不起。我已經聯絡了趙副局長，後面的事就交給我吧，妳注意安全。」

第七章　特殊的晚餐

「我知道該怎麼做了，謝謝你的提醒。」章桐果斷地結束通話電話，然後回到房間把屍體推了回去，鎖好門，也沒回辦公室，只是拿了一件外套離開了分局。

夜晚的天空深邃而悠遠，一顆流星劃過天邊很快就消失得無影無蹤。

＊　＊　＊

他沒想到方明會站在自己的家門前，所以在短暫的驚訝過後就是一臉的驚喜：「你來啦，快請進！」要知道在這之前，自己是無論如何都無法請到方明來自己家坐一會兒的，哪怕只是一小會兒，因為不只是身分的問題，私底下方明根本就瞧不起他。

但是冥冥之中就有一根無形的線把他們緊緊地連繫在一起。他和方明是從小玩到大的同學，如果不是發生了那件可怕的事情的話，他現在肯定也和方明一樣有著正當的職業，至少不會低著頭過日子。

在周圍人的眼中，他就是一個徹頭徹尾的失敗者，而且也不吉利，因為他的父親就是因他而死，至少在母親眼中是這樣。

不過母親的出現與否，對於作為名義上的兒子的他，都已經不重要了。

方明眉宇間神情顯得有些疲憊，他手裡拎著兩瓶酒，還有打包的雞爪和花生，一言不發地進了門。

關上門後，方明先是厭惡地瞥了一眼他身後的大魚缸，接著順勢一轉身，衝著他晃晃手中的酒瓶，很隨意地拉開屋裡的摺疊桌子：「來，喝一杯，今晚我請客。」說著，他皺了皺眉，嘴裡嘀咕道，「你那老媽呢，今天沒來看你嗎？」

故事一　襲警謀殺案

「她最近又認了一個乾兒子，猜想早就把我忘了吧。」他苦笑道，「反正我已經習慣了，我又不是她的親兒子。」

昏黃的燈光下，屋裡的一切陳設都變得有些搖曳不定，窗外氣溫有點不正常，突然下起了暴雨，樹枝拍打在玻璃窗上，發出了噼噼啪啪的聲音，就好像有人在不斷地敲打窗戶一般。

酒杯是那種一次性的紙杯，這倒沒什麼的，他本來就不在意這些細節。只要能喝得暢快，就已經達到目的了。一個人的時候，他也愛喝酒。「吃，我們聊聊。」看得出方明心情沉重。

「怎麼了，有什麼想不開的嗎？」他小心翼翼地問道，說實在的，打從心裡，他還是很害怕方明的。畢竟他是警察。而這麼多年來自己的生活所需，很多都是方明的慷慨贈予。所以與其說是曾經的同學，倒不如說是親如手足的兄弟。但是讓他感到痛苦的是，在別人面前，方明都會裝作不認識他。

「沒……沒什麼。只是想陪兄弟喝喝酒而已。」方明長嘆一聲，絲毫不去在意自己眼角滲出的淚花，他看了一眼自己的手錶，「還有半小時，就又是新的一天了。」

他隱約感覺到了異樣，便輕聲說道：「阿明，你有心事，說吧，憋著不好。這麼多年來我一直沒什麼機會報答你，你想要我做什麼我都會答應你的。」

「啪！」響亮的一巴掌狠狠地落在了他的臉上，火辣辣的，緊接著就是一聲怒吼，「我沒叫你去殺人！」

他呆住了，愣愣地看著方明，半天都沒有說話。

「你為什麼要這麼做？我忍了你一次又一次，我把他們的事情告訴你，

第七章　特殊的晚餐

那只不過是在發發牢騷而已，誰叫你去殺人了，你這個混蛋！」說著，方明就像一頭發了瘋的獅子直朝他撲了過來，拳打腳踢。

他沒有還手，面無表情，任由方明揍他。終於，一切都安靜了下來，房間裡一片零亂，方明氣喘吁吁地靠在沙發上，兩眼仍然死死地盯著他。

他默默地站了起來，用手背擦去嘴角的血漬，咧嘴一笑：「你打夠了沒有？不夠再來！我知道我欠你的，這輩子都還不清，所以我這條命是你的，你要的話就隨時拿去吧。我絕不後悔。」

「我要你的命做什麼！」方明重重地哼了一聲，把頭轉向了另一邊，聲音中充滿了疲憊與無奈，「你明天去自首吧。」

「自首？」他感到很奇怪，就好像這輩子第一次聽見這兩個字一樣，神情茫然，「我為什麼要自首？」

「因為你殺了人，你要付出代價，接受法律的懲罰！」方明的聲音平淡而毫無感情。

「他們該死！警察都該死！他們無能，害死了我的爸爸，讓我成了孤兒，他們該死，都該死！」他突然像瘋了一樣暴跳如雷，就好像變了一個人一樣。

方明目瞪口呆地看著他：「我跟你說過多少遍了，你父親是意外身亡，和警察沒有任何關係。」

「不！如果不是警察抓了他，他會想到去跳窗嗎？」他瘋了，壓抑在心頭多年的怨氣一下子迸發了出來。

方明皺眉看著他，半晌，緩緩說道：「那我也是警察，你要殺我嗎？如果要殺的話，來吧，桌上有刀，你隨時可以捅死我。」

聽了這話，他就像被針扎了一樣渾身一顫，拚命搖頭：「不，你是我

故事一　襲警謀殺案

的好兄弟，我不能殺你，我不能對不起你，我的命都是你的。」他慢慢抬起頭，呆呆地看著方明，咧嘴一笑，「如果十多年前你沒有放我一馬的話，我現在肯定就是另外一副樣子了。」

方明臉色鐵青：「你害了小君，毀了她一輩子，我不應該包庇你的，我當時就錯了。你真的是個魔鬼！」

房間裡的空氣頓時凝固，只有窗外的暴風雨似乎才是這個世界上唯一的聲響。

方明站了起來，抓起還沒有被打碎的那瓶酒打開瓶蓋仰頭一飲而盡，長長地出了口氣，這才瞇著眼睛看著他，輕聲說道：「過去的就讓他過去吧，別的事情你也不用去做了，明天你去自首，把所有的案子都認下來，還有啊，我怕你記不住，往你的信箱裡發了一份清單，你在寫自首書的時候可以照著上面寫，反正都是你自己做的事，我想你應該不會那麼健忘。自首的話，政府也會酌情給你寬大處理，或許你表現好了還能保住這條命，反正你的後半輩子不愁沒人照顧你了，你也不用天天去釣魚了。對了，阿狗阿貓的，殺牠們幹麼？智障！小兒科！」丟下這些話後，他轉身就向門外走去。

「等等，如果我去自首了，那我的魚怎麼辦？」他怯生生地問了一句，「牠們不能沒有人照顧的。」

「噁心人的東西，都丟掉！害人精！」話音剛落，大門打開，冷風撲面而來，方明的身影很快就消失在了夜色中。

站在窗邊，他無神的目光注視著窗外漆黑的夜幕，兩束車燈逐漸遠離，他的心也頓時降到了冰點。

身後桌子上的電腦還開著，他搖搖晃晃地來到桌前坐了下來，打開信

第七章　特殊的晚餐

箱，果然看見了一份署名為備註的東西，上面詳細地列出了遇害警察的姓名、時間、地點以及案件特徵。依次看完所有的名錄，他不由得苦笑，嘴裡喃喃自語：「還真是為我考慮周到呢！」

目光停留在最後一個名字上面，他點點頭，輕聲說道：「好吧，還有最後一個沒做完，今晚應該還來得及。」他果斷地關上電腦後便站起身，慢慢地走出了低矮的平房。

＊　＊　＊

雨越下越大，天地間出現了一道厚厚的雨幕，壓得人幾乎喘不過氣來。北西區西新派出所的值班警員是個憨厚的當地人，姓丁，40多歲的年紀，因為常年在基層工作，非常有耐心，見人也總是笑容滿面的，這倒把章桐搞得很不好意思。

「對不起，丁叔，耽誤你下班了。」章桐滿懷歉意地說道。

丁叔搖搖頭：「幫妳忙是應該的，王警官曾經在我們所裡掛過職，很關照我，她的案子我理當出力，這麼點時間又算什麼，妳說對不對？」

「那謝謝丁叔的支持，我這就回去了。」章桐準備告辭，她滿腦子想的都是李曉偉，這麼大的雨，不知道他會不會一路安全地到達。

丁叔順手給了她一把傘，誠懇地說道：「我知道妳們大城市來的人都很忙的，我也不留妳了，案子要緊，這傘妳留著用，有時間經過這裡再還給我也不遲。」想了想，又順手從門背後拿了一件工作雨衣披在她身上，「這是王警官的，她走後一直掛在這裡沒人用，妳和她身材差不多，這個給妳用剛好。」

「謝謝！」章桐用力點點頭，撐著傘走進了大雨中。

故事一　襲警謀殺案

　　從西新派出所到分局宿舍步行大約需要十分鐘，雨越下越大，章桐抬眼四處看了看，一片灰濛濛的，耳邊只是嘩嘩的雨聲。她突然感到有些不安，李曉偉開車回來，這麼大的雨路上可真得小心。

　　走進宿舍，經過門口的保全室時，看見門開著。章桐也並沒有多想什麼。

　　三層的宿舍樓這個時候卻非常熱鬧，難得的一場大雨酣暢淋漓地下著，讓乾旱了很長時間的這裡顯現出另外一種景象。

　　她收起了傘，一邊低頭整理身上的雨衣一邊往樓上走去。在樓道裡，她和一個身穿棕色軍用雨衣的人擦肩而過。直到對方走出去好幾步了，章桐本能地回頭又看了他的背影一眼，或許是錯覺，她感覺到對方剛才看自己時似乎帶著一絲詭異的笑容。

　　她騰出手揉了揉發痠的眼睛，這幾天自己的神經一直緊繃著，不過很快就可以放鬆了，只等李曉偉回到雙龍峪，那麼在證據面前，誰都無法抵賴了。章桐想回宿舍好好洗個澡再說。

　　房間在樓道轉彎過去的第四間，章桐站在門口，伸手在口袋裡摸鑰匙，突然，她聽到了屋裡傳來的座機電話鈴聲，她正在想是不是誰打錯了的時候，一聲驚天動地的巨響驟然而起，灼熱的氣浪裹挾著四分五裂的碎玻璃把站在門口的章桐給猛地掀出二樓的扶手欄杆直接掉了下去。

　　在被摔暈過去的最後一刻，章桐非常確信自己聞到了濃烈的煤氣味道。

　　眼前瞬間一黑，天地間變得鴉雀無聲。

　　死，原來是一件如此容易的事情啊！

＊　＊　＊

　　爆炸，火光，碎片騰空飛舞，人們從震驚中清醒過來後所做的第一件

第七章　特殊的晚餐

事就是趕緊尋找倖存者。救護車的警報從城市的另一頭響起，混雜著消防車的警笛聲，撕裂了這寂靜的凌晨夜空。

他笑了，心滿意足，在確信自己的計畫成功了以後，這才轉身鑽進車裡，然後心情愉快地開著這輛已經報廢的二手車慢悠悠地回家去了。他牽掛著家裡的魚兒們還沒有吃晚餐，是自己失誤了，怎麼可以讓牠們餓肚子呢？想著那些靈動的小眼睛，他又感到了無法言表的興奮，今晚這頓特殊的晚餐，自己一定會盡力而為的。

＊　＊　＊

雨後初晴，東方泛起了魚肚白，兩輛警車一前一後風馳電掣般地衝過街頭，向北西區老住宅集中地開去。

李曉偉憂心忡忡地坐在第一輛車的副駕駛座椅上，身後坐著刑警隊的副隊長萬江，大家此刻的心情都很糟糕。章桐被送到醫院後到現在還在急診室搶救，沒有消息。

昨天因為大雨，道路被淹，自己沒辦法，只能步行繞道，走了另外一條路才趕回了雙龍峪，因此在路上多耗費了兩個多小時，而章桐就是在這個時候出的事。李曉偉的心裡充滿了自責。

「李老師，馬上就要到了，你確定要跟我們進去實施抓捕嗎？」萬江一邊最後檢查隨身攜帶的槍支，一邊問道。「我會跟在你們後面的，放心吧。」李曉偉勉強擠出一絲笑容。

兩輛警車在一棟普通的平房前停了下來，因為是大清早，周圍路上並沒有什麼行人，只有警覺的狗兒此起彼伏的吠叫聲。萬江果斷地對步話機發出了指令：「一組在前門，一組繞道後門，按照預定計畫前後夾擊，聽我指令行動。」

故事一　襲警謀殺案

「明白！」

李曉偉推開車門走了下去，抬頭仔細端詳著面前籠罩在晨霧中的小平房，平房前停著一輛殘舊不堪的二手馬自達轎車。周圍動靜這麼大，平房裡卻依舊死氣沉沉的，李曉偉的心中突然有種不祥的預感。

敲門幾次後沒人回應，萬江發出了破門而入的指令，李曉偉呆呆地站在不遠處，雙眼緊盯著屋裡的一舉一動。果然，一個隊員走了出來，面色慘白，這是要嘔吐的徵兆，而緊跟在他身後的副隊長萬江的臉色也好不到哪裡去。

「副隊，怎麼了？」李曉偉走上前問道。

萬江頭也不回地朝身後房間裡一指，聲音沙啞：「你自己進去看吧。」李曉偉點點頭，跨進了房門。玄關裡一片昏暗，沒有開燈，屋裡靜悄悄的，而身處其中的刑警隊員們看著李曉偉的神情也格外怪異。有人伸手一指臥室：「在裡面。」

李曉偉感覺自己心跳得厲害，他不明白為什麼眼前這些見過風雨的警察也會感到難以掩飾的不安。一步步轉過客廳，房間並不大，可以很容易看出房間裡不久前似乎才經歷過什麼不愉快的事情，因為垃圾桶裡滿是碎了的酒瓶和碗碟，但是顯然主人精心打掃過了，因為桌椅等家具還是擺得很整齊的。

狹小的臥室裡放著一個巨大的熱帶魚缸，足夠盛下一個身材瘦弱的人，裡面一片詭異的紅色，幾條魚兒來回游動，躁動不安。一旁的增氧機還在那裡忠實地工作著，臥室裡瀰漫著柴油和腥臭的混合味道，讓人幾乎作嘔。

沒有誰會在臥室裡養熱帶魚！

第七章　特殊的晚餐

　　李曉偉皺眉，他心跳得厲害，有些喘不過氣來了。臥室裡陳設簡單，除了魚缸以外，就是一張放著一臺電腦的桌子，還有就是床了。

　　魚缸裡又發出了一陣詭異的騷動，李曉偉忍不住湊近魚缸仔細查看，一個白色的東西隱約在魚缸渾濁的紅色水中一閃而過。他的呼吸瞬間停止。

　　那是人的頭骨！

　　他強忍著恐懼彎腰仔細查看這些發了瘋一般四處亂竄的小魚，隔著厚厚的魚缸壁，他和一條小魚面對面注視著──色彩斑斕卻滿口尖牙，多麼熟悉啊！

　　醒悟過來的李曉偉頓時面如死灰，向後一連倒退好幾步，轉身就吐了起來──這分明就是可怕的食人鯧！魚缸旁的地板上是一個人脫下的所有衣服，包括內衣褲和鞋襪，還有剃下的頭髮和會陰部的毛髮。而一張家用三層梯子正靠在魚缸上，平時應該是房屋的主人拿來餵食用的，只不過這最後一次餵食，投進去的是自己的身體。

　　耳邊傳來了萬江沮喪的聲音：「李老師，別看了，會做噩夢的！死者肯定就是我們要抓的凶犯趙一傑，這是他的遺書，落款時間是今天凌晨一點，還有那把斷了刀尖的水手刀。就是他了，我們來晚了。」

　　目瞪口呆的李曉偉卻好像根本就沒有聽見萬江剛才所講的話一樣，恐懼的目光死死地盯著魚缸，嘴裡喃喃自語：「最後的晚餐！最後的晚餐！他瘋了……」

　　魚缸中，渾濁的水漸漸平靜下來，變得橙紅，成了一缸血水，一具白骨散落在魚缸的底部，來回逡巡的食人鯧又開始了悠閒的一天，繼續等待牠們的下一頓豐盛的午餐。

故事一　襲警謀殺案

　　如果人真的有靈魂的話,李曉偉相信趙一傑的靈魂終於在他心愛的食人鯧的腹中得到了永遠的平靜。

第八章　名單上的最後一個名字

　　章桐從不相信人死後會有靈魂的存在，但是她又非常渴望能和王亞楠再見一次面，哪怕只是一次簡單的告別。要知道自己的一生中已經錯過了很多東西和很多人，而一次時光倒流的機會對她來說彌足珍貴。

　　可是事實並不如小說中常寫的那樣，會有什麼昏迷中的見面。當她睜開雙眼看到的是李曉偉憔悴的面容時，章桐的心頭只能劃過一絲遺憾。李曉偉卻非常興奮，像個孩子一樣開心地笑了起來：「妳終於醒了，謝天謝地，我都擔心死了。」

　　「放心吧，我的命很賤，老天爺看不上。」章桐苦笑。憑藉多年的工作經驗，她竭力動了動四肢，包括每根手指和腳趾，有感覺，看來沒有斷，而腰椎也有明顯的痛感，這是高空墜落後最常見的疼痛。

　　「說起來，妳還真是有神靈保佑呢，正好掉在一個細沙堆上，分局準備為宿舍樓增加一個公用洗澡間，那堆細沙就是運來準備做建築材料用的，沒有想到救了妳一命！」李曉偉誇張地伸了個懶腰，「老天保佑，老天保佑，等回去了，我一定要去拜下菩薩。」

　　「跟你說過多少遍，那是封建迷信，你別神經兮兮的了。」章桐皺眉說道，她努力坐起身，疼痛襲來，不由得輕輕叫了一聲。

　　「妳做什麼？多休息一下吧。」

　　「趙一傑抓住了嗎？」章桐急切地問道，「我去了方明以前工作過的派出所查了，他和方明是同班同學，兩人早就認識，而且趙一傑的父親當年

故事一　襲警謀殺案

因為偷東西被當地派出所抓了，他半夜想跑，從四樓摔下死了，據此可以推斷趙一傑就是因為這個而對警察有著很大的仇恨。你們必須抓住他，他太危險了。希望現在還來得及，我把手機拍下來的相片證據都已經轉傳給你了，你看到了嗎？」

李曉偉卻只是輕輕點點頭，柔聲說道：「妳做得很棒，真的很棒！只是答應我，以後不要一個人隨便行動，好嗎？不然太危險了。至於趙一傑，妳放心吧，他已經死了。」

「死了？」章桐感到很意外。

李曉偉伸手抓過腳邊放著的一個隨身公文包，從裡面倒出了幾張五寸的相片，把它們遞給了章桐：「妳是法醫，這些，難不倒妳。」

章桐一臉狐疑地看著相片，半晌她抬頭看著李曉偉，皺眉：「為什麼這骸骨上都是被動物啃噬過的痕跡？」

「妳猜猜是什麼動物？」李曉偉看著章桐。

「不大，不同角度的群體性攻擊，根據這張顱骨上的咬痕判斷，應該就是巴掌大小的東西……吃得這麼乾淨，難道說是食人鯧？這地方怎麼會有這種鬼東西？」章桐驚得目瞪口呆。

李曉偉點點頭：「是的，就是食人鯧，趙一傑養了很多，而他最後做的一件事，就是把自己餵了魚，這也算是給食人鯧奉上一道特殊的晚餐吧。」

「這人瘋了！等等，」章桐這才注意到李曉偉的額頭是青腫的，雙手的手背上也有典型的徒手傷，「你，出什麼事了？和人打架了是嗎？」

李曉偉知道自己瞞不過去了，無奈地苦笑：「妳已經昏睡了整整一天了，中間發生了很多事，不過，妳能平安就好。我沒事的，別為我擔心。妳好好養傷，等妳恢復了，我們一起回去，帶上妳的朋友。」

第八章　名單上的最後一個名字

　　章桐當然知道李曉偉話中所指的朋友是誰，她默默地點點頭，靠在枕頭上，輕聲說道：「謝謝你幫我。」

＊　＊　＊

　　離開醫院後，李曉偉直接來到了分局，他面無表情地直接來到二樓刑警隊的審訊室門口，敲敲門。副隊長萬江打開門：「李老師？」

　　「他怎麼樣？」李曉偉皺眉問。

　　萬江搖搖頭，顯得很無奈：「他很狡猾，根本就不認罪，他很熟悉我們這裡的審訊方式的，我很頭痛。」

　　「我必須等章醫生醒過來我才能過來，對不起。」說著，李曉偉拎著小公文包直接走進了審訊室，在萬江的身邊坐了下來，皺眉看著和自己隔著欄杆而坐的方明：「我來了，你要怎麼樣，真的要逼我拿出證據嗎？」

　　「我要投訴你，你故意打人！你別想當警察了！」方明憤憤然說道，他的身上也到處都是青一塊紫一塊的，和李曉偉相比起來要嚴重得多。他的目光看向萬江，萬江沒說話。

　　李曉偉雙眉一挑：「我看你別費心了，審完案子後我就去你們趙副局長那裡自首，我反正不是你們系統內的人員，我只是個老師，我是協助警方辦案，我們倆的性質最多是互毆，不過我相信像你這種混蛋，誰都會想揍你的！我那幾拳，還算是輕的。」

　　「你……」方明臉漲得通紅，他抬頭看著一邊站著的萬江，質問道，「你們為什麼抓我？人又不是我殺的！」

　　李曉偉皺眉看著他，知道和他打嘴仗沒用：「好吧，不看證據你是不死心了。」

故事一　襲警謀殺案

「我是無辜的，你們沒有證據！」方明還在堅持。

李曉偉伸手打開公文包，分別取出三份檔案，然後逐一擺在方明的面前：「你確實很聰明，也很自以為是，從你特地請章法醫過來調查案子就可以看得出來，你頗有心計，只是你聰明過了頭！」

說著，他拿出第一份檔案：「這一份，是DNA的Y染色體比對結果，送檢樣本是王亞楠腹中已經成型的胎兒，而比對樣本，則是你父親的DNA樣本Y染色體，他在社區醫院留有自己的血液樣本，因為他是高血壓症患者，每半年都會有一次身體全面體檢，所以做這個完全不費工夫，結果呢，百分百吻合，你父親已經70歲了，他只有你一個男性後代，所以，胎兒的父親就是你，是你強姦了王亞楠。這是鐵的事實！你沒法狡辯！」

「我……」

李曉偉接著展示第二份檔案：「這是一份報警紀錄的文字版本，四個月前，8月25日凌晨3點58分，王亞楠撥打了報警電話，說她被強姦了。但是很快她就對來到現場的接警人員說自己喝醉了，沒有這回事。而在這短短的十多分鐘時間裡到底發生了什麼呢？我給你看樣東西。」他把其中一張影片截圖放在方明面前，「相片中的人是你吧？說真的，你真該換件衣服啊，章法醫一眼就認出了你！你太蠢了！」方明驚愕地張大了嘴，半天說不出一個字。

「別急，還有第三點，可以證明你和王亞楠的死有直接的關係！」李曉偉神情嚴肅地說道，「我們雖然沒有直接證據證明你當時對身處游泳池裡的王亞楠下手，因為時間相隔太久了，足夠你收拾殘局銷毀剩下的混雜在葉酸裡的麻醉藥物，而案發所在地的游泳池也在不久後就被拆除了。你

第八章　名單上的最後一個名字

是在游泳池被拆除後確保沒有遺漏才放心地來找章法醫的，對不對？方明，我很佩服你，你真有心計啊，居然會利用我們，你也對自己太有信心了。」

「我……我為什麼要這麼做！」方明急了，拍桌子怒吼道，「你血口噴人！」

「因為你找到了一個好機會來擺脫殺害王亞楠的這個事實，一個完美無缺的嫁禍人的機會，那人就是你的國中同學趙一傑！這是王亞楠斷掌處的顯微鏡放大相片，你給我看清楚了，如果你不懂的話，我替章法醫幫你科普一下，人活著的時候甚至剛死去時受到切刺創傷的話，傷口周圍的皮膚會泛紅，那是血管破裂造成的，但是王亞楠的手掌斷掌處什麼都沒有，這證明她已經死了有一段時間了，而斷掌是你在兩小時後才去偽造出來的，所使用的工具，就是你偷偷從警局木工間裡拿的一把小型手執電鋸。」李曉偉死死地盯著方明的雙眼，「你之所以這麼做，就是想要讓王亞楠的死看上去就是趙一傑所做的案子，甚至為了以防萬一，你還教趙一傑怎麼寫自首書，幫他列出了死者名單，而名單的最後一個就是章法醫，你好狠毒！」

房間裡靜悄悄的，許久，方明才沙啞著嗓音問道：「一傑是不是出事了？」

李曉偉把那幾張白骨相片丟給了方明：「你自己看，這就是趙一傑死後的樣子，他是自殺的，遺書中列出了自己所做的每一起案子，並且強調了王亞楠的案子不是他做的。」說到這裡，他啞然失笑，「方明啊，你的這個朋友真實在，遺書的最後一行還再三強調王亞楠的案子不是他做的，說你搞錯了。託你的福，章法醫沒有被煤氣炸死，我想，要是人有靈魂的

故事一　襲警謀殺案

話，應該是王亞楠的靈魂保佑了她吧。」

「一傑，他……怎麼死的？」方明面如死灰，渾身發抖。

「他做了食人鯧的晚餐！」李曉偉長嘆一聲。

方明臉色大變，彎腰抱起腳邊的垃圾桶就開始吐了起來。

李曉偉站起身，朝著副隊長萬江點點頭，然後走出了審訊室，門在身後關上的那一刻，他聽到了方明嗚嗚的哭聲。

　　　　　　＊　　＊　　＊

火車緩緩駛離了車站，向南方開去。

不顧章桐的反對，李曉偉執意掏錢買了一個臥鋪包廂，理由是圖個清靜，大家都很疲憊了。

王亞楠的骨灰瓷壇就被安放在身邊的床鋪上，嚴嚴實實地包裹了好幾層。

「方明為什麼要殺害亞楠呢？做了錯事勇敢去承擔責任就可以，為什麼要為此害了亞楠？難道就只是怕身敗名裂嗎？」章桐抬頭看著李曉偉，雙眉緊鎖，「我這幾天一直在糾結這個事，還有，亞楠為什麼後來選擇不報警？」

李曉偉目光深邃：「你還記得方明說過的那句話嗎？強姦案發生的時候，王亞楠正在調查北西區的小動物被害案件，我想她應該就是在那個時候發現了趙一傑和方明之間的特殊關係吧，趙一傑是個很偏執的人，有反社會型人格障礙，從小被人嫌棄，父親死後沒有親情的概念，方明是他同學，說到這個，你還記得那個張阿姨嗎？跳舞的那個，後來我和她女兒聯絡上了，應我的要求，她傳了一張畢業合影給我，那時候我才發現方明、

第八章　名單上的最後一個名字

趙一傑和小君是同班同學。根據她女兒回憶說，當時方明和趙一傑喜歡小君是已經公開的祕密，但是小君只跟方明玩，從來都沒有用正眼瞧過趙一傑，後來就發生了生日禮物事件，很顯然，就是趙一傑做的，而他的人格扭曲也是從那個時候開始的。」

「你說，方明會知道這個事嗎？」章桐問。李曉偉點點頭：「他應該知道，因為在那些未成年的孩子心中是沒有什麼必須去獨自守護的祕密的，我無法理解為什麼小君都變成那樣了，方明後來還在不斷地接濟生活困難的趙一傑，難道是出於一種高高在上的心理？」

章桐沉默了。

「方明的心理也不健全，我想，趙一傑所做的每一起案件都與方明有關，不然的話，他是沒有辦法知道那麼多細節的，而方明也有可能是出於無意，比如說下班後的抱怨，等等。畢竟警察也是人，也有七情六慾，你說對不對？而說者無心聽者有意，悲劇自然也就發生了。」

聽了這話，章桐悵然若失的目光落在了王亞楠的骨灰瓷壇上，瓷壇是青花瓷，非常漂亮：「知道嗎，亞楠活著的時候曾經跟我說過這麼一句話，她說這輩子如果沒有遇到合適的人，她就不嫁了，但是她會選擇懷孕，說至少留一個孩子在自己身邊陪著到老……」

窗外，秋天的蕭瑟已經逐漸淡去，陽光明媚。

故事一　襲警謀殺案

故事二
疼痛無聲

看著嗜血的夕陽,章桐的記憶停留在了初遇李曉偉那年,那年的故事與他有關,與她也有關……

故事二　疼痛無聲

楔子

　　這是他人生的最後一個晚上，回到牢房後，他睡得出奇的安穩，連個夢都沒有做。蜷縮著身子，像個嬰兒般躺在自己的床上，他一年來頭一回從骯髒的被褥上聞到了陽光所特有的芳香。

　　早晨醒來的時候，他長長地出了口氣。走出監獄大門的時候，他抬頭看了一眼格外刺眼的太陽，深吸一口氣，然後平靜地說了一句：「終於結束了。」

　　槍聲過後，一切恢復了平靜。

　　值班法醫卓佳欣草草地勘驗了趙家瑞的屍體，隨即就在死亡確認書上簽下了被處決犯人的死亡時間和見證人的名字。

　　門外，一輛沒有任何標誌的普通灰色麵包車早早地就候在那裡。連環殺人惡魔趙家瑞在臨死前總算做了一件好事：他簽署了身上所有可以用來移植的器官的捐贈書。所以，為了不損傷眼角膜，在值班法醫的監督指導下，子彈以一種特殊的角度穿過了他的腦幹。死亡是在瞬間發生的，他走的時候沒有痛苦。

　　屍體被搬上了擔架，在為他蓋上白布的那一刻，卓佳欣法醫彎腰撿起了掉落在地板上的假髮並重新放回擔架上。他一抬頭，無意中看到死者的眉毛竟然是精心文上去的，這在男人身上確實很少見。不只是頭髮，身上的汗毛也很稀少，死去的趙家瑞此刻看上去格外渺小瘦弱。

　　卓佳欣最後打量了一下擔架上這具已經毫無生氣的軀體，眼前的這個

楔子

男人已經為自己的惡劣行為付出了生命的代價，他的遺願理所當然也該得到尊重。

拿著登記簿走出鐵門的時候，卓佳欣的心裡卻翻來覆去地一直糾結著一個奇怪的念頭：前段日子參加例會的時候，他聽刑警隊的同行說起過趙家瑞的案子中還有一具屍體至今都沒有找到，而已經發現的屍體中有一具也只找到了死者的頭顱，暫且不論屍體的完整度，畢竟也是一條人命，所以雖然知道是 12 條人命，但是上報的時候秉著「一屍一命」的原則，還是不得不改為 11 條。卓佳欣不明白為什麼趙家瑞就是不願意說出第 12 具屍體的去向並且只求速死，或者說那人根本就沒有死？

他搖搖頭，還是不去憑空瞎想了，但願時間能讓死者的家人早一點忘掉這場夢魘吧。

＊　＊　＊

環球時報的記者「皮球」曾多次採訪過獄中的趙家瑞，此時他的車子行駛在高架橋上，回想起剛才對趙家瑞喊話後，趙家瑞的反應讓他有些困惑，他不自覺地搖搖頭，覺得趙家瑞是一個渾身包裹著祕密的男人，就像一隻厚厚的甲殼蟲。

就在他思索著如何深挖趙家瑞的案子時，一陣異常猛烈的顛簸突然襲來，煞車瞬間失控，「皮球」的臉色變得刷白。他慌亂地踩著毫無反應的煞車，嘴裡唸叨著奇蹟趕緊發生，可是，除了眼睜睜地看著一輛重型貨櫃貨車的尾巴離自己越來越近外，「皮球」所能做的，就是在絕望中騰出雙手摀住自己的臉。似乎這樣就能夠逃過一劫。

這無異於掩耳盜鈴。

猛烈的撞擊撲面而來，崩裂的貨櫃上冰冷的鋼筋條穿透不堪一擊的車

故事二　疼痛無聲

窗玻璃，隨之而起的巨響聲中破碎的零件漫天飛舞，當這一切終於結束的時候，經過的人們無不驚恐地發現「皮球」的身體竟然孤零零地被高高掛在了半空中，四肢拚命抽搐了幾下就不再動彈了，而支撐著他身體的是斜掛在車門上的兩根粗粗的橋梁鋼筋。痛苦結束得很快，因為在被挑上半空中的那一刻，他就已經死了，巨大的衝撞力使得貨櫃車裡的鋼筋在慣性的作用下不偏不倚地插進了「皮球」的心臟，並且均勻地分布給了左右心室，殷紅的血液一滴滴地順著逐漸冰冷的軀體緩慢地滴落到地面。

看到這慘烈而又恐怖的一幕，貨櫃貨車司機面如死灰，渾身發抖，見到鬼一般地嘴裡喃喃自語：「⋯⋯不是我做的，不是我做的⋯⋯」

生命的結束往往只是瞬間發生的事情。半小時之前，半空中的這個男人還在做著事業發達的美夢，如今，他卻帶著無盡的恐懼死了。距離趙家瑞的死刑被執行時間恰好過去整整一個小時。

＊　＊　＊

下雪了，沒有任何徵兆，雪花紛紛揚揚地飄落。市警局灰色的五層小樓外面沒過多久就被大雪覆蓋。屋裡的暖氣斷斷續續的，法醫主任章鵬剛接完一個電話，沒寫幾個字就寫不下去了，他乾脆放下手中的筆，朝手上拚命哈著熱氣，希望這樣能夠讓自己的雙手變得稍微暖和一些。他是個書卷氣十足的男人，身材偏瘦卻顯得十分精神，眉宇間帶著一絲憂鬱，總是給人一種平靜中充滿著睿智的感覺。

剛剛接到的電話是監獄刑場打來的，章鵬破天荒頭一次沒有去參加死刑的執行。案子終於告一段落了，雖然心中還有很多疑慮，但是章鵬知道自己已經盡力了，他又一次拿起了鋼筆，在小工作筆記上一筆一畫地繼續寫著自己此刻複雜的心情。

楔子

　　……所以，趙家瑞今天被處決了，作為主檢法醫師的我卻一點都高興不起來，我總感覺他有什麼事情瞞著我，但是可惜的是，他是帶著祕密走的。我希望我沒有做錯，我真的已經盡力了。

　　窗外，雪越下越大，將這個男人的祕密埋葬了整整 30 年。

故事二　疼痛無聲

第一章　潘朵拉魔盒

2015 年，9 月底。

黑暗的房間裡播放著一首 20 多年前的老情歌，音量不大，他席地而坐，筆記型電腦就放在雙腿上，目光緊盯著螢幕，神情專注，雙眉時而緊鎖時而舒展，臉上看不出一絲表情。

他反覆思考行動的步驟，不斷地對計畫進行修改，直到趨於完美，這是兩年多以來，他幾乎每天晚上都雷打不動要去做的事情。

他在等待，一塊巨大的拼圖就差最後一塊碎片了。

十指在鍵盤上飛快地敲擊著。就在這時，電腦音箱裡又一次發出了清脆的叮咚聲，這已經是第 18 封郵件了。

在面前的清單上敲下最後一個數字「9」後，他便順手點開了螢幕上的郵件提示。

發這些郵件給他的人都是貪得無厭且永遠都不知道滿足的混蛋，這種人毫無廉恥地靠販賣別人的祕密生活，其實他們永遠都不會知道自己的祕密早就被別人掌握了。因為這個世界上，哪怕是死人，都不會有別人無法探聽到的祕密。說實話，他根本就不想和這種人打交道，甚至發自骨子裡地厭惡他們，但是目前不得不這麼做。因為他不想過多地拋頭露面引起別人的注意。

剛收到的郵件中附有一份手寫的紙質戶籍檔案的掃描件，在現今這個電子文件充斥的社會裡，還能翻看到多年前的紙質檔案，顯然對方是費了

第一章　潘朵拉魔盒

一番功夫的。那句老話怎麼說來著——重賞之下必有勇夫！

他笑了，目光中充滿了輕蔑。檔案是關於一個被收養的4歲小男孩的，本名党愛國，來自育幼院，這麼大眾化的名字是若干年前的育幼院對無名棄嬰的一貫稱謂。看著相片上小男孩稚嫩的臉龐，他的心中久久不能平靜，右手拇指輕輕拂過相片所在的位置，有那麼一刻，他似乎感覺到了一絲久違的溫暖。

「確定是你就好！」

線索都齊全了。比起剛開始的時候，他也顯得輕鬆了許多，目光移到了一本老舊的筆記本上，塑膠封面，扉頁上歪歪扭扭地寫著四個大字：採訪紀錄。這是一本不詳的採訪紀錄，因為這本筆記本的主人早已經在30年前的一場詭異車禍中喪命了，而他得到這本筆記本也似是冥冥之中就注定的。如今，他已經把它仔細翻看了無數遍，上面所寫的每個字都深深地刻在了他的腦海裡。這真的是一次意外的收穫。因為這本筆記本和他本就有著無法分割的連繫。也正是因為這個筆記本，他才知道自己這兩年來到底想要的是什麼。

為了想要得到的東西，他已經準備好了。他的雙眼閃爍著興奮的光芒——現在，就讓這些噩夢真正地拉開帷幕吧！

「什麼才是堪稱完美的犯罪？看來只有我才知道！」他喃喃自語，嘴角露出一絲得意的笑容。

時鐘指向凌晨3點。關上電腦後，他並沒有馬上起身去休息，而是面無表情地從身邊的地毯上拿起一把鋒利的匕首，同時拉開自己左手的衣袖，緩慢地用匕首的刀刃劃過手臂，5公分長的口子，分毫不差，鮮血無聲地滾落到地毯上，很快就與地毯融為一體。看著這血淋淋的傷口，他不

故事二　疼痛無聲

由自主地發出了微弱的呻吟聲，讓人感到訝異的是，他的目光中所流露出來的卻不是痛苦，分明是一種痴迷而又詭異的享受。而在他的手臂上，類似的傷痕縱橫交錯。

自殘，對於別人來說或許是一種痛苦，但是對於他來講，自己對痛感的貪婪不亞於一個吸毒者對毒品的瘋狂。

窗外，雨水傾盆而下，一隻被淋得溼透的野貓在對面的屋頂上發出淒厲的號叫，聲音此起彼伏⋯⋯

＊　＊　＊

眼前的屍體有些不對勁！可是究竟哪裡不對，章桐卻一時半會兒毫無頭緒，她找不到答案。初秋的空氣中依舊瀰漫著灼熱的太陽光的味道。

本想安心工作，但她卻始終都無法集中精神，因為空氣悶熱，她的內心也變得煩躁不安起來。

解剖室的空調壞了，18度的溫度和28度一般無二。裹著厚厚的一次性手術服，章桐的鼻尖滲出幾滴細小的汗珠。

如果把法醫的屍檢工作比作在清掃一座毫無生機的雕像的話，章桐覺得自己是在做一堆讓人苦惱不已的無用功──「雕像」上半身光滑得連蒼蠅都站不住腳。

有時候，乾淨並不是一件好事。

她皺著眉，雖然現在已是立秋時節，但是屍體暴露在常溫中，正常的腐敗還是應該有的，但眼前這具屍體似乎違背了所有的自然規律。

湊近仔細聞聞，一股熟悉的福爾馬林的味道，沒錯，10%福爾馬林溶液殘留物遍布屍體的全身，在四肢的臂彎處甚至還找到了注射的痕跡，這

第一章　潘朵拉魔盒

是典型的教學用屍體標本的製作流程。章桐有一種被愚弄的感覺。

上半年就曾經發生過醫學院的學生向章桐這個被媒體奉為「法醫神探」的師姐公然發出挑戰的鬧劇。雖然說事情最終以一紙處分告終，章桐卻為此搭上了一個星期的寶貴時間。

眼前這具屍體全身赤裸，皮膚在鋥亮的不鏽鋼解剖臺的映襯下顯得格外蒼白，背部的一個個小圓點是由長時間壓在解剖臺的下水通道孔所致。問題來了，章桐面前四張解剖臺上的下水通道孔的形狀與屍體背部的痕跡完全不相符，而屍斑也顯示死者臨死時很有可能就是保持著這種平躺的姿勢。難道這又是一場惡作劇？可是這次事件的性質就明顯嚴重多了。

因為這是一具完整的屍體，局裡非常重視，為此出動了一個隊的警力，成立了專案組。而上次，只不過是一個小小的實驗室人體樣本。

如果真是那幫學生變本加厲的話，那也未免太過分了。

趁自己還有耐心的時候，章桐摘下手套，伸手打開了錄音機，開始口述。

「死者為男性，40歲上下，屍體長度為173公分，發育無異常，營養不良。屍僵已解除，項背部見紫紅色屍斑，其餘皮膚蒼白，無黃染。無頭髮，頭皮環形切口，角膜混濁，雙側瞳孔等大，直徑為0.8公分，鞏膜無明顯黃染。口唇發紺，口鼻腔以及雙側外耳道未見異常分泌物，牙齒缺失，創面未完全恢復，疑似生前手術拔除。氣管居中，胸廓對稱。胸部可見明顯解剖痕跡。屍體四肢可見明顯針頭注射防腐劑的痕跡……死亡時間在兩天以上。死亡原因──暫時不明。」章桐低沉的聲音在解剖室的瓷磚牆壁上四處迴盪著，顯得格外刺耳。

繞著屍體轉了一圈，她想了想，便又打開錄音機補充了一句：「死亡

故事二　疼痛無聲

原因：因為屍體已經經過專業的防腐處理，所以暫時無法確定，身上非要害部位除多處疑似刀傷外，沒有明顯被害特徵，疑似非正常死亡。等待毒物報告結果出來後另行更正。」

屍表的傷口都是自己非常熟悉的，包括內臟器官的處理方式，章桐關上錄音機，想了想，還是不放心地拿起工作臺上的相機，對屍體上的傷口逐一做了拍攝取證。如果真的是被偷的屍體，自己也好有個存檔的說明依據。

做完這一切後，她抬頭看了看牆上的掛鐘，離屍檢開始才過去不到四十分鐘，這算是自己近期速度最快的一次屍檢工作了。她長出了一口氣，俐落地為屍體蓋上了白布，然後搬上輪床，推到後面的冷凍庫房去了。

臨關門的那一刻，章桐停下了腳步，回頭若有所思地看了看那具被標記為 4327 的屍體。總是覺得哪裡有些不對勁，或許是太多巧合了吧，近期接連發生類似的事情，使得她竟然對自己的專業技能有了些許懷疑，猶豫再三，這才用力關上了冷凍庫房冰冷的不鏽鋼大門。

她摘下手套丟進腳邊的衛生桶，順勢抬頭看了看牆上的掛鐘，終於快下班了。

年初，應原來單位第一醫院心理科的強烈要求，李曉偉沒有課的時候，每週就會回去出兩天門診以緩燃眉之急。他也知道如果自己再不回去幫忙的話，可能這個科室就要被關閉了，年終三甲醫院的評定也會因此受到很嚴重的影響。

拗不過面子，得坐班，累是累一點，還好錢照給不誤。其實最主要的還是有兩個老病號，點名要找曾經的李醫生看。醫者仁心，李曉偉也沒有

第一章　潘朵拉魔盒

理由拒絕。

可是這人一空下來就會無聊，更不用說是對著空蕩蕩的一堵牆壁了，所以李曉偉上班沒多久便打起了瞌睡。

在夢裡，李曉偉又一次毫無懸念地看到了自己的父親，或者說，是有些模糊的父親的背影。

這幾天他一直都在斷斷續續地做著同樣奇怪的夢。可是從李曉偉5歲開始，就再也沒有見過自己的父親。而母親在自己3歲的時候據說因病去世了，所以在李曉偉的記憶中，也沒有母親的影子。

夢裡的父親拿著鐵鍬，淚水從他臉上流淌下來，一陣可怕的嗚咽聲從他肺部深處噴湧而上，衝破他緊閉的雙唇。但是哭泣一點都沒有阻止父親的動作，他舉起鐵鍬，不斷揮舞著用力插向地面，被撕裂的泥土就彷彿破碎的屍塊，瞬間滾滿四周。

父親在哭，顫抖著雙肩，就好像他腳底的大地徹底激怒了他一般，狂怒不已，拚命揮舞著手中的鐵鍬。

躲在樹後的李曉偉感到十分驚恐，他雙手緊緊地抓著樹幹，好奇心占據了全身，卻一點都動不了，只能閉上雙眼強逼著自己去聽那單調恐怖的鐵鍬插向地面的聲音。

「撲哧——撲哧——撲哧——」

突然，聲音變了，變成了「噗——噗——」就好像有人湊在腦袋邊朝著自己吹氣一樣，李曉偉分明還能感覺到那股熱熱的口臭味撲面而來。他嚇得渾身一顫，在睜開雙眼的同時狠狠地跌落到了冰冷的水泥地面上。

看清楚了，在自己面前的是一張年輕男人的臉，此刻，他正彎著腰笑咪咪地看著自己，剛才也是這張臉在朝著自己吹氣！李曉偉摔得渾身的骨

故事二　疼痛無聲

頭一陣抽痛，對方卻好像沒事人一般打著招呼：「你好啊，李醫生！」說著，他優雅地在李曉偉對面的沙發上坐了下來，坐姿端正，一板一眼，就連雙手交叉所放的位置也是恰到好處地位於兩個膝蓋的正中央。李曉偉強壓住火氣，從地上爬了起來，拍了拍白袍上的灰塵，同時換上一副標準的職業笑容，重新坐回到了自己的辦公椅上。

潘威，34歲，和自己的年齡差不多，IT從業者，一個可憐的程式設計師，有著一頭與年齡極不相符的斑白頭髮，還有著那極富代表性的與優雅根本就不相稱的動作——啃指甲。在過去的大半年時間裡，這個動作幾乎每個星期就會在李曉偉的腦海裡出現一次，當然了，是在他看完病走了以後。

潘威得的是妄想症，有時候李曉偉也懷疑他的病症來源與他的職業有著密不可分的關係，但是李曉偉作為一個心理醫生，是沒有勸人改行的義務的，他所能做的就只是每週盡量地讓潘威回到現實中來。所以，對於剛才他那獨特的喚醒自己的方式，李曉偉只能當作沒看見，因為他很清楚和妄想症病人理論的結果只有一個——毫無結果。

「潘先生，午安。」李曉偉禮貌地打著招呼，就像和一個老朋友聊天那樣，同時快速寫著病歷，右手則悄悄地揉了揉剛才被摔痛的胯骨，「你來得很準時嘛。」

「那是當然，李醫生的門診，我是肯定要來捧場的。」果不其然，隨著兩人交談開始，身心徹底放鬆的潘威便開始咬指甲了。李曉偉強迫自己不去看這個招牌性的動作，他的所有病人幾乎都有自己的招牌動作，這就是心理科的獨特之處。作為一名心理醫生，李曉偉不得不開始擔心自己遲早有一天會被這些招牌動作給同化了。

第一章　潘朵拉魔盒

「談談你的狀態吧，我們有四十分鐘的時間。」在說這句話的同時，李曉偉順手按下了桌上的計時器。他把自己重複過無數遍的這個特殊動作命名為——打開潘朵拉魔盒。

＊　＊　＊

章桐掛上了電話，心裡的疑惑卻越來越重了。市裡所有的醫學院實驗室外加殯儀館以及醫院停屍房的電話她都打了一遍，連周邊縣城的都沒有放過，所有她能想到的能合法存放這種屍體的地方，回覆幾乎如出一轍——抱歉，我們最近沒有丟失過登記在冊的屍體。

可是就有這麼一具經過處理的屍體，此刻就躺在自己身後的冷凍庫房裡，編號4327。章桐知道自己沒有瘋。

小旅店的老闆娘用自己祖奶奶的名譽發誓，根本就不知道這具屍體到底是從哪裡來的，而那個房間也已經空了大半個月了，這次如果不是因為水暖設備壞了，樓下客房租戶抱怨「水漫金山」，是絕對不會被發現這具被塞在床底下且被嚴嚴實實包裹在塑膠袋中的屍體的。

「我哪會砸了自家店的牌子啊！」面對刑警隊隊長童小川的質問，老闆娘一把鼻涕一把眼淚，拍著大腿直嚷嚷，「這死人的事傳出去了，哪有人敢踏進我的店門？你們也不替我想想，我可是要開門做生意的。」

她說的話沒錯，按照常理推測，這具屍體應該是在荒郊野外或者是其他足夠遠離小旅店這種人流量超多的地方被發現，而藏在小旅店的床底下，明著看是抱著「大隱隱於市」的心態，但是仔細一思索，分明帶著一種嘲笑的味道：我就在這裡，在你們警察最容易發現的地方，可是你們就不知道我是從哪裡來的，因為你們沒有我聰明……

童小川的臉就像被人無形中狠狠摑了一巴掌，一陣紅一陣白。面對警

故事二　疼痛無聲

　　局上層的質問，他根本沒有可以用來應對的答案，所以一結束案情分析會，他就灰溜溜地來到了章桐的辦公室，用他的話來說：整個單位就屬妳這裡清淨！

　　「章法醫，妳想想看，我們查遍了所有的監控錄影，包括值班的旅館服務員，甚至於街對面洗頭房門口的監控探頭資料我們都翻了個遍，不過妳也知道那些所謂的監控探頭其實都是擺設而已，但是我向妳保證連隻蒼蠅都不可能從我們眼皮子底下溜過去，可偏偏就是沒有發現任何和這具屍體有關的影像。」童小川愁眉苦臉，一肚子委屈，「一具屍體就這麼『啪』的一下，跟變魔術一樣，憑空就從小旅館的床底下出現了，明白不？妳叫我上哪裡去找破案的突破口？屍源無法確定，更別提這具屍體是否屬於刑事案件還不一定。我怎麼這麼倒楣！」

　　章桐默默地倒了杯熱水給他，一臉同情，然後就近在自己的椅子上坐了下來：「童隊，你說得沒錯，我完全能夠理解你的心情！從毒物報告來看，這個案子也不一定就是他殺，所以我在報告上寫了多臟器功能衰竭，因為除了失血性休克外，有時候自身肌體原因也有可能併發病症導致最後的死亡。再加上死者本身就有嚴重的營養不良，身體偏瘦，這種前提之下導致死者體內多臟器衰竭也是很有可能的。所以我在正式的屍檢報告上就沒有寫上他殺的肯定結論。」

　　「可是就這麼不了了之也是行不通的啊，章法醫，妳也知道現在上面最怕輿論了，我們無法對大眾交代的話，這比案子沒破的性質更嚴重！」

　　「我覺得呢，童隊，這個問題目前還不是最讓人頭痛的。」章桐嘆了口氣，「現在認屍啟事還沒有回應，而我已經問遍了市裡所有的停屍房，也找不到這具屍體的來源，排除這個原因的話，剩下的，恐怕法醫這邊還真的幫不了你什麼了。」

第一章　潘朵拉魔盒

「妳說後續還會不會有更多的屍體？」童小川端起茶杯的手停在了半空中，整個人就像僵住了一般。

章桐搖頭：「我不確定，對於這種他殺痕跡並不是非常明顯的屍體來說，我真的不好隨便做判斷，只能如實告訴你根據手頭現有的證據所做出的推斷。對了，還有一件事我怕你忽略了，死者的牙齒，一顆不剩。目前為止，我還找不到具體原因。而他這個年齡是不應該牙齒全部掉光的。」

童小川有些吃驚：「妳說什麼？」

「我是說死者的牙齒，生前被全部拔除了，而且根據創面的恢復狀況來看，是死前不久才發生的。」章桐耐心地重複了一遍。

「他多大年紀？身體健康嗎？」

「死者才40多歲，身體各項機能雖然有點差，但是還沒有到那種程度，這個現象如果發生在60歲以上的老者身上，就不會顯得這麼突兀了。」章桐回答。

「牙齒收藏者？」

章桐看著他就像眼前站著的是個三歲的孩子：「你的想像力確實很豐富。我是考慮過特殊原因，畢竟死者年齡40多歲，不排除在生前做過牙齒矯正手術，更何況死者下顎畸形，程度還比較嚴重。我只是奇怪如果真的做手術的話，那重新排列的牙齒為什麼不及時種回去？」

「下顎畸形？」

「也就是民間所說的地包天，或者叫兜齒，上下顎發育畸形，」章桐回答，「下前牙咬在上前牙的外面，如果發育期間不做相應的矯正手術的話，成年後就要做牽引和牙齒重新排列的手術了。我們在旅館床下發現的死者就有這樣的畸形。但是做過這樣手術的，都必須要有相應的紀錄，因

故事二　疼痛無聲

為是牙科整形大手術。」

童小川下意識地伸手摸了摸自己的下巴，搖搖頭，轉身走了。

＊　＊　＊

黑夜，靜悄悄的。

他慢慢恢復了意識，他想抬起頭來，想睜開雙眼，可是無論自己怎麼動彈，頭就像被釘住了一般，紋絲不動。眼皮也是死沉死沉的。

惶恐逐漸瀰漫了他的全身，他的心跳越來越快，呼吸也變得急促了起來，這都是腎上腺素的作用，可是一切努力都是徒勞的，雙手雙腳也好像不再屬於自己。天吶，到底發生了什麼？自己的整個身體就像是被活活地凍住了一樣。

他努力集中思緒，想弄明白自己究竟是如何變成了這個樣子。可是記憶就像碎片一般，根本拼湊不起一個完整的畫面。對了，有個女人，一個年輕女人，一個被黑暗裹住全身謎一般的年輕女人。最後的印象是在酒吧裡，一個年輕女人隔著吧檯對自己露出了溫柔的微笑，目光依依不捨卻又似乎帶著一絲悲傷。不，他沒有辦法看清楚對方的長相，他已經喝醉了，好不容易談成了一筆大買賣，他很開心，一時興起，就在經常去的酒吧裡多喝了幾杯。接著，在昏暗的燈光下，他只是朦朦朧朧地記住了那一雙特別漂亮的眼睛。

似曾相識，難道不是嗎？他應該對自己的記憶力很有信心的。或者說男人喝醉了後看漂亮女人都似曾相識？他忍不住放肆地哈哈一笑。

年輕女人的身材不錯，自己身邊的好幾個男人也都時不時地把目光投向她，然後對視一眼，臉上流露出會心的一笑。但是奇怪的是，為什麼自己怎麼也想不起來這個年輕女人的全部面容？真是活見鬼了。

第一章　潘朵拉魔盒

　　最後，他都不記得自己是怎麼離開酒吧的，晃徘徊悠，腳底就像踩著棉花一樣，有種天旋地轉的感覺。

　　今晚是我的幸運之夜，對嗎？

　　那時的他信心滿滿，可是如今看來，一切都是在做夢。

　　他發現自己的嘴巴合不攏了，不知何時一個冰涼而又堅硬的東西被塞進了嘴裡，沒多久，上下牙床的劇痛又一次開始了，先是短暫而又尖銳，接著便是一陣又一陣無休無止難以名狀的痛楚，血腥味也同時開始倒灌進喉嚨。

　　他不斷地吞嚥，拚命地慘叫，因為他沒有辦法躲避，只能用慘叫來逃避不斷襲來的錐心的刺痛。可是，嘴裡的疼痛讓他幾乎暈厥，他感到自己渾身上下的血都快流乾了。

　　「哎呀哎呀，瞧我這記性。」沙啞而又溫柔的聲音在這如同地獄般的房間中迴盪，一把拔牙鉗沾滿了鮮血，他剛剛拔下了眼前這個男人口腔中所有的牙齒。放下拔牙鉗，他又拿起一把精緻的醫用開顱器。

　　很快，房間裡就響起了緩緩的沙沙聲，平躺著的男人淚流滿面，他微微側過頭，朝著聲音發出的方向仔細傾聽。聲音越來越響，最後幾乎震聾了他的雙耳。這次，劇痛來自自己的頭部，而不是剛才的嘴裡。

　　「刺啦……刺啦……」這是砂輪的聲音，他皺眉，仔細在亂成一鍋粥的腦海中搜尋著，而就在這時，劇痛也在他的頭頂緩慢地繞了一圈。砂輪聲終於停止了，緊接著是一聲「啪嗒」。奇怪的是，疼痛也隨之消失了，就好像從未發生過一樣。他絕對不會看到，自己的頭蓋骨被鋸了下來，一把精細的手術刀隨即準確無誤地直插入他的腦部三叉神經系統。

　　他現在真的可以確信自己的痛感徹底消失了，只是雙眼再也沒有辦法

故事二　疼痛無聲

閉上，他轉動著眼珠，試圖看清楚周圍所發生的一切。結果，他看到的只是一片模糊的影子。

隨著 12 對腦神經系統被逐步剝離，慢慢地，他的眼珠不再轉動，心跳也逐漸變慢，只有殷紅的鮮血還在不停地流淌。

這一點都不奇怪，動脈和靜脈血管又沒有被切開，抗凝血類藥物的作用是驚人的，將近五千毫升的血液慢慢地流淌可以持續到天亮。黑夜無聲，他有的是時間……

「嗯，果然應該先動神經才行，對不起啦，是我的失誤。不過痛的感覺很不錯，對嗎？」他自言自語著，輕輕一笑，戴著手套的左手把沾滿鮮血的手術刀放回了乾淨的托盤裡。接著，他又開始了下一項特殊的工作。

第二章　牙仙

秋雨，從昨晚開始起就一直淅淅瀝瀝地下個不停。

章桐明顯感覺到了逐漸逼近的秋天的涼意，一大早，她特意加了一件黑色的風衣薄外套，臨出門的時候，又順手把櫃子裡的那條灰色格子花紋薄羊絨圍巾拿了出來。章桐的身材本來就很小巧玲瓏，羊絨圍巾很大，足夠包住她的上半身。

傘很大，黑色的，舉在手裡卻一點都不感覺沉重。走進地鐵站的時候，章桐收起了傘。手機隨之響了起來。她有些手忙腳亂地從挎包裡掏出了手機，還沒等自己報出名字，對方的聲音就已經傳了過來——市體育中心發現屍體，請求支援。

結束通話電話後，章桐不由得苦笑，埋怨自己每次接排程的電話都記不住教訓，排程員根本就不會在乎你是誰，他的工作就是打通這個24小時都不會關機的電話，然後報出要出警的地點，而你只需要回覆：知道。

一切都心照不宣。

章桐來到指示牌邊，目光快速地在站名上搜尋著。她還不熟悉剛通車不久的二號地鐵路線，除了警局、家裡和超市，她也沒有時間去別的地方閒逛。

市體育中心離這裡有8站路的距離，中間還要經過一個中轉站。章桐可不想叫車過去，上班高峰期的計程車，沒有半小時是根本等不到的。

一旦出警，一分鐘的時間都耗費不起。她匆匆刷卡走過閘機口，同時

故事二　疼痛無聲

打通了警局法醫處 24 小時值班工作人員的電話，吩咐他們馬上把車開往市體育中心案發現場。這樣一來，自己就不用再跑回去了。

＊　＊　＊

李曉偉有點感冒了，秋天的感冒是讓人最難以忍受的。

「李醫生，這是今天的病人預約單。」護理師阿美遞過來三張預約單，這樣的工作量對於心理醫生來說，有點超標。

「今天人怎麼這麼多？」李曉偉皺了皺眉，他注意到了阿美塗得鮮紅的指甲。阿美是個身材標緻的女孩，外表迷人，內心玲瓏剔透，清水衙門待久了自然就學會了偷懶。

「可能是上頭大發善心，終於注意到我們心理科缺獎金了吧。」阿美一邊聳聳肩，擺出一副與己無關的樣子。她沒必要正面回答這個問題。在她面前接待桌上的是一本攤開的最新的《瑞麗》雜誌，這或許才是她最在乎的東西。

李曉偉沮喪地點點頭，轉身推門進了門診室，一扭屁股把門帶上，然後跌坐在辦公椅裡。

門診室裡冷得刺骨，李曉偉重重地打了個噴嚏，他感覺自己倒楣透了。

＊　＊　＊

只是稍微靠近一點，熟悉的福爾馬林味道就撲面而來。不奇怪，這味道陪伴了章桐十多年。有那麼一陣子，她的鼻子除了這個味道幾乎辨別不出別的氣味。有人說，這是一種真正的屬於死亡的味道。章桐緊鎖雙眉，感到說不出的困惑。眼前的這具屍體分明又是被處理過的。

屍體被放置在游泳館的 10 公尺跳水平臺上，雙手平放在胸口，現場

第二章　牙仙

沒有血跡，屍體的表面呈現出一種極不正常的褐色，關節部位有些偏白，有明顯的注射防腐劑的針頭痕跡。如果不是來參加集訓的游泳隊隊員走上10公尺高臺的話，根本就不會有人發現這高高的跳臺上面居然會有一具屍體。

匆忙趕來的童小川並沒有看屍體，而是直接把目光投向了章桐。章桐沒說話，只是微微點了點頭。

「該死的！」童小川咬牙嘀咕了句。

身旁的專案內勤盧強不解地抬頭看著他：「童隊，出什麼事了？」

童小川把手揮了揮：「去調監控，我們在這裡瞎晃只會白白浪費時間！」

他心裡很清楚，和發現第一具屍體時一樣，這監控根本就是個擺設，肯定什麼都不會拍到。但是除了查監控，他又能做什麼？

至於監控，體育館監控室的答覆是在大家意料之中的：我們的探頭只對著游泳池，至於10公尺高臺那一片，因為今年沒有賽事，如今人工費用又這麼高，那一處也用不到，就沒有對已經壞掉的監控探頭進行及時修理。

「那至少這幾天游泳館整體的探頭監控資料你們有吧？實在不行我們就大海撈針吧。」童小川不甘心地碎唸。監控室的保全伸手指了指一邊的監控臺，嘴一撇：「你們自己調，愛看多久看多久，我無所謂。別怪我沒提醒你們，畫素很差的。」童小川頭也不回地順手一拍盧強的肩膀：「你，買兩個包子來，我早上到現在什麼東西都還沒吃呢。」盧強忙不迭地跑了出去。

「我就不信了，這次還會一無所獲！」童小川嘴裡嘟嘟嚷嚷，一屁股在監控臺前坐了下來。

故事二　疼痛無聲

　　通往跳臺的鐵質梯子因為時間久了，鏽跡斑斑，人一踩上去就會發出吱吱嘎嘎的聲響。為了盡可能近距離地觀察屍體，章桐幾乎整個人都趴在了樓梯臺階上。

　　注意到了屍體身下有異物，她便努力向前探出身體，戴著乳膠手套的手伸進了屍體的身下摸索著。

　　「章法醫，小心啊！」由於平臺過於狹小，基本只能容納一個人通過，小潘就只能扛著照相機站在章桐身後的樓梯上。

　　10公尺平臺80%的地方都是可以晃動的，如此設計就是便於跳水運動員的起跳和動作借力。章桐一點都不喜歡這種環境，她甚至都不敢朝下面的泳池看去。討厭的恐高，並且程度有愈演愈烈的趨勢，她不得不盡量把自己的注意力都集中在面前的屍體上。

　　隔著一層手套，章桐感覺到除了屍體以外還有一個冰冷而又堅硬的東西，她的心不由得一動，同時順勢用力把它抓了出來。是一把熟悉的解剖刀，表面明顯經過精心擦拭，絲毫沒有因為在屍體身下而失去光澤。看著手中的刀，章桐一臉驚訝，她還是頭一次在案發現場看見這麼特殊的東西。

　　這是一把專業的法醫用的解剖刀。和一般的醫用手術刀不同，略長，也更為鋒利，在解剖刀的一邊還專門設計了一個開口，便於對付不同程度的屍體，如果不是法醫，根本看不出這些細小的差別。

　　因為過於意外，手中的解剖刀差點穿過鐵梯的縫隙滑落到地面上。

　　「章法醫，妳沒事吧？」小潘關切地問道。

　　「沒事，我很好。」章桐隨口答道，同時趕緊把解剖刀塞進證據袋裝好交給小潘，「來，幫我一下，我們把他搬下去。」

第二章　牙仙

要想在 10 公尺跳水平臺上完成屍表的檢驗，章桐可不敢去冒自己連同屍體一起跌入游泳池的風險。更何況自從上次差點被彭佳飛淹死在大海裡後，章桐到現在都無法徹底擺脫溺水的心理陰影。

接下來發生的一幕有點戲劇性：身材瘦小的兩個法醫不得不撅著屁股，用特製的藍色繃帶擔架抬著，把屍體給一層層挪下鐵質簡易臺階。終於到達地面的那一刻，章桐的雙腿發軟，差點一屁股坐在地板上。能把屍體弄到 10 公尺跳水平臺上去的人，絕對不簡單！章桐懊惱地抬頭看了一眼高高的跳水平臺，對痕跡檢驗科的同事點點頭：「你們可以上了。」

這是規矩，命案現場，法醫先行。

推著簡易輪床走出游泳館的時候，雨下得更大了，豆大的雨珠夾帶著塵土濺起很高。章桐不得不給擔架上的裹屍袋蓋上了厚厚的防雨布，為了保險起見，她還拿來專門裝證據用的牛皮紙袋子把死者的十指全都牢牢地套了起來。而自己和小潘，則被淋了個透溼。在某些特定的環境中，死人比活人更重要。

雨勢絲毫沒有減弱的趨勢，這一點都不像是秋天的雨。

＊　＊　＊

秋天的雨裹挾著寒風用力地拍打著心理門診室的窗戶。今天的天氣真的很糟糕，李曉偉感到自己的頭越來越痛，渾身痠痛無力，可以確定自己發燒了。他強打著精神頭，面帶微笑地盯著自己的病人，擺出一副很敬業的樣子，其實他的心裡一直在糾結著一個問題：真的還是假的？

通俗點說，來心理科看病的病人所要做的事就是不停地講故事，而醫生則是透過這些故事來辨別和發現病人真正的病情發展情況從而對症治療。但是眼前的這個故事，李曉偉發覺自己竟然聽得入迷了！

故事二　疼痛無聲

潘威，智商很高情商卻堪憂，不發病時侃侃而談，邏輯性超強，據說大學讀的是電子工程，目前在某知名遊戲公司做專案客服主管，兼職做遊戲代練賺錢。一個普通人，一份普通的職業，收入卻不菲，還是個長舌，除了因為常年不見陽光而顯得皮膚過於蒼白以外，不深交就幾乎挑不出什麼毛病。

而這個「深交」則局限於經過專業訓練的心理醫生。李曉偉對自己所有病人的情況都熟稔於心。如果論病情發展程度，潘威平時看上去幾乎可以算是一個正常人。

除了在他面前提到牙齒的時候。只要聽到「牙齒」這個詞，另一個讓李曉偉感到頭痛的潘威就會出現，開始嘮嘮叨叨、語無倫次、完全情緒化。所以說，牙齒是潘威記憶中的關鍵所在。但是李曉偉一直找不到原因，所以在面對這個病人的時候就很有挫敗感。

這已經是這週以來第二次見到潘威。雖然慣例是一人一週一次門診，但是如果病人提出多預約一次亦可，只要是在自己的工作時間之內。因為病人一旦依賴和信任自己的心理醫生，對於病情的恢復也會有很大的幫助。

更何況李曉偉平時在門診總是閒得無聊，來個病人聊天打發時間也是很不錯的選擇。

潘威有一個別人看不見的朋友。李曉偉用了很長一段時間耐心聽潘威訴說並且得到他的認可和信任後，對方才算勉為其難地正式把自己的這個特殊朋友介紹給李曉偉認識。

這個朋友的名字很特別，叫「禮包」。為此，李曉偉還特地反覆確認了一下這是人名而不是外號，回答當然是肯定的。想要認識禮包，前提條

第二章　牙仙

件是必須成為潘威的朋友，在取得足夠信任的前提之下，他才會放心地出現。李曉偉知道，這是潘威用來保護禮包安全的唯一方式。

「李醫生，你見過牙仙嗎？」潘威的目光中充滿了狡黠。

牙齒？牙仙？李曉偉聽過這個神話故事，他心一沉，臉上卻不動聲色。印象中這是潘威第一次主動提到和牙齒有關的東西。見李曉偉並沒有否認，並且顯得很感興趣，潘威這才得意地繼續往下說，雙手依舊規規矩矩地放在兩個併攏的膝蓋上，表情專注而又略帶小小的得意。「有求必應的那種，很靈驗的哦！」

「是嗎？和我說說看。我猜肯定是禮包告訴你的，對嗎？」李曉偉雙手十指交叉，靠在辦公椅上，渾身放鬆，擺出一副微笑和認真聆聽的樣子。

「那是當然，禮包對我可好了。」說著，他把臉轉向另一邊空蕩蕩的沙發，「對吧，包包？」屋裡無聲無息，只有窗玻璃上不斷地發出雨水拍打的聲音。或許是自己發燒了的緣故，李曉偉渾身發冷。

「好的，好的……你放心吧，李醫生一定能幫我們的！」似乎得到了禮包的肯定後，潘威這才轉過頭來，滿意地笑了，「這件事非常重要，我想過了，李醫生，你是我朋友，所以禮包拜託我一定要讓你知道！」

李曉偉拚命克制住自己想要把目光朝那個方向投去看沙發上是否真的坐著個人的衝動，潘威卻表情坦然。「你說吧，潘先生。我一定會幫你和你的朋友──禮包。」──每次說這個名字的時候，李曉偉總是感覺很不舒服。

潘威點點頭，他的聲音突然低沉了下來，目光也變得有些冷，與方才的樣子判若兩人：「第一個遇到牙仙的是個男孩子，叫阿瑞，住在石子街，他的爸爸常年酗酒，除此之外唯一的愛好就是揍阿瑞和他媽媽。這個，老

125

故事二　疼痛無聲

街上的街坊們都知道，但是誰都管不了，因為阿瑞的爸爸早年因為搶劫坐過牢，是出了名的心狠手辣的古惑仔。後來，也不知道哪一天晚上，阿瑞媽媽就失蹤了，人間蒸發了一般，阿瑞的噩夢也就此真正開始了……」

除非是太入戲，否則的話，在潘威的目光中，李曉偉不會只看見冰冷。

「阿瑞天天捱打，直到實在受不了了，他就想到了死。幾天後，正好是中元節，那天晚上的月亮又大又圓，他便偷偷地跑到街上。據說，阿瑞就在那個時候遇到了牙仙。」

李曉偉忍不住問道：「阿瑞說什麼了？」

「讓他爸爸下油鍋！」

「不可能！」李曉偉脫口而出。

潘威聳聳肩：「但是後來他爸爸真的下油鍋了！」

「你說什麼？」李曉偉吃驚地看著他。

「牙仙把他爸爸給活活油炸了啊！」潘威雙手一攤，表情顯得很平靜，也很無辜。

李曉偉完全入戲了，他一口茶水還沒來得及嚥下去就全都給噴了出來，嗆得眼淚鼻涕糊了一臉：「沒這麼恐怖吧？潘先生，你是不是昨天晚上看恐怖片了？少看點那些亂七八糟的東西，對你的病情恢覆沒好處。」

聽了這話後，潘威臉上的笑容消失了，他一臉的嚴肅：「李醫生，我沒有病，我現在很好，告訴你，真的有牙仙，禮包從來都不會騙我。」

「李醫生，你一定要相信我！」潘威神情異樣，專注地看著李曉偉，「並且牙仙還會出現！只要他願意，他隨時都會出現，他會為你做任何事，而他的報酬就是人類的牙齒。」

第二章　牙仙

「是嗎？看來確實很神奇！」李曉偉努力在自己的臉上擠出了一絲笑容，「既然是個祕密，那你為什麼還要告訴我呢？」

潘威轉頭和隱形的禮包低語了幾句後，說：「因為我想見見牙仙！」

「這個嘛，我想我可幫不了你！」李曉偉偷偷鬆了口氣，「因為我根本就不認識這個神通廣大的牙仙。」

「不，你認識！」潘威突然上前一步，湊近了李曉偉的臉，口氣也變得斬釘截鐵，「你還和他很親近。」

李曉偉哭笑不得：「別開玩笑，潘先生，我要是真認識這麼個大神仙的話，我還用得著在這裡上班賺那麼點小錢過日子？」

「可是禮包就是這麼說的。他說你認識……對吧，禮包？」潘威一臉的委屈。李曉偉剛想反駁，可是轉念一思索，就迅速打消了這個念頭，因為和妄想症病人交談最忌諱的就是試圖去反駁他的一切想法。

「是我的錯是我的錯，潘先生，接下來到底發生了什麼，如果你的朋友禮包先生告訴了你的話，你能轉述給我嗎？我很感興趣的。」李曉偉用力劃掉了筆記本上自己寫的一條要點，然後強打精神，臉上保持著笑容，打算換個方式和潘威繼續交談下去。

潘威點點頭：「阿瑞家對面有人辦喪事，準備了好幾口小耳朵，灶臺搭建好了沒多久，聽說鍋裡倒滿了油，準備第二天一早炸魚用。阿瑞爸爸個子不是很高，他的屍體就是在油鍋裡被人發現的。至於是誰點燃了灶臺下的火，沒人知道，而後來法醫說了，阿瑞爸爸在下油鍋之前肯定還是活著的。」說到這裡，潘威的目光中充滿了興奮，「說話算話，牙仙真的是很厲害。」

「那也有可能是阿瑞爸爸喝醉酒無意中路過油鍋失足跌落致死的呢？」

故事二　疼痛無聲

　　李曉偉的聲音小得似乎只有他自己才能夠聽到。潘威搖搖頭：「阿瑞知道這個消息後，立刻就問警察，他爸爸的牙齒還在不在。你猜，警察怎麼說？」

　　「為什麼要問牙齒？」李曉偉鼻子一癢，重重地打了個噴嚏。

　　「牙仙幫你做事的代價交換就是牙齒。這個道理難道你還不明白嗎，李醫生？」潘威神祕兮兮地笑了。

　　李曉偉陷入了沉默，後脊背有些發涼。

　　接下來的一幕更讓李曉偉感覺哭笑不得。潘威伸出左手從隨身帶著的紙袋子裡拿出了一盒檸檬蛋糕，很大方地雙手捧著放到他面前：「李醫生，知道你喜歡吃元祖家的蛋糕，這次特地帶來給你吃的。」

　　看著豔麗誘人的蛋糕，李曉偉的胃裡卻一陣翻江倒海，雖然是醫生，但是聽了剛才油炸活人的故事，他哪裡還有胃口吃得下去。

　　「謝謝你的好意，我不吃甜食，你自己吃吧。」這一刻，李曉偉相信自己臉上的笑容比哭還難看。潘威卻顯得並不很在意，一副悠然自得的樣子，左手拿著小勺子很有耐心地一勺一勺挖著吃，嘴裡還哼著不知名的歌。

　　是不是智商高的人是左撇子的可能性也非常大？李曉偉強迫自己把注意力集中到別的點上去，竭力不去想像活人一旦掉進滾燙的油鍋裡的樣子，儘管那只是出自一個妄想症病人的無窮遐想。

　　這四十分鐘太過難熬，好不容易時間到了，送走了潘威，同時在潘威的執意要求下跟禮包也道了別後，李曉偉這才長長地出了口氣，活動了一下頸部關節，剛想通知下一個病人，細思索，手卻停在了半空中。潘威的話又一次在他耳邊響起——牙仙大人……願望……牙齒都沒了……

第二章　牙仙

　　醫生相信病人的話？李曉偉不由得啞然失笑，這怎麼可能。他的手隨之放在了叫號機上，用力按了下去。李曉偉用窗臺上的抹布擦了擦辦公桌，門外很快就傳來了下一個病人的腳步聲。

　　五分鐘過去了，看著新來的病人的臉，他卻懊惱地發覺自己根本就靜不下心來。下班的時候，李曉偉想和章桐聊聊這事。

＊　＊　＊

　　傍晚，南長行人徒步區，貓山王榴槤甜品店。

　　雨斷斷續續下了一整天，天空灰濛濛的，雨水順著黑色屋頂瓦片滴答而下，在甜品店的周圍形成了一道特殊的雨簾。行人徒步區的路面是由青磚鋪就而成的，昏暗的路燈光映襯著不同顏色的傘面，來往的行人走在青磚石上，鞋面敲擊發出了好聽的節奏聲。

　　李曉偉心不在焉，在甜品店裡足足等了半個多小時，才終於見到了一個熟悉的身影。生怕章桐看不到自己，他趕忙站起身揮了揮手，並提高了嗓門：「章法醫，我在這裡！」章桐穿的還是早上出門時的那件黑色風衣，路上有點冷，她就把風衣領子豎了起來。

　　章桐掃了一眼李曉偉面前的蛋糕碟子，裡面除了碎屑以外已經所剩無幾，她頗感意外地問道：「你喜歡甜品？」李曉偉點點頭，有些尷尬。他今天騙了潘威，因為吃甜品也是要看心情的。

　　「不介意我約妳在這裡見面吧？我知道有些人是不喜歡榴槤這股特殊的味道的。」李曉偉說，「但是嚴格意義上來說，榴槤被稱為水果之王，富含很多維生素和胺基酸，很有營養。」

　　章桐搖搖頭：「做我這行的，無論哪種味道都很適應。對了，找我什麼事？」

故事二　疼痛無聲

李曉偉有些尷尬：「我是有私事拜託妳幫忙。」

他趕緊把下午自己從潘威那裡聽到的事跟章桐詳細地說了一遍，最後，認真地說：「在妳來之前，我想過很多種方式來說這件事，但是最後我放棄了，我之所以選擇和妳開誠布公，也不怕妳笑話，我其實真的很在乎這件事。」

「那你到底在擔心什麼？」章桐不由得啞然失笑，「李醫生，難道說你認為你的病人說的是真人真事？妄想症病人的話你居然也相信？」

李曉偉一臉的無奈：「我就知道妳不會相信我，我只是想請妳幫我去查一下舊案資料，看看是否真的有這麼一件事，打消我的顧慮，至少……至少不讓我做噩夢，好嗎？」李曉偉知道自己的理由根本就站不住腳，心裡卻又不願意放棄，便一臉懇求地看著章桐。

「時間跨度太大，我恐怕幫不了你。」

「別急著下結論啊，在妳來之前，我可是做足了功課的！」李曉偉有些著急地翻開自己隨身帶著的平板電腦，點了幾下螢幕後，抬頭認真地說道，「應該是1970年前後發生的事，而發生地點就在本市。」

「你這麼肯定的話，為什麼要來問我？自己解決不就得了。」章桐無奈地看著李曉偉。

李曉偉卻繼續信心滿滿地說道：「我當然不相信所謂的牙仙的存在。但是難道妳不覺得奇怪嗎？太巧合了，如果這件事是真實存在過的話，那麼這就完全符合一起命案的各種要素。雖然說孩子還小，也就10多歲，但是這個年齡的孩子見到並說出的未必就不是真實的。而且我查過，石子街這個地名是在1987年的時候才改成現在的花園裡的，以前就是一條老街。」

第二章　牙仙

「那你要我做什麼？」

「作為一個非系統內人員，我查不到相關的案件資料，所以，我想請妳幫我去妳們警局的檔案室查查看。幫幫忙。」李曉偉的口氣中帶著些許哀求，這讓章桐感到有些意外。她認真地看著李曉偉，半晌，嘆了口氣：「好吧，我試試。」

李曉偉心裡的石頭終於落下了，他向後靠在沙發上，雙手十指交叉，臉上露出了笑容。

這一晚，李曉偉睡得很不踏實，他又一次回到了那個奇怪的夢裡。

夢裡，父親高大的背影在藍色的月光下顯得格外詭異。父親在哭，哭得雙肩顫抖，不可自抑。父親像極了一頭受傷的獅子，在舔舐自己傷口的同時，哀號這個世界的淒涼與冷酷。突然，父親聽到了李曉偉的腳步聲，他回過頭，張開嘴好像要跟他說些什麼，就在那一刻，月光照射在父親臉部的側面，李曉偉驚恐地發現——父親的牙齒，一顆不剩……

他尖叫一聲，從地鋪上爬起，大口喘著粗氣，渾身早就已經被冷汗溼透——為什麼潘威口口聲聲說我認識牙仙？

窗外隔著一道圍牆的街上靜悄悄的，昏黃的路燈下，一輛飛行牌腳踏車悄無聲息地停靠在那裡已經有很長時間了，騎車人目不轉睛地盯著李曉偉家的窗戶，許久，他咧嘴一笑，露出了慘白的牙齒：「你是我的！」

故事二　疼痛無聲

第三章　陳年舊案

　　秋天的早晨，對於患有嚴重過敏性鼻炎的章桐來說，簡直就是一場噩夢。伸手推開警局大門的同時，章桐又重重地打了一個噴嚏，腦袋順勢撞在了玻璃門上。身邊走過的同事投來了同情的目光。

　　一抬頭，章桐看到了檔案室的主管田波正迎面向自己走來，心裡一動，便加快腳步迎了過去。她並沒有把全部情況都告訴自己的同事，只是說想查個以前的案子，年代比較久遠，見章桐親自開口，田波二話不說立刻點頭同意。

　　「大約47年前的，1968年，本市崇安區石子街上發生的案子，可能被列為意外處理了。相關的屍檢資料你這邊還能找得到嗎？」走進辦公室的同時，章桐繼續試探性地問道，「我擔心時間太久，你們已經處理掉了。」

　　「處理？」田波是個典型的長舌，聽了這話，他不免有些小小的得意，「章法醫，你未免也太小看我們了吧。別看這些都是陳年舊案，但是留著總會派上大用場的，偉大的福爾摩斯先生不就說過這麼一句話，『每一個案子都只不過是歷史上舊案的翻版罷了，一個好的偵探必須能夠熟悉世界上所有的案例』。」

　　「好吧，我收回剛才所說的話。田波，你能幫我嗎？」章桐徹底認輸。田波點點頭：「肯定的啊，章法醫親自開口，還不是小菜一碟，再說了，我正愁沒機會用一用我們的新程式呢！」

　　「新程式？」

第三章　陳年舊案

　　田波伸手打開電腦主開關：「沒錯，上週剛開發出來，找了一個業內很厲害的合作公司。如果妳早來三天的話，要想找47年前後的案件卷宗，恐怕妳得翻遍整整一個屋子的檔案盒子，現在呢，」他微微一笑，眉宇間頗為得意，「最多十分鐘，就能解決問題。」

　　「現在做這種也能請外包嗎？」章桐有些迷糊。

　　田波聽了這話，聳聳肩表示很遺憾：「術業有專攻，局裡沒有這方面的研發經費，所以呢，雖然我們不是大神，不過我們也正在向大神這個級別努力。」

　　半小時後，章桐拿著一份薄薄的列印資料千恩萬謝地離開了檔案室。直到她走回辦公室，還能清晰地感受到剛被列印的A4紙上的溫熱。她剛推開辦公室的門，小潘就從自己的辦公桌後面探出了頭：「章姐，妳來得正好，童隊找妳，請妳馬上過去。」

　　「游泳館的案子？屍檢報告不是已經送過去了嗎？」章桐皺眉。

　　「應該是開會吧，看情形，好像發現了什麼新情況，想和妳談談。」小潘繼續蹲下專心致志地修他的電腦插座。

　　章桐把包隨手往椅子背後一掛，想了想，轉身走出辦公室，邊走邊大聲提醒：「我勸你趕快把你的插座換個有保護蓋的，不然沒多久又得被老鼠當晚餐吃了！」

　　話音未落，身後立刻傳來了劈里啪啦辦公桌上物品滾落的聲音，伴隨著小潘惱怒的咒罵，章桐的嘴角露出了微笑。

＊　＊　＊

　　想要在短時間內讓非專業的人徹底弄懂專業理論中深奧的環節，是一件非常讓人頭痛的事情。但是章桐再怎麼不樂意，也只能把這種不滿的感

故事二　疼痛無聲

覺放在心裡。她雙手抱著手臂，面無表情地看著童小川，說著那些早就已經深入骨髓卻又異常死板的理論。

血液墜積，或者叫屍斑，能夠說明很多問題。但即便是法醫，如果工作經驗不足的話，過於匆忙時也會做出誤判，會把屍斑和瘀傷混為一談，但這是極少發生的事。

屍斑是人死亡後身體的一種正常反應，人死後血液停止循環，心血管內血液因短時間重力作用而回流入遍布全身的分支小血管內，導致體表膚色發生變化。如果屍體在肌體死亡過程中始終處在一個堅硬的表面，並且是平躺的姿勢，那接近表面的部位會呈現出暗紅色，而相對靠上的部位則是死灰色或者青灰色。鑒於此，上吊自殺的人，屍斑就會聚集在死者的雙足部位。屍體不會撒謊，但並不是所有人都明白這個道理。

而瘀傷的造成就不同了，表皮雖然也不會有擦傷，但是皮下組織因為外力撞擊，身體軟組織內微血管發生破裂，所以會導致軟組織挫傷和片狀皮下出血。

兩者是完全不同的概念，最簡單的區別方法就是指壓瘀傷不會褪色，屍斑卻會。但是眼前的這位刑警隊長似乎就是搞不明白。

章桐想發火了。

「章法醫，妳真的確定死者一直都是保持這種平躺的姿勢嗎？」童小川問。

章桐皺眉，對於質疑自己專業的問題，她一向都沒有任何好感：「我只能說沒有繼發性屍斑表明在屍斑的形成過程中屍體被以別的姿勢移動過。我檢查出的結果證實死者就是以那種姿勢死去的，並且在足夠長的時間裡一直保持著那種平躺的姿勢。」

第三章　陳年舊案

童小川看了看身邊站著的盧強。

「童隊，你把我叫來除了做相應的名詞解釋外，就只是為了這個問題嗎？」章桐問。

童小川卻並沒有直接回答：「章法醫，妳印象中有沒有見過這兩個死者？」

章桐一愣，脫口而出：「當然沒有，你為什麼這麼問？」

「人死後和生前的樣子是有很大的區別的，章法醫，麻煩妳再想想，有沒有見過這兩個死者？」童小川似乎很不甘心，他又拿出了那兩張章桐非常熟悉的死者臉部特寫，「別急，我想會不會因為妳工作太忙，所以一時想不起來，這也是有可能的。」

雖然照片中兩位死者的臉已經扭曲了，但是仍然能夠辨別出死者生前的大致長相，可是章桐腦子裡依舊是一片空白。「我不認識。」她搖搖頭。

童小川見狀，微微一笑：「沒事了，章法醫，抱歉耽誤妳時間了。」

章桐走後，助手盧強忍不住合上筆記本，抬頭對童小川說道：「老大，我想這事應該是巧合，你不能鑽牛角尖。」

童小川雙眉緊鎖：「我也不想這麼做的，但是這是合理性的懷疑。你看，第一個死者，李江，38歲，金融從業者，死因不明，但是死前被解剖，屍體經過了專業的處理；第二個死者鄭豪民，29歲，保險顧問，死因不明，同樣死前被解剖，屍體也經過了專業的處理。兩個案發現場看似平常，卻都經過了精心設計。」

「理由呢？」

童小川回答：「很簡單啊，就在你眼皮子底下，而不是特殊情況的話，還根本就發現不了。小旅館的那一起，屍體在床底下，如果不是水管問

故事二　疼痛無聲

題，整個樓層都被水泡了，你能發現屍體嗎？游泳館裡，10公尺跳臺，如果不是專業的人，你會沒事幹上去玩跳水？我看你最多就是在下面玩水過把癮了事。那麼，你告訴我，你從這些看出了什麼？還有就是兩個現場的監控錄影，發現什麼了沒？」

盧強茫然地搖搖頭：「什麼都沒有。」

「那就對了。也就是說，布置這兩個案發現場的人完全了解我們警方辦案的程序，再加上對地形非常熟悉，所以，他才會這麼神不知鬼不覺地放下屍體一走了事。」

「童隊，你還沒說到點子上，我怎麼感覺你好像是在故意針對章法醫？」盧強皺眉，「如果真是她做的案子的話，章法醫她身材那麼瘦小，還是個女人，你確定她能搬得動那兩具死屍嗎？」

童小川打開抽屜，拿出了兩張死者生前的相片放在了盧強面前。這是兩張卷宗相片，盧強非常熟悉這種相片的特殊規格：3.7英寸白色背景，而作為一名專案內勤，案件卷宗處理工作是入門的必備課程。

「他們兩人都有案底？」盧強脫口而出。

童小川點點頭：「雖然都是命案，但是案件最終因為證據不足而被撤銷了。至今，那兩起都還屬於未破的懸案，而經手法醫，你看看是誰的名字？」

「童隊，不會吧？我們都認識那麼長時間了，章法醫工作兢兢業業，她絕對不會是那種義務警察，肯定是哪裡搞錯了。」話雖然這麼說，盧強的聲音中卻開始有了一些猶豫。

「我當然也不希望是這樣。」童小川收起了那兩張相片，重新把它們放回了抽屜。

第三章　陳年舊案

「不過，這叫合理性懷疑，也是我們的職責之一。總之，等痕跡鑑定那邊的指紋比對出來再說吧。那把解剖刀上的指紋還在鑑定。」童小川的目光變得意味深長，「今天我跟你說的事，先不要告訴別人，尤其是技偵大隊那邊的人。」

盧強茫然地點點頭。

警察也是人，也會犯錯，這個道理誰都明白。但是他總覺得哪裡有點不對勁，看著頂頭上司面沉似水的臉，他陷入了莫名的苦惱之中。

＊　＊　＊

李曉偉又走神了。

「李醫生，你的手機響了！」護理師阿美的聲音在耳邊猛地響起，思緒被打斷了，他暗暗咒罵了句，伸手去摸手機。

「你好。」

「李醫生，我是章桐，你託我做的事情，我已經做完了，掃描件已經發到你的信箱裡，有空你查收一下吧。」電話那頭章桐的聲音聽起來總是透著一絲疲倦。

「哦哦，是嗎？多謝章醫生！」

結束通話電話後，李曉偉一回頭，就看見了滿臉驚訝的阿美。

「章醫生？叫得好甜。我怎麼就從沒聽說過我們院裡有這麼一個章醫生呢？」阿美誇張地伸手摀著胸口，八卦的本能又一次被成功地激發了出來。李曉偉皺了皺眉，轉身就走：「你就別費心瞎猜了，她不是我們院的，也不幫活人看病！」

把護理師阿美趕跑後，李曉偉便順手帶上門。看著手機螢幕，他深深

故事二　疼痛無聲

地吸了口氣，然後迫不及待地打開信箱，點開郵件，隨著手機頁面的滑動，他臉上的表情慢慢地變得愕然。

他從不相信這個世界上有鬼存在，青天白日的，他對這種靈異的東西向來都嗤之以鼻，可是等看完這封郵件後，他再也不敢那麼肯定。這個案子在當時的影響並不大，再說時間都過去這麼久了，案子發生的時候，潘威還沒有出生，連李曉偉自己都不知道的事，潘威又何從知曉？難道說禮包真的是一個什麼都知道的鬼魂？想到這裡，李曉偉不由得渾身一哆嗦，鼻子一癢，狠狠地打了個噴嚏。

他伸手按下了自己手機的快撥鍵，那裡存著章桐的手機號碼。「我現在正好有空，你說吧。」章桐對李曉偉的突然來電一點都不感到意外，她的聲音中帶著一絲慵懶。

「章法醫，就是那封郵件，我有個很奇怪的想法，妳幫我查查登記在案的所有的缺失牙齒的案件，包括意外死亡事件，看看是不是有別的相類似的事件發生過？」

電話那頭一陣沉默，聲音再次響起時，帶著微微的警覺：「時間範圍呢？」

李曉偉感到自己的心跳速度正在逐漸加快：「就是從這個案子開始到現在。拜託了，章法醫。」

「十分鐘後等我電話。」掛上電話的那一刻，李曉偉感到從未有過的興奮，他走到辦公室門口，探頭衝著護理師站大吼了一句：「半小時之內不看病人，我有事。」護理師阿美一臉驚訝。李曉偉得意地重重關上辦公室大門。

章桐盯著手機呆呆地看了幾秒鐘，她不得不承認這起看似子虛烏有的

第三章　陳年舊案

案件正在一步步地引起自己濃厚的興趣。

第一起事件發生在 1968 年，這真得好好感謝局裡完善的新建檔案系統，自動把所有卷宗可查的案件都分門別類地變成了電子文字。

少年阿瑞確有其人，本名叫趙家瑞，崇安老城區人，戶口簿上登記的住址就是李曉偉提到過的石子街。案件發生的時候，他只有 14 歲，母親在他 10 歲的時候失蹤，周圍人流傳說他的母親是跟別人跑了，所以，阿瑞的父親才會把所有的怨恨都發洩在自己兒子的身上，動不動就拳打腳踢，拿兒子出氣。

在那個年代，時興棍棒底下出孝子的特殊教育方式，所以，阿瑞的遭遇在別人眼中充其量也只不過是自己的父親管教孩子罷了，沒有什麼人會真的出面去阻止阿瑞父親的暴行。

其實這個案子真正意義上並不算得上是一起刑事案件，因為它最終被定性為醉酒失足導致死亡的意外事件，所以就更提不上「凶手」兩個字。但是誰都無法解釋清楚為何死者的一口牙齒不見了蹤影。章桐很清楚一個人身上最堅固的部位就是牙齒。所以，案子雖然沒有被作為謀殺案處理，但是被當時某位有心的警員記錄了下來，事後把所有的證物都打包送進了檔案室。

這邊本就是個小城，意外死亡的人並不多，所以這樣的檔案一直保存完好。

可惜的是這個疑問一直都沒有人在意，人都死了，更何況這個人活著的時候也不怎麼招人待見，再加上當時的偵破手段非常落後，所以，案子就漸漸地沉寂了。

出於職業的本能，章桐覺得這個案子並不簡單。因為多年的法醫工作

故事二　疼痛無聲

經驗告訴自己，要想從一具還沒有骸骨化的屍體身上把牙齒完整地敲落下來，光靠一鍋燒熱的炒菜油是完全不可能的，更別說屍體的其餘部位都是完整無缺的，唯獨牙齒不見了蹤影。

但是她絕對不會相信鬼神。

*　*　*

十多分鐘後，坐立不安的李曉偉終於接到了章桐的電話，他感到有些失望，但是細想想這也是情理之中的事：在有據可查的卷宗裡，有關牙齒全部丟失的刑事案件，包括意外在內，僅有阿瑞父親這一起所謂的意外死亡事件。成年後的阿瑞被捕，於1985年被判處死刑，在聖誕節前夜被槍決，而1985年過後，就再也沒有聽說過類似的事件發生。

「阿瑞死了？太可惜了。」聽完章桐的簡單講述後，李曉偉感到吃驚不已。

「故意殺人。」這在當時的年代裡，屬於嚴打對象，死刑判決下來後，一般不會超過三個月，也絕對不會有所謂的奇蹟發生。

「真遺憾。」李曉偉忍不住嘆了口氣。

「在他手裡也有12條人命，他是殺人凶手。」章桐冷冷地說道，「我不看動機，只看結果，他殺了人就必須承擔法律責任。」

「是我不對，對不起，我說錯了。」李曉偉意識到了自己言語中的用詞不妥，趕緊道歉。很快，他話鋒一轉，又繼續追問道，「章法醫，那這個阿瑞案件中的死者屍體上有沒有出現過牙齒缺失情況？」

「屍檢報告上沒有詳細的紀錄標明，只有大致死因和手繪的解剖圖。我想應該是沒有吧。」章桐老老實實地回覆，「如果有異樣的話，按照標準

第三章　陳年舊案

的工作程序，我們是需要注明的。」

「那這 12 個人的死因呢？」李曉偉的好奇心被徹底激發了出來。

「檔案上的記錄是失血性休克導致的多臟器功能衰竭，身上的傷口都是刻意用鋒利銳器造成的，並且繞開了要害部位。」

「趙家瑞為什麼要這麼做？他的作案動機是什麼？一個正常人是完全不可能突然變成這麼一個瘋狂的連環殺人惡魔的。這在理論上是解釋不通的。」

「動機？」章桐一怔，因為卷宗上只是說他報復社會，簡單來說就是變態心理，並沒有直接的定論，那時候又是嚴打時期（從重從快處理刑事案件），嚴重的警力不足更是讓很多工作雪上加霜。

「沒有，只是說他報復社會。」

「不可能，趙家瑞小時候經受家暴，長大後生活穩定了，又有了家庭，怎麼可能一下子就變成了可怕的連環殺人凶手？肯定發生了什麼才徹底改變了他！這分明就是你們警方的工作沒做到位，你們工作肯定有失誤！」李曉偉說著說著，無形中情緒就變得激烈了起來。

「探討了這些又有什麼用，人就是他殺的，各種證據也直接指向了他，他自己也承認了，不按照法律嚴懲殺人凶手的話，難到要放了他？」李曉偉毫無來由的一番抱怨終於讓章桐感到有些忍無可忍，只是不好發火，便把話題引向了另外一個方向，「李醫生，你的消息來源真的是一個不存在的病人朋友？」

「沒錯，據說叫禮包，每次都會陪著我的病人來門診，但是每次我都看不到它。」腦海裡出現了潘威那自以為是的滑稽動作，李曉偉不由得一臉苦笑。

141

故事二　疼痛無聲

「可不可能是他自己從另外的途徑知道的這些案子，為了吸引別人的注意力而編造出來的所謂的奇特經歷？」章桐追問道，「你對你病人的來歷了解嗎？」

「我的病人是典型的妄想症患者，病史也有好多年了。」李曉偉想了想，說道，「別忘了我是一個專業的心理醫生，對方是不是在演戲，憑藉我的專業知識，還是看得出來的。對了，妳下班後有時間嗎？我請妳喝咖啡。」

章桐皺眉，她看了一眼面前厚厚的等待查閱的屍檢報告，突然感到眼角痛得厲害：「我今晚得加班。」

章桐並沒有告訴李曉偉自己手頭的這兩起案子，死者牙齒也不翼而飛了，一樣的或者說類似的手法，而且更讓人頭痛的是死因——失血性休克併發 DIC（瀰散性血管內凝血）導致最終的多臟器功能衰竭，死前曾被解剖，傷口沒有組織自我修復的痕跡，不排除活體解剖所導致的死亡，但是因為經過消毒防腐處理……

最主要的是，那起檔案上記錄的死者牙齒丟失事件是在 1968 年，並且被證實為意外所致，而眼前這兩起死亡案件卻擺明了是他殺！

腦子裡一片混亂，結束通話電話後，章桐心情煩躁不安了起來。

「章法醫，我差點忘了跟你說了，那個鄭家豪，就是小旅館裡發現的死屍，我查過他的醫療檔案，確定沒有做過兜齒手術。」小潘抱著一堆培養皿在門口探出了頭。

「我知道了。」這就排除了正常外因情況下的牙齒脫落。章桐回頭看了一眼櫥窗裡發黃的人類頭骨樣本，此刻，那上面排列整齊的牙齒顯得格外刺眼。

第四章　觸電

　　人和動物本質上是一樣的，只是多了一個用來掩飾自己內心私慾的外表面具罷了。而這個面具，大家都心知肚明卻往往視而不見。

　　深秋的夜晚，和白天相比，完全是兩個不同的季節。尤其是站在湖邊，風聲呼嘯而過，似乎要把整個人都生生地包裹起來。

　　她哆嗦著抱緊了雙肩，盡可能多地把自己塞進隨身披著的那條並不厚實的紫羅蘭色披肩裡去。

　　她不明白自己為什麼要答應在這麼荒僻的地方見面，放著城裡大把的約會地點不去，偏偏跑到這個鬼地方來玩浪漫，現在看來，自己是昏了頭了。

　　耳邊除了呼呼的風聲，什麼都沒有。精心做的髮型也早就被風吹得慘不忍睹，而剛買的小羊皮短靴現在也變得和街頭十塊錢一雙的蹩腳冒牌貨沒有什麼兩樣。

　　她現在最想做的事情就是趕緊回家，在那個舒適的按摩浴缸裡放上滿滿的熱水，然後閉上雙眼，好好享受。

　　終於，在她的最後一絲耐心即將被磨損殆盡的前一秒鐘，空蕩蕩的馬路盡頭出現了一點燈光，漸漸地，燈光出現了重疊，又分開，在不斷交換的過程中，一輛黑色中型 SUV 出現在了她的面前。車門緩緩打開，雖然看不清司機的長相，但是那熟悉的車載香水的味道讓她的臉上出現了笑容。

故事二　疼痛無聲

她莞爾一笑，便迫不及待地鑽進副駕駛室，用力關上車門。

「趕緊走吧，趁我還沒被凍死！」她嘟囔了句，便滑進了鬆軟的汽車上等皮質坐墊裡。車子應聲而動，就像個無聲無息的黑暗幽靈，抹去了她在湖邊所留下的一切痕跡。良好的車輛效能讓車子行駛起來聽不到一點零件的響聲，也讓乘車人絲毫感覺不到自己是在移動的環境中，她昏昏欲睡。

「睡吧，別擔心，到了我叫妳。」聲音溫柔，宛如一隻溫暖的手輕輕地撫摸過她沉重的眼皮。

她笑了，在真皮座椅上換了個舒服的姿勢，點點頭安心地閉上了雙眼，沒多久就發出了輕微的呼吸聲。

漆黑的車廂中迴盪著那首《月光奏鳴曲》，這也是他車載音響中唯一的一首音樂。他對人的心理瞭如指掌，知道什麼時候才是摘下面具的最合適契機。

不知道過了多久，他一邊開車，一邊掃了一眼自己手上的黑色小羊皮手套。右邊的副駕駛座上，她睡得很熟。所以，她絕對不會注意到專心致志開車的他今天特地戴了一雙上等的黑色小羊皮手套，這種手套柔軟貼身，因為皮質精美、手感一流，戴著也很舒服且不影響任何動作，最主要的是經過特殊處理的表面不會留下任何殘留物。

是啊，她太信任他了。和她說過很多遍不要輕易相信任何人，可單純過了頭的她什麼都聽不進去，所以，她自然也就什麼都不會知道了。

車外，凜冽的秋風中終於有了一股冬天的味道。

「這是第三個了。」他在心中喃喃自語，一邊把著方向盤，空下來的右手則習慣性地去撫摸左手臂上那縱橫交錯的傷疤，即便隔著衣服，那傷疤還有著記憶中的讓人感到亢奮的疼痛，他的目光中燃燒著野獸般的光芒。

第四章　觸電

　　他仍然記得自己小時候最喜歡玩的遊戲就是把頭伸進家中的水缸裡，滿滿一缸的水，逐漸漫過頭頂，他隨之感到窒息。說實話，最初那幾分鐘確實是有些難受的，就像有一雙無形的手正緊緊地掐住他的喉嚨一樣，讓他呼吸困難到幾乎放棄，但是只要熬過這幾分鐘，他就能感到一種瀕死的快感，渾身血液都在一瞬間沸騰，讓他幾乎瘋狂。

　　後來，日子久了，他已經不能滿足自己的這種嘗試了，於是，家中的水缸裡時不時地會冒出一隻死狗或者死貓，看著養父那懊惱的神情，他開心極了。

　　直到有一天，水缸中漂浮著鄰居家三個月大的女嬰屍體，一向脾氣溫和的養父終於陰沉著臉，掄起斧子把水缸砸得粉碎。這件事因為發生在窮鄉僻壤，死的又是個女嬰，所以很快就被人為地平息了，只是從那以後，養父和哥哥看他的目光中多了幾分恐懼。

　　但是那又如何呢？反正他沒有朋友，也沒有母親，這個世界上疼他愛他的人應該都已經死絕了。

　　這種感覺終止於三年前的秋天，從那一刻開始，他看到了自己生活中的陽光！而對屬於自己的東西，他可是絕對不會放棄的。想到這裡，瞥了一眼身旁椅子裡沉睡的女孩，他微微一笑，差不多了，這是第三個，完美的一箭雙鵰！那句話是怎麼說的來著？他皺眉想了想，隨即點點頭：對你最好的懷念，就是在你走後，把自己活成你的樣子。夜涼如水，輕如薄紗的月光下，黑色的 SUV 無聲無息地消失在街頭。

＊　＊　＊

　　李曉偉是個心裡藏不住隔夜祕密的人，他決定親自去找潘威問個清楚。

故事二　疼痛無聲

　　今天是李曉偉輪休，而距離潘威預約的下一次門診時間還有足足一個星期。他等不及了，一改以往自己輪休必定睡到中午的習慣，一大早就起床，按照潘威在醫院留下的聯絡地址，毫不猶豫地坐上了開往新區的地鐵。

　　潘威留下的預約電話一直沒有人接，李曉偉感到有點懊惱。

　　去新區有 15 站路，路上至少得花一個小時，為了能夠早去早回，李曉偉所趕的地鐵是第二趟車，早上 7 點 5 分，人不多，再加上不是黃金線路，所以車廂空蕩蕩的。

　　李曉偉打著哈欠走進了從車頭方向開始數的第三節車廂，由於車廂和車廂之間的門都是關閉的，車廂裡就顯得格外空蕩。李曉偉注意到除了自己以外，車廂裡還坐著另外兩個人。

　　靠近李曉偉的是一個身材矮小、戴著口罩、看不出確切年齡的女人，他判斷這女人最多不超過 40 歲，因為女人的頭髮還是正常的黑色，衣著一般，普普通通，沒什麼講究的地方。離她不遠處坐著的是一個昏昏欲睡的年紀較輕的女人，說她年紀較輕，其實也只是從頭髮的顏色來看，因為護理師阿美就染了這麼一種棕色的頭髮，據她所說這是時下最流行的顏色，很洋氣，可惜的是李曉偉對此一點感覺都沒有。

　　只是那個略微年長的女人的身形有些熟悉，李曉偉總覺得自己應該在哪裡見到過，一時半會兒卻想不起來了，他不由得皺了皺眉。應該是自己還沒睡醒的緣故吧，總是感覺這個女人的身形和章桐很像，想到這裡，李曉偉尷尬地嘿嘿一笑。

　　坐下後，李曉偉忍不住又看了一眼那靠車門邊坐著的年輕女人，除了那條長長的絲質紫羅蘭色披肩給人印象深刻外，年輕女人其實也沒有給李

第四章　觸電

曉偉留下太多的印象，甚至於連臉都沒看清。她靠在最盡頭的門邊上，身體隨著車廂晃動，似乎睡得很熟。搭乘地鐵的時候睡覺是很普遍的事，更別提這麼早的班次了。而她身邊不遠處的另一個女人則一直在擺弄著手機。

直到地鐵到達新區站，披著紫羅蘭色絲質披肩的年輕女人依舊一動不動，保持原來的姿勢，一件黑色的大號風衣把她裹得嚴嚴實實，腳邊放著一個小小的黑色公文包。看來昨晚加班真的很累了。

略微年長的女人則活動了一下腰部，把手機塞回包裡，似乎準備下車了。

李曉偉站在門邊，等地鐵到站後，車門打開便跨出了地鐵車廂上了站臺。臨走出車廂的那一刻，他下意識地又回頭看了一眼，便忍不住微微皺了皺眉。車廂的門已經關上了，透過車窗玻璃，女人和李曉偉所站的位置越來越近。讓他感到意外的是，那個略微年長的女人並沒有真的下車，相反正伸出手把年輕女人不慎滑落的紫羅蘭色絲質披肩朝上移了移，順勢還摸了摸她的臉，擺正了一下她有點歪的頭顱，最後滿意地點點頭，嘴唇嚅動念叨著什麼，一連串的動作就像戀人一樣，緩慢輕柔。而那個裹著紫羅蘭色絲質披肩的年輕女人自始至終都沒動一下，頭髮蓋在臉上，四肢無力，就像一個布娃娃……

不容他多想，重新啟動的地鐵車廂逐漸加速，呼嘯而過。原來她們認識啊，難怪坐得那麼近，現在人與人之間的關係，確實很難解釋得清楚！

李曉偉尷尬地笑了笑，搖搖頭，戴上耳機，聽著音樂轉身輕鬆地走上了扶梯。

潘威所在的公司在新區的龍門路上，這裡遍布各式各樣的公司。李曉

故事二　疼痛無聲

偉在這迷宮般的小路上轉了半個多小時才看到自己所要找的地方。接著又在保全室軟磨硬泡到了上午9點半，出示了自己所有的證件後，才在旁人異樣的目光中拿到了潘威的宿舍地址。

遊戲公司員工宿舍就在公司後面的山腳旁，宿舍前是一條被銀杏樹覆蓋的林蔭小道，約100公尺長。此刻的林蔭小道上已經鋪滿了金黃色的落葉。環境是不錯的，李曉偉卻隱約感到了一絲不安。

不遠處，就在宿舍樓下，拉著警戒帶，停著兩輛閃著燈的警車、一輛法醫現場勘查車。警戒帶外圍站著十多個看熱鬧的人。

不能白來啊，李曉偉心裡打著鼓，便硬著頭皮朝看守警戒帶的警察走了過去：「我⋯⋯我找人。」

制服警察打量了一下他：「找誰？」

「住在這裡面的，」李曉偉腦子一片空白，他伸手指了指樓道，探頭向裡面張望著，「他⋯⋯他是我的病人。」

「你是誰？做什麼的？」警察不由得警覺了起來。

「哦，我是醫生，心理醫生，市第一醫院心理科的，我叫李曉偉，我還是警官學院的講師。」李曉偉伸手從口袋裡摸出了自己的兩本工作證，順便摘下耳機。

警察一臉狐疑，目光在工作證上的相片和李曉偉的臉部之間來回移動。

「小王，他是我朋友，你讓他進來吧。」章桐在二樓的樓梯口探出了頭。被稱作小王的警察無奈地點點頭，伸手抬高了警戒帶，下巴朝裡面努了努，示意李曉偉趕緊鑽過去。

「多謝多謝。」如釋重負的李曉偉忙不迭地鑽進樓道，在樓梯口遇見了章桐。

第四章　觸電

　　此時的章桐，沒有任何修飾，裹在工作服裡的身形顯得更加消瘦單薄。頭髮高高地挽在頭頂，用一次性手術帽罩著，垂下的幾縷髮絲被汗水打溼緊貼在面頰上。

　　章桐尷尬地伸手扯了扯自己工作服外面罩著的一次性手術服：「你應該是來找住在202室的潘威的，對嗎？」

　　李曉偉一愣：「妳怎麼知道？」他注意到了章桐手套上的血。

　　「受害者的資料介紹中有你的名字。他死了。負責這個案子的童小川正打算和你談談，你跟他走吧。」說著，她便轉身衝著身後房間裡喊了一聲，「童隊，你出來下，李醫生來了。」

　　腳步聲響起，很快，童小川便出現在了門口：「你怎麼來得這麼快？」

　　「潘威沒來門診，我不放心就來看看。」李曉偉如實回答。

　　「你不是在當老師嗎？」

　　李曉偉尷尬地笑了笑：「兼差。」

　　「明白了。」童小川低聲嘀咕了句，衝身邊站著的盧強使了個眼色。盧強點點頭，匆匆下樓向停靠著的車子走去。

　　童小川轉身看著李曉偉：「你沒開車來吧？我們一起坐車回去，你順路跟我去趟市局做個筆錄。」李曉偉點頭答應。

＊　＊　＊

　　市局刑警隊辦公室內死氣沉沉的，工作人員不是出外勤了，就是在檔案室裡忙得焦頭爛額。臨近年底，很多案子都要進行年終的複核，所以一旦有空閒時間，手頭累積的工作完成後，大家就都鑽到檔案室裡忙著整理自己曾經經手的案子去了。

故事二　疼痛無聲

　　童小川辦公桌上的電話響個不停。如果沒有人接電話，總機就會把它轉到另一臺分機上去。而出勤電話一般都會直接打到相關部門負責人的手機上，所以，那肯定是內線，童小川也就並不著急。

　　他接起了電話，是章桐打來的，通知他根據屍檢確定潘威的死亡是命案。「你能確定？」童小川皺眉，現場的那一股夾雜著人體排洩物的怪味到現在還在他的鼻子裡遊蕩。

　　「雖然死者已經面目全非，但是我在他的軟顎和舌頭表面上發現了電流通過的痕跡，他死於觸電，方法是把通電的電線剝去保護軟管後含到自己的嘴巴裡。」章桐回答。

　　「他不是半個腦袋被炸沒了嗎？」

　　「確切點說是枕骨和右側頂骨下方的一部分，面積是 3.3 公分乘以 3.83 公分，並不是很大，而剩下的足夠檢查得出這些結論了。」章桐回答道。

　　「造成的原因呢？」

　　「大量電流瞬間通過造成的，不過我還要等解剖工作完成後才能肯定這個結論。」

　　「怪不得現場的警員回饋回來說周圍居民反映案發當晚曾經發生過一次變壓器爆炸。那死者可不可能是自殺？」童小川皺眉瞥了一眼在對面詢問室椅子上坐著的李曉偉。

　　「對了，李醫生還在你身邊吧？你幫我問下他的病人潘威是不是左撇子。」

　　童小川轉頭向李曉偉求證，後者很快肯定了章桐的判斷。

　　「那就是他殺。因為他是右手拿著電線送進自己嘴巴裡的，我在他的右手拇指和食指上發現了電流通過的痕跡，明顯是由漏電造成的。」章桐

第四章　觸電

略微停頓了下，緊接著低聲說道，「還有就是他的牙齒都沒有了，我檢查過他的牙床，可以確定是生前被一個個用工具取走，作案人手法嫻熟。在他的右面頂骨上方 3 公分處，有一個很明顯的凹陷痕跡，半圓形，類似球狀物的撞擊，雖然不是很嚴重，沒有造成硬膜下血腫，但是我想所產生的力道已經足夠讓死者昏迷失去反抗力了……」

「夠狠！」童小川皺眉，慢慢放下了話機。

「李醫生，和我說說你的病人吧。」

「你是說潘威？」

盧強清了清嗓子：「李醫生，你不用太顧慮，我知道你們醫生和病患之間有專門的法律保護，但是現在你的病人已經死了，並且有他殺的嫌疑，所以，請你盡量配合我們警方的工作，這也是為了你的個人安全考慮。」

李曉偉點點頭：「他是一個很特別的人。來我這裡看病已經有大半年的時間了，剛來的時候是他同事陪著來的，說他無緣無故大鬧工作場合，在與人出現言語衝突的同時還出現不必要的肢體衝突，同事們忍無可忍了就一起把他給架過來的。最初診斷是躁狂症……躁狂症屬於躁狂憂鬱症的一種發作形式，主要表現為情緒高漲、精力旺盛、言語增多、活動增多，這裡的言語和活動就包括言語和肢體上的衝突了，嚴重時伴隨有幻覺、妄想和緊張症狀。而且躁狂症發作起來是週期性的，一般是一週以上。但是，在留院觀察的那天晚上，正好我值班，我發覺他的病症沒有那麼簡單，他真正得的是妄想症，最初表現出來的躁狂跡象不排除是在受了某樣特定事物的刺激以後才產生的。因為他在冷靜下來後就一直在和一個不存在的人交流，而且交流方式和形態就和我們現在的交流沒什麼區別。」

故事二　疼痛無聲

他抬頭看著童小川，微微一笑：「童隊，你試過和一個實際上並不存在的人交談是什麼感覺嗎？」

童小川搖搖頭。

「沒錯，我們正常人三分鐘都堅持不下去，因為我們知道我們的對面根本就沒有人，但是潘威，我的病人，卻一天24小時都在和一個叫禮包的人說話。我接連觀察了三天，就確診了他得的是妄想症，而不是躁狂症。後來我再三問他的同事才知道，那天是因為一個同事要拔牙，談起拔牙的事，他突然就受到了刺激，才會誘發病症。」李曉偉說道。

「拔牙？會讓一個人發神經？」童小川覺得不可思議。

李曉偉回答：「我那時候是覺得有點奇怪，但是對精神病人來說，誘發病因的可能性是多種多樣的，有時候根本就沒有辦法用正常人的思維來解釋。這個潘威就是聽不得有關牙齒的相關話題，特別是拔牙，一旦聽到了，本來很正常的他，就會突然發病，誰都攔不住。後來他就在我那邊看病，每週一次，堅持了大半年。中間缺席過幾次，也是有請過假的，可這一次就不一樣了。」

童小川想了想，又問道：「那最後一次他來看病，有提到什麼特別的事情嗎？」

「有，他提到了一個有關牙仙的傳說。」

童小川和盧強不約而同地露出了失望的表情。

「沒錯，還是禮包告訴他的，治了大半年，又回到起點，我到底還是輸給他的朋友禮包了。」李曉偉長嘆一聲，搖搖頭，一臉的無奈，「真是一個不可思議的人，你們說是不是？」

＊　＊　＊

第四章　觸電

傍晚，市局對面新開的貓屎咖啡館裡，客人寥寥無幾。

「說到潘威的死，你知道嗎？我已經習慣了每天去面對一個不正常的精神世界，但是還不習慣我的病人以這種方式死去。在我看來，他絕對不會自殺，我也不相信他會自殺。雖然說潘威是一個精神不正常的妄想症患者，但是在禮包的陪伴下，他活得很快樂，也很樂觀，而且我看得出來憂鬱症和妄想症的根本區別，有時候，作為一個普通人，我其實還是很羨慕他的，成天不知道愁滋味啊！」李曉偉輕輕嘆了口氣，「我奶奶就跟我說過，一個人如果沒有走到絕路，是絕對不會選擇自殺的。如果潘威真的要選擇自殺的話，那麼大半年前他犯病的時候，就會這麼做了，而不用等到現在，你明白嗎？」

章桐心一動，不由得輕輕點頭：「這點我贊成。」

「我不會放棄調查的。」李曉偉說，「我一定要找到這個牙仙。潘威的死肯定和他有關。」

「為什麼你這麼肯定？」

就在這時手機響了起來，章桐滿臉歉意地站起身：「你也不用想太多了，這世界上是沒有什麼所謂的神靈的，而潘威的死，或許是他以前牽涉了別的什麼事情所導致，我想最後總會真相大白的。我要走了，謝謝你的咖啡，改日再見！」

說著，章桐便拎起包轉身向門外走去。透過咖啡館的法式玻璃落地長窗，章桐消瘦的身影穿過馬路後就匆匆消失在了街對面的警局大門裡。很快，警笛響起，幾輛警車衝出大門，向遠處駛去。

不知道從什麼時候開始，天空中下起了雨，並且越下越大，彷彿要竭力掩蓋住這個世界上所有的祕密。李曉偉輕輕嘆了口氣，低頭陷入了沉思。

故事二　疼痛無聲

第五章　義務警察

　　童小川敲響了局長辦公室的門，儘管門開著，但是出於禮貌，他還是恭恭敬敬地連續敲了三下。張局從堆積如山的檔案後抬起頭，有點意外地看著站在門口的童小川：「你找我有事？」

　　案情分析會在半小時前剛結束，是一起簡單的夫妻言語糾紛引起的跳樓自殺事件，所以，按照程序走了一遍也就宣布結案了，隨後悲痛欲絕而又後悔不已的死者家屬就領著屍體去了殯儀館。

　　而接連兩天沒睡覺的童小川此時不去找地方偷著瞇一會兒，反而一臉凝重地站在局長辦公室門口，對此張局感到了一絲異樣：「案子是不是出什麼意外情況了？」

　　童小川沒有說話，只是把手中的一份檢驗報告單輕輕放在了辦公桌上。

　　張局打開了報告單的首頁，這是一份指紋鑑定紀錄，卻沒有技偵大隊大隊長徐輝的簽字，按照遞送程序來講，這明顯是違反規定的。但特殊原因例外，比如說有可能牽涉單位內部人員。

　　看完報告後，張局頓時雙眉緊鎖：「說說看。」

　　「這是體育中心游泳館 10 公尺跳臺上發現的屍體旁的證物，編號 187－9324，是一把醫用解剖刀，發現時所處的位置是在屍體下方，被壓住了，經過鑑定，上面的指紋屬於我們章法醫。」童小川回答。

　　「會不會證據受到汙染了？以前我們也出現過類似的事故。」張局皺眉，語氣中帶著些許的遲疑，「我畢竟也是當過刑偵的，你再考核一下吧。」

第五章　義務警察

「我聽技偵的人說起過，他們工作時為了防止汙染，都是戴著手套的，一般不會留下指紋，但是平時清理工具之類就不會這麼仔細了，畢竟不像現場勘查那麼要求嚴格，而這幾組指紋都是在刀柄的位置被發現的。」說著，童小川深吸了口氣，「還有就是，張局，我手頭的這個系列殺人案也很蹊蹺。」

「說。」張局起身把窗戶推開了點，因為辦公室在頂樓，夜晚的秋風又很涼，房間裡的溫度迅速下降了好幾度。

「首先，死者在死前都經歷過專業的解剖。其次，死者都曾經是一起凶案的犯罪嫌疑人，最終卻因為證據不足而順利洗脫罪名，而這兩起案件的法醫主檢醫師都是章法醫。最後，張局，我也是個老警察了，辦過很多案子，但是從來都沒有過如今這種被人牽著鼻子走的感覺……」童小川有些懊惱。

「張局，我的心情和你是一樣的，也絕對不會相信章法醫就是那種所謂的義務警察。但是這個證據，我們是沒有辦法忽視的。」童小川嘆了口氣，神情嚴肅，「而我的職責就是如實上報。」

「這份報告你沒有給徐輝看？」張局問。

童小川搖搖頭：「我直接從痕跡鑑定那裡拿過來了，我想，越少人知道越好。」

「你做得對，可是，我覺得還是不要太草率下結論，再等等看會不會有更進一步的證據出現。」

「可是……」

「你知道一旦傳出去我們的法醫主任是義務警察，後果是什麼嗎？」張局的口氣突然變得嚴肅了起來，「我們接下來誰都有可能被送到大街上

155

故事二　疼痛無聲

去貼違章停車罰單！而且我們單位自從章法醫來了以後所經手的案子都要進行複查，所以要慎之又慎。」

「如果真是她做的，她就必須受到法律的嚴懲！」童小川看著張局。

「我明白，但是對於這件事，我的決定只有一個：目前還只是懷疑，嚴密封鎖消息，不到萬不得已不要處理。我可不想因為你的莽撞和急功近利，讓我們整個單位的人都成為別人的笑柄！」張局語速飛快地補充說道，「建議你還是多尋找一點直接的證據吧，這份報告就留在我這裡，有情況隨時向我彙報。」他想了想，補充強調了一句，「還有，這件事暫時只限於我們知道，明白嗎？」

童小川點點頭，轉身離開了張局的辦公室。

站在電梯口等電梯，童小川掏出手機，撥通了一個下屬的電話。

「阿水嗎？是我，你帶上一個人馬上去兩個發現屍體的現場，把你能找到的人都給我再找一遍，我就不信屍體就是憑空冒出來的，見鬼！」

＊　＊　＊

法醫辦公室裡，章桐嘆了口氣，放下筆，伸手捏了捏自己發酸的眼角：「有什麼事就說吧，我看你都在那邊磨嘰了大半個小時了。」

小潘皺眉：「章姐，妳有沒有注意到最近我們周圍有點異樣？」

「又神經兮兮的，你到底想說什麼？案子嗎？這案子可不是一天兩天就能破了的，人家不滿，催促幾句也在情理之中。」

「不是，姐，我是說技偵大隊痕跡鑑定的那幫傢伙。妳還記得游泳館10公尺跳臺上我們好不容易搬下來的那具屍體嗎？」小潘乾脆丟下了手裡的工作，一屁股坐在了章桐面前的辦公桌上，表情凝重。

第五章　義務警察

「記得啊，死者叫鄭豪民，死因是失血性休克併發 DIC 最終導致多臟器衰竭。」章桐雙手抱著手臂，看著小潘，她知道自己的這個助手兼同事不只是對死人很敏感，對活人的情緒變化也同樣很敏感。

小潘有點不情願地繼續說道：「說白了就是被活體解剖致死的，傷口沒有組織自我修復的痕跡，身上要害位置周圍遍布刀痕，牙齒被人用專業牙科手術鉗子拔光，而這種鉗子隨處可以買到。姐，我實在想不明白凶手到底想做什麼？」

聽了這話後，章桐點點頭：「我的專業不是犯罪心理學，所以沒辦法確切回答你這個問題。我只根據法醫學證據來得出結論。」

「姐，還有件事，我是說現場發現的那把醫用解剖刀，妳還記得嗎？」小潘壓低了嗓門。

「不是被你拿去痕跡鑑定那裡做微物檢驗了嗎？指紋提取和 DNA 樣本固定這些工作不是一兩個小時就能完成的，你又不是沒做過。」章桐忍不住啞然失笑，「這些可都是需要時間的，現在累積的案子太多，結果不會那麼快出來。」

「那是當然，可是也並不需要 48 小時啊，妳說對不？章姐，我看妳有時候就是想得太簡單了。」說著，他眼珠一轉，壓低了嗓門，神情變得更加嚴肅，「據我所知，報告早就出來了，但是並沒有被送到徐輝那邊去簽字，而是直接被童隊拿走了。」

「這樣是不符合規定的。」聽到這個，章桐有點笑不出來了，「不過，童小川是局裡出了名的急性子，你也不是不知道。」

「但是再怎麼急性子，他也不該再三叮囑技偵大隊的小米說不要把這事告訴我們法醫處啊！」小潘急了，脫口而出，「我們被架空了妳知道不

故事二　疼痛無聲

知道，姐？」

　　章桐的口氣變得嚴肅了起來：「小潘，大家都在一起做事的，別開玩笑。」

　　「小米從來不開玩笑！她是冒著被處分的危險告訴我的。」小潘盯著章桐，目光就好像看著一個陌生人一樣。

　　小米是個長相如鄰家女孩般溫柔的小女生，剛滿實習期，她對小潘有感情，是個公開的祕密，並且誰都知道一個女孩子在自己最在乎的人面前是說不了假話的，更何況是工作。

　　「章法醫，求妳個事，不要直截了當地去找童隊，好嗎？童隊的脾氣妳也是知道的。小米的飯碗很有可能就因此而保不住了。」小潘猶豫不決地說道。

　　章桐輕輕嘆了口氣：「你放心吧。」雖然小潘並沒有把話全部點明，但是已經足夠讓章桐感到惴惴不安。從最初接觸這個系列解剖殺人案開始，她就感覺到哪裡有些不對勁。嫻熟的解剖手法，還有刻意為之的拋屍現場，令人毛骨悚然的空無一物的上下顎⋯⋯她的腦海裡不由自主地出現了一個人的名字。章桐很清楚，這已經是自己兩天之內第三次想到這個人的名字了。可是這不可能！痴迷於法醫解剖的他早就已經死了！

　　章桐不喜歡這種逐漸強烈的挫敗感，但是最近總覺得自己是在與一個看不見的對手下棋。

　　那把醫用解剖刀是被刻意放置在那裡的，並且還帶著一絲嘲諷的味道。因為屍體以外的證物並不屬於法醫的職責範圍，章桐無法親自處理，按照程序必須第一時間交給痕跡鑑定部門。童小川究竟是為什麼要故意隱瞞這條證物的線索，還特地交代繞開法醫處，難道說這把醫用解剖刀真的

第五章　義務警察

和法醫處有著緊密的關係？

章桐不敢再繼續想下去了。因為經費不足和基層環境的原因，法醫處雖然屬於處級編制，但是常年人手不足，沒有人能真正在這裡工作滿一年的。而最近的在職法醫就只有她和小潘兩個人，別的工作人員只是負責屍體的搬運和場地的清潔而已，根本就沒有權利接觸到屍體以外的證物。

太陽穴一陣陣抽痛，章桐突然有種想吐的感覺。正在這時，手機鈴聲響了起來，章桐看了一眼小潘，然後接起了電話。電話是李曉偉打來的，他顯得有些慌亂：「章法醫，有點事，我需要妳的幫助。」

章桐沒有猶豫，她瞥了一眼牆上的掛鐘：「不急的話，四十五分鐘後吧，我下班。」

「那好，我在貓山王等妳。」

結束通話電話，面前的辦公桌旁早就不見了小潘。「章姐，我去檔案室了。」話音剛落，耳邊就響起了重重的關門聲。章桐輕輕嘆了口氣，重新拿起了筆，強迫自己集中注意力去繼續手頭的工作。十多分鐘後，她不得不放棄了，因為她根本就無法真正靜下心來。

＊　＊　＊

傍晚，南長街。

李曉偉坐立不安。一看到章桐的身影出現在甜品店門口，他立刻站起身，拿起外套，迎面走了出來。經過章桐身邊的時候，李曉偉一言不發地抓起章桐的手臂就走。

行人徒步區上的人並不多，不過即使看見了也只會當作是情侶之間的小摩擦而並不會太在意。「你想幹麼？」章桐壓低嗓門，用力掙脫了李曉

故事二　疼痛無聲

偉的右手。

「對不起，對不起，」李曉偉忙不迭道歉，卻又時不時地用眼角的餘光看著身後的青石板路面，在拐過一個小岔路口以後，人流變得少了許多，他這才停下了腳步，「妳別誤會，章法醫。我剛才不是故意的。」

「出什麼事了？」

「這幾天一直有人在跟蹤我。」李曉偉一邊說著，一邊仍然不放心地回頭查看來時的方向。

章桐忍不住笑了：「映象神經元發揮作用了，你一不偷二不搶的，誰會跟蹤你？我看，真要有人的話，除非就是你的病人，因為崇拜你、依賴你所以就跟蹤你！」

「我沒開玩笑，我今天打電話給妳就是為了這件事。」李曉偉強打起精神頭。

一聽這話，章桐來了興致：「說說看，究竟是誰有這麼大的能耐，能夠把我們的心理醫生給折騰得一副神經兮兮的樣子，難道你得了被迫害妄想症？」

李曉偉嘆了口氣，順勢在路邊花壇旁的圍欄上坐了下來：「已經好幾天了，我一直感覺身後有人跟蹤，無論我是上班還是下班或者去打球，總是感覺有些不自在。直到今天早上出門，被人跟蹤的感覺更強烈了，後來，我故意繞了幾條街，終於發現有個男的一直跟在我後面，時刻保持著兩三公尺的距離，可是等我回過頭去找，又沒法確定是誰。我以為是這個月兩頭跑總是加班，沒有休息好的緣故，眼花了，也就沒在意。可是到醫院後，警衛無意中跟我說起昨天我下班後，派出所的便衣來調查我的相關情況，包括在單位的表現等。我就奇怪了，我在警官學院入職的一切手續

第五章　義務警察

都是正常的,再說了,我是有執業醫師資格證的醫生,即使要調查,也該是醫管局的人來,或者衛生局,妳說對不對?再怎麼著都輪不到派出所出面啊。」

「接著呢?」章桐皺眉,李曉偉的樣子不像是開玩笑,他確確實實是被嚇著了。

「我就打電話了,妳也知道作為醫生的好處,尤其是和警方有過合作的醫生,我恰好認識我們轄區派出所的警官,所以我立刻打電話去問這件事。十多分鐘後,他就回電給我了,說根本就沒有派人去調查我,我也沒有牽涉進任何刑事案件或者民事案件中去。也就是說,有人冒充派出所警察調查我!」李曉偉一臉凝重。

「再聯想起這段時間以來總是疑神疑鬼的,我就知道哪裡出了問題。但是又沒有人會相信我所說的話,我就只能找妳了,章法醫。」

章桐想了想,說道:「去年在通報上看到雲山市發生過一起類似的醫生被害案,不過死者是一個婦產科醫生,根據死者家屬的回憶,死者生前就曾經長時間被病人家屬跟蹤過,還收到過各式各樣的帶有威脅性質的物品。」

李曉偉連忙搖頭:「不不不,目前還沒這麼嚴重,我還沒感覺受到威脅,就是感覺被人跟蹤。就像剛才,我在甜品店等妳的時候,有個男的就站在街對角一直看著我,可是我試圖接近他,他就在人群中消失了。」

章桐皺眉,下意識地伸手摸摸他的額頭:「你沒事吧,疑神疑鬼的。」

李曉偉扒拉開了她的手,搖搖頭:「我知道自己在做什麼,妳放心吧,我沒瘋。我找妳來就是想聽聽妳的意見和建議,妳是警局的人,應該比我更清楚該採取什麼樣的措施。」

故事二　疼痛無聲

　　章桐剛想開口，突然，讓她吃驚的一幕出現了，眼前的李曉偉臉色一變，同時晃動上身，以極快的速度向章桐身後衝了過去：「你給我站住！往哪裡跑！」一聲怒吼，他雙手死死地抓住一個灰衣男子的後脖頸，因為對方身形相對瘦小許多，所以在占足了優勢的李曉偉的控制之下，這傢伙根本就動彈不了。

　　「你放手，想幹麼？我報警了啊⋯⋯」灰衣男子嘴裡喋喋不休地抱怨個不停，同時不停地掙扎著，左顧右盼，試圖找機會脫身。

　　「他是小偷嗎？」章桐上前好奇地問道，同時掏出了自己的工作證件，在對方面前晃了下，「你省省吧，我就是警察。」

　　灰衣男子頓時不吱聲了，安靜了下來，但是儘管如此，還是表現出一臉的無辜。「我⋯⋯我不是小偷⋯⋯他冤枉我！」

　　「就是他，就是他一直跟著我，有好多天了，跟鬼一樣地跟著我！」李曉偉氣呼呼地直嚷嚷，「別以為你小子換了一件衣服我就不認識你了！」

　　還好，周圍沒多少路人，匆匆經過的無非就是看上一眼就走開了。

　　「好吧，我打電話給西園裡派出所。他們離這裡最近，三五分鐘的時間應該就能趕到，把這傢伙丟派出所，猜想就會說實話了⋯⋯」說著，章桐掏出手機就要撥號。灰衣男子見狀臉色大變，連忙討饒：「別，姐姐，別報警，我沒有惡意。」

　　「誰是你姐！」章桐瞪了他一眼，現在已經基本可以肯定眼前這人就是那個把李曉偉搞得差點神經錯亂的罪魁禍首了。

　　「我不是壞人，我真的不是壞人。」灰衣男子開始不斷地說好話，雙手連連作揖，「我也是為了工作混口飯吃。」

　　「胡說八道，工作？工作就是成天跟在人家屁股後頭盯梢？誰相信你

第五章　義務警察

說的話啊！再說了，你老是盯著我做什麼？」李曉偉惱怒地說道，「知道什麼叫做個人隱私嗎？」

「我的證件就在口袋裡，你找一下，我可以證明我說的話。」灰衣男子不斷地向章桐投來求助的目光，「姐姐，我真的是好人！我叫王勇，我是個調查員。」

「調查員？」李曉偉沒弄明白。對於這個，章桐可是見多了，她滿是不屑：「不稀奇，說白了就是私人偵探，調查員只不過是換了一種合法的身分罷了。」

「私人偵探盯著我做什麼？」李曉偉翻看著王勇的工作證，又皺眉上下打量他。

王勇順勢掙脫了李曉偉的雙手，他連忙整了整身上的衣服，清清嗓子，這才理直氣壯地說道：「沒錯，就是有人僱了我調查你！」說著，他伸手一指李曉偉。

「我？」李曉偉一臉的驚訝，「我有什麼好調查的？」一旁的章桐雙手抱著手臂，皺眉看著王勇沒有說話。

「抓小三的事我才不幹呢，沒幾個錢賺的。」說著，王勇趕緊換了一副嘴臉，轉身衝著章桐打哈哈，「警察姐姐，我知道這麼做不對，可是也得混飯吃，妳說對不對？」

「那你到底調查我什麼？」李曉偉問。

王勇一把拿過了李曉偉手中的工作證，重新塞回了自己的口袋，這才長出了一口氣：「其實呢，上網調查你的資料就可以了，現在社交媒體上一查，你做什麼、吃什麼、在哪裡、一天去過什麼地方，無一遺漏。可是這招偏偏對你不管用，因為你這個奇葩根本就不使用這些社交媒體。」

故事二　疼痛無聲

聽了這話，章桐吃驚地回頭看著李曉偉。李曉偉卻聳聳肩，顯得毫不在意：「很正常啊，個人習慣嘛。我業餘生活都是打球或者跟同事打牌聊天，哪有時間在那上面浪費感情。」

「所以我就只能跟蹤你了，再加上我的客戶還指明了要你的即時相片，重賞之下，我就只能老老實實地跟著你跑了。」王勇無奈地雙手一攤，「你以為我跟著你四處跑容易嗎？盯梢是最折磨人的工作了。」

「僱你的人到底是誰？」章桐問。

「別費力了，他是透過信箱聯絡我的，我查過對方，但是對方的IP地址是經過多重偽裝的。我什麼方法都試過了，包括在郵件中植入木馬這種下作的手段都使出來了，卻根本就沒有辦法查出來他的具體位置。」說著，王勇轉身看著李曉偉，話裡有話地說道，「對了，李醫生，看在這個善良美麗的姐姐的面子上，我告訴你一些你感興趣的事情吧，至少為了你自己好。不用謝！」

李曉偉茫然地點點頭。章桐則皺眉哼了一聲。

王勇繼續說道：「做我們這一行的人通常不喜歡匿名的僱主，尤其是出手大方的匿名僱主，我們就是刺探別人祕密的人，所以呢，自然也就不喜歡被人矇在鼓裡。就算像我這樣很缺錢的私人偵探也是如此，我們雖然不討人喜歡，但還是有一定的職業操守的。所以他第一次打來電話，我就試圖追蹤，但是結果顯示，對方使用的是網路虛擬電話，而IP，想都別想，即使追下去，結果也是可想而知的。」

「我還是不明白人家僱用你調查我究竟是為了什麼，我可沒有得罪過任何人。」李曉偉一頭霧水。

王勇嘿嘿一笑：「『你已經得到了自己應得的。』李醫生，按照那個匿

第五章　義務警察

名僱主的原話,『接下來,就是你付出代價的時候了。』好好想想吧,李醫生,你究竟得罪過誰?我看你還很年輕,難道說是你家裡人?所以給你一句忠告,好好想想清楚,不要真的等到事情發生了,再來懊悔。那樣的話說不定就太遲了。」

說著,王勇伸手拍了拍李曉偉的肩膀,然後對著章桐點點頭,轉身哼著歌悠閒地離開了街道轉角。

章桐剛想叫住王勇再問個究竟,轉念一思索,叫住了也沒用,人家的話已經說得很清楚,真正的症結就在李曉偉自己的身上。

「你沒事吧?」章桐看著迷惑不解的李曉偉,關切地問道。

「我?我沒事。」李曉偉抬頭看了看天,「走吧,天不早了,我送妳回家。」

「需要幫忙的話,可以隨時打電話給我。」

李曉偉一愣,點點頭,一路上便沒再言語。

章桐深知有些心結,只有李曉偉自己去打開才可以,別人是沒有辦法幫他的。因為每個人的過去只屬於他自己。不只是李曉偉,章桐自己也是如此。

＊　＊　＊

冰冷,刺骨的冰冷,自己的身體沉重得就像一塊石頭一樣,到處都是水。狹小的後備廂裡,空間越來越少。隨著海浪的湧動,散發著腥味的海水也在執著而又緩慢地湧進後備廂。

雖然知道自己會游泳,但是出於本能的恐懼,章桐還是拚命掙扎敲打了起來:「救命啊……救命啊……救……」一陣顛簸,最後一股海水在塞滿

故事二　疼痛無聲

後備廂的同時也湧進了她的喉嚨……

章桐驚醒了。

她爬下床，艱難地呼吸著，雙手微微顫抖。光著雙腳站在冰冷的地板上，她伸手摸了摸自己溼乎乎的臉頰，深吸了一口氣，試著挪動了一下有些麻木的雙腳。

客廳的掛鐘傳來了單調的滴答聲，整個房間裡死一般的寂靜。自己最近老是做噩夢，或者說是自己的記憶在作怪吧。淡淡的月光透過窗簾的縫隙投射進了屋內的地板上，章桐光著雙腳，無聲無息地走到窗前，伸手拉開窗簾。夜幕下的城市安靜得就像另外一個世界，沒有燈光，到處都是黑漆漆的。她順手從椅背上拿了一件外套披上，然後依著飄窗臺坐了下來。過了好久，自己微微發抖的身體才終於平穩了下來。

時間過去很久了，當初差點被活活淹死在海裡的一幕又一次像幽靈般在夢中抓住了自己。章桐知道，這都是因為這幾天自己一直在唸叨著那個名字。

彭佳飛早就已經伏法，這點不用懷疑，因為章桐是親眼看著他被執行注射死刑的。在為彭佳飛的醫學天才感到可惜的同時，她更多的是憤怒，一個連生命都不知道尊重的人，根本就不配和研究醫學相提並論。

客廳的掛鐘突然敲響了，凌晨3點，章桐從回憶中猛地驚醒了過來。一陣寒意瞬間爬滿全身，她不由得一哆嗦，下意識地裹緊了外套。

但是她不打算回到床上去，生怕睡著了，噩夢就又開始了。蜷縮在飄窗的墊子上，章桐抬起頭，遠處，一顆流星劃過天際。她隨手擰亮了飄窗臺上的閱讀燈，重新拿起那個看了一半的父親的工作筆記本，編號為7。本子小小的，封皮是黃色牛皮紙做的，不是很厚實，卻因為寫滿了鋼筆字

第五章　義務警察

而變得沉甸甸的。記憶中，章桐不知道自己已經看過多少遍這些筆記了，每一條理論，每一個案例，甚至每一次心情的闡述都已經熟稔於心。儘管如此，每當半夜醒來感覺害怕的時候，她都會拿起它們，觸控著略顯粗糙的紙張閱讀到天明。

章桐知道，這些筆記本是父親和自己之間僅存的關聯了。

「……又下雪了，今天做完了三個屍檢，很累，腰都直不起來，因為人手不足的關係，工作越來越繁重了……哪怕只剩下我一個人，我都會堅持下去，為了自己所愛的職業和我最愛的女兒，我高興，人的一輩子不就是圖這些嗎……」

一滴淚珠緩慢地滾落在臉頰上。

＊　＊　＊

市第一醫院急診室 ICU 病房。

離換班時間還有 1 小時 52 分鐘，值夜班的護理師李麗伸了個懶腰，結束了最後一遍巡查，回到護理師站後，合上巡查紀錄本，然後伸手揉了揉太陽穴，希望能藉此消除一點正在逐漸襲來的睡意。都怪樓上在裝修，自己已經一週多沒有好好休息了，偏偏又是輪到大夜班，她感覺自己的智商因為嚴重的睡眠不足而變得越來越低。

今天是最後一天值夜班了，李麗有種如釋重負的感覺。等會回家，自己一定要好好睡一覺，哪怕天塌下來都與她無關。

頭痛死了，她伸手拉開醫藥櫃，找出一瓶散利痛，正準備擰開蓋子，突然，一陣刺耳的警報聲在只有 2 平方公尺的護理師站裡響起。她條件反射般地抬頭朝螢幕看去，渾身的每個毛孔瞬間都緊張到了極點：這是心臟監測器的報警聲，317 床的病人，心臟停搏！

故事二　疼痛無聲

雖然說一個醫院的 ICU 病房裡幾乎每天都有病人死去，原因多種多樣，作為急診護理師的李麗也司空見慣，但是當報警聲再次響起時，她還是本能地感覺到了說不出的緊張，連忙丟下藥瓶，快步向病房跑去，邊跑邊大聲呼喊著值班醫生的名字。

睡意早就消失得無影無蹤了，整個 ICU 病房裡似乎也變得緊張了起來。

心臟停搏後的搶救時間只有寶貴的四分鐘，如果在這四分鐘內能及時進行心肺復甦的話，病人醒來的機率也只有不到 50%。李麗知道，留給自己和病人的時間已經不多了。她用力扯上布簾，然後和趕來的醫生、護理師一起撲向了屋角的心肺復甦儀。

＊　＊　＊

半個小時後，一片狼藉。儀器設備橫七豎八，使用過的酒精棉球被扔得到處都是，ICU 病房裡除了還在工作的監測儀外，一切都靜悄悄的。病床上的年輕女人已經平靜地離開了這個世界。

嚴格意義上來說，她從住進這間病房開始就沒有醒來過。生命的延續只是靠床邊的那一大堆冰冷的儀器罷了。

疲憊不堪的李麗一邊機械地整理著散落的搶救用具，一邊心裡嘀咕。眼前這個被救護車送過來的年輕女人其實被人發現的時候就已經處在瀕死的邊緣，就連去地鐵站把她拉回來的急診醫生季濤都曾經抱怨說這個女人的存活指數本身就非常低了，離最基本的及格線都差一大截，說她當時就是個死人真的一點都不誇張。大量失血導致嚴重低血壓是一個原因，多臟器功能衰竭是鐵定的了，要不是她還有極其微弱的心跳的話，季濤就直接通知殯儀館的人了。

那天把病人送來後，李麗去醫生辦公室找季濤簽字，因為病人是她負

第五章　義務警察

責接收的，忍不住就多嘴問了幾句：「季醫生，既然這個病人是大量失血，為什麼她所穿的衣服包括內衣褲都是乾乾淨淨的？」李麗直言不諱地對季濤講出了心中的疑慮。

救護車跟車醫生季濤卻表現出一副事不關己高高掛起的態度：「想那麼多幹麼？我跟車這幾年，自殺的見得太多了啊！很多人的思想是沒有辦法用我們正常人的思考模式去判斷的！」說著，他聳聳肩，「說不定她怕把自己弄髒了，所以出門的時候自己換了衣服也是不一定的哦！」

李麗對季濤的歪理嗤之以鼻，但是讓她意外的是，在這個已經形同死人的年輕女人身上，她看到了新鮮的手術刀的痕跡。這些熟悉的刀口，李麗可以打賭自己在醫學院上解剖課時曾經見過差不多的。

她好像動過一個很大的手術，但是這樣的手術不應該發生在一個活人的身上，難道不是嗎？李麗腦子裡快速地回想著。

一個正常人的全身血液含量在五升左右，而出血量接近五升的人按道理不應該還活著，哪怕連線著她身體的心臟監護儀還有些許輕微的跳動。

整理衣服的時候，李麗在年輕女人的身上找不到任何能知道她身分的相關證件。或許是因為大家都太忙了，也或許是寄希望於年輕女人能夠醒過來，畢竟在經歷這麼多以後她還有極其微弱的心跳，大家就沒有及時報警。而這種事情，對於一個在急診室工作了十多年的老護理師來說已經見怪不怪了。

現在，李麗心想，人已經死了，而她的身分還一無所知。旁邊架子上有一個包，裡面是年輕女人的所有隨身物品。其中令李麗印象最深的就是那條紫羅蘭色的絲質披肩，綴著柔軟的澳洲羊毛，她一直想買一款同類型的，喜歡這種絲質披肩的女人一定也長得很美，只是，從年輕女人入院後

故事二　疼痛無聲

到現在，李麗連她本來的面目都無法看清楚了。臉部嚴重水腫、扭曲……

收拾好一切後，李麗默默地推著輪床向地下室的太平間走去，一路上，所有經過的人都快步走過，閃到一旁，目光盡量避開輪床上那被刺眼的白床單所覆蓋的年輕軀體。

畢竟死人是不吉利的，李麗心想，但是她很同情這連一句話都沒來得及留下的年輕女人。可以看得出來，她的生活過得很不錯，那雙鞋子，足足抵得上李麗三個月的薪水，還有她保養得極好的皮膚，當然了，如果沒有那些可怕的刀口的話……

在交接紀錄本上簽上自己的名字和時間後，李麗關上了太平間的門。她剛走了幾步，突然想到了什麼，深吸了一口氣，伸手掏出了手機，迅速按下了三個數字。

電話接通後，她邊走邊說：「110嗎？我要報警，我這裡是市第一醫院，我是急診科護理師李麗……是的，我要上報一起疑似凶殺案……對，死者剛去世……好的，我等你們來……」

掛上電話後，李麗已經走到了一樓，她順手推開了急診室和外面連線通道的玻璃門，早上新鮮的空氣瞬間灌滿了她的肺部，她陶醉般地呼吸著，順便伸了個懶腰。是啊，活著真好！

沒多久，遠處便隱約傳來了警笛聲。李麗雙手插在護理師工作服的口袋裡，輕輕嘆了口氣，目光凝重地看向警車開來的方向。

第六章　年輕女屍

　　現在想來，人如果生來就有很好的記憶力真的是件很可怕的事。9歲的時候，章桐第一次看到屍體。她記得自己那次是去警局找父親。

　　印象中，那天的天氣不錯，母親帶著剛考上高中的姐姐去姑婆家走親戚，她放學後自然也就沒有了去處。警局的警衛對章桐再熟悉不過了，知道她是章鵬法醫最喜歡的小女兒，微笑著閒聊了幾句也就讓她進去了，同時叮囑她不要亂跑，在父親的辦公室裡等他，然後再一起去食堂吃晚飯。

　　走廊裡靜悄悄的，每個房間的門都緊閉著，就好像它們從來都沒有被打開過一樣，似乎包裹著許多祕密的門的背後也安靜極了。

　　人都去哪裡了？章桐不知道。在父親的辦公室裡，她只見過兩個叔叔，這不奇怪，父親說過在這裡上班的人本來就不多，因為人們根本就不喜歡這裡。

　　法醫處在警局的地下室，雖然和上面只隔著一層樓板，但是彷彿是另外一個世界。章桐知道父親每天都會和死屍打交道，只是一向隨和的父親卻從來都不允許她去辦公室隔壁的房間。那裡是解剖室，裡外有三層，外面是更換衣服的地方，中間是工作場地，而最裡面，則被用來存放屍體。

　　整條走廊裡只有這個房間才隱約透出一絲光亮。此時，父親一定就在裡面工作。章桐站在門口，深吸了一口氣，用力拉開了房間的隔門。眼前的一幕，將會陪伴她一輩子，這是她第一次看見人死後的樣子，但是她一點都不害怕。

故事二　疼痛無聲

　　父親不在房間，後面冷凍庫的鐵門開著，而房間正中央的解剖臺上，是一具冷冰冰的屍體，屍體頭邊的水龍頭一直不斷地發出流水聲。房間裡瀰漫著一股很熟悉的味道，因為父親每次下班回家擁抱自己的時候，手上就是這種味道。

　　她屏住呼吸，雙眼緊緊地盯著解剖臺上的屍體，看上去……很不一樣，臉蠟黃蠟黃的，面頰凹陷，好像忘了放假牙，眼睛雖然是閉上的，但是也好像有些不對勁。還有他的手，乾巴巴的，滿是皺紋，卻蒼白……

　　不知道什麼時候，父親已經站在她的身邊，但是他沒有說話。

　　「他為什麼閉著眼睛？」章桐伸手指著解剖臺上的屍體，感到很好奇，「是不是人死了，就都會閉著眼睛？」

　　「不，我們人的眼睛睜開或者閉上都是由眼部周圍的神經組織控制的，上眼瞼由眼神經的分支眼眶上神經支配，內側有滑車上下神經分支，外側有淚腺神經分支，下眼瞼由眶下神經支配，內外雌角附近也有滑車上下神經和淚腺神經分布。而我們人死了以後，心臟停止跳動，神經末梢隨之逐漸停止工作，睜開的眼睛也就自然會慢慢閉上了。」父親解釋任何問題時都是一板一眼的，從不考慮章桐是否能聽得懂。因為固執的他始終相信自己的女兒遲早都會明白這些問題。

　　往事就好像發生在昨天一樣，章桐輕輕嘆了口氣，開始縫合市第一醫院急診室送來的這具年輕女屍。

　　因為在 ICU 病房搶救了兩天兩夜，所以外部證據的提取就存在著很大的難度。這樣一來，屍體本身就顯得尤為重要。

　　年輕女人的雙眼還沒有完全閉上，但是雙眼空洞，已經沒有了恐懼和痛苦。或者說她的意識早就已經消失了？

第六章　年輕女屍

　　皮膚，占全身體重的八分之一，這個由一堆毫無生命的肌肉和骨頭組合的年輕軀體上，本應該包裹著一層細膩而又緊緻的肌膚，當然了，如果那些可怖的刀口可以忽略不計的話。

　　猶如藝術品的綜合體，皮膚上遍布微血管、腺體和神經元組織。但是現在的皮膚由於死亡，體內的酶溶解了真皮細胞，使得皮膚表面變得有些鬆弛。章桐相信年輕女孩生前一定很美，但是沒有人死後依舊能夠保持生前的容貌。

　　「章法醫，屍檢結果怎麼說？」童小川裹著三分鐘熱風，腳步匆匆地衝進了解剖室，兩扇門由於慣性在他的身後噼啪作響。因為最近手頭的案子一直沒有解決，而第一醫院送來的這具屍體還被好事的人爆料給了報社，上頭給的壓力也就可想而知了。

　　「他殺！」章桐伸手指了一下死者的手臂，「她的肱動脈被人用鋒利的刀具劃破了，不誇張地說，這個倒楣的女人幾乎被人放乾了血。」

　　「什麼樣的刀具？」童小川皺眉。章桐揚了揚手中的醫用解剖刀。她注意到一絲不易察覺的驚愕在童小川的臉上稍縱即逝。

　　「但是她沒有當場死亡真的是個奇蹟。」章桐又說道。

　　「為什麼？」

　　「這種大動脈我們人體只有五條，一般肱動脈被刺破的話，要是沒有及時救治，每分鐘流失三千毫升血液左右，按照她的體重來估算，她五分鐘之內就會因為失血過多而暈厥，意識喪失，最後死亡。而根據第一醫院急診醫生的當班紀錄，發現她的時候，她已經意識不清地在地鐵車廂裡至少停留了兩個小時。如果不是打掃人員上前詢問，我想，再晚半個小時，她可能就撐不住了。但是在這之前，我可以肯定她絕對受到過專業的救治。」

故事二　疼痛無聲

「救治？」童小川問。

章桐點點頭，剪斷線頭，然後給死者蓋上白布：「是的，專業的救治：壓迫止血外加藥物處理。所以毒物檢驗顯示，她的體內含有大量的氨甲苯酸，這種藥在體內的排洩期在一週左右，而醫院急診室是根本不可能給她用的，因為她除了接受輸血外已經不需要再止血了，我查了就診用藥紀錄，確實沒有使用過這種藥物。所以我推斷，她是被人故意傷害致死，而傷害她的人，還不希望她馬上就死，所以才會給她救治以延緩她的生命。」

「倒楣！」童小川咕噥了一句，如洩了氣的皮球一般在門邊的椅子上坐了下來，不甘心地搖晃著腦袋，「我還指望著能喘口氣呢，真是倒楣。」

章桐抬頭看著他：「你就別抱怨了，童隊。做我們這一行就是這樣，一年到頭都忙個不停。」說著，她戴著手套的手抬起了死者的右手手臂，「她生前應該是一個健身愛好者，各項身體機能都不錯，不過在失血性休克、多臟器功能衰竭的前提之下她還能硬撐著活兩天，已經可以算是個奇蹟了。而同樣情況下，我想我都不一定能做得到的。」章桐對自己的身體是非常有自信的，每天五公里的晨跑對她來說是必修課，無論颱風下雨。

「還有一個疑惑的地方我現在還不是很清楚，」說著，章桐為女屍翻了個身，讓她保持側臥的狀態，然後指著她後背靠近腰椎處的細小針眼說道，「我在這裡發現了這個，按照常理來說，腰椎部位是不應該出現這種針孔的，除非是進行過腰椎穿刺。但是我解剖發現她根本就沒有任何神經系統方面的疾病，為何要進行腰椎穿刺呢？這種手術風險很大的，弄不好的話病人就會截癱、大小便失禁，甚至直接呼吸驟停都有可能的，現在醫院都盡量避免以這種方式治療病人了。」

第六章　年輕女屍

童小川嘿嘿一笑：「章法醫，至少這個是成功的，不然的話她怎麼走到地鐵站裡去的？」說著，他站起身，搖搖晃晃地推門走了出去，臨走時丟下一句，「盡快給我屍檢報告啊，章法醫，妳知道在哪裡能找到我的。」

章桐完全可以理解童小川的心情，從目前來看，這絕對是個無法收拾的爛攤子！

＊　＊　＊

走廊裡，童小川的電話響了，他禮貌地朝身邊經過的同事點點頭，然後走到拐角的吸菸處接起了電話。

電話是下屬打來的，童小川一點都不感到意外，最後他嚴肅地說道：「你傻啊，能讓一個醉醺醺的男人乖乖離開酒吧的原因只有一個，那就是女人！繼續查！有結果馬上通知我！」

結束通話電話的那一刻，他重重地出了口氣，回頭看了一眼法醫處的方向，臉色變得更加陰沉了。

＊　＊　＊

市第一醫院的二樓大廳候診室裡人來人往，像極了一個剛開張的大市場。人流中，王勇戴了一頂洋基隊棒球帽，獨自悠閒地坐在第三排最靠邊的椅子上，手裡拿著素描本，看似在認真畫畫，其實視線範圍從來都未曾離開過心理科的門診室大門。他才不擔心剛上班沒一個小時的李曉偉會把自己這個不速之客給認出來，因為他已經確信李曉偉現在的心思全都在那個漂亮的年輕女警身上。

白色的素描紙上很快就出現了李曉偉的側面像，竟然有八分相似。畫畫是王勇用來打發時間的最好方式，在他看來，有時候就得給自己找點事

故事二　疼痛無聲

情做掩護，那樣跟蹤監視的時候，自己才不會顯得那麼無聊和愚蠢。

很快到了吃飯時間，李曉偉推開門診室的門走了出來，快步向樓下走去，手裡拿著一個搪瓷飯盆和一把不鏽鋼勺子。和早晨來上班的時候相比，李曉偉的心情明顯好了許多。第一醫院雖然是市裡最大的醫院，病人多如牛毛，但是心理科門診本來就不會有很多病人，相比之下是個極其清閒的部門，所以，當別的科室的醫生還在忙得焦頭爛額的時候，李曉偉已經開開心心地吃午餐去了。王勇自然尾隨在他的身後。

醫院食堂在門診大樓的旁邊，還沒走近就已經聞到了一股香噴噴的飯菜味道，李曉偉掀開門簾進去後五分多鐘，王勇才跟了進去，他可不想再被李曉偉給抓個正著，這一次要是再被抓住的話，王勇毫不懷疑自己會有被揍得半死的風險。而他今天來這裡的目的可不是和李曉偉正面交鋒。

食堂很大，李曉偉排在一堆護理師的後面，心不在焉地慢吞吞向前挪動著步伐，很快就端了一盆飯菜向空著的桌子旁走去了。王勇看著李曉偉的背影，想了想，就攔住一位上了年紀的護工，滿臉歉意地說道：「心理科返聘的李曉偉醫生你認識嗎？」對方茫然地點點頭。「門口有人找他，麻煩轉告一下，說有急事。」王勇對自己撒謊的本事是十分滿意的。

果然，護工又一次點點頭，然後直接向李曉偉坐的位置走去，王勇則拿起托盤和筷子跟在了隊伍後面，這個時候進食堂吃飯的人越來越多。李曉偉匆匆忙忙地走出食堂，身影很快就消失在了門外邊。王勇趕緊隨手放下餐盤，然後邊走邊戴上早就準備好的乳膠手套和一個塑膠袋，來到李曉偉的餐桌旁，拿起他使用過的不鏽鋼勺子就丟進了塑膠袋，封好口子迅速塞進外套的內口袋裡，隨即頭也不回地離開了食堂，就在他掀開門簾的那一刻，和李曉偉擦肩而過。

第六章　年輕女屍

　　虛驚一場，王勇心裡不由得嘀咕，嘴角也閃過了一絲得意的笑容。因為李曉偉根本就沒有注意到他的存在。

　　鑽進自己的小皮卡車，王勇踩下油門直奔郊外工業園區的市基因檢測研究中心。

　　十多分鐘後，護理師阿美在食堂看見了一臉愁容的李曉偉，好奇心頓時油然而起：「李醫生，做什麼呢，成天愁眉苦臉的就好像誰欠了你錢似的？」

　　「我吃飯的勺子被人偷了！」李曉偉有些尷尬，「你知道的，我從來都不喜歡用食堂的公用餐具的。」

　　「稀奇，偷你勺子幹麼？」阿美瞪大了眼珠，面露噁心狀，「不會是變態吧？不值幾個錢的東西還有人偷，更別提還是入口的東西！」

＊　＊　＊

　　皮卡車在新修的馬路上開了半個多小時，終於拐進了市基因檢測中心的大門，停好車後，王勇拿著那個塑膠袋下車直接穿過院子走進大廳來到接待窗口。基因檢測的價格是不菲的，但是王勇一點都不用擔心這些錢，為了能拿到客戶要的報告，多少錢都是值得的，何況這些錢也不是自己出。

　　「您好，我要檢測一下這把勺子上的 DNA 所攜帶的遺傳病基因，」說著，他小心翼翼地把裝著勺子的袋子遞到窗口裡，接著又強調了一句，「這是我弟弟使用過的，他人不在了。要全套檢測。」

　　還好人家從來都不會問你為什麼要檢測，你付錢，他幹活，王勇就是喜歡這種爽快的合作方式。

故事二　疼痛無聲

＊　＊　＊

警局會議室裡，案情分析會已經開了有一個多小時了。

「死者蘭小雅，銀行職員，32歲，收入穩定，家中獨女，和父母一起居住在本市木樨園社區，平時除了正常使用社交媒體軟體以外，基本上沒有什麼特殊愛好。事發當天，根據蘭小雅母親回憶說，她女兒傍晚接到一個電話，然後精心打扮了一番就出去了，雖然沒說具體去哪裡，但是當時她和蘭小雅的父親都一致認為她是出去會男朋友了。」童小川的助手盧強一板一眼地彙報著相關情況。

張局長伸手打斷了彙報：「等等，她男朋友的個人資料，你們查到了嗎？」

盧強搖搖頭：「很神祕，據說是一家影視傳媒公司的老闆，但是從來都沒有人見過他，甚至不知道他具體長什麼樣。而蘭小雅因為是比較傳統內向的大齡女性，所以相關的保密工作也做得非常到位。」

盧強有關「保密工作」四個字的引用讓張局尷尬地清了清嗓子。一邊坐著的童小川則忍不住狠狠瞪了自己下屬一眼。盧強工作敬業是大家有目共睹的，但是他毫不知變通的用詞會讓周圍人感到有些吃不消。

「監控呢？」有人問。盧強拿出了幾張監控影片的放大相片，可以很清楚地看到死者蘭小雅在一個女人的攙扶下走進地鐵車廂，影片時間顯示為早上6點55分。

「這是第二班車，她在起點站長廣溪上的車，而車站內外的影片均顯示她是和一個女人一起搭乘計程車過來的。我們也找到了計程車司機，據他回憶，女死者當時除了聲音有些微弱，反應有些慢以外，別的似乎都很正常。而和她在一起的那個女人，戴著口罩，自始至終都沒有說話。」

第六章　年輕女屍

「你們根據什麼下結論的？」張局皺眉，他右手習慣性地伸向筆記型電腦旁的菸盒，猶豫了一下，又放了回去。

盧強看了一下自己面前的平板電腦螢幕，繼續說道：「他的原話是──我一連問了她三遍去哪裡，她才回覆說地鐵站。我就拉她們去了最近的長廣溪地鐵站。」

「她們在哪裡上車的？」

「凱賓斯基酒店對面，我們走訪過了，因為當時太早，周圍並沒有目擊證人，而她和那個女人上車周圍的監控有一個死角，覆蓋面總共有三條岔路，所以並沒有拍到她們上車前究竟是從哪個方向過來的。而酒店方面對此也表示說沒有見過死者蘭小雅和她同行的女伴。」

張局忍不住咕噥了一句：「好吧，又是一個憑空冒出來的。」他突然想到了什麼，接著又問道，「這起案件和上兩起案件合併的原因是什麼？」

童小川皺眉：「屍體身上都有特殊的醫學檢驗痕跡，而根據我們判斷，這些醫學痕跡的產生對於一個正常人來說，是完全不必要的，毫不誇張地說，這麼做甚至會有致命的危險。前兩個死者，在旅館和游泳館發現的，屍檢報告上說最終死因都是失血性休克合併DIC導致最終的多臟器功能衰竭。只是這一個，我不明白的是，凶手為什麼要救她？費盡心機地讓她活著去地鐵站？還有就是，她的同行女伴是誰？凶手嗎？讓蘭小雅一個人死在地鐵車廂，這未免也太冷血了吧。」

一直雙手抱著手臂、沉默不語的章桐這時忍不住問道：「童隊，我想看看地鐵站外的那段監控，直到死者上車為止的那一段。」

「沒問題。」童小川點點頭，盧強趕緊打開投影機，同時順手關上了屋裡的燈。投影機發出沙沙的聲響，屋裡鴉雀無聲。時間並不長，章桐臉上

故事二　疼痛無聲

的神情卻越來越凝重。

　　看完影片後，章桐冷靜地說道：「死者的腦神經明顯受到了嚴重的損傷，所以才會造成她走路時身體總會向左側傾斜，並且反應遲鈍。我們人體的大腦由 12 對腦神經組成，各腦神經所含的纖維成分不同，再加上相對應所產生的不同功能，所以這 12 對腦神經就被分為感覺神經、運動神經和混合神經。而死者，只有一對完好，就是保留習慣性記憶的迷走神經，所以才會出現這樣的情況。死者不會記得發生了什麼，也不知道自己當時該做什麼，按照她出現在街頭乘坐計程車的大致時間，也就是早上 6 點多鐘的樣子，一般來說這個時候是上班時間。我們都知道作為銀行職員的死者蘭小雅一週之內有五天時間都在按部就班地做著同樣的事情，那麼在迷走神經的支配下，她脫離險境後，第一個念頭自然就遵從深層記憶中的習慣性記憶——去上班了。」

　　「如果迷走神經受損會怎麼樣？」

　　章桐想了想，回答：「單純的迷走神經受損很少見，因為迷走神經中的孤束核和三叉神經中的脊束核與舌咽神經共存，所以後果只有一個，那就是呼吸受損，正常人活不過三分鐘。」她伸手一指桌上的死者相片，「我想，在地鐵站時，在鎮靜劑藥物咪達唑侖的作用下，她就已經形同一個活死人了。」

　　「太殘忍了！凶手這麼做到底是為什麼？」張局神情嚴肅。章桐搖搖頭：「我等下回去要重新檢查一下前面發現的兩具屍體，如果腦神經同樣都有受損跡象的話，這三起案子就可以正式判定為同一個人所為。」

　　童小川心一動，轉頭看了一眼張局：「那她同行的女伴呢？」

　　章桐搖頭：「看不出什麼特別之處。還有，我在蘭小雅的腰椎位置上

第六章　年輕女屍

發現了疑似做過腰椎穿刺的針孔，並且手術距離死亡時段非常近。我詢問過急診科的醫生，他們表示並沒有為死者做過這樣的手術，而且她的身體狀況也沒有必要進行這種手術。我有個大膽的設想，我想看看這三具屍體上是否會有同樣的痕跡，或許能找出凶手的真正作案動機來。」

局長清了清嗓子：「好的，那就散會，章法醫，結果出來後立刻通知我。」

章桐點頭，站起身離開了會議室。

＊　＊　＊

房間裡只剩下童小川和張局。童小川打發走了助手盧強，走到局長面前，彎腰壓低嗓門小心斟酌著自己的用詞：「張局，你真的決定放手讓她做？」

張局抬頭：「沒錯，她是這一行中最優秀的。更何況我們目前證據不足，還不能就此調查她，但是我會繼續留意的。」

＊　＊　＊

終於又熬到了中午吃飯的時間。

李曉偉早上一醒來就感覺自己頭痛不已。整個上午在門診室的時候，病人所說的話他一個字都沒聽進去。

「喝碗薑湯，我們的李大醫生，驅驅寒！」阿美破天荒地端著碗薑湯坐在了李曉偉的面前，臉上掛著萌萌的笑容。

「有啥要求儘管提，別拍馬屁！」李曉偉像攤爛泥一樣趴在桌子上，有氣無力地翻了下白眼。他真後悔，自己昨晚就不該喝酒，不會喝還拚命喝。

故事二　疼痛無聲

　　李曉偉受夠做噩夢了。再加上那個叫王勇的傢伙臨走時所說的那番話，更是讓李曉偉感到說不出的憋氣。下班後他沒有直接回家，鬼使神差般地推門走進了樓下的攤販，一個人點了盤花生米和拍黃瓜，喝起了悶酒。

　　「李醫生，是不是失戀了？」阿美壓低嗓門神祕兮兮地問道。

　　「別瞎扯！昨晚應酬喝多了。」李曉偉瞪了她一眼，一陣頭痛襲來，很想吐。他趕緊從白袍外套口袋裡摸出一小瓶散利痛，倒出兩粒，就著熱熱的薑湯大口喝了下去。藥片是來食堂的路上經過藥房的時候順便問同學磊子拿的。

　　「真沒想到你們醫生吃止痛片也跟吃糖豆子一樣啊！」阿美雙手托著腮幫子，神情誇張地瞪大了雙眼，精心畫的濃重眼線一覽無遺，「我是不是該去檢舉你？」

　　「別瞎說，我可沒有藥物依賴！」李曉偉知道阿美是無事不登三寶殿，實在是受不了她的婆婆媽媽，就乾脆直截了當地說道：「看妳興奮的樣子，是不是又有啥八卦消息了？」

　　聽了這話，阿美頓時來了精神：「你知道急診科前兩天收治的那個身分不明、來自地鐵站的年輕女病人嗎？聽說身材不錯，長得也不錯，就可惜沒親眼見到。」

　　在熱薑湯的作用下，散利痛很快就有了作用，李曉偉的精神明顯好了許多。他慢悠悠地說道：「是聽說過，急診科的老大為此頭痛得要死，就怕跑帳（醫院術語，泛指病人送來接受醫治，卻無法追討醫藥費，最終只能由醫院為這筆高額的搶救費用買單），所以天天去 ICU 巡視。怎麼了？出什麼事了？」

第六章　年輕女屍

「死了唄！失血性休克併發 DIC，多臟器功能衰竭是跑不了的，實在撐不下去了，就死了。不過據說家屬已經找到了，還沒結婚，真的是可惜了……」阿美自顧自地喋喋不休，一副操碎了心的樣子。

「誰跟妳說的？」李曉偉一邊大口喝薑湯，一邊問。心裡卻思索著看來自己確實是需要喝碗薑湯，不記得昨天自己晚上睡覺是否蓋被子了，有點著涼。

「麗麗啊，我的閨密！」阿美聲音誇張，一臉的無奈，「真可惜了，這麼年輕就走了，不過，聽麗麗說，好像是被人害死的。屍體已經被人拉到警局去了。」

「為什麼說是被害死的？是法醫的車來拉走的嗎？」李曉偉頓時來了興趣，腦子也不暈了。

阿美點點頭：「是啊，法醫的車來拉走的。具體我不清楚。我聽麗麗說那年輕女人的家境應該不錯，真的太可惜了……」

李曉偉皺眉看著自己的年輕下屬：「妳怎麼什麼都知道？」

阿美瞟了李曉偉一眼：「你們男人當然不懂得欣賞。我見過那年輕女人同一款的絲質披肩，紫羅蘭色的，法國名牌啊，僅僅是一條圍巾就得讓我不吃不喝存上四個月的薪水，更別提還有那雙小羊皮靴子了……」

李曉偉的腦子裡頓時嗡嗡作響，他的眼前出現了地鐵中的那一幕，雖然年輕女人的臉幾乎被頭髮和圍巾所遮蓋，但是給李曉偉留下了很深的印象。他趕緊掏出手機，翻了幾下頁面，然後遞給阿美：「是不是這條披肩？」

阿美頗感意外，看看手機頁面，又看看李曉偉：「不會吧，李醫生，打算送給我嗎？你這麼大方？」

故事二　疼痛無聲

　　李曉偉咕噥了一句：「妳想得挺美，我哪裡來那麼多錢。對了，她被發現的日期是不是9月4日？」

　　阿美更吃驚了，伸手一指李曉偉：「你這傢伙，難道你見過她活著時候的樣子？為什麼不早說？對了，勺子找到了沒？是誰在惡作劇啊？」

　　李曉偉伸手指了指自己面前桌上昨天下班後剛買的一把嶄新的不鏽鋼勺子，輕描淡寫地說了句：「剛買的。」

　　胡亂填飽肚子後，李曉偉心不在焉地快步走回了門診室。剛推門進去，想了想，便又退了出來，手裡多了一塊指示牌，上面用醒目的紅色字型寫著：醫生外出，請在候診區耐心等候或者另外預約時間，謝謝配合。他順手就把這塊牌子掛在了外面牆上，然後拿上外套，帶上門，快步走出了醫院門診大樓。

　　在等待計程車的時候，李曉偉撥通了章桐的手機，告訴她自己半小時之內會趕到市警局，有和案子有關的事情要當面告訴她。章桐本想叫他直接去找刑警隊，說案件調查不是自己的職責範圍，但是李曉偉固執地堅持自己的決定，章桐便約好在一樓大廳見面。

　　結束通話電話後，章桐瞥了一眼牆上的掛鐘，便加快了手頭文案工作的處理。小潘笑咪咪地湊過來：「我說章姐，看來這個李醫生還是挺能說服妳的！」

　　章桐嘀咕：「碰到這種事我又有什麼辦法？一個能說會道的人就已經夠讓人頭痛的了，更別提是一個能說會道的心理醫生了！」

　　李曉偉比約定的時間早了十多分鐘趕到警局。章桐還沒出來，還好警衛認識他，自然也就沒有多問來意，李曉偉便站在大芭蕉花盆邊等。

　　以往來過市警局很多次，卻沒有一次像現在這樣有空可以四處張望。

第六章　年輕女屍

沒多久,他的目光就落在了櫥窗裡的銘記榜上。

相比起別的幾個宣傳櫥窗,這個銘記榜顯得尤為特殊,上面共有58個人名和相對應的相片,旁邊是簡短的幾句簡介。從相片中人所穿著的警服來看,這個榜單應該持續了很長時間。

「榜單裡的人都是本警局成立以來,所有做出過特殊貢獻,或者以身殉職的警員。」章桐的聲音在李曉偉的耳邊響起,他趕緊轉身。「章鵬,這人跟你長得有點像,你認不認識?」

章桐不動聲色地說道:「我父親。好了,你現在可以說了,找我有什麼事?需不需要我把童隊他們找來?」

李曉偉有點尷尬,他左右看了看,然後壓低嗓門說道:「是這麼回事,妳們最近發現的那具屍體,就是從我們第一醫院急診室拉走的那具,是不是個年輕女人?頭髮很長?染成了很流行的棕色?還有她是不是9月4日在地鐵站被人發現的?」

章桐點點頭:「你是怎麼知道的?問這些做什麼?」

李曉偉急切地說道:「那妳們找到目擊證人了嗎?她身邊是不是曾經有過一個女人?一個戴口罩的女人?」

章桐默默搖了搖頭,突然神情警覺了起來:「你那天早上見過她?」

「沒錯,我想我就是妳們要找的目擊證人。我們這邊就這兩條地鐵線,我剛好去新區做家訪,曾經和她在同一個車廂相遇過。」

「跟我來。」章桐果斷地轉身就走。

* * *

童小川皺眉看著李曉偉,半天沒有說話。

故事二　疼痛無聲

　　李曉偉急了，上身不由得向前靠了靠：「是真的，你可以看監控錄影，我那天早上確實是和這個女人一起坐了地鐵。」

　　童小川又看了看李曉偉身後站著的章桐，後者則斜靠在門邊，臉上看不出任何表情。

　　「怎麼會有這麼巧的事？既然你來了，那你就好好說說吧。」

　　李曉偉問：「你們找到那個女人了沒？」

　　「女人？什麼女人？」

　　「就是當時和這個死者在一起的女人啊，戴著個大口罩。這個季節戴大口罩出門有三種可能：第一，感冒咳嗽，我和她同車二十多分鐘的時間裡，沒見她咳嗽過一次；第二，過敏，鼻子過敏；第三，就是不想讓別人認出她來。」李曉偉用徵詢的目光看向童小川。

　　「那女人做了些什麼，以至於你對她印象這麼深刻？」童小川轉彎抹角地問。

　　李曉偉回答：「剛開始我上車時，她和這個死者相隔半個手臂的距離坐著，死者靠著最後面的車門，我們無論誰走向死者或者試圖向死者問話都必須經過她。這些都不是很重要，反正我根本就不認識她們。直到我下車的時候……」

　　童小川突然打斷了他：「在你上車到下車期間，她和死者說過話嗎？」

　　李曉偉搖搖頭：「那死者一直在睡覺，而這個戴口罩的女的一直在擺弄手機。如果不是空蕩蕩的車廂兩人卻坐得這麼近的話，我不會認為兩人認識。」

　　一直在低頭做紀錄的盧強突然停下了手中的筆，抬頭笑道：「李醫生，光憑兩人坐得比較近就判斷兩人認識，你是不是太草率了？」

第六章　年輕女屍

「這就是你孤陋寡聞，心理學上管這個叫半公尺排斥距離，是我們人和人之間保護個人隱私的一種本能。你想想，這麼空曠的一節車廂，你會願意和一個陌生人坐得非常近嗎？人多另當別論，只是你會感覺很不舒服罷了。」

童小川清了清嗓子：「請繼續說下去。」

「這還不是最奇怪的，直到我下車的時候，回頭，就在車輛啟動的那幾十秒鐘的時間裡，你們猜我看到了什麼？」李曉偉認真地說道。童小川並沒有搭理李曉偉，只是轉頭問盧強：「你看了那天早上的車廂錄影了嗎？」

盧強伸手快速敲擊了幾下自己面前一直在擺弄著的平板電腦鍵盤，沒多久便調出一張畫面截圖：「死者所坐的位置靠近最裡面，是監控的死角，所以看不清楚李醫生所說的相關場面。我只是在五愛廣場站的站臺監控影片中擷取到了這個。」

說著，他把平板轉過來向大家展示。平板上可以很清楚地看到一個女人正走下車廂。但是因為監控探頭過於模糊，所以根本就看不清女人的長相，只能憑藉身形看出女人比較瘦弱。

「你能查到後來她的去向嗎？」童小川問。

盧強雙手一攤：「五愛廣場站是我們市裡最大的中轉站，25個出口中只有8個出口有監控，更別提其中真正工作的就3個監控鏡頭，影像還特別模糊，根本無法找到她。我後來查看了所有出口位置附近的街面監控，都一無所獲，所以可以肯定這是她最後出現在監控中的樣子。」

童小川一臉的不樂意，雙手抱著手臂沉默不語。

李曉偉湊上去仔細辨認後，點頭：「沒錯，就是她，和章法醫的身形

故事二　疼痛無聲

差不多，都很瘦。」

「是嗎？」童小川若有所思地抬頭看向門口站著的章桐，又看看平板，兩人的身形確實有點相像。

章桐嘀咕：「看我沒用，我又不認識死者。」

童小川又瞥了章桐一眼，屋子裡的空氣顯得有些許異樣，他突然記起剛才李曉偉的問題，便認真地反問道：「你下車後，那女的接下來做什麼了？」

「她伸手去摸……摸死者的臉，就像這樣……」說著，李曉偉伸出右手在自己的臉上輕輕地摸了一下，「順便幫她把滑落的披肩給搭回去，動作嘛，顯出兩人關係絕對不會那麼簡單。」

童小川一臉的嫌惡：「這又是演的哪一齣？即使兩人早就認識也不該這樣啊。」

「不可能，童隊，根據死者家屬說，自己的女兒沒有這樣的女性朋友，如果是親戚，他們不會不知道，更別提會放任死者在地鐵站中傷重不治死去。」盧強小聲提醒自己的上司，「急診醫生說那時候蘭小雅的情況已經很不樂觀了。」

「那她們是路上偶遇？」

「你會那麼摸一個陌生人嗎？即使你們是同性，但是肢體觸碰對於任何陌生人來說都會帶來本能的提防。」李曉偉說。

盧強乾脆放下了手中的平板：「老大，李醫生說得沒錯。從常理來說你的推測就更不可能了，而且蘭小雅父母說過那天晚上他們女兒是精心打扮後出門的，神情也很激動、很期待，很顯然就是去見自己朝思暮想的男朋友。」

第六章　年輕女屍

李曉偉補充道：「她們的性取向看上去都挺正常的，尤其是那個年長一些的，眼部還化過妝，煙燻妝。」

童小川瞪了他一眼：「真看不出來，李醫生還懂女人的化妝術。」

李曉偉無奈地苦笑：「我的護理師阿美一天到晚研究的就是化妝，這在心理學上叫趨向同化。」

離開市警局的時候，李曉偉特意叫章桐送自己到門口。在門邊臺階上，李曉偉突然轉身看著章桐，一副欲言又止的樣子。

「你看著我幹麼？」章桐忍不住笑了，「我又不是你的病人。有話快說，我手頭還有很多工作沒做完呢！」

李曉偉想了想，終於鼓足勇氣說道：「章法醫，妳是聰明人，相信妳早就已經能夠感覺到了。第一眼看到那個戴口罩的女人，尤其是在監控中看到，我第一感覺就是她和妳長得很像，或者說就是妳。章法醫，現在妳認真地告訴我，那個真的不是妳，對嗎？」

「你開什麼玩笑？」章桐臉一沉，轉身就走。

李曉偉若有所思地看著章桐的背影：「我相信妳，但是妳周圍的同事可不一定。總之，無論發生什麼，我都會支持妳、相信妳的。」

＊　＊　＊

看著手中下午剛拿到的遺傳病基因檢測報告書，他的心情極度複雜。事情發展至今，一切雖然都在自己的意料之中，可是自己仍然感到些許淡淡的傷感。想來，真是世事難料啊。

也或許，這一切就是冥冥之中注定的呢。這樣一來，他的心中就感到好受多了，臉上也總算露出了一點舒心的笑容，畢竟事情是按照自己精心

故事二　疼痛無聲

　　制定的計畫在一步步推進的。

　　　抬頭看著自己面前牆上的相片，他不由自主地咬著指甲陷入了沉思。看來，有時候自己真的是不能太好心。

第七章　便宜她了

「同一個人？」張局長皺眉。

童小川點頭重複道：「我認為這三起案件完全可以併案，並且都和一個人有關。」說著，他伸手推開了局長辦公桌上的檔案，然後從自己隨身帶來的公文包裡拿出三張放大的死者相片，依次排列在張局的面前。

「第一個死者──李江，金融行業從業人員。死因：失血性休克併發多臟器功能衰竭，根據章法醫的屍檢報告，死者身上出現多處傷口，刀刀繞開要害。死前大量失血，是在解剖的過程中死去的，凶手使用的作案凶器是一把類似於手術刀之類的又薄又鋒利的特質刀具，注意，我強調的是：活體解剖，這不是一般人能做得出來的事。」童小川一邊對照著自己整理的案卷，一邊還忍不住抱怨。

「李江曾經因為一宗殺人案被我們拘留，並且移交檢察部門提起訴訟，但是因為指證他殺害自己妻子的法醫學證據不足，所以他的起訴被檢察部門最終駁回了。也就是說，他堂而皇之地從我們的手裡溜了⋯⋯直到三個月後，他的屍體在旅館的床下被人發現。」

「查清楚屍體是怎麼到旅館床底下的了嗎？」張局長忍不住問道。

童小川嘆了口氣：「這家鐘點房旅館的所謂樓道監控都是擺設，即使有監控，畫素品質也很差，再加上時間已經過去有幾天了，一無所獲。而這種價格低廉的小旅館本身的安保措施就比較差勁，地處車站附近的城中村，人員來往繁雜，有時候所謂的登記入住資料也只不過是應付檢查走走

故事二　疼痛無聲

形式,所以至今調查還沒有突破性的結果。只不過,」說到這裡,童小川話鋒一轉,伸手撓了撓頭,「張局,這還不是這個案子中最主要的部分。」

「說說你的看法。」

「死者自從妻子出事後,就一直獨居。根據他姐姐講述,死者在失蹤前並沒有什麼異樣。週五那天下班回家後,再也不見了蹤影。而他下班出證券公司的門的時候,還是很正常的,還和同事打招呼來著。」

「突然失蹤,一點徵兆都沒有……手機通話紀錄那些東西都有調查嗎?」

童小川點點頭:「那是當然,結果顯示一切都很正常。離開公司回到家後叫過一次外賣,僅此而已。別的都是正常和同事之間的工作交流。」

「他工作單位和家附近的監控錄影查了嗎?」

「他週一沒去上班,同事以為他去見客戶了,所以也沒當回事,因為死者是證券公司的客戶經理,經常外出找客戶洽談業務。直到週三下午的例會時間,大家才發覺李江已經人間蒸發整整五天的時間了。而證券公司只保留48小時的監控錄影資料,路上的『天網』監控則因為事隔太久,正逢月末洗盤,所以也猶如大海撈針。透過監控這條路來尋找犯罪嫌疑人的線索可行度非常小。」童小川乾脆伸手拉了一張椅子在辦公桌前坐了下來。

「張局,你不覺得這個巧合來得太蹊蹺嗎?」

張局皺眉,小聲嘀咕道:「說得是很有道理,而且屍體是以那麼一種奇特的方式出現,確實……」他無意中一抬頭看到童小川正瞪著自己,便趕緊揮揮手,「繼續往下說。」

「一個人死的方式多種多樣,但是這麼個特殊死法,我總感覺有點像

第七章　便宜她了

上私刑，裡面八成就有鬼了！」童小川點燃了一支菸，猛吸了一口。

「第二個死者——鄭豪民，職業是做保險的，就是經常往人家家裡打電話推銷保險，一旦有人有意向就進一步跟進的那種。他也牽涉進了一起命案中。死者是他的客戶，叫張淑珍，今年58歲，死因是很簡單的觸電。」童小川伸出右手食指輕輕敲了一下第二張死者的相片，「嚴格意義上說在遇到鄭豪民之前，張淑珍是個富有的寡婦。雖然我不知道這個鄭豪民究竟有多大的能耐，總之根據我手下人的調查，張淑珍在鄭豪民的保險公司一口氣買了50份的意外人壽保險，總價值在500萬元左右，而這幾乎花光了張淑珍的所有積蓄。這些保單都是瞞著張淑珍的子女辦的，導致事後其子女非常生氣，幾次揚言要宰了鄭豪民。」

「為什麼？自己老孃死了，人壽保險就可以拿了，為什麼還要宰了他？」張局顯然有點糊塗了，他忍不住皺眉問道。

「沒那麼簡單，張局。」童小川苦笑，「受益人就是鄭豪民。所以我們才會懷疑鄭豪民騙保藉機殺了張淑珍。你說放著那麼多孩子不讓做受益人，偏偏給個素不相識的推銷保險的，這可不是什麼正常人的思考模式吧。結果呢，早就在意料之中了，鄭豪民一點都不笨，他解釋說自己之所以是張淑珍的保險受益人，那是因為自己對待客戶就像兒子孝順自己媽媽那樣，比那幾個親兒子要好多了。而在張淑珍觸電身亡的當晚，鄭豪民在外地參加一個朋友的婚宴，證人有整整280個！誇張不？我們還沒算上那些酒店的服務員在內呢。所以，也就只能像前面的李江一樣，因為死因毫無異常，就只能眼睜睜地看著最有犯罪動機的他堂而皇之地走出警局……

「鄭豪民的屍體，後來在市體育中心游泳館的10公尺跳臺上被人發現。根據我們隊裡那幾個小夥子走訪得知，死者最後出現的地方是一家酒

故事二　疼痛無聲

吧，監控錄影顯示死者最後是跟一個年輕女人走的。但是因為監控錄影的畫素太低，所以我們除了知道犯罪嫌疑人是個女人外，別的一無所知，就連他們去哪裡也不知道，因為外面的監控探頭和前面的旅館一樣同樣是個擺設。」說到「擺設」兩個字，童小川刻意加重了語氣來顯示自己內心的不滿，「這個鄭豪民的死，簡直就是李江的翻版，包括死因也是一模一樣的。」

「第三個，就是醫院急診室送來的女死者蘭小雅，派出所那邊檔案紀錄顯示她也曾經牽涉進了一宗人命案裡，具體我還在調查。同樣，蘭小雅最終輕鬆脫罪。雖然說她的失蹤似乎和一個男人有關，據她母親說好像是她男友，但是我們的目擊證人證實死者分別在計程車和地鐵車廂出現時，身邊都有一個身材瘦弱的年輕女人。最終蘭小雅卻是一個人在車廂中被地鐵清潔工發現的，那個神祕的年輕女人就這麼冷血地把蘭小雅丟在那裡讓她自生自滅。」

「而且這個可憐的女孩死因也跟前面兩個受害者是一樣的。」張局嘆了口氣。

童小川接著說道：「這三個案子，第一，前兩個死者臨死前都曾被解剖，活體解剖，而一個沒有經過醫學專門訓練的人是做不出那些專業的『成果』的。我們也曾經考慮過是否可能是生豬屠宰場的人，但是考核過後就打消了這個念頭。」

「為什麼？」

童小川聳聳肩：「因為屠宰場的人不懂得如何剝離人的腦神經。」

「那第二呢？」張局長臉上的表情變得越發嚴肅了起來。他心想，這麼看來童小川說得沒錯，犯罪嫌疑人的範圍確實是在逐漸縮小。

童小川伸手一指自己的嘴巴：「牙齒缺失。三個死者的牙齒都沒了。」

第七章　便宜她了

　　根據法醫屍檢報告顯示，死者的牙齒都是在死前被用專門的牙醫工具拔除的，手腳乾淨俐落，不排除犯罪嫌疑人有相當豐富的醫學知識背景。我想，如果是沒有醫學背景的人做的話，就像我，哪怕你放在我手裡的是一把專業的拔牙鉗，我也會把你的牙齒拔得七零八落，牙根折斷也是很有可能的。因為普通人不了解牙齒的構造，也就只能用蠻力，最終的結果可想而知⋯⋯」

　　「但我還是那句話，不能就此認定章法醫涉案，沒有動機和直接的目擊證人，目前為止一切都是間接證據。」

　　「可是，張局，你不能太感情用事，要知道到目前為止，章法醫有很多的疑點。做我們這行時間久了，自然而然就會把自己的個人情感摻雜進案子中去。我們局從成立以來，『義務警察』還少嗎？」童小川一臉的不滿。

　　「章法醫不是這樣的人，我了解她！」

　　童小川的鼻孔裡發出了一聲輕微的嘆息，他站起身，開始收拾桌上的所有資料和死者相片，然後悉數裝進自己帶來的公文包中，頭也不抬地說道：「好吧，張局，我想說的都已經說了。我尊重你的決定，可是你別忘了，這種情況，我們局裡是有明文規定的，第 35 條第 4 款：凡是自己經手的案子，如果出現結案後，犯罪嫌疑人不正常死亡的話，只要達到三起以上，就必須對當事人員進行停職調查。我想，你的記性不會比我差吧？希望你能按照規定嚴格執行！」

　　聽了這話後，張局長呆住了。

　　看著自己的下屬怒氣沖沖地離開房間，他不由得陷入了沉思。

　　　　　　　　＊　＊　＊

故事二　疼痛無聲

夜深了。

看著這張發黃的相片，它缺了一個小角，一個不規則的撕裂口，一段塵封的記憶浮現在眼前。

那是一個和現在差不多的日子，秋天，風中已經有了些許的寒意。放學回家的李曉偉看見相依為命的奶奶像往常一樣坐在窗前等自己，唯一不同的是，她的目光並沒有看向窗外，而是低著頭，在仔細地看著什麼出神，以至於連李曉偉開門的聲音都沒有聽到。夕陽中，奶奶的雙肩在微微顫抖。李曉偉悄悄走過去，掠過奶奶的肩膀，他看到了這張相片，相片中，一個年輕美麗的女人牽著一個三四歲男孩的手，女人的臉上是略顯尷尬的笑容，顯然她並不喜歡照相。

「奶奶，這是誰？」李曉偉一邊說著，一邊伸手去拿奶奶手中的這張相片。奶奶卻把相片抓得緊緊的。

現在他明白了，這就是奶奶深藏心中的祕密，只是可惜那個時候的他還沒有意識到。手中的相片就是在那個時候被撕壞的。這也是李曉偉第一次見到自己的母親，在這個美麗的女人去世十年之後。

李曉偉也曾想從奶奶的口中探問自己父親的相關情況，但是得到的始終都是一句冷冰冰的近似詛咒般的回覆：「她死了！」

最終，他還是得到了這張唯一的母親的相片，而作為代價，他再也沒有向奶奶追問過自己父親的下落。因為在他看來，這麼做是公平的。直到王勇的出現，難道說這一切真的和自己的父母有關……

「滴滴滴……」書桌角落上的自動咖啡機發出了結束工作的提示音，房間裡瞬間飄滿了咖啡的香味。

一切的回憶、一切的祕密似乎都被永遠定格在了這張有些發黃的小相

第七章　便宜她了

片上。李曉偉輕輕嘆了口氣，然後小心翼翼地把相片塞回了自己的書桌抽屜裡。

一邊倒滿咖啡，一邊心裡想著這張相片，問奶奶猜想也不會有答案，那下一步到底該怎麼辦？回到座位上後，手中咖啡杯中的誘人香味使他下意識地喝了一口：真苦啊！

李曉偉苦笑著瞥了一眼杯中熱氣騰騰的黑咖啡，認輸了。

＊　＊　＊

新區運河西路上的 SOHO 單身公寓，是一棟 30 層樓高的怪異建築，遠遠望去，像極了一隻被狠狠踩了一腳的巨型空易拉罐。

這已經是王勇給對方的第十次留言了，但是電腦螢幕上依舊沒有任何回覆。難道說那個神祕而又出手大方的僱主已經放棄這單業務了嗎？不會的，錢都已經付了，好大一筆，幾乎是王勇去年一整年的勞動所得。

可是為什麼自己一連發過去十次訊息卻沒有收到任何回覆呢？王勇看著電腦上的時間，順便伸了個懶腰，打算完成手中的另一單客戶報告後，就關燈去休息了。

樓上隱約傳來了爭吵的聲音，王勇不由得皺眉，新搬來沒多久的住戶，好像是一對小情侶。單身公寓的空間本來就只有不到 40 平方公尺，王勇實在難以想像住兩個人的感覺，更別提還是一對每天都會吵架的冤家對頭。

雖然睡眼朦朧，但是看來一時半會是無法安心睡覺了。王勇心中一動，反正有時間，不妨再試試看，能不能找到這個神祕的僱主。

從小時候起，王勇就喜歡刺探別人的隱私。最初，他還只是為了享

故事二　疼痛無聲

受那種刺激所帶來的快感，如今，他更多的是為這種快感背後的金錢所著迷。

不斷跳動的藍色電腦螢幕光芒反射在王勇的眼鏡片上，他得意地笑了。

＊　＊　＊

已經是凌晨兩點多鐘，街頭一片寂靜，空蕩蕩的，彷彿在夢境中一樣。

一個矮小的身影搖晃著從街角鑽了出來，骯髒不堪的衣服和滿是汙漬的臉頰在昏暗的路燈下若隱若現，像極了一隻流浪的小狗。細看過去，只是一個孩子，十一二歲的年紀，瘦小的身軀，彷彿風一吹就能把他颳倒。

孩子已經完全記不清這到底是第幾次離家出走了。現在，他滿腦子就一個念頭——餓！

飢餓感讓他幾近瘋狂，為此，他剛才翻遍了街角的每一個垃圾桶，因為人在餓極了的時候，是完全不會計較食物的來源的。

穿過天橋，對面就是一個24小時營業的肯德基速食店。他已經想好了，去那裡試試，或許，有人會大發善心給他一點吃的。

孩子剛要踏上天橋的臺階，一隻大手突然抓住了他的衣領把他提了起來。嚇得他尖叫一聲，本能地想拚命掙脫，卻很快就被輕輕地放在了臺階旁的花壇邊上。緊接著，兩個熱氣騰騰的包子出現在他眼前。

「吃吧，孩子！別餓壞了！」陰影中的人聲音沙啞而溫柔。餓極了的他就像一頭獅子一樣猛撲了上去。包子風捲殘雲般地消失了，雖然他還沒完全吃飽，可是目前來看已經足夠了。

第七章　便宜她了

　　說了句「謝謝」後，孩子剛要走，那隻大手卻攔住了他：「和我說說你為什麼要離家出走。」

　　「你是誰？」他抬頭，警惕地看著陰影中的人，凌晨的寒風讓他瘦小的身軀有些哆嗦。他完全看不清對方的臉。

　　「我？你叫我李叔叔吧，我是醫生。」陰影中的人粲然一笑，「或者你可以叫我『牙仙』，我會滿足你一個神奇的要求哦！現在輪到你告訴叔叔了，你叫什麼名字？」

　　「帥宇康！」孩子警惕地看著他。

　　「好名字，告訴我，你實現一個什麼樣的願望？」孩子呆呆地想了想，緊接著忐忑不安地問道：「真的是什麼願望都可以，對嗎？」

　　「那是當然，比方說，讓你爸爸不再打你！」陰影中的人感到了說不出的興奮，這時的他不得不用手指去狠狠地掐左手臂上那自己下午才劃開的口子，疼痛感瞬間瀰漫了全身，他不由得倒吸了一口冷氣。

　　「你痛嗎？李叔叔。」孩子敏銳地發覺了他的祕密。

　　「痛？孩子，你不懂，能時刻感覺到疼痛是一件好事呢！」

　　「為啥呢？」

　　他輕輕一笑：「很簡單呀，因為只有『疼痛』才能讓你確信自己還活著！」

＊　＊　＊

　　沒有一個醫院確認曾經為死者做過腰椎穿刺手術，而事實證明三個死者的身體都並不需要做這樣的手術，難道說凶手另有所圖？可以看得出來屍體上的穿刺術手法所造成的失誤越來越小，最後那一個近乎完美，而傷

故事二　疼痛無聲

口周圍的皮膚恢復痕跡顯示死亡幾乎與手術是同時進行的。顯然這才是凶手的真正目標所在，但是為什麼呢？章桐實在想不明白，前面做那麼多事用來掩蓋一個被淘汰的手術方式，凶手這麼做到底想告訴她什麼？

章桐心緒煩亂地走出電梯門，直接走向那個特殊的房間。房間門開著。

聽到敲門聲，張局長便放下了手中的筆，抬頭看看章桐，同時伸手指了指自己面前辦公桌旁的椅子，微微一笑：「坐吧，我在等妳。」

章桐點點頭，坐了下來。這個狹小的房間對她來說既陌生又熟悉。必備陳設中唯一的亮點就是窗臺上的那兩盆仙人掌。雖然說在自己任職的這麼多年時間裡，這間辦公室的主人走馬燈似的一連換了五個，但是在窗臺上放兩盆仙人掌的習慣一直不變。

除了平時的案情分析會，張局長很少單獨找她。今天早上剛到局裡上班就接到了局長辦公室祕書的電話，讓她十分鐘內過去。

應該就是為了那幾起案子。章桐心想，案子遲遲未破，刑警隊那邊的壓力肯定也不會小。

想到童小川，章桐不由得皺了皺眉。在小潘的提醒下，她也查詢了自己以往的案件卷宗，裡面確實提到了李江和鄭豪民的名字，可是這與自己又有什麼關係？更何況本市本身就只有那麼大，人口也不如別的城市多，辦了那麼多案子，巧合也是難免的。

「張局，是不是我所提交的那個建議得到你們批准了？」章桐問。

「什麼建議？」張局愣了一下，看上去他對此並沒有什麼印象。

章桐微微皺眉：「我提交的那個關於調查周圍地區類似案件的請求，就是針對那三個牙齒缺失的活體解剖案和新區電腦程式設計師被害案。牙

第七章　便宜她了

齒缺失是目前這四起案件之間唯一的連接點。」

張局專門負責局裡的刑偵工作，而刑警隊和技術大隊又是兩個平級的部門，所以有時候很多事情還是需要經過他這裡協調。章桐並沒有提到那個所謂的牙仙的故事。

「哦，是嗎？」張局不由得有些尷尬，「我還沒接到，回頭我催下，一有結果我們就會通知小潘的。」

「好，謝謝張局。」章桐突然意識到了什麼，抬頭疑惑地看著局長，「是不是發生什麼事了？雖然說小潘已經是一個獨立的主檢法醫師，但是這幾個案子都是我主檢，為什麼要繞開我去通知他？這不符合程序。」

張局無奈地點點頭：「好吧，章法醫，妳也是個老警察了，我想相關的規定妳不是不知道，」說著，伸手把早就準備好的一份通知推到章桐面前，「我希望妳能夠理解我和局裡上司的無奈。」

映入眼簾的是「停職通知」四個大字，章桐頓時手腳冰涼，她感到自己的背部一陣陣地抽痛，顫抖著雙唇半天才低聲說道：「為什麼？我做錯什麼了？要給我這麼重的處罰！」

「章法醫，妳不要激動……」

章桐心突然一沉，李曉偉臨走時的那句話再一次在自己的耳邊響起：妳周圍的同事可不一定會這麼想……

「章法醫，我們這麼做，也是按照規定來的，不是隨隨便便下這樣的決定……」張局強打起精神有些為難地說道，「妳看，李江和鄭豪民這兩起案子確實是妳經手的，而經過調查，他們被釋放後，妳確實在公共場合對他們有過抱怨的言辭。所以，經過認真考慮，局裡才做出這樣的決定，其實也是為了妳好……」

故事二　疼痛無聲

「好吧，那才兩個，要是我沒記錯的話，應該是三起案件才符合規定，你說對不對？」章桐雙手抱著手臂，極力克制住自己的情緒。張局伸手從抽屜裡拿出早就準備好的一份案卷，隔著桌子遞給了章桐：「這個案子，我相信妳應該還是有印象的，因為隔的時間並不算太長。」

只是看卷宗的第一頁，章桐心裡就已經明白了——這起案件在兩年前曾經轟動一時，死者蘭小雅楚楚可憐，在家人眼中是個典型的乖乖女，卻有著不為人知的一面，圈子裡熟悉的朋友給她起了一個綽號「黑寡婦」，因為她前後三個男友都莫名其妙死去了。最後一個男友王浩因為食物中毒住院，住院期間，蘭小雅晝夜陪同。可是儘管如此，王浩還是因為病情突然急轉直下而死亡，而當時唯一在場的人就是蘭小雅。雖然案件最終以醫療事故定性，醫院也賠了不少錢，但是死者家屬起了疑心，找到警局要求屍檢。章桐在死者的血管中發現了大量的空氣栓塞，在調看病房走廊上的監控錄影後，她提出了對當時唯一在場的蘭小雅的合理懷疑，這件事可惜最終還是因為固定證據不足和凶案現場缺失（刑偵術語，特指凶案現場遭到破壞，故無法提取到有效證據），而沒有被正式立案。死者家屬不甘心，又鬧到電視臺，但是因為關鍵證據不足，市局也無能為力。

章桐的臉上露出了苦笑：「局長，看來這一次我是徹底脫不了關係了。你到底想說什麼就請直說吧，我都可以理解的。」

「章法醫，請妳理解我的苦衷。規定如此，大家都必須遵守。我記得妳不是有很多假還沒休嗎？趁此機會正好去休個假吧，等回來心情好了，再弄這些亂七八糟的事也還來得及的……」張局語重心長地說道。

章桐是個不善於打嘴仗的人，她突然站起身，一言不發，然後低著頭離開了局長辦公室。

第七章　便宜她了

　　局裡沒有實證是絕對不會輕易下這樣的停職通知的，兩個死者，鄭豪民和李江，也確實是自己經手的案件中的漏網之魚，而蘭小雅的事，更是雪上加霜。從警這麼多年，眼睜睜地看著唯一的犯罪嫌疑人因為證據不足而大搖大擺地走出警局，案子成了懸案，只要是有正義感的警察，誰的心裡都會受不了。警察也是人，不是說不投入感情就真的對案子沒有感情。

　　不，不能責怪局裡上司的不近人情，他們一點都沒做錯。章桐心亂如麻。

　　回到空無一人的辦公室，冷靜下來後，她突然意識到自己真的好傻，其實一開始就該明白，這三起案件，擺明了就是衝著自己來的！為什麼周圍人都看出來了，自己卻偏偏視若無睹，不願意面對這些再明顯不過的事情？

　　思緒快速旋轉著，她順手抓起工作臺上的紙巾盒，胡亂抽出幾張擦了擦眼角，然後拿起鑰匙就向門外走去。

　　走廊裡靜悄悄的，和以往一樣不見人影，昏暗的燈光時不時地因為線路接觸不良而發出噼啪聲。章桐用力推開了解剖室的大門，直接走進了最後面的屍體存放間。還好，因為尚未正式結案，屍體還沒被領走。三具屍體，依次排放著，冰冷而又真實。

　　留給自己的時間不多了，章桐一邊快速戴上手套和口罩，一邊用力拉開櫃子門，拖出屍體，然後掀開蓋在身上的白布，彎腰認真地依次查看屍體上的刀口。

　　她知道，裝在解剖室上方的保全探頭會記錄下她的一舉一動，沒關係，她只需要看看。十多年的工作經驗，數百具屍體的解剖，經過她雙手解剖的每一具屍體都有獨有的印記，下刀、縫針，哪怕只是一個小小的

故事二　疼痛無聲

結，都是特殊的，就像是只屬於自己的特殊簽名一樣。而章桐此刻要找的，就是屬於自己的「標記」。

接手前兩具屍體的時候，屍體都已經經過了解剖，章桐並沒有太在意那些解剖痕跡之間的互相關聯，包括縫合時所使用的工具和打結的方式。

現在看來，自己真的好蠢。章桐神情專注地盯著屍體胸口的縫合線頭，這三具屍體都是自己解剖的，7刀，32個橫向結節，小潘雖然說名義上是她的助手，但是小潘的打結方式，章桐還是非常熟悉的。

窒息的感覺遍布了她的全身，章桐愣了一會兒，快速關上門，然後來到外間，打開存放屍檢備份資料的鐵皮櫃子，找出以前的屍檢相片。因為過於震驚，她的手不停地顫抖，好幾次相片都差點從自己的手中滑落。

沒有誰比自己更清楚自己到底有沒有做這些事，而這些猶如翻版的解剖刀法讓章桐更是感覺天旋地轉。她不得不伸出右手扶著牆，努力不讓自己暈倒。難怪當初接手李江屍體的時候總是感覺哪裡不對勁，雖然看了一遍又一遍，卻唯獨把自己最熟悉的東西給忽略了！李曉偉的話又一次在她耳邊響起：章法醫，小心啊，我看是有人在設套……略微遲疑後，她迅速摘下手套，然後掏出隨身帶著的手機，撥通了李曉偉的電話：「我要見你……沒錯……好的，我會準時到。」結束通話電話後，她回到辦公室，拉開抽屜找出請假單，快速地簽署下自己的名字和事由，然後放到小潘的桌上。最後章桐打開了自己的電腦，一邊快速處理著餘下的檔案，一邊皺眉陷入了沉思——這到底是為什麼？

＊　＊　＊

傍晚的南長街，或許是由於下雨，又不是週末，所以789咖啡館裡只有稀稀拉拉為數不多的幾個客人。

第七章　便宜她了

　　雨，從下午開始就一直沒有停的意思。三分鐘熱風吹過，幾片棕黃色的落葉在雨霧中打著轉飛舞，空氣中透著徹骨的寒意。路燈下來往的每個人的臉上似乎都籠罩著一層灰濛濛的東西。不遠處，隱約傳來了一首老歌。

　　李曉偉伸手推開了咖啡館的門，屋裡彷彿是另外一個世界。沒有了秋風的蕭瑟，倒是多了幾分溫馨和咖啡的香味，他忍不住貪婪地猛吸一口。目光所及之處，那張靠近法式落地長窗的桌子旁，章桐斜靠著沙發椅，正看著窗外的雨霧出神。平時習慣綁著的馬尾散開了，頭髮遮蓋著一半的臉。

　　李曉偉走上前，輕輕拉開凳子，在她面前坐了下來。「你的承諾還在吧，李醫生？」章桐張口問道。李曉偉一愣，隨即用力點頭：「我答應妳的，就會做到。」

　　「你說得沒錯，我被陷害了！」章桐瞥了一眼李曉偉，「我要你幫我找出那個人，他為什麼要害我！」

　　李曉偉微微皺眉：「那就從頭到尾跟我說說這件事吧。」

　　「我被停職了，對外只是休假，但是今天局長找過我了。」章桐的心情沮喪到了極點，「現在也只有你能幫我。」

　　突然，她抬起頭，目光中閃爍著一絲倔強：「這口黑鍋，我不能背！」

　　「放心吧，章法醫，我幫妳！」

　　「你真的相信我？」章桐的雙眼瞳孔突然緊縮，聲音小得幾乎只有她自己才能聽到，「我提醒你，我可是曾經因為自衛殺過人的，你不怕嗎？」

　　「我知道妳說的這個案子，這幾天我調查過妳。不瞞妳說，如果是我的話，那個傢伙一定會死得更慘！」李曉偉嘿嘿笑了笑，轉而認真地看著

故事二　疼痛無聲

章桐的雙眼，小聲說道，「剛才開個玩笑，妳別介意，我只不過想逗妳開心。真的，章法醫，我知道妳是好人，我相信妳！」

章桐默默地把頭扭向了另一邊，許久，她站起身，踢了踢腳邊的一個鼓鼓囊囊的登山背包：「時間也不早了，來，幫我拿著，方便的話我們去你宿舍再談。」

「這是什麼？」李曉偉好奇地問。

「我的床！」章桐頭也不回地走出了咖啡館。

＊　＊　＊

馬路對面的樹蔭下，他已經在車裡坐了很長時間，黑漆漆的車窗讓他一點都不用擔心自己會被人認出來。此刻，筆記型電腦放在大腿上，正在無聲地採集下載資料。市局的防火牆是那麼的脆弱，根本就經不起他的攻擊。漂亮的女法醫在這個緊要關頭突然神奇地休假，這看起來和他所期待的目標有著不小的距離，但是再怎麼無懈可擊的計畫都趕不上人的腦子啊。

「便宜她了！」他陰沉著臉。

第八章　西洋骨牌

　　這是自己長這麼大第一次把女人帶回來，還好宿舍就自己一個人住，不然真渾身都長了嘴也說不清。

　　章桐卻似乎並不介意，她轉身從挎包裡拿出隨身帶著的平板電腦，登入自己信箱後，翻出兩張相片：「你看下，這兩張相片，有沒有什麼地方不一樣。」

　　這是兩張屍檢相片，而章桐手中的平板所放大的地方正好是她縫合屍體的接口處。李曉偉看看相片又看看章桐，目光中充滿了疑惑，他搖搖頭：「幾乎一樣。」

　　「沒錯，乍看連我自己都分辨不出來，但是左面這張，編號為 TB2048 的，是我一週前解剖的一具男屍，死因是高墜，沒有什麼異議，很普通的自殺事件；而右面這具，編號 TB4327，則是這周剛發現的，屍體被發現的時候，就已經經歷過屍檢，是活檢，這些縫合的位置以及所用到的醫用黑白縫合線……」

　　李曉偉伸出一根手指打斷了章桐的話：「妳的意思是，有人在刻意模仿妳。」

　　章桐點點頭：「沒錯。」她感到有點冷，就很自然地脫了靴子，盤腿坐在沙發上，平板則隨意地放在膝蓋上，雙手抱著手臂，想了想，又繼續說道，「可以肯定的是這人想毀了我。」

　　「妳辦過這麼多案子，經過妳的手被送進監獄的人應該有很多吧，說

故事二　疼痛無聲

不定是來報復妳的。」李曉偉皺眉說道,「妳需要證據,但是妳也知道,入侵局內網系統是違法的。」

「我不是沒想過,可是必須查,我不甘心背這口黑鍋!」章桐的腦海中閃過了父親的身影,「這次局裡對外是讓我休假,但事實不調查清楚的話,我也回不去,並且可能這輩子都不能做這一行了,最終進監獄也說不定。所以下午走的時候我就把一些曾經經手的案件資料透過信箱帶了出來,我知道這是違反規定的,但是我必須這麼做,你能理解的,對嗎?」章桐的目光中閃過一絲希望。

聽了這話,李曉偉瞥了一眼章桐膝蓋上的平板:「對了,可是那麼多案子,查起來也沒有頭緒啊。說吧,妳需要我怎麼幫妳?我說過欠妳一次,所以一定會盡力而為。」

章桐想了想,抬頭認真地看著李曉偉:「牙齒,我們就從牙齒開始查起!」她從沙發上坐了起來,抓過平板,手指在上面不停地滑動,語速飛快,「其實我早就已經懷疑了,三個死者,還有就是你的病人潘威,不同的年齡,不同的性別,受害地點不同,死亡方式也略有不同。相同的,除了我和凶手都精通解剖學之外,就是這個……」

等李曉偉終於看清楚章桐手中平板上停下的那個特殊畫面的時候,他突然感到不寒而慄:畫面中,死者的口腔部位,牙齒都沒了,黑洞洞的,彷彿在吶喊。

「牙齒……」李曉偉小聲說道,「牙齒都沒了!」

章桐點點頭,嘆了口氣:「這是這系列案子中唯一沒有對外公布的地方,也就是說,知道這個的,除了我們警方就是凶手了。」

李曉偉有些出神:「牙齒……為什麼……難道說又是牙仙?」

第八章　西洋骨牌

「我不相信有牙仙這一說，這世界上根本沒有鬼！」章桐說，「可是你的病人，潘威的死，卻又非常蹊蹺，我想他或許是知道些有關這個案子的情況的。」

「沒錯，牙齒，和我對妳說的那個故事，一模一樣！」李曉偉有些難以抑制的激動，他伸手指著平板，人在椅子上坐得筆直，「我的病人沒有騙我，看來確實有牙仙殺人！」

話音剛落，屋子裡一片寂靜。章桐無奈地看著李曉偉，突然嘆了口氣：「李醫生，你多久沒好好睡覺了？」

「我……我……我記不清了……」李曉偉吞吞吐吐地回答。「我看妳是太緊張了。要不要休息一下再說，現在時間也不早了。」章桐指了指平板上的時間，「都已經快兩點了，我也該走了。」

「這麼晚了，妳去哪裡？」

「找旅館啊。我現在是在休假，你說對不？至少得像個樣子。」章桐苦笑，伸手去抓自己的登山包。

李曉偉突然有些擔心：「這麼晚，妳一個人不安全，就住我這兒吧。」

「你這裡？」章桐看了看狹小的房間。

李曉偉尷尬地摸了摸頭髮：「條件是簡陋了點，不過妳放心，我睡陽臺，房間留給妳。」

章桐一愣，隨即明白了李曉偉的良苦用心，不由得笑了：「那就恭敬不如從命啦。李醫生，我知道你是正人君子，多謝了。」

這一晚，或許是換了床睡覺的緣故，也或許是因為有心事，章桐其實並沒有真正睡著。她不敢閉上雙眼，最後實在是太睏了，乾脆就微微合上雙眼，然後在腦子裡一遍又一遍地重複著屍檢報告中的相關細節。她有種

故事二　疼痛無聲

感覺，凶手之所以這麼費盡心機，肯定是為了一個不可告人的目的，而真相就在腦海中那布滿傷痕的屍體上，觸手可及！

＊　＊　＊

夜深了，遠在城北的梅園公墓裡，一片死寂。白天的時候，這裡還能偶爾見到一些人來祭奠自己逝去的親人，可是到了夜晚便萬籟俱寂，伸手不見五指，哪怕連流浪狗都不會前來光顧。

梅園公墓很大，面對一個天然形成的寶塔湖，幾乎占據了整片山頭。據說20多年前初建時還特地請了一個頗有名氣的老僧前來看風水。如果不是因為福利待遇和薪資相比別的工作要高好幾個等級的話，顧小白寧可腦子撞壞了也絕對不會選擇來這裡工作的。

守夜的工作更簡單，只要時不時地看一眼監控螢幕就可以。顧小白詛咒前不久那個缺德的小偷，要不是他想錢想瘋了，竟然去挖墳盜取骨灰盒敲詐勒索的話，公墓方是絕對不會另外設立守夜班的。

他無聊地看著幾乎一動不動的黑白監控螢幕，昏昏欲睡。突然，第七號螢幕上有什麼東西晃動了一下。顧小白猛地一個激靈，條件反射地從椅子上坐直了，雙手揉揉眼睛。沒錯，是一個活生生的人！紅外線監控探頭可比人的眼睛管用多了。顧小白瞥了一眼電腦上的時間——凌晨3點。這個時候，難道又是來盜骨灰盒的？顧小白感覺自己的後脊梁骨直冒涼氣。想去查看，雙腳卻死死地釘在了地面上寸步難行，連站起來的力氣都沒有。

顧小白是絕對不會承認自己害怕的，他雙眼死死地盯著那個人影，生怕遺漏掉任何畫面，心裡在思索著下一步自己究竟該怎麼辦。

讓顧小白深感意外的是，雖然看不清楚那人的長相，但是從背影和動

第八章　西洋骨牌

作上可以大致判斷出應該是個個子矮小、瘦弱的人。而且這個人並沒有忙著打開墓地蓋板，而是拿出蠟燭和紙錢，在應急燈的照射下，開始做著祭奠的必要工作。

誰大半夜的會跑到墓地來祭奠？顧小白目瞪口呆。他分明記得墓地的門都是關著的，雖然是防君子不防小偷的柵欄門，上面也只是象徵性地掛了一把大鐵鎖，但是要想進來的話也必須把大鐵鎖給撬開……可是，想想這裡只不過是公墓而已，有必要這麼大費周章嗎？

顧小白想去看個究竟，但雙腳依舊不聽使喚。這樣的過程持續了大概半個多小時，很快，那人簡單收拾了一下後，就轉身匆匆離開了。

以防萬一，也是出於好奇，顧小白迅速調看別的監控鏡頭，果然，看見這個人正匆匆走向關著的大門，很快就從門上爬了出去。應該是外面有車停著，雖然那已經是監控探頭的視野範圍之外，但是可以從螢幕上所顯現出來的兩束倒車的燈光判斷。顧小白長長地出了口氣——還好，不是鬼！

這裡畢竟是公墓，遠離人煙的荒郊野外，光憑兩條腿走到最近的小賣部也要二十分鐘以上。

天亮以後，顧小白特地去了趟第七號監控探頭所在的位置，他站在水泥露臺上，看著眼前這個特殊的墓地，心裡不由得直犯嘀咕。

墓主人叫黃曉月，相片上看是個年輕的女孩，墓碑上的亡故時間是1985年的9月8日，正好是30年前的今天。粗略推算下，死者死時年僅25歲。

交接班的時候，老員工陳伯聽了顧小白的描述，不由得皺眉，嘴裡直嘀咕：「不對啊，那只是個衣冠塚，根本就沒有骨灰盒，而且要是我沒記錯

故事二　疼痛無聲

的話，家屬已經快 20 年沒來交墓地租金了，聽行政辦公室的人說，好像家人都已經搬走了。為了一個衣冠塚大半夜跑來祭奠，腦子燒壞了吧？」

顧小白啞口無言。

心有不甘的顧小白在下班後又繞到了那個特殊的墓地前，思索了一會兒後，他聳聳肩，臨走時隨手拍了幾張相片，接著編發了一條說明傳到了自己的朋友圈裡——半夜三更來公墓祭奠一個衣冠塚，至於嗎？嚇死老子了！有誰知道這個衣冠塚的故事嗎？

中午，顧小白還躲在宿舍床上睡覺，手機提示有一條新的簡訊，他迷迷糊糊地順手拿過手機，點開，頓時清醒了——想知道那個衣冠塚的故事嗎？我叫王勇，電話號碼 188×××××××××，隨時恭候！

好奇害死貓，顧小白的腦子頓時清醒了。

半小時後，睡眠不足的顧小白紅著眼在樓下的肯德基店裡見到了給自己留言的王勇。「別廢話，你真的知道那個衣冠塚的故事？」一上來，顧小白就直奔主題。王勇一言不發，笑咪咪地給顧小白遞過來一張收費單據，上面寫著：諮詢費 50 元。

「騙子！」顧小白扭頭就要走。

「別啊，我就是做這行的，靠挖人家的祕密吃飯！」王勇叫住了顧小白，「再說了，你一個背景乾乾淨淨的小白怎麼會突然之間對這個感興趣，肯定也是有原因的，對嗎？如果你有祕密可以和我交換的話，我可以在這個價錢上給你打五折，也就是 25 元。怎麼樣，很公平合理，對不？一頓套餐的價錢啊！」

「我哪有什麼祕密……」雖然說心裡一百個不樂意，但是人的好奇心是沒有辦法被抑制住的。顧小白猶豫了好久，終於一咬牙，點點頭，屁股

第八章　西洋骨牌

重新坐回到了椅子上：「好吧，我們怎麼交易？」

「這是我的名片。」王勇雙手捧著自己的名片恭恭敬敬地遞送到對方的面前，「以後你要是有別的猛料，想賺點外快的話，儘管找我。」顧小白看了看名片，又抬頭看了看王勇的笑臉：「你這種人就不怕遭到報應，像電視劇中演的那樣被人滅口？」

「這個世界就是這樣，餓死膽小的撐死膽大的。」王勇笑得很開心，他打開了隨身帶來的小型錄音設備，「來，先說說你昨晚上的所見所聞吧，或許我還可以給你更多的折扣哦！」

「一個叫黃曉月的女人，死了大概30年了，家屬也早就不管她的墓地了，結果昨天晚上，確切地說是今天凌晨，有人前來祭掃她的墓地。」顧小白一臉的沮喪，「那個鐘點出這事，差點沒把我給嚇死。」

「你看清楚對方的長相了嗎？」王勇問。

「黑燈瞎火的，我怎麼看得清啊，再說了公墓那麼大，黃曉月的墓地只是個衣冠塚，還在山頂的那頭，離我的值班室要走十多分鐘的，等我趕到那裡，那人早就跑了！」顧小白皺眉看著王勇，「他沒偷什麼東西，就只是祭拜而已，理論上我也不該干涉的。」

「那他乘坐的交通工具你看清楚了嗎？」王勇不甘心地追問。

「沒有……哎，我說你怎麼像個警察啊，問個不停，明明該是我來問你的，不然這錢我不就花得太冤枉了。」顧小白一臉的不樂意。

「有來有去嘛，你那麼急幹麼？不問清楚你昨天晚上的經歷，我怎麼告訴你這個黃曉月的故事？」王勇得意地嘿嘿一笑。

「我只不過是好奇，現在倒好，算是被你徹底給拉到這個坑裡來了。」顧小白長嘆一聲，左右晃了晃有些僵硬的脖子，這才無可奈何地說道，

213

故事二　疼痛無聲

「他的交通工具應該是汽車，因為我們公墓的位置很偏，那麼晚，離人多的地方光是步行就得半個小時，我想這傢伙肯定是有備而來的，而且在監控探頭中我也看到了疑似汽車尾燈的光束。不過你不用費心去當什麼名偵探柯南了。」

「為什麼？」王勇頓時來了興趣，他笑咪咪地看著顧小白，靜等著他告訴自己答案。

「很簡單啊，我們那個鬼地方離最近的公路都有十多分鐘車程，根本就沒有監控探頭給你看。最近的一個監控探頭離我們墓園有20多公里，而在這段距離內，足足有五個路口可以供一個人消失。」顧小白愁眉苦臉地說道，「你就別白費功夫了。」

「喲，真沒想到你了解得這麼清楚？」王勇感到很意外，臉上不由得露出了驚訝的神情。

「大驚小怪幹麼？」顧小白瞪了他一眼，「如果你每星期要花五天時間在這麼一個無聊透頂的地方度過的話，我相信你會比我了解得更清楚的。好了，說說黃曉月的故事吧，我感到奇怪的是，為什麼她只有衣冠塚？難道說她沒死？」

王勇搖搖頭，神祕兮兮地說道：「沒找到屍體！所以說，即便她死了，也是一個屈死鬼！」顧小白目瞪口呆：「你瞎說，死人不會開車！」

「這麼說你昨天晚上看到的那個人是個女人！」王勇把臉一沉，壓低嗓門步步緊逼，「你怎麼那麼肯定那輛車一定是陽間的車呢？」

顧小白聽了這話臉色慘白，轉身就跑，跑到門口突然想到什麼又轉轉身來，朝王勇的桌上丟了一張紙幣，然後就跟見了鬼一樣頭也不回地跑了出去。

第八章　西洋骨牌

　　王勇雙眉一挑，看著揉成一團的 50 元面額紙幣，臉上露出了得意的笑容。

　　王勇知道自己挖到了一個大金礦，他相信只要順著自己所掌握的線索步步向前，就會不費吹灰之力地賺到更多的錢。這個世界上沒有誰是不喜歡錢的。

＊　＊　＊

　　章桐不記得自己究竟是什麼時候睡著的。她窩在沙發裡，筆記型電腦開著，一邊的咖啡早就涼透了。

　　一個人真的不能有太多的心事。工作十多年，自己經手的案子幾乎上千，要這麼大海撈針地去找那隻想置自己於死地的黑手，真是難比登天，可是除了這個方法，章桐實在是想不出其他更好的。

　　強打起精神，她拿過鋼筆，打算在便條本上記下剛才看的案子屍檢報告上的一些要點，可是劃拉了兩下，紙上卻沒有字跡，原來是鋼筆沒水了。章桐皺眉來到李曉偉的桌子邊，拉開抽屜打算找支筆。

　　有時候，祕密被揭開時沒有任何徵兆。當章桐看到那張發黃的相片時，從最初的無意一瞥到冷不丁地心頭一震，她已經全然忘記了自己打開抽屜的初衷。

　　這個女人很面熟。相片中的年輕女人和那稚嫩的小男孩，從面部的遺傳特徵來看，顯然就是母子倆，而從小男孩的臉部輪廓上也可以很明顯地看出李曉偉的影子。但是這看似很普通的一張老相片讓章桐疑惑不解。

　　私人偵探王勇的話又一次在章桐的耳邊響起：「你已經得到了自己應得的。李醫生，按照那個匿名僱主的話，接下來，就是你該償還的時候了。好好想想，李醫生，你究竟得罪過誰？我看你還很年輕，難道說是你

故事二　疼痛無聲

的家裡人？所以呢，給你一句忠告，好好想清楚，不要真的事情發生了，再來懊悔。那樣的話說不定就遲了。」

章桐沒有再猶豫，她掏出手機，對準相片，按下了拍照鍵。拍完照片後，又把相片塞了回去，然後用力關上了抽屜。自己肯定在哪裡見過這張相片！

窗外，天空灰濛濛的，不知道什麼時候開始下起了大雨，雨滴打在窗戶玻璃上，發出噼啪的聲響。

章桐匆匆給李曉偉留了一張字條，背著登山包就離開了李曉偉的家。

* * *

走出肯德基餐廳的時候，天空下起了雨。王勇咬牙狠狠地咒罵了一句，然後一頭鑽進了自己的大眾牌皮卡車裡。

車子已經買了好幾年了，王勇全指望著自己生意興隆，然後趕緊換一輛新的，現在看來，生意總算有了轉機。

他剛想發動汽車，轉念一思索，在市局檔案室工作的戰友應該還沒下班，這時候給他打個電話還來得及。王勇便掏出了牛仔褲口袋裡的手機。

電話很快就接通了。可是當他好不容易把來意講清楚後，曾經一起在部隊裡服役的兄弟卻一口回絕，似乎連鬆口的餘地都沒有。

王勇皺了皺眉，他不死心，面對能給他帶來金錢的祕密，他從來都不會輕易放手的。

「濤哥，既然不讓我看檔案，我也不難為你，要不，你回答我兩個問題，好不？反正都已經過去那麼多年了，我想應該也不算是什麼祕密了，你說對不對？而且我現在做的這一行你也清楚，我這個人可是很講原則

第八章　西洋骨牌

的，絕對不會出去亂說。你難道還不相信我嗎？」

許久，電話那頭傳來一聲重重的嘆息：「真拿你沒辦法，說吧，趁我們老大現在不在辦公室裡。」

「第一個問題，那個趙家瑞案中失蹤的黃曉月，已經確定死亡了嗎？」

「法律意義上是死亡了，因為失蹤滿四年，無論是否因為意外事件，其家屬都可以向法院申請宣告死亡，而黃曉月的家屬是在女兒失蹤五年後向法院申請宣告死亡。我記得還搞了個什麼衣冠塚，有模有樣地買了塊墓地安葬了女兒在世時穿過的衣服之類，當時在媒體上還是很轟動的。但是嚴格意義上來說，我們警方並沒有見到黃曉月的屍體，所以按照當時的法律，在這樣的情況下，除非直系親屬出面，我們警方是不能宣告她死亡的。」

「好，那下一個問題，黃曉月真的牽涉進了趙家瑞的案子中嗎？她最終有沒有被確認為趙家瑞系列殺人案中的最後一個死者？」因為激動，王勇的聲音有些顫抖。

「我記得趙家瑞案件的卷宗中記載得很清楚，找到的死者遺骸是11具，而不是如趙家瑞在警局所供述的12具，但是黃曉月確實是失蹤了，只是可惜，趙家瑞到死都沒有說出最後一具屍體的下落，就一再堅持說人是他殺的，殺了丟哪裡記不清了，他的案子最終也就只定了11條人命，而黃曉月的卷宗上現在還寫著：失蹤，家屬向法院申請宣告死亡。其實說到底，趙家瑞從被捕、判刑到最後被執行死刑，對自己所有案子的殺人動機根本隻字未提，而那11具屍體大部分是被人陸續發現的，除了他自己供述的以外，他都爽快地點頭承認了。還有那個黃曉月，知道嗎？她竟然是趙家瑞的老婆，你說多麼有戲劇性！這種人連自己剛過門沒幾年的老

故事二　疼痛無聲

婆都殺，簡直毫無人性，只是可惜，沒有發現屍體就不好認定殺人……哎呀，看我囉囉唆唆說了那麼多！你別再來害我了，老弟，這事你可千萬別出去亂說啊，搞不好我會丟飯碗的，下回請我喝茶。」電話應聲結束通話。

王勇沒有一點生氣的感覺，反而像極了一條嗅到了獵物的獵犬，嘴角露出了得意的笑容。他剛打算給李曉偉打電話，可是很快就打消了念頭，迅速用語音發出一條簡訊給那個神祕的郵件地址，接著就把手機隨手丟到副駕駛座上，然後把皮卡車開上了高架橋。

叫你不把我當回事，總有一天你會來求我的！信心滿滿的王勇把新的目的地輸入了導航儀。他很清楚自己還差最後一環，只要能找到當年的醫院檔案，那麼一切謎團就猶如西洋骨牌一般悉數解開了。

晚上回到家後，王勇剛打開電腦就聽到了信箱發出的悅耳的叮咚聲，在反覆讀完郵件後，王勇的臉上露出了得意的微笑，看著手上這張發黃的老檔案紙，他的耳邊分明聽到了錢的聲音。要知道這可是世界上最動聽的聲音了。

＊　＊　＊

相片中的女人非常年輕，不會超過25歲，和李曉偉有著明顯的基因遺傳關係，那寬寬的額骨和鼻骨，簡直就是一個模子裡刻出來的。章桐感到心煩意亂，便乾脆合上面前的筆記型電腦，向後仰靠在椅背上，閉上了雙眼。

難道說她真的沒有死？可是都過去這麼多年了，又為什麼不跟家裡人聯絡呢？

這張臉，自己不會記錯，她叫黃曉月，是30年前一起凶殺案的疑似

第八章　西洋骨牌

被害者，父親工作筆記中有她的一張翻拍的小相片，當時曾經被用在尋人啟事上。之所以印象這麼深刻，是因為警察自始至終都沒有找到她的遺體。這件事在當時的輿論媒體上掀起過很大的風波。

最主要的是章桐對自己父親章鵬親手辦理過的每一起案件都記憶猶新。因為沒有發現屍體，本著「疑罪從無」的原則，所以當時還兼任副局長的父親並沒有同意把死者的名字加入趙家瑞連環殺人案的被害者名單中去。但是當時參與辦案的人堅決反對，並且十分肯定地說黃曉月已經失蹤多日，更何況趙家瑞親口說出了黃曉月已經被害的消息。而作為一個社會關係極其簡單的女孩子，突然杳無音訊絕對不會是一個好兆頭。

在父親的工作筆記中，這個案件的結尾處是一個大大的紅色問號。章桐深信父親當時肯定是對此心存疑慮的。

還有就是，根據紀錄，黃曉月失蹤時的婚姻狀態是已婚，子嗣一欄卻是空著的，表示沒有子嗣。

那這一張相片又意味著什麼？黃曉月如果仍然活著的話，沒有理由不找自己的家人。也就是說黃曉月隱瞞了自己已經有了一個兒子，也就是李曉偉。

章桐查了李曉偉的戶籍資料，上面顯示他是被人收養的，收養時的實際年齡是4歲。

事情的發展變得越來越撲朔迷離了。

外面的雨越下越大，遠處似乎傳來了陣陣雷鳴。章桐感到有些餓了，就站起身，想找點吃的東西。

印象中冰箱裡還有塊蛋糕，可是打開冰箱後，看著外包裝上的保固期，章桐還是打消了把它吃下去的念頭。下碗麵吧，她一邊磨磨蹭蹭地走

故事二　疼痛無聲

向廚房，一邊嘴裡嘀咕著。

經過玄關的時候，門鈴突然響了，章桐不由得皺眉，自己家裡一般不會有訪客，這個時候會是誰？

打開門，隔著防護鏈條，章桐吃驚地看著李曉偉，他渾身溼漉漉地站在她的面前，顯得狼狽不堪。

「怎麼是你？你來這裡幹麼？」章桐皺眉問，她順手拉開了防護鏈，請李曉偉進了屋。

十多分鐘後，眼看著大口大口喝著薑湯的李曉偉漸漸恢復了平靜，章桐雙手抱著手臂靠在門框上，一臉的疑惑：「李醫生，你怎麼來了？還有，你究竟是怎麼知道我住在這裡的？我記得我沒告訴過你我家的地址啊。」

「我怕妳出事，就問了小潘。」李曉偉口氣中略帶埋怨，「妳為什麼要走啊？回家後看見妳不在，我就趕緊出來找妳了。」

「是嗎？不過反正我也要回家的。老麻煩你也不好。」章桐笑了笑。

正在這時，電腦發出了滴滴聲，不一會兒，小潘的頭像就在電腦螢幕上出現了：「章姐，妳在嗎？」章桐朝著李曉偉點點頭，趕緊穿過沙發來到桌邊，點開螢幕。正等得有些焦急的小潘一見章桐來了，連忙晃了晃手中的報告單：「妳判斷的沒錯，章姐，這張相片應該是30年前的。透過面部資料點的採集和對應的鼻子扁平程度以及顴骨的寬度統計顯示，相片中的女人和孩子是母子倆，他們面部有很明顯的遺傳特徵……」一邊說著，小潘一邊在鏡頭前晃了晃手中的相片。

章桐感到有些尷尬。

「還有啊，三個死者的牙齒，都是被同一種工具一個個拔除的。應該是拔牙鉗，專業的牙醫工具，不過網路上都可以買到。這裡要說明的是，

第八章　西洋骨牌

經過毒物生化檢驗，結果顯示死者體內並沒有麻醉劑。」

「這怎麼可能？」李曉偉脫口而出。

他的出現讓小潘頗感意外，在鏡頭裡發出了「哎呀」一聲，章桐再想把鏡頭挪開卻已經來不及了。「你們……」

章桐懊惱地轉頭瞪了李曉偉一眼，小聲嘟囔：「我們沒事，李醫生就是順路經過來坐坐，馬上就走的。你繼續說吧，沒事。」李曉偉一臉的狼狽，連忙點頭附和。章桐問：「小潘，你說沒有麻醉劑的殘留物，難道說已經排出體外了？」小潘搖搖頭：「姐，沒那麼簡單。無論哪種方法都試過了，死者體內都是乾淨的。也就是說，在凶手解剖過程中，死者的行動能力已經完全喪失了，所以沒有辦法反抗。」

章桐輕輕嘆了口氣：「這樣看來那就只有一種可能了：神經剝離。他們成了實驗室裡的小白鼠！」

關上電腦後，屋子安靜得都能聽到人的呼吸聲，窗外雨聲不斷。許久，李曉偉啞聲問道：「妳為什麼要調查這張相片？妳看到它的時候知道相片中的女人是誰嗎？」

章桐點點頭：「是你的母親，相片是你3歲半的時候照的。有人僱了王勇調查你。你應該還記得王勇說過的話。」

「我當然記得。他說過可能和我的家族有關。我母親在我3歲半的時候去世了，怎麼死的我不知道，我那時候還小，沒有什麼記憶。這麼多年來每年清明我也沒上過墳、燒過紙，一直都是奶奶撫養我長大。她現在身體不好，小時候我問過她好多次關於父母的情況，她都很生氣，我就再沒問過了。」

「戶籍資料顯示，你是被方淑華也就是你奶奶收養的，收養年齡是4

故事二　疼痛無聲

歲，那你父親呢？」章桐問。

「也死了，是聽我奶奶說的。我直到現在還能經常夢見我的父親，但是因為他很少回家，所以我對他的印象不深。奇怪的是，大多數都是晚上的記憶，支離破碎的。」李曉偉苦笑，「所以呢，可以說我對我的家人幾乎一無所知。奶奶的記憶又是一片糊塗，我不能指望她告訴我什麼。」

「你從我母親身上調查出了什麼？」李曉偉突然疑惑地問道。

章桐想了想，最終還是決定直接告訴他：「她是趙家瑞案的第 12 名受害者，你母親叫黃曉月，失蹤那年 25 歲，根據當時的紀錄顯示，推斷是已經被害了，所以五年後家屬向法院申請宣告死亡。其間一直沒有找到屍體。你是學犯罪心理的，應該很清楚連環殺人案的凶手對自己手中遇害者的具體人數有所保留，是再正常不過的事了⋯⋯」

「我知道，殺一個也是死，殺十個也是死，產生讓死者家屬無法安葬自己親人的報復性心理是順理成章的事。」

章桐同情地看著他：「黃曉月生前的合法丈夫是趙家瑞。而且根據當時的案件卷宗顯示，她的社交圈子非常簡單，並沒有什麼緋聞男友的存在。」

「胡說八道！」李曉偉幾乎是怒吼出了這四個字，話音未落，他面部的表情突然僵住了，也不知道過了多久，他迅速伸手拉過章桐腳邊的一個垃圾桶，打開蓋子，然後在章桐驚愕的目光注視下，抱著垃圾桶一陣狂吐，直吐到最後癱軟在地板上為止。

第九章　DNA

昨晚，李曉偉是在章桐的沙發上度過的。

李曉偉告訴章桐，自己在來她家之前，就已經請好了 20 天的假。他現在只想知道自己母親的下落，如果真的死了的話，至少也該有個自己可以拜祭的地方。

早上醒來，李曉偉一睜開眼睛就看到章桐正坐在自己對面的椅子上。

「那你有什麼打算嗎？」章桐問。

「我們互相幫忙，妳看怎麼樣？」李曉偉坐起來，伸了個懶腰，信心滿滿。

「幫忙？」章桐一頭霧水。

李曉偉點點頭：「沒錯，我幫妳找出潘威，也就是我的病人死亡的真相，而妳，幫我找出我母親的下落，怎麼樣，公平吧？」

章桐不由得瞇起了眼：「你難道真的相信潘威說的那個有關牙仙在外面四處殺人拔牙的把戲？」

「不，妳錯了！」李曉偉認真地說道，「潘威是個典型的妄想症病人，而我，是在他發病大半年以來唯一一個和他交談最多的人，或者說，是最了解他的人。打個比方吧，在過去的大半年時間裡，我用一個妄想症病人的思考模式走進了潘威的世界。」他伸手指了指自己的腦袋，微微一笑，「而一般人，是絕對到不了這裡的。」

故事二　疼痛無聲

「所以呢？」

「潘威絕對不可能自殺！」李曉偉看著章桐，「他的屍體是妳解剖的，我相信妳也有同感。」

章桐愣了一下，隨即點點頭：「沒錯，他是左撇子，但是他的右手拇指和食指上卻有電流通過的痕跡。而一個人是絕對不會因為自殺而突然改變自己多年形成的生活習慣的。並且他的頭部右側有被重物敲擊的痕跡，半圓形的，類似於球狀物。」

「妳的意思是凶手在打昏了他以後，再抓住他的手把電線塞進他的嘴裡偽造自殺的假象？」李曉偉一愣，這還是他第一次這麼直接地聽到潘威的死亡經過。

章桐點點頭：「說到這個，我有個疑惑，一直得不到解答，那就是從昏迷倒地到觸電身亡，時間不會很長。32 顆牙齒，再熟練的牙醫也不可能像摘豆角那樣速度飛快啊。更何況我在死者的身上並沒有發現反抗的痕跡，毒物檢驗中也沒有發現迷幻藥的殘留。你說，誰會乖乖地躺在那裡任由別人把自己的牙齒拔得一乾二淨然後張開嘴巴含著電線呢？」

李曉偉突然伸出了一根手指：「有，用我們心理學上的話來說，那就是──痛感消失！形象點說就是我們人體的各種感覺都由一個總閥門控制，我想，妳也是醫生，不用我告訴妳那個開關在哪裡了，對嗎？」

章桐不由得目瞪口呆：「我怎麼這麼蠢！」她連忙掏出手機，撥通了小潘的號碼。

「潘威的屍體還在嗎？」

「在。」

「等下你到局裡後馬上做個頭部血管造影，他剩下的顱骨部分創面損

第九章　DNA

傷不是很大，我想應該足夠了，然後發到我手機上。」章桐語速飛快地吩咐道。

「沒問題，對了，」小潘壓低了嗓門，小聲問道，「章姐，不是我多嘴，妳是不是被停職了？局裡大家這兩天都在那麼傳。」

章桐心一緊，卻仍然故作鎮定地說道：「別聽他們謠傳，我只是休假，你做好自己的事就行了，這段時間你多辛苦一點，拜託了。」

「放心吧，章姐，我一直都支持妳的，不管發生什麼，妳都要堅持下去，我等妳回來。」電話很快被結束通話了。小潘的話依舊在章桐的耳邊迴響，有那麼一刻，心裡暖洋洋的，她的眼淚幾乎流了下來。

李曉偉的聲音在背後響起：「我也支持妳！章法醫，那傢伙我們一起來對付！妳放心吧！」

章桐突然轉身看著李曉偉，皺眉說道：「不，我看你絕對不是單純地出於對自己的病人負責！」

「是嗎？」李曉偉笑了，只是有些許不自然，「那妳說是為了什麼？」

「沒什麼，你別心虛。我只是說對於一個還稱不上是朋友的人略有隱瞞非常正常，更何況是自己的祕密，你說對不對？」章桐的目光深不見底，「反正我不介意，畢竟都過去30年了，我幫你就是。黃曉月畢竟是你母親，而你的父親，你肯定也想知道更多關於他的事情，對不對？」

李曉偉面露驚訝，隨即轉憂為喜：「那就一言為定。」

「趕緊吃點東西，我們去潘威的家，和他老婆談談！」

「我記得你不是說過他單身嗎？」章桐好奇地問。

李曉偉笑了：「沒結婚就不能同居嗎？看來妳比我還老古董。」不經意的一句玩笑話，章桐的臉卻突然紅了。

故事二　疼痛無聲

　　潘威的單身宿舍乾淨整潔得讓人懷疑這裡是否曾經住過人。如果不是門口還貼著黃白相間的警戒帶的話，說這裡幾天前是一個命案現場真的沒有多少人會相信。

　　房間裡已經有人了，而且還不是一個人！

　　童小川突然發覺自己這個堂堂的刑警隊長在一個哭鬧不止的小孩面前的窘態簡直可以用「束手無策」四個字來形容。而孩子的哭鬧聲所產生的噪音分貝絕對不亞於裝修公司所使用的衝擊鑽。

　　「他不可能自殺！」眼前這個30多歲的年輕女人一邊哄著懷裡吵鬧不休的兩歲光景的小男孩，一邊頭也不抬地一口回絕道，「所以你們別胡說八道！阿威他是腦子有問題，但是還不至於把電線塞進自己嘴巴裡去！」

　　「為什麼？」童小川感到很好奇，目光時不時地看向眼前這個幾乎站都站不穩的頭髮稀疏發黃的小男孩，心裡嘀咕這孩子都兩歲了，怎麼還站不穩？得了什麼病也說不準。不過這麼凶的女人養出營養不良的孩子來一點都不奇怪。

　　「道理很簡單啊，你說一個每天不愁吃穿的傻子，整天笑呵呵的，還有啥想不開的，你說對不對？」女人從自己的鼻孔裡發出了一聲重重的「哼」，童小川和助手盧強不由得面面相覷，面露苦笑。「對不起，妳是……他的保母還是他的親戚？」

　　女人一瞪眼：「要我說多少遍？我是潘威的女人，這是他的寶貝兒子，如假包換！」

　　童小川一頭霧水，便伸手指指自己的筆記本：「戶籍資料上顯示潘威不是沒有成家嗎？妳怎麼說是他老婆呢？」

　　「是嗎？」女人對此卻一點都不感到意外，她彎下腰，全神貫注地擦

第九章　DNA

拭著小男孩手中剛才掉在地板上的糖塊,然後旁若無人般地一口塞進自己嘴裡,邊嚼邊嘟囔,「不奇怪,我們屬於『先上車後買票』那一類。」

「先上車?」童小川一時之間沒有反應過來。身旁站著的盧強連忙湊到他耳邊小聲說了幾句。童小川這時候才總算弄明白了眼前這個孫二娘般的年輕女人的真正身分原來只是潘威的同居女友。他想了想,猶豫不決地說道:「那你知道潘威的真實病情嗎?」

「知道啊,不就是想像力豐富一點嗎?就是經常會自己和自己說話,別的又沒什麼。對我們挺好的,要什麼給什麼。要不是這次突然遭天殺的出了事,他說年底要和我結婚的。」說著,正忙著給小男孩擦鼻涕的女人抬起頭,盯著童小川,目光咄咄逼人,「現在,你們警察來告訴我,一個正準備結婚的男人怎麼會突然選擇自殺?」

盧強顯然是被女人的氣勢給嚇了一跳:「林女士,妳既然聲稱是潘威的同居女友,為什麼潘威被害的單身宿舍裡並沒有發現妳和孩子的痕跡呢?而且,潘威為什麼要向公司申請單身宿舍?」

女人擺出一副無所謂的樣子,伸手把正試圖掙脫女人懷抱的小男孩給拽到大腿上,然後騰出一隻手從拎包裡摸出自己的錢包,甩給盧強:「看,裡面的相片,就是我們一家三口的合影,還有啊,這是單身宿舍,你明白嗎?公司條件不允許。對了,我忘了跟你說了,阿威的工作就是程式設計,製作遊戲程式,所以有時候需要安靜,可是我們自從有了這麼個小崽子以後,幾乎沒有一分鐘是可以安安靜靜做點自己的事情的。所以,你說那是單身宿舍也好,說是『避難所』也好,自然也就找不到與他工作無關的東西了。」

盧強尷尬地漲紅了臉:「那妳們現在的……地址?」

故事二　疼痛無聲

「上官弄28號。」女人沒好氣地從牙縫裡蹦出了這麼幾個字，眼皮都懶得抬一下，伸手抓過錢包塞進口袋裡，「我可以走了嗎？警官，孩子回家還要喝奶！」

小男孩在一邊助威似的鬧得更起勁了，童小川忙不迭地點頭。

打發下屬送走潘威的同居女友後，童小川看看盧強：「只有一個辦法了。」

「童隊，你的意思是？」

「找到最了解死者的人！」童小川目光堅定，狠狠地掐滅了手中的香菸。

「誰？」

童小川一瞪眼：「你怎麼這麼笨，他的心理醫生啊！那個神經兮兮的李醫生！趕緊給我找來！」

看著盧強向警車一路小跑而去的背影，童小川不由得長嘆一聲，搖搖頭，嘴裡自言自語：「說你是菜鳥還真是菜鳥，根本就不是辦案的料！」

* * *

中午，天氣變得有些悶熱了起來，烏雲密布，眼看著一場大雨即將來臨，章桐不由得暗暗叫苦。上官弄28號，在一家麵粉廠的後面，李曉偉和章桐好不容易才找到這麼個搖搖欲墜的號碼牌。整條弄堂裡黑漆漆的，違規搭建的電線橫七豎八，就像蜘蛛網一般遍布在弄堂的上空，有時候不得不低著頭才能躲過被電線掛住的風險。當然了，顧得了上面自然也就無法顧及自己的腳下，章桐剛想張嘴提醒他，李曉偉的皮鞋就一腳踩到了新鮮的狗屎。

第九章　DNA

「什麼鬼地方！」李曉偉忍不住抱怨了一句。

「人住的地方啊，難道你就沒去過這種地方嗎？」章桐幸災樂禍地看著李曉偉，「我出警的時候什麼地方都去過，這些還真不算什麼。」

李曉偉的目光自然就落到了章桐的雙腳上，他突然很佩服這個女人的沉著和機敏，因為她的腳上穿著一雙雨靴，而此刻，頭頂的人工蜘蛛網根本就抵擋不住越來越密集的雨珠。

屋內傳出了孩童哭鬧的聲音，李曉偉衝著章桐使了個眼色，便上前敲門。「有人在家嗎？請開開門！」門應聲打開，出現在門縫裡面的是潘威同居女友不滿的臉：「怎麼了？妳們是哪裡的？我想中午睡個覺都不行！」

「是林玉芝女士對嗎？妳好，我是潘威的醫生，曾經為他治過病，請問能進來和妳談談嗎？」李曉偉非常有禮貌地講明了自己的身分和來意。林玉芝不由得愣住了，她仔細打量了一下身材高大卻略顯瘦弱的李曉偉，隨即恍然大悟：「我認識你，你來過一次！你是阿威的心理醫生！」李曉偉懸著的心總算放了下來。

走進小屋，章桐的眼前猛地一黑，屋裡昏暗的光線讓她一下子失去了方向感。林玉芝吃力地抱著孩子，騰出一隻手來摸著牆角打開了燈。這是裡外兩進的民居，因為過於低矮狹小，所以屋裡顯得非常凌亂不堪，尤其是孩子的衣服、奶瓶、尿布被扔得到處都是。章桐問道：「林女士，這是妳的房子嗎？」

林玉芝搖搖頭：「阿威租的，每個月要 300 塊呢！」

「那你們以後怎麼辦？」李曉偉關切地問道。

「能怎麼辦？我得把這小崽子養大啊，出去找事做吧。」女人的目光中充滿了迷茫，「因為阿威的病，所以他家裡沒有願意接納他的親人了。再

故事二　疼痛無聲

說了，我們都沒結婚，沒名沒分的。」

「林女士，我們今天來，是想問問阿威的情況。方便和我談談他嗎？」李曉偉問。

林玉芝疑惑不解地看著李曉偉和章桐：「你們想知道阿威的事做什麼？」

章桐想了想，從挎包裡摸出了自己的工作證：「我是警局的法醫，我懷疑你男人不是自殺，你是否能幫助我們找到真相？」

林玉芝一愣：「上午的時候，我去了阿威的單身宿舍，是公司的人叫我去的，說什麼要收拾一下他的遺物。就在那裡，一個姓童的警官和我剛談過，你們是哪裡的？」

李曉偉看了看章桐，然後柔聲地說道：「林女士，我只是作為他的心理醫生出面調查，算作警方證據的一種間接補充吧，有合理的證據，我們也會提交給辦案的警察的。那麼，現在妳能和我們談談潘威嗎？他究竟是怎麼發病的？還有，我更感興趣的是那個叫禮包的人。你看，能不能把妳所知道的和我們說一下？」

林玉芝猶豫了半天，終於長嘆一聲：「那好吧，阿威都死了，也沒啥好隱瞞的了。既然他在世的時候那麼信任你，我就全部告訴你吧。在別人眼中，阿威就是個廢物，性格懦弱、沒出息暫且不論，也沒錢，但是在我看來，他是這個世界上最好的男人，因為他關心我。有一次，因為我貪圖涼快，外出少穿了一件衣服，結果感冒了，阿威知道後，竟然心疼地哭了！」林玉芝笑著看著李曉偉和章桐，略微停頓了一下，輕輕說道，「你會因為女朋友生病而哭嗎？應該不會吧？但是他會！阿威是個很懂得體貼人的男人，所以，我就選擇和他在一起了。」

第九章　DNA

　　李曉偉的腦海中閃過了潘威請自己吃蛋糕時候的樣子，就因為有一次在交談中無意講出自己喜歡吃蛋糕，讓他頗感意外的是潘威竟然記住了，後來每一次看門診，他都會為他帶上一塊蛋糕，當然了，李曉偉從沒有收下過。

　　想到這裡，又想起潘威不明不白地慘死，李曉偉也隨之傷感起來。他抬頭看了看章桐，輕輕嘆了口氣。

　　「至於禮包嘛，我本來也不知道他是誰，直到有一次我無意中看到他一個人在那裡絮絮叨叨不知道說些什麼，那樣子讓我感到有點害怕。事後我實在憋不住，就問他剛才在和誰說話，阿威笑咪咪很正常地回答我說，那是他哥哥，叫潘傑，小名禮包。」說到這裡，林玉芝突然停住了，皺著眉，似乎有點猶豫自己該不該繼續說下去。

　　聽到這個意外的消息，李曉偉有點驚訝，他向前探了探身子：「難道說，他哥哥在以前出過意外？」

　　林玉芝點點頭：「沒錯，我也猜到了。但是這並不是問題的根本所在，知道嗎，李醫生？讓我感到有點無法理解的是，他居然跟我說他哥哥和他有時候分開，有時候共用一個身體。所以他可以經常和哥哥說話，他哥哥會教他很多東西。」

　　「不奇怪，他哥哥的意外肯定多少是為了他，出於自責，又因為年幼，無法接受殘酷的現實，他就形成了典型的人格分裂妄想症。」李曉偉長嘆一聲，「那大概是什麼時候發生的事？」

　　林玉芝想了想，說道：「他說過，在他 10 歲的時候，夏天。但是對於哥哥的死因，阿威再也沒有談起過。」

　　章桐突然問道：「潘威做過地包天牙齒糾正手術嗎？」

故事二　疼痛無聲

「沒有，你怎麼會問這個？他的牙齒很正常，就連牙痛都沒有，他身體很健康，還跟我說結婚後要帶我們去韓國旅遊，現在看來，都無法實現了。我真是命苦！」看看酣睡的孩子，林玉芝滿面愁容。

「潘威突然發病大鬧辦公室的事，你知道嗎？」李曉偉問。

林玉芝點點頭：「我知道，他同事打電話給我了。如果不是有人那麼無聊的話，阿威也不會發瘋！」

「無聊？」章桐感到莫名其妙。

「是啊！明明知道阿威聽不得拔牙的事，還就在他面前不斷地講，翻來覆去地講，這跟沒事找事有什麼區別，你說是不是？」林玉芝沒好氣地抱怨，「我看這種人就愛欺負老實人，他該對阿威的病負責才對。」

「林女士，妳知道潘威為什麼會對拔牙這麼敏感嗎？」李曉偉問，他知道這是整個問題的中心點，只要知道這個答案，所有的難題就都將找到答案。

本以為林玉芝會多少猶豫一下或者乾脆說不知道，但是讓人感到意外的是，她想都沒想，竹筒倒豆子般直接就給出了答案：「牙仙的故事。拿來哄孩子的，結果這小崽子照樣一覺睡到大天亮，反而把阿威自己給嚇得不輕，晚上還經常被驚醒，滿屋子四處找自己的牙齒……你說可笑不可笑？」

李曉偉和章桐面面相覷，誰都沒有笑。

＊　＊　＊

雨停了，可是儘管如此，順著屋簷而下的積水依舊在不大的小弄堂裡形成了一道密集的雨簾。走出狹小低矮的林玉芝家，章桐一聲不吭，只是

第九章　DNA

默默地跟在李曉偉的身後。

一直走到外面的大路上，李曉偉忽然停下了腳步，轉身認真地看著身高幾乎比自己矮一個頭的章桐：「妳有心事！」

「你查過潘威的家族病史嗎？」章桐問。

李曉偉微笑著點點頭：「我問過他，他說沒有家族病史，且家裡已經沒有別的人了。我看他的症狀是符合妄想症的，而且他的各項器官指標都很正常，沒有發現什麼奇異怪誕的行為。說白了，他唯一不正常的地方，就是他那個別人看不見的朋友。」

「不，我總覺得哪裡不對勁，讓我好好想想……」章桐雙眉緊鎖。正在這時，手機鈴聲響了起來。她猶豫了一下，點開接收頁面，是一幅人腦部的血管造影圖。仔細看過後，章桐的神情立刻變得嚴肅起來。她把手機遞給了李曉偉，李曉偉看了看，不由得目瞪口呆：「這不可能啊！你確定機器沒出錯？」章桐搖頭：「那儀器是最先進的，比你們醫院裡的都好，這點不是你該擔心的事！拋開受損的那片顱骨，你注意到他的腦部海綿體了沒？」

李曉偉點點頭：「沒錯，顯示這個人曾經死過一回，腦部血管流通曾經中斷過一次。但這根本是不可能的事啊！他活得好好的，而且根據這個海綿體阻斷的位置來看，如果發生，也是大約一個月以前的事，但是他上週還來看我的門診，還是活生生的人啊……」

章桐盯著李曉偉，想了想，問道：「這個故事，就是阿瑞的故事，應該是潘威上週突然告訴你的，對嗎？」

「沒錯。」

章桐收起手機，轉身向弄堂裡快步走回去。

故事二　疼痛無聲

「哎，妳去哪裡？」李曉偉急了，連忙追過去，「等等我啊！」

章桐頭也不抬，伸出一根手指，語速飛快：「腦部出現這種情況後能被救活，只有一種可能，就是在有醫學背景的人的主導下並且大劑量服用冠心病藥物，我們必須馬上找到這個人！很有可能後面的案子都和這個人有關。」

章桐感覺自己的心跳得厲害。很快，林玉芝的家就出現在面前，這一回，章桐沒有敲門，直接推門就走了進去。林玉芝坐在亂糟糟的床上默默地抹著眼淚，被突然闖進來的兩人嚇了一跳。「最近潘威除了去看心理門診外，還去醫院看過別的什麼病沒？」章桐劈頭蓋臉就問道。林玉芝伸手一指桌上的藥瓶，七七八八一大堆，茫然地搖搖頭又點頭：「都在這了。」

章桐撲上前一通猛翻，沒多久，她興奮地嚷嚷了起來：「找到了找到了，倍他樂克、卡托普利、單硝酸異山梨酯……」說著，全然不顧一頭霧水的林玉芝，轉身搖晃著藥瓶問道，「這些都是嚴格控制的處方藥，沒有醫生處方根本買不到，林女士，潘威最近有沒有做過什麼手術？我是指一個月前。」

「具體我不清楚，只是三個月前，說是有個醫生能治好他的瘋病，只要在腦子裡做個小手術就行，也不用開刀的。他就去了，回來後確實好了一段時間，那段時間裡沒有犯病，和正常人沒什麼兩樣，可是這樣的情況持續沒多久就又復發了……」林玉芝抱起被驚醒的孩子，一邊哄著一邊回答。

「妳說的復發是指什麼？」李曉偉皺眉問道。

「自說自話，感覺總是有個鬼跟著他似的。」林玉芝頭也不抬，伸手從床底拉出一個小尿盆，開始旁若無人地給孩子把尿，「我看啊，那個鬼應

第九章　DNA

該就是他哥！」

「這些藥瓶我能拿走嗎？」章桐問。

「都拿走吧，留著也礙事，反正沒人吃了。病歷本就在藥瓶子旁邊。」

章桐掏出個塑膠袋，把桌上所有的藥瓶不管空的還是滿的通通裝了進去，最後把一本病歷塞了進去，對著李曉偉說：「走吧！」

李曉偉想了想，嘆了口氣，從自己口袋裡摸出錢包，抽出一些錢，輕輕放在了桌面上，這才轉身跟著章桐離開了小屋。

沒過多久，章桐又跑了進來：「林女士，您的孩子，恕我冒昧，能不能讓我看一下？您放心吧，我是醫生，不會傷害到您的孩子的。」

* * *

巷子口，急得如同熱鍋上的螞蟻的李曉偉終於看見了章桐，便迎上前去，兩人一起並肩朝外走：「怎麼樣，順利嗎？」

章桐嘀咕了句：「她騙我，她的孩子骨齡應該已經兩歲三個月了，騙我說才一歲，營養不良不說，毛髮還特別稀少。而且我懷疑她的孩子患有嚴重的神經系統疾病。」

「哪一類的？」李曉偉感到有些不可思議，「我怎麼沒看出來？」

章桐突然站住，伸手抓住李曉偉的手臂用力一擰。「哎喲！」李曉偉對此可完全沒有心理準備，頓時痛得發出一聲慘叫，章桐卻像個沒事人一樣把手鬆開：「痛吧？」

「當然啦！妳想幹麼？」李曉偉一臉的委屈。章桐卻神色嚴峻了起來：「那孩子剛才因為貪玩，從床上掉了下來，導致左肩關節脫位。」

「你說什麼？那後來呢？要不要叫醫生！」

故事二　疼痛無聲

　　章桐瞪了他一眼：「我就是醫生，恰好我也懂得復位，所以就順手幫他復位了。」

　　「這……妳怎麼看出他患上了神經系統的毛病？」李曉偉更糊塗了。

　　「剛才我擰你手臂，你立刻感覺很痛是吧？那小孩卻不痛，而且自始至終就跟沒事人一樣，還對我笑。」章桐認真地看著李曉偉，「你說，這還正常嗎？」

　　李曉偉臉上的笑容慢慢消失了。

＊　＊　＊

　　快到下班時間了，警局刑警隊辦公室裡依然人頭攢動。

　　童小川還沒有來得及吃午餐，所以在徵求了李曉偉的同意後，乾脆就把速食盒放在了辦公桌上，一邊吃一邊問問題：「李醫生，說說你的病人潘威吧。」

　　李曉偉一愣：「潘威？我已經告訴過你們了啊，他得的是妄想症，病情不是很嚴重，平時服藥就能完全控制自己的行為舉止，對社會沒有危害性……」

　　「別幫我上課，李醫生，這些大道理我們都懂，我問的是潘威生活中有沒有仇人？」童小川有點不樂意了。

　　「當然沒有，就一個同居女友，還有個孩子。」李曉偉神情坦然，「而且據我所知，就連活著的直系親屬都沒有了。」

　　童小川放下了手中的勺子，瞇縫著眼看著李曉偉：「李醫生，我雖然是門外漢，不懂得什麼心理治療之類的玩意兒，但是我至少明白一個道理，那就是任何事情都是有原因的。你說一個平時生活中沒有仇人、沒有

第九章　DNA

恩怨糾紛的老實人突然死了,而且還是精心掩飾的他殺,沒有任何徵兆,你不覺得奇怪嗎?」

李曉偉急了,連忙擺手:「我可沒殺他,你們不能冤枉我!」

「你胡說八道什麼呢?李醫生,要是懷疑你殺人的話,你就得去隔壁坐著了,而不是在我的辦公室這麼簡單。」童小川忍不住調侃道。隔壁是訊問室,坐在一邊的盧強嘿嘿偷笑。

「那你們找我幹麼?」李曉偉問。

童小川說:「很簡單啊,因為你是最了解他的人。我們查過他的家族史,父親意外失足墜亡,母親失蹤,他從小就在外婆家長大⋯⋯」

李曉偉點點頭:「他和我說過這個,外婆是他唯一的親人,在他11歲的時候去世了。接下來他就被送去了福利院。」

「他沒有外婆,也沒有親人,至少戶籍資料中顯示如此。因為潘威剛出生就被人收養了。但是,李醫生,他哥哥的死因,你知道嗎?」童小川緊緊地盯著李曉偉的雙眼,似乎所有問題的答案都在李曉偉的目光中。

「他哥哥?」

「潘傑!」

李曉偉愣了一下,搖搖頭:「我沒聽他說起過這個人,我也還是從他同居女友那裡才聽到的。」

「我記得你曾經說過潘威最主要的病症就是和一個人不斷地說話,就好像這個人是真實存在的一樣,對嗎?」

李曉偉點頭。

童小川笑了:「這個人就是他哥哥,比他大三個月的哥哥潘傑!也就

故事二　疼痛無聲

是你曾經說起過的禮包！你知道禮包是怎麼死的嗎，李醫生？」李曉偉徹底蒙了，他茫然地搖搖頭。

「是被13歲的潘威用榔頭給活活砸死的！」童小川輕輕拍了拍手中泛黃的卷宗，全然不顧臉色煞白的李曉偉，繼續說道，「還有他養父，當時有目擊證人說是被他從家裡的樓頂上推下去摔死的，而他家的樓頂到地面，足足有四層樓那麼高，他的養父是頭下腳上這麼下來的，地面是堅硬的水泥地……」

李曉偉突然緊張了起來：「那他養母呢？他養母在哪裡？」

童小川合上了卷宗，搖搖頭：「失蹤了，後來再也沒有消息，猜想也是凶多吉少。」緊接著，他雙手十指交叉，饒有趣味地看著李曉偉，「我的李大醫生，你現在還可以完全確定你的病人潘威所患的是簡單的妄想症嗎？」

看著李曉偉一臉沮喪地離開辦公室，盧強一邊收拾滿桌子的卷宗，一邊嘴裡嘟囔：「盧隊，我覺得我辛辛苦苦地把李醫生找來也沒有多大作用啊？」

童小川一臉的神祕：「誰說的？你看看這份檔案再下判斷吧。」他伸出食指敲了敲桌上的一張發黃的照片。

盧強滿臉疑惑：「潘威的母親？」

童小川點點頭：「確切地說應該是潘威的養母。黑色頭髮，身高163公分，苗條，膚白，職業是護理師。下夜班後不知去向，當時一直沒有找到她的屍體。」

「……難道說……」盧強吃驚地看著他。

「齊肩黑髮，身高160公分以上，苗條，膚白，她生前的職業是護理

第九章　DNA

師。」童小川不動聲色地說道。

「那她的屍體呢？」

童小川輕輕嘆了口氣：「後來找到了，在老君灘上。根據卷宗紀錄顯示，趙家瑞承認她是第七個死者。只是很可惜，她和別的屍體一樣因為高溫，被發現時已經腐敗得慘不忍睹。」

「那後來是怎麼確認身分的？」盧強緊張地問道。

「那時候還沒有 DNA 系統，根據卷宗上的紀錄，是她的衣著被家屬認了出來。」童小川伸了個懶腰，揉了揉發酸的脖子，「還好，凶手最後伏法了，這個系列大案算是圓滿結案。」

「童隊，你說的是不是趙家瑞的案子？」盧強伸手扶了扶自己的眼鏡框，「我記得在警校裡老師還講到過這個案子。」

「沒錯，30 年前轟動一時的系列殺人大案，當時的經手法醫就是我們章法醫的父親！」童小川嘿嘿一笑，「你說是不是無巧不成書啊？」

＊　＊　＊

星巴克咖啡館一角，章桐看著電腦上的相片，目瞪口呆。

她已經在這裡坐了足足兩個小時，全神貫注於自己的工作，以至於都沒有注意到窗外突然而至的瓢潑大雨，雨點猛烈地撞擊在窗玻璃上，街上的行人加快了腳步，有的人乾脆奔跑了起來。但是這一切都彷彿與章桐沒有任何關係。手邊的咖啡早就冰涼，她渾然不覺，目光中交織著疑惑和驚愕。

這是一張已經被處決的囚犯的存檔相片，雖然是死後照的，五官變得僵硬恐怖，皮膚慘白且早就沒有了生者的氣息，但是一點都沒有改變那生

故事二　疼痛無聲

來就固有的臉部骨架輪廓和五官特徵。

　　真的得感謝那神奇的 DNA，這張臉，章桐太熟悉了。與生俱來的遺傳基因忠實地在他後人的臉上得到了完美的再現。章桐記得很清楚，去年參加同行年會的時候，有人就曾經在會上提到過這麼一個觀點，那就是一個人的外貌會遺傳給有直系血緣關係的後人，那麼按照這個理論觀點推斷的話，他的行為舉止應該也會被複製遺傳。因為萬能的 DNA 所顯現的資訊是無窮無盡的，不僅僅展現在外表上。

　　如果這個大膽的推測只是對於一個普通人來說的話，那並沒有什麼特殊的地方，大家只會驚嘆——妳真像妳的父親。章桐記得自己在年會上聽到這個觀點的時候也只是一笑了之。可是對於一個系列殺人案的凶手，一個手上捏著 11 條人命的凶手，一貫堅持科學至上的章桐突然感覺到有點毛骨悚然。

　　因為她完全可以肯定——李曉偉的父親就是趙家瑞。章桐撥通了小潘的電話，只響了一下，電話就被接了起來。章桐不等電話那頭的人說話，直接問道：「李曉偉醫生的 DNA 中 Y 染色體資訊確定匹配上趙家瑞的 DNA 了嗎？」

　　「是的。」小潘回答。

　　章桐的心一沉，問道：「對了，我記得檔案室的老大還欠我們一個人情對嗎？」

　　「沒錯，章姐。還有，妳什麼時候來上班啊？我都快忙壞了。兩天沒回過家了，身上都要發臭了。」小潘抓住這個難得的機會連忙吐苦水。

　　「我的假期明天就結束了。記得幫我問檔案室要趙家瑞案子的所有檔案，包括屍檢資料……以你的名義。」

第九章　DNA

「沒問題。」小潘想了想，繼續說道，「照顧好自己，章姐，不管發生什麼，我都支持妳！」

章桐輕輕嘆了口氣：「謝謝。」

隨著夜幕降臨，運河邊上出來散步的人也逐漸多了起來。夜晚的城市和白天有著很大的不同，彩色的霓虹燈似乎正在努力地掩蓋這個城市中隱藏在黑暗裡的無數祕密。

王勇的車緩緩地停在開源大橋的橋洞裡，現在是晚上9點8分，這個時間點恰到好處，無論你在街上的哪個角落裡停下車，昏暗的光線下，只要注意避開監控探頭，就不會有人熱心地貼上違停罰單，周圍往來的人也絕對不會注意到坐在車中的自己。

王勇耐心地等待著，他知道對方一定會來。整整一週的時間裡，王勇每天都會在這個時候出現。離自己的皮卡車不到五公尺遠的距離就是那張讓他感到激動萬分的長椅，而再過七分鐘，那張長椅上坐下的人，就是自己的神祕僱主！

七分鐘是很快的。而為了自己所期待的這一刻，他已經想好了無數種的開場白。

看著眼前出現的人，王勇先是一愣，隨即臉上露出了得意的微笑。他拉開車門下車，笑咪咪地走向不遠處的長椅，那樣子，就像一隻正在逐漸接近自己獵物的獅子。他不會退縮，因為自己的手中已經擁有了足夠多的可以用來談判的砝碼。

「您好，我是王勇，您僱的私家偵探。」王勇大方地伸出了右手，上身微微向前傾，「非常榮幸為您服務。」他看到一絲笑意在對方的目光中蕩漾而起，只是奇怪的是這笑意讓他感到很不舒服。

故事二　疼痛無聲

第十章　殺人犯的兒子

雖然章桐不喜歡冒險，但是她還是決定賭一把。

大樓外面陽光燦爛，最近種下的草皮掛滿露珠，在陽光下舒服地伸展著四肢，要不了多久，在冬天來臨之前，警局大樓前的整塊空地上就都會長上草。

天空是淡藍色的，一如這難得的雨後初晴。樹木隱約顯現出這一年之中最後的生氣。章桐卻沒有心思去欣賞眼前這難得的景緻。她快速繞道轉到後門的入口處，這裡平時沒有人經過，除了法醫處的人以外，別人根本沒有進出的鑰匙，原因很簡單——這裡是運送屍體進出的唯一通道。

今天值班的是法醫處的工作人員李德生，他平時少言寡語，所幹的活無非就是運送屍體和清理現場。在記憶中，章桐進警局工作的第一天，李德生就已經在這裡工作了。見到章桐，他只是禮貌地點點頭，就把目光投到了別的方向。

章桐腳步匆匆，實在是沒有時間。必須搶在停職令下達之前把自己的疑問都一一解開。而之所以走後門，那也是避免一些不必要的麻煩。

順著坡道走進負一樓的時候，章桐最後抬頭看了一眼樓上的會議室窗戶。現在是早上 8 點剛過，小潘在電話中提到 8 點有一場關於這四起案件的案情分析會，到時候他會把彙總資料帶回辦公室給章桐。

小潘是章桐可以完全信任的人之一，但是有時候章桐對此也有著很深的負罪感。直到打開辦公室門的那一刻，章桐終於鬆了口氣，一疊高高的

第十章　殺人犯的兒子

卷宗正放在她的辦公桌上。儘管電話中小潘再三強調有電子檔，但是章桐還是想都沒想就拒絕了。

今天將是最漫長的一天。

＊　＊　＊

警局會議室裡，空氣明顯變得很壓抑。因為今天這次會議一開始時就宣布所涉及的內容需要絕對對外保密。

從理論上來看，人類的指紋可以被留在任何一個平面之上，這一點是毋庸置疑的。而唯一的區別就只是停留時間的長短而已。

相比起皮膚來說，解剖刀刀柄上的指紋會比較容易提取，因為皮膚的表層有可塑性、滲透性，加上水分、毛髮和油脂的阻隔，所以即使有指紋也不一定能完整提取到。而解剖刀的刀柄不同，它所特有的表面結構幾乎完美無缺地保留下了使用者的指紋和一部分掌紋。

「這是陷害！」小潘終於忍不住了，他站起來毫不猶豫地反駁，「你們不能以指紋來判定就是章主任做的。再說了，她為什麼要殺人？沒有動機！」說是案情分析會，卻只有三個人——童小川、張局和小潘。

張局點點頭：「小潘，你別激動，我也相信章法醫沒有犯法……」小潘卻並沒有在聽張局說話，他皺眉想了想，探身拿起一卷透明膠帶，然後在大家不解的目光中撕下膠條纏住自己的右手五個手指，這麼來回幾下，接著撕下，又把手指摸過的膠帶面黏貼在了張局的筆記本上，最後拉開。小潘轉頭不滿地瞪著童小川：「你去檢查這本筆記本吧，我剛拿過，你可以在上面找到我的五個指紋和部分前掌紋。這把戲，我們見得多了！」

見此情景，童小川顯得很尷尬：「你別激動，小潘，這只是合理性懷疑。」

故事二　疼痛無聲

「去他的合理性懷疑，你藏著掖著證據不說話，耽誤了多少時間，這擺明了就是跟章姐過不去。」小潘伸手一指證據袋中的解剖刀，「更不用說每年我們使用過很多把這種刀具，按照規定三個月就必須淘汰一把，這把刀說不定就是我們以前使用過的。再加上你們剛才所說的。我也想過，局長，作為一個旁觀者而不是章法醫的夥伴和助手，我可以肯定這不是章法醫做的。這些證據只能表明凶手想把這口黑鍋扣給她。不排除是私人恩怨。」小潘神情嚴肅。

「為什麼這麼說？我們有證據證明這個人有醫學背景，懂解剖知識，知道警察辦案方式，有足夠的反刑偵技能，並且可能是個女性。章法醫雖然與這些被害者沒有直接的個人恩怨，但是並不排除是出於義務警察心理所為。」固執的童小川並不想輕易放棄自己的判案方向，他伸手敲了敲桌面上的三張相片，「這三個死者都曾經分別牽涉進章法醫經手的案件中，而且這三起案件都以證據不足而『流產』了。再加上這三個人的死亡方式幾乎如出一轍，凶手沒有精湛的腦部醫學技術是根本做不出來的，所有的證據都指向她。所以，只有兩種可能，要麼是她布局殺的，要麼凶手就是衝著她來的。」

小潘想了想，從手機中調出一張相片，然後放大了擺在桌子上：「我現在也沒有必要隱瞞了，這是死者潘威的腦部血管造影，是章法醫在休假期間叫我做的，你們看當中的海綿體，有沒有什麼異樣？」

童小川和張局長面面相覷，搖搖頭：「你是專業的，還是你來說吧。」

小潘伸出一根手指，分別指了指相片中的兩處地方：「看到沒，有兩個節點，這表明潘威腦死亡過兩次！」

說著，他把潘威的相片拉到另外三張相片中間，神情嚴肅地說：「所以，這四個人的被害，是一個人做的，而這個人，絕對不是章法醫！因為

第十章　殺人犯的兒子

我們誰都沒有本事讓一個腦死亡的病人復活，誰都不會去承擔這個風險，所以這絕對是瘋子才能做得出來的事，一個天才般的瘋子！」

「天才般的瘋子？」童小川驚訝地問。

小潘點點頭：「就是全科的醫學天才，或者說就是醫學學霸。很抱歉，我和章法醫做不到。」

童小川忍不住笑了：「說起全科醫學天才，那個神經兮兮的李曉偉醫生就是這樣的學霸啊，我查過他的學校檔案，這傢伙可是全醫學院成績最好的醫科畢業生，全科的天才⋯⋯」突然，他臉上的笑容消失了，聲音也變得猶豫不決，「全科的天才，全科的天才⋯⋯難道說⋯⋯是他？可是這裡面應該有個女人的⋯⋯」

局長不滿地看了自己下屬一眼：「你太急功近利了！」

小潘看著童小川，神情嚴肅：「童隊，作為一個法醫技術員，我承認自己並不擅長評價活著的人，但是這一次我一定要對你說：你懷疑章姐，又不公開你的證據，你就是個蠢貨，因為她是我見過的最認真、最執著、最坦率的法醫，這個職業就是她的一切！還有，你放心吧，她對官場不感興趣，不會跟你競爭副局長的位置的。再見！」

童小川的臉上一陣紅一陣白。

小潘關上門離開後，張局長想了想，轉身對童小川說：「我想你該派個人跟在章法醫身邊，我擔心她的人身安全。畢竟現在案子還沒有什麼頭緒。」

童小川點點頭：「對不起，張局，我太莽撞了⋯⋯」

張局長嘆了口氣：「你還提那個做什麼，以後注意點就是了。現在一切又回到起點了，重新開始，好好作吧。」

故事二　疼痛無聲

＊　＊　＊

法醫辦公室的門被用力撞開了。小潘一進門就滿臉的怒氣，嘴裡嘟嘟囔囔：「章姐，我這回可算是替妳出了口氣。」

章桐頭也不抬：「你做什麼了？」

「好好教訓了一下那個高傲的童小川，我就知道這傢伙老是盯著妳，擔心妳和他競爭副局長的位置。」小潘在章桐身邊的椅子上坐了下來，憤憤地說，「小肚雞腸！」

章桐一聽不在意地說了句：「我對官場不感興趣，我們好好做事，別想那麼多了！」

「就是嘛！」小潘悻悻然地說道。

正在這時，有人出現在辦公室的門口。「章法醫，妳上班啦！」說話的是童小川的助手盧強，他滿臉堆笑，手裡抱著個大紙箱子。

「你來這裡幹麼？」小潘伸手指指盧強的箱子。

「童隊說你們缺人手，張局就安排我來幫忙，直到案子結束為止。我負責幾個部門之間的溝通、跑腿和當你們的貼身保鏢。」盧強笑咪咪地抱著箱子直接走向一張空的辦公桌，「以後，就請大家多多關照啦！我什麼都能做的，你們放心吧。」

小潘和章桐不由得面面相覷：「我們需要保鏢嗎？」

盧強一臉的驚訝：「你們不知道嗎？我們接到通報說雲臺地區都出現好幾次了，現場技術人員遭到潛藏的歹徒襲擊，據說有一個技術員因此還進了醫院ICU病房，腦部重傷到現在還沒出來。」

章桐微微皺眉，看著自己鋪滿一桌子的文件，乾脆就不去摻和小潘他們接下來的瞎侃了。

第十章　殺人犯的兒子

＊　＊　＊

城東物流倉庫區。

今天接班的又遲到了！值班員王少陽從最初的每十分鐘左右看一次牆上的掛鐘，到後面縮短為平均每三分鐘一次，他感覺自己的忍耐性變得越來越差。

肯定昨晚又去喝酒了，不然怎麼每次一到他接班就遲到？王少陽變得焦躁不安，他嘆了口氣，逼著自己把注意力集中到面前的一排監視錄影上。

每天從早上 5 點開門到晚上 10 點關門，其間的進出車流幾乎沒有間斷過。從貨櫃車到小型皮卡車，整個物流倉庫區承載著本市和外地所有的貨品往來。

物流倉庫區北面的一塊 300 平方公尺的區域，鮮有人問津。除了每月的例行檢查，平時也只是稀稀拉拉的人流進出。這裡是倉庫租賃區。本來工作就輕鬆，所以只有三個保管員雙班倒輪流負責，工作也無非就是看看監視螢幕，或者隔幾個小時巡邏一次。

這裡和前面的裝載區幾乎是兩個不同的世界。不過如果有人來提貨，那就另當別論了。接班的老丁幾乎和所有不安分的男人一樣，不是好色就是貪杯。年齡大了，注意力自然也就慢慢集中到了杯中之物，一次兩次遲到，也就算了，次次遲到，王少陽再好的性子也會被逼瘋。

現在偏偏又有人來提貨，看著一輛小型皮卡車慢慢悠悠地在倉庫外面的坡道下停住，王少陽嘟囔了句：「倒楣！」伸手從牆上取下一個最大的鑰匙圈，推開門走了出去。

現在是早上 8 點 35 分，這個開門提貨的工作本不該屬於自己的。

故事二　疼痛無聲

王少陽的心情糟透了！

帶著押運員走過長長的走道，最終停在了標號為327的倉庫門口。捲簾門被打開的那一剎那，眼前的景象讓兩人不由得嚇了一跳——一臺30升左右的冷櫃就放在倉庫的正中央。倉庫保管員王少陽和押運員面面相覷。

「你們什麼時候送來的東西？」王少陽皺眉，伸手一指，又拍拍登記簿，「保管費交了嗎？」

「別開玩笑，我們都半年沒來了，這冷櫃是誰的？」矮胖的押運員一頭霧水。冷櫃沒有上鎖，王少陽大著膽子上前打開了冷櫃，押運員猶豫了一下，最終也湊了過去。

打開冷櫃的剎那，寒氣撲面而來，一雙眼睛只剩下黑洞洞的眼眶，它正隔著厚厚的密封袋死死地瞪著打開冷櫃的兩個人。這分明就是一具屍體，一具幾乎只剩下骨架的乾屍！

兩人對視一眼後，不約而同地慘叫一聲，轉身跌跌撞撞地跑出了327號倉庫。直到後來面對趕來的警察，王少陽還是有點不太相信自己的眼睛。

他委屈地說：「一點都不臭啊，又怎麼可能是屍體，隨便死個貓狗啥的也會有味道啊……」聽了這話，做筆錄的警員聳聳肩：「我只負責筆錄，這個問題，等下問法醫吧。」

*　*　*

法醫解剖室。

屍體表面已經清洗過了，所有從屍表提取到的微生物證據被依次登記

第十章　殺人犯的兒子

後，也早在兩小時前被送往技術室檢驗了。屍體上布滿了刀傷……章桐心煩意亂。這是一具年輕女性的乾屍，年齡不超過30歲。

正常屍體的皮膚是有彈性的，一經切割便會收縮，所以每次解剖前，章桐都會用記號筆在屍體皮膚上小心翼翼地標記上準備切割的地方。但是眼前這具在物流倉庫冷凍櫃裡發現的屍體的皮膚狀況實在太糟，接連換了好幾支記號筆，一點標記都沒有留下。

「章法醫，怎麼會這樣？」在一邊觀看解剖過程的童小川小心翼翼地問道。章桐沒吱聲，伸手拽過一把軟塑膠米尺測量頸部右下方到肩膀再到肩胛骨的尺寸，然後折回測量另一側。她只能盡力而為了。

門被推開了，小潘托著裝滿試管的托盤，手臂下還夾著一份薄薄的資料夾走了進來。經過童小川身邊的時候，他頭也沒有抬，只是哼了一聲就算打過招呼了。

傻瓜都看得出他並不歡迎童小川的到來，但是為了工作，童小川也只能尷尬地睜一隻眼閉一隻眼了。章桐從工作臺上拿過解剖刀和鑷子，開始工作。

她當然明白童小川最糾結的問題，因為不只是他，所有在現場看到這具屍體的人都大吃了一驚。不然的話，剛碰了釘子的童小川是不會硬著頭皮來解剖室陪同屍檢的。

屍體已經呈現出木乃伊的形態，在法醫學上，它有一個特殊的名詞：乾屍。一般乾屍出現的前提條件是屍體急速喪失水分，微生物繁殖受阻，屍體皮膚隨之呈現出黑褐色的皮革樣化，全身軟組織乾燥萎縮變硬，體重變為死者生前重量的十分之一。而它被發現的地點一般為大樓的頂樓或者乾燥而顆粒粗大的土壤和沙粒中，自然條件完全乾屍化則需要六個月至一

故事二　疼痛無聲

年的時間。眼前的這具乾屍本身是完全遵循了演變的自然規則，但是讓章桐感到疑惑的並不是這個。

「死亡時間六個月以上。」她瞥了一眼小潘遞過來的檢驗報告，雙眉緊皺，回頭看著童小川，「我更正一下，結合從屍體身上的密封袋中取到的蟲卵以及屍體本身穿著織物的檢驗判斷，她可能死了有 30 年了。」

「30 年？你確定沒搞錯？」童小川的反應是在意料之中的。

章桐點點頭：「應該是 1985 年前後，因為我記得那年秋天曾經流行過一場很嚴重的流感，為此很多人都打了疫苗，當時所使用的是裂解型流感滅活疫苗，1986 年的時候，這種疫苗就逐漸停止使用了。因為這種疫苗的副作用太大，尤其是對孩子。而我在屍體的眼組織殘留物中提取到了這種已經被淘汰的疫苗樣本，這是實驗室的報告。」說著，她示意小潘把報告遞給童小川。

「她應該是剛打完疫苗後沒多久就被害了。」章桐一邊開始切割，一邊繼續說道。

「30 多年的屍體怎麼還能保存得這麼好？」童小川伸手一指解剖臺上的乾屍。

「這具乾屍在兩年前被移動過，在此之前，我想她應該是處於一個密閉且乾燥、高溫不通風的環境中，因為缺乏水分，屍體的腐爛進度停止並且很快乾枯成為木乃伊狀，但是特殊的環境導致微生物無法在屍體上面產卵。我們都知道，微生物也是需要氧氣的，而死者原本帶進去的蟲卵也迅速死亡，所以，她幾乎是被定格在了 30 年前的樣子，只是乾枯了而已。實驗室那邊對蟲卵的檢驗也證實了這點。」章桐說道，「我們在現場之所以沒有聞到臭味，那是因為把這具乾屍挖出來的人，直接把她放進了一個密

第十章　殺人犯的兒子

閉的塑膠收納袋裡了，同時用抽氣泵抽乾了袋內的所有空氣。」

童小川皺眉：「那死因還能查出來嗎？」

章桐伸手取出已經乾縮成一小團的脾臟和肝臟，把它們分別放在早就已經準備好的玻璃容器中，加入福爾馬林液體。十多分鐘後，章桐伸手又取出了脾臟，然後指著上面的刀痕，轉頭對童小川說道：「光是脾臟上這貫穿的三刀就已經足夠讓她致命了。」

「那……你猜想有多少刀？」童小川問，他的聲音微微有些顫抖。

章桐仔細看了看乾屍，長嘆一聲：「不知道，應該不下 20 刀，她是被活活捅死的。」

「我的老天，這叫我怎麼去查？」童小川一臉沮喪。

「你知道趙家瑞嗎？」章桐突然問道，「30 年前被處決的一個連環殺人犯。作案手法與之類似，那時候不是有一具屍體一直沒有找到嗎？這個死者符合年齡特徵。她的名字應該叫黃曉月吧。」

* * *

上官弄。

李曉偉已經在這條破舊狹窄的弄堂口徘徊了一個上午，憑著直覺，他知道林玉芝肯定還有什麼瞞著自己的。但是他不知道自己究竟該怎麼開口。

時間在悄悄地流逝，李曉偉也變得煩躁不安起來。不知道為什麼，他意識到章桐看自己的眼神在微妙地變化著，有些話也不像當初那樣能對自己說了。

正在這時，手機鈴聲急促地響了起來，李曉偉接起電話。電話是醫

故事二　疼痛無聲

院打來的，阿美的聲音顯得很慌張：「李醫生，你快回來吧，醫院出大事了！」

「我在休假！」

「李醫生，我知道你在休假，但是這個事情很緊急，快來吧，醫院出大事了！」阿美焦急地說道，「主任叫你快回來，警察也來了。」

「你說什麼？到底發生什麼事了？」李曉偉腦袋嗡嗡作響，連忙向自己的車跑去。

「電話裡說不清楚，李醫生，你快來吧！」

電話結束通話後，李曉偉發動汽車小心翼翼地開出城中村，想著自己本來平靜如水的生活瞬間被攪得天翻地覆，難道說是冥冥之中的巧合？抑或是早就安排好的一場騙局？李曉偉心亂如麻，他突然開始怨恨起了已經慘死的潘威，不管他到底是怎麼死的，這樣一來可好，再也沒有人告訴自己真相了。

遠處，烏雲密布，隱約可以聽到雷聲陣陣。天氣預報說接下來一週都會下雨。

＊　＊　＊

市第一醫院門診大樓。

李曉偉的車衝進門診大樓前停車場的同時，他就看到了正站在門口急得如熱鍋上螞蟻的護理師阿美。

「李醫生，你可來了！有人瘋了，正在拚命砸你的辦公室呢，快去看看吧……」阿美驚恐不安，「那傢伙，他手裡有斧頭，口口聲聲說要宰了你，真是太可怕了！」

「報警了嗎？」李曉偉加快了腳步衝進門診底樓大廳。

第十章　殺人犯的兒子

「當然報警了，派出所的人就在裡面，對了，院長也來了，還有保全，可是根本就沒辦法接近他啊，這老頭瘋了！」阿美跟在李曉偉的身後一路小跑，氣喘吁吁，「院長通知我趕緊把你找來！」

「辦公室不止我一個人用，你們怎麼知道是針對我的？」李曉偉話音剛落，眼前一條醒目的橫幅讓他目瞪口呆，白底紅字被高高掛在門診樓大廳的上方：殺人犯的兒子，滾出醫院！牆上的櫥窗也被人用石塊砸了個粉碎，原本放自己相片的地方，如今已是一片狼藉。

李曉偉感到天旋地轉，氣得渾身發抖，怒吼了一句：「誰做的？這些到底都是誰作的？」

大廳裡一片安靜，圍觀的病人家屬們臉上露出了複雜的表情。

突然，一個中年男人冰冷的聲音從樓梯上傳了過來：「你是趙家瑞的兒子吧？殺人犯的兒子還配做醫生？笑話！父親是殺人犯，兒子也不會是什麼好東西，滾出去！你沒資格在這裡上班！」

話音剛落，一盆仙人掌向李曉偉飛了過來，阿美眼尖，趕緊用力推了李曉偉一把，只聽見「啪」的一聲，人群中傳出一聲驚呼，瓷磚地面上滿是破碎的花盆碎片和泥土。

「你胡說八道什麼，我才不認識什麼趙家瑞呢！」李曉偉拚命克制著自己的憤怒。

中年男人從樓梯上走了下來，圍觀的人群自動給他閃出了一條道路。中年男人身上穿著一件洗得早就看不出原本顏色的工作服，滿臉皺紋，眼神中充滿著仇恨。

他的一隻手拿著把斧子，另一隻手則拿著一張放大的相片，相片中是一個年輕的女孩，年齡在十八九歲的樣子。

故事二　疼痛無聲

「大家看看，這是我姐姐季慶雲，死的時候才 30 歲，如果不是他那個該死的殺人犯父親，我姐姐到現在還活著！我姐姐火化的時候只有她的頭，身體到現在還沒找到……」中年男人聲淚俱下，「慘啊，我姐姐到死，眼睛都沒有閉上！這雜種，知道判死刑了，就是不肯說出我姐姐的其餘遺骸在哪裡，眼睜睜地看著我姐姐到現在都死無全屍！你們說，這樣冷血的殺人犯的兒子，還配幫我們看病？還配穿這身白大褂？」

旁觀的人們臉上逐漸露出了同情，大家議論紛紛，投向李曉偉的目光也變得奇怪多了。中年男人又拿出了一張相片：「大家看看，長得這麼像，保不齊以後這傢伙也會成為殺人犯！」

這是一張從報紙上翻拍下來的相片，場景是法庭的庭審現場，居中特寫是一個頭髮被剃光的中年男子。雖然相片因為是翻拍的變得有些模糊，但是絲毫不影響看清男人的臉部特徵和表情。

李曉偉渾身一震，他彷彿看到了 30 年後的自己……這眼神，他太熟悉不過了，因為無數次夢中，他都見到過這雙眼睛。胃裡一陣翻江倒海，李曉偉突然擠出人群，來到門口的時候，他終於忍不住了，抱著冰冷的大理石柱子拚命乾嘔了起來。

不，我沒有殺人！我父親是殺人犯並不表明我也會成為殺人犯！我和父親沒有關係！我根本就不認識這個男人……突然，他的眼前出現了一塊乾淨的手帕。「擦擦吧。」

李曉偉感激地抬起頭，章桐正目光複雜地看著自己。

「謝謝……」

「走吧，陪我吃飯去！」說完這句話後，章桐便頭也不回地走向李曉偉的車。李曉偉突然有一種想放聲大哭的衝動。車開出醫院大門的時候，

第十章　殺人犯的兒子

李曉偉的眼淚瞬間流了下來，他知道，自己或許再也無法回到過去平靜的生活中去了。

＊　＊　＊

半小時後，一家僻靜的餐廳裡，人不是很多。兩人靠窗而坐，看著滿桌子的食物，李曉偉一點食慾都沒有。

「你需要吃點東西。」章桐認真地說道。

「他為什麼要毀了我！」李曉偉喃喃自語，「我長得像那個人又怎麼樣？我是醫生，我不是殺人犯，也不會去殺人，他為什麼要這麼做！」

「你是他的兒子，這一點是可以肯定的。」章桐小聲說道，「因為你從小就被人送到了育幼院，所以你的生物樣本資料按照法律規定在你成年後被輸入了系統資料庫。雖然後來你被人收養了，但是這個紀錄是不能抹去的。對不起，我忍不住做了比對，可以確定你就是趙家瑞的兒子。」

「天吶……」李曉偉頓時面如死灰，他知道DNA對於一個人來說到底意味著什麼，他喃喃地說，「別人到底是怎麼知道我的父親和我的關係的……」

章桐想了想，說道：「他們應該也會找調查員查這個事吧，而那個王勇，我想，是個眼中只有錢的傢伙，他才不會顧及後果。」

聽了這話，李曉偉臉色陰沉了下來。

章桐輕輕嘆了口氣，她的腦海中浮現出檔案上趙家瑞的眼睛，神奇的DNA確實讓李曉偉長了一雙和他父親一模一樣的眼睛。

「我想，我們是遇到了共同的敵人了！」

李曉偉默默抬起頭。

故事二　疼痛無聲

　　章桐繼續說道：「趙家瑞案件中 11 個受害人還有一個共同點，就是渾身上下被切割了將近 70 刀。根據案卷紀錄，當時趙家瑞直到執行死刑，都沒有說出真正的殺人動機，其實他被捕後直到判刑，根本就沒有怎麼談自己做過的事情。警方在對外公布的資料中，也沒有說出當時只找到了十具半的屍體。」

　　「你為什麼要告訴我這些？」李曉偉皺眉看著章桐。

　　章桐平靜地說道：「因為這個要把你毀了的人，同時也想毀了我。我查過紀錄，當時趙家瑞，也就是你的父親，他的案子是我父親做的法醫鑑定。」

　　「那個醫院的鬧事者？」李曉偉問道。

　　章桐的嘴角劃過一絲輕蔑的笑容，搖搖頭：「不，不是他，他只不過是被人利用的一枚棋子罷了。」她揮手叫來了服務生，俐落地買了單。

　　「我下午還有事，先走了。李醫生，記住我的忠告：你只有比他更冷靜，才能看出他的破綻。你是心理醫生，別忘了這個。我相信你比我聰明，我們晚上再談。你回去好好休息一下吧，暫時先別想那麼多了。」

　　李曉偉點點頭，啞聲說道：「謝謝妳！」

　　章桐莞爾一笑，轉身離開了餐廳。窗外，雨越下越大，推門走出餐廳的時候，章桐臉上的自信消失了，她輕輕嘆了口氣，揮手攔了一輛計程車，彎腰鑽了進去。

　　「請問去哪裡？」司機禮貌地問道。

　　章桐伸了個懶腰：「楓樹下關愛中心。」

　　計程車飛快地消失在厚厚的雨霧中。

第十一章　自律神經障礙

　　位於城郊的北苑有一個特殊的地方，外面看上去很普通，幾棟平常的小紅樓，門前一排高大的楓樹在每年秋天的時候都會掛滿紅色的楓葉，周圍的一切顯得那麼生機盎然，哪怕冬天已經距離不遠。

　　或許是因為種植了楓樹，這個小紅樓群就被命名為楓樹下關愛中心。但是住在這裡的每一個病人從住進來的第一天開始就知道自己是絕對不會活著離開的，因為這是一家臨終關懷中心。

　　無論過了多少年，退休法醫卓佳欣始終都堅信一樣東西不會變，那就是人的記憶。

　　隨著年齡的日益增長，對於生活中的很多事情，卓佳欣做起來都不像年輕時那麼俐落了。而晚期胰腺癌也使他每天都不得不面對難以言狀的痛苦，但是他拒絕使用哌替啶。

　　章桐推門走進病房的時候，退休的卓法醫正大汗淋漓地和看護據理力爭，表示自己絕對不會接受哌替啶，哪怕活活痛死。

　　「橫豎都是一個死，我跟你說過多少遍了，我不要打哌替啶！再說了，痛也是痛在我身上，跟你一點關係都沒有，你趕緊給我走！走！聽到沒有！」倔強的老頭拚命地揮舞著已經形同枯骨的雙手，一點面子都不給對方。

　　看護認識章桐，因為脾氣古怪的卓法醫自從入院以後到現在，就只有章桐一個訪客。有好幾次，她都以為章桐是卓老的女兒。

故事二　疼痛無聲

看護衝著章桐無奈地搖搖頭：「別的病人都巴不得打針，他卻這麼固執，我們也拿他沒辦法。」

哌替啶，鹽酸哌替啶，人工合成的鴉片受體激動劑，臨床合成的鎮痛藥，被稱為溫柔的嗎啡，因為它的麻醉鎮痛作用僅僅是嗎啡同等劑量的三分之一。但是它的副作用和嗎啡不相上下，容易使人上癮，也容易使人逐漸失去意識，處於淺睡眠的狀態中。

在別的地方，哌替啶只是一個名詞，使用被嚴格控制，但是在類似於楓樹下這種臨終關懷醫院，哌替啶是病人唯一可以逃避痛苦的救命良藥。「卓叔叔，你還是這麼固執，打了針睡一覺就不痛了，多好！」章桐笑咪咪地在老人的輪椅前坐了下來，她當然清楚晚期胰腺癌的痛苦。老人開心地笑了：「孩子，妳不懂，有時候痛也是一件好事，至少提醒我自己——我這條老命還在！」

章桐愣住了，老人的笑讓她有種想哭的衝動。她把頭微微向上揚，然後深吸了一口氣，那種酸酸的感覺才稍微淡去了些。這些細微的舉動並沒有躲過老人的雙眼。

「孩子，妳有心事？」老法醫柔聲問道，「說說吧，看我能不能幫上妳的忙。妳大老遠地從市裡跑來一趟也不容易。」

章桐尷尬地笑了：「卓叔叔，看來真是什麼事都瞞不過你的眼睛啊！」

老人調皮地眨眨眼睛：「這就是我不想用哌替啶的原因，我得保持腦子清醒。」

章桐想了想，從挎包裡掏出平板電腦，找出了幾張相片，然後遞給了卓佳欣：「卓叔叔，你還記得這個人嗎？」

老人戴上了老花眼鏡，然後盯著相片看了很長時間，最後他輕輕嘆了

第十一章　自律神經障礙

口氣:「我當然記得,處決的那天我是監場法醫,是我親手把他的屍體送上車的。」

「卓叔叔,這個案子是我父親經手的,為什麼你也會記得這麼清楚?是不是因為這是 1985 年最惡劣的一個案件?」章桐試探性地問道,她對老人的記憶實在沒有太多的把握。

老人搖搖頭:「不,他死的時候哭了!」

「趙家瑞是一個罪大惡極的殺人兇手,在他手裡有 11 條人命,據說上法庭都是帶著笑的,被當時的媒體形容為『極度冷血』。他怎麼會哭?」章桐好奇地問道,「難道是出於本能害怕死亡?臨終懺悔?」

「我後來聽說是一個記者的幾句話引起的。聽典獄長說在死囚牢裡的那一個多月時間裡,趙家瑞表現很不一般,心理承受能力非常強,不像別的囚犯那樣又哭又鬧尋死覓活的。他很坦然,還每天堅持鍛鍊身體,見人就笑著打招呼,根本就不像一個死囚。但是這些表面上的平靜在最後一天都被打破了。」老人慢悠悠地說道。

「打破?」

老人點點頭,苦笑:「有個記者,從他入獄開始就一直跟著他採訪,幾乎每天都去找他,談了很多很多。剛開始的時候,還是有人反對記者介入的,因為趙家瑞雖然說對自己做的那些事都承認了,但是並沒有說出 12 條人命案中最後那一具屍體的下落,以及自己的詳細作案過程,反而是一副『趕緊處死我吧』的樣子。他們走訪過很多當事人,都沒有辦法……直到後來,有人提出說讓記者介入,我們注意監聽,因為有些人面對警察表面看起來很正常,但是面對局外人,或許就不會有那麼高的警惕性,結果呢,還是一無所獲。他什麼都沒說。」因為肉體上難以抑制的疼痛,老法

故事二　疼痛無聲

醫的額頭上滲出了細密的汗珠，但是他的臉上依舊掛著平和的笑容。

「趙家瑞有個軟肋，就是他有孩子。據說這個記者最後就是丟擲了這張王牌，才徹底摘下了趙家瑞這個殺人狂淡定從容的面具的。我在處決現場等他的時候，他是被人像麻袋一樣拖進來的。」說到這裡，卓佳欣突然抬起頭，認真地看著章桐，「我想，這個孩子應該是他最想保護的人吧。在臨死前，這傢伙總算還有那麼一丁點的人性！」

章桐的眼前浮現出了李曉偉痛苦的眼神，不由得長嘆一聲：「是啊，在那個時候，父親做出這麼可怕的事情，擁有一個殺人犯的父親，孩子肯定也會遇到更讓人難以想像的糟糕局面。」

「孩子，說實在話，妳有沒有考慮過殺人基因的遺傳？」老人話鋒一轉。

章桐愣住了：「不會，肯定不會！人與人是不同的個體，所接受的環境、教育都是不一樣的，父親是殺人惡魔，並不一定表明孩子就是……」章桐越說聲音越小，突然感覺到自己的言語那麼軟弱無力。她不得不把目光轉向了窗口的那盆蘭花。這盆蘭花似乎是整個房間中唯一帶有一點色彩的東西了。

老人擺擺手，輕嘆一聲：「不要那麼絕對，很多東西是我們無法了解的。我還沒糊塗到那個地步。孩子，基因遺傳分為顯性和隱性，顯性基因所展現的就是人的長相，隱性基因就是人的生活習慣、舉止和認知方法。妳和妳父親有著幾乎一樣的五官特徵，臉部結構也很相似，還有一點，妳知道嗎？妳不服輸的個性和妳有時候說話的樣子，真的是妳父親的翻版……這些，妳又怎麼解釋？我想，在妳內心深處，肯定也有過相同的質疑吧，我說得對嗎？」

章桐無奈地低下了頭，喃喃自語：「沒錯，卓叔叔，而且我認識這個

第十一章　自律神經障礙

孩子，趙家瑞的兒子。不過他現在是一個心理醫生，人還不錯。我實在難以接受把他和他的殺人狂父親想在一起，我很矛盾。」

「妳和妳父親一樣……都太善良了……」老人默默地閉上了雙眼，「說起那傢伙，真可惜，走得太早了。」

屋外颳起了風，並且有越來越大的趨勢。虛掩著的窗戶被三分鐘熱風吹開，用力撞擊牆角，發出了刺耳的噼啪聲。章桐站起身，走到窗前準備關窗，腦子裡突然閃過一個念頭，關上窗戶後轉身看著老法醫：「卓叔叔，你剛才說趙家瑞殺了 12 個人，對嗎？」老人點點頭。

「卓叔叔，卷宗上寫著 11 具屍體，我反覆查看過的，找到的準確數字是十具半，還有一個死者的軀體沒有找到，所以下葬的時候只有頭顱。你為什麼說是 12 個人呢？」章桐皺眉問道。

卓佳欣睜開雙眼，看著章桐：「那個失蹤的人就是趙家瑞的妻子黃曉月。因為實在找不到她的下落，但是有人又聽到了她的慘叫聲，滿地的血跡證實也是她的血型，粗略猜想有四千毫升以上的血液。你想，一個人要是流那麼多血的話，從理論上講早就已經死亡了。但是因為沒有找到那個女人的屍體，就無法認定是凶殺案。直到趙家瑞被捕後供述自己的罪行時，說出了黃曉月的名字。但是他僅僅是說出了名字而已，並沒有交代出屍體在哪裡。所以最終，也就只上報了 11 條人命案。」

說著，老人費力地扭動了一下麻木的臀部，換了一個比較舒服的姿勢，然後接著說道：「其實也不奇怪，他就是這麼一個古怪的人。」

「他為什麼要殺害自己的妻子黃曉月？」章桐問。

老人的目光一陣閃爍，似乎在猶豫著什麼。

「卓叔叔，你是現在唯一能告訴我這個案子的具體情況的人了。」章桐

故事二　疼痛無聲

面帶懇求。

「妳為什麼要問這個案子？都過去這麼多年了。」

「因為現在有人繼續在以他的殺人方式殺害別的無辜的人！」章桐不想讓老人過於擔心自己，便刻意隱去了針對自己的那一部分，「不只如此，還拿走了死者的牙齒。」

「牙齒？」老人一臉的茫然。

「卓叔叔，你聽說過牙仙的故事嗎？」

「這倒沒有，聽刑警隊的大李他們說，當地群眾傳說趙家瑞的父親就是被牙仙害死的，不過這都是道聽塗說，沒人相信。」老人目光茫然，若有所思地回憶道。

「但是，卓叔叔，他們說的很有可能是真的，只不過牙仙並不存在。我查過當時的卷宗，趙家瑞的父親雖然被定性為失足摔死的，但是在死前，他的牙齒都消失了。」章桐皺眉說道，「一個活人絕對不會因為摔跤而磕掉整口的牙齒，你說對不對？」

「這個……恐怕我就愛莫能助了，丫頭。」卓佳欣忍不住長嘆一聲。

章桐點點頭：「沒事，卓叔叔，你和我父親一起處理過趙家瑞案件的屍體，還有一點我想證實一下，當時的 11 具屍體的頭部是不是做過神經剝離手術？」

「妳是說透過對人體腦神經的剝離切割來達到自己的目的？」老人驚訝地轉過輪椅，面對章桐，「屍檢是我和妳父親一起做的，我可以肯定這倒沒有。」

「你聽說過先天性無痛症嗎？」老人突然問道。

第十一章　自律神經障礙

「聽說過，但是現實中很少見。這種病又叫遺傳性感覺自律神經障礙。據說這種疾病類型的患者，因為神經痛感傳遞受到了阻滯，所以痛覺也就隨之喪失了，但其他的智力、冷熱感、震動、運動感知等感覺能力則是發育正常的。這種病經常伴隨著無汗症，看似稀鬆平常，但是十分危險，因為患者根本就感覺不到疼痛，身體上的病症也就很容易被忽視，所以得這種病的人死亡率特別高。卓叔叔，你問我這個做什麼？」章桐好奇地問道。

「只有自己感覺不到痛苦，才會沒有同情心，也才會對別人有過多的殺戮。妳回去好好看看那些手繪的屍體解剖圖，上面詳細標記了凶手切割受害者的具體位置。我想，妳會找到答案。」卓法醫的聲音越來越低。

章桐知道自己該離開了，老人畢竟身患絕症，身體很虛弱，她實在不忍心再繼續打擾他了。「卓叔叔，我走了，你多保重，我下週再來看你。」

老人沒有說話，閉著雙眼，鼻息也逐漸變得平緩。章桐輕手輕腳地來到門邊，剛想打開門離開，老人的聲音又一次在背後響起：「雖然說趙家瑞從來都沒有談起過自己，但是有一點可以肯定的是，他的孩子，是他當初豁出命也要去保護的人，我擔心……」

章桐點點頭，心情沉重地關上了門。

＊　＊　＊

有錢的感覺真不錯。走出酒吧的那一刻，摟著自己看中的女人，王勇感覺整個世界都是自己的。他早就已經打算好了，等明天拿到錢後，立刻就去換一輛新的越野車，要帶四個驅動的那種，開在馬路上絕對拉風！男人嘛，有了錢就是要學會享受的。至於說自己停在停車場裡的那輛破皮卡車，無所謂了，明天再來開走也不遲。

故事二　疼痛無聲

　　打扮得花枝招展的年輕女人在王勇的懷中痴痴地傻笑。如果不是她的攙扶，王勇猜想早就已經趴地上了。酒喝得太多了，天旋地轉的，王勇發覺自己的頭越來越沉，雙腳就像踩在棉花上不聽使喚。

　　酒吧門口雖然停滿了車，但是王勇叫的車始終都不見影子。

　　「王先生，你確定叫車了嗎？」年起女人撒著嬌問道。

　　「當然啦，沒叫車的話我們……我們去哪裡啊，BA3574，是一輛豐田卡羅拉，黑色的，妳幫我看著點啊！」在酒精的作用下，王勇感覺自己的舌頭整整大了三圈，毫不誇張地說要是再喝下去連話都說不出來了。

　　一輛車在王勇身邊停了下來，黑燈瞎火的，王勇看不清楚顏色，只是嘴裡嘟嘟囔囔含糊不清地嘀咕了幾句後就拉開車門倒在了後車椅上。年輕女人並沒有上車，而是從開著的車窗裡接過一沓鈔票，莞爾一笑，轉身就又鑽進了酒吧。

　　幾分鐘後，一輛車牌號為BA3574的黑色豐田卡羅拉停在了酒吧門前，他等了十多分鐘，在電話總是顯示關機的狀態下耐著性子又等了一會兒後，就自認倒楣地把車開走了。

　　車輛行駛過程中車的零件碰撞所發出的「哐當」聲驚醒了王勇，他忍著頭痛努力想睜大自己的雙眼，眼前卻是讓人鬱悶的一片漆黑。

　　「哎，我在哪裡啊？我到底在哪裡？」他隱約感到了一絲不安，試圖坐起來。但身體紋絲不動，而且奇怪的是自己的意識那麼清醒，好像根本就沒有喝酒一樣，這可是從來都沒有過的事。

　　「我在哪裡？為什麼我動不了啊！有人嗎？」耳畔除了汽車開動的聲音，別的，無聲無息，自己就好像被活活地困死在身體裡一樣。王勇的心頓時懸到了嗓子眼。

第十一章　自律神經障礙

　　眼前突然閃過一絲光芒，應該是車外街上的路燈吧，照射在散發著臭味和機油味的後排車椅上，雖然只是很短暫的一瞬間，但是王勇像是被雷劈了一樣，整個人都僵硬了。他看得很清楚，自己現在所坐的車並不是什麼豐田卡羅拉車，而是自己的那輛停在酒吧停車場裡等著明天去取回的破皮卡車！因為這輛車已經跟了他好幾年了，車裡的每一塊汙漬他都瞭如指掌！

　　王勇本能地感覺事情不妙，腦海中閃過三小時前，僱主嘴角的那一抹意味深長的笑意，王勇如墜冰窟，不由得渾身發抖。

　　就在這時，皮卡車停了下來，發動機熄火的剎那，周圍死一般的寂靜。也不知道過了多久，腳步聲響起，後車門打開，燈光再次亮起，只是變得刺眼，讓人根本無法直視。

　　可怕的是他現在連閉上雙眼的功能都詭異般地消失了，就像一具活生生的人偶。

　　他的眼珠死死地盯著上方，一動不動，不只是眼珠，四肢也無法再動彈，身體就好像不再屬於他一樣。就著頭頂刺眼的燈光，他依稀看到了一個閃爍著銀光的長長的東西被塞進了自己的嘴巴，緊接著，它縮回去的時候，帶走了一顆血淋淋的牙齒。

　　那是拔牙鉗！王勇心裡一驚，他本能地發出了瘮人的慘叫，耳邊卻只傳來了沉悶的嗡嗡聲，像極了一隻困在籠子裡的野獸。

　　還沒等他弄明白到底發生了什麼，拔牙鉗又一次伸了進去，這一次卻是直接捅開了他的喉嚨。王勇的恐懼迅速遍布全身，因為他竟然一點感覺都沒有！

　　拔牙鉗再一次縮回去的時候，又帶走了一顆血淋淋的牙齒，如此反

故事二　疼痛無聲

覆，新鮮的血液如潮湧般灌進了他的咽喉，他驚恐萬狀，想閉上嘴巴，至少屏住呼吸，可是嘴巴卻已經不再屬於他了。

救救我，救命啊⋯⋯

王勇拚命喊叫，卻是徒勞。除了那逐漸放大的瞳孔外，他的整個軀體絲毫無法動彈，任由對方用專業的牙醫工具俐落地取下了他所有的牙齒，他卻感覺不到一絲疼痛！難以言狀的驚恐讓王勇昏了過去。

為什麼？自己明明是在溫柔鄉，為什麼轉眼之間掉進了萬劫不復的地獄？王勇到死都無法弄明白。

* * *

凌晨，江邊，風很大，江水拚命拍打著岸邊的礁石。

一輛黑色的皮卡車在江邊停了下來，司機沒有開燈，他鑽出車門，走到副駕駛位置的一邊，把身子探進去，用力地把一個人挪到了空出來的駕駛座上，然後在踏腳板上忙碌著什麼。最後，他發動車子，在車輛啟動的那一刻用力關上車門，小車就一頭向江邊衝了過去，時速定在了80邁。很快，小車以一個漂亮的弧度衝向了滾滾的江水中，沒多久就不見了蹤影。江水又恢復了原來的樣子，就好像那輛車從來都沒有來過一樣。

司機在風中縮緊了脖子，實在是冷。他可不想在江邊久待，轉身快步向山崖上走去，那裡有一條只有少數「驢友」才知道的小道，可以直通另一條公路。他確信自己的所作所為除了天知地知，不會有除了自己以外的另外一個活人知道。

這就是祕密！而靠竊取別人祕密換錢花的人注定是要付出慘痛代價的。

* * *

第十一章　自律神經障礙

　　早上，陽光明媚，空氣格外清新。落地陽臺的門開著，微風陣陣，白色的紗簾輕柔地飛舞。章桐走出臥室，看到茶几上放著一張紙條。章桐打開，是李曉偉留下的，此時章桐腦子裡滿是李曉偉的臉，揮之不去。

　　遺傳這個東西，確實是無法解釋。章桐記得有人在醫學年會上曾經提到過這個問題，基因遺傳是否會同時複製犯罪基因？有人提出犯罪是後天的，但是很快就有人反駁說兩個相同的個體處在同樣的環境下接受同樣的教育，不同的個性就有可能會造成犯罪，而這個單人個性偏偏離不開遺傳。

　　李曉偉簡單地收拾了一下行李後，便離開了章桐的家，他強迫自己不回頭，但是他知道，章桐一直就站在陽臺上，目送他鑽進自己的車離去。

　　喜歡一個人非常容易，或許是因為外表，或許是因為內在，從那麼一個無法預知的巧合開始，喜歡的種子可能就開始種下了。他不知道這一次離開後，什麼時候才能再見面。他已經想好了，自己的事業已經毀了，反而沒有了牽掛。有些事已經糾纏了自己很久很久，到了該去勇敢面對的時候了。

　　想到這裡，李曉偉深吸一口氣，打開了車載音響，在林肯公園充滿野性的歌聲中，用力地踩下了油門。車像箭一般行駛在晨光中空空蕩蕩的濱江大道上。

　　中午，江邊。

　　秋天是一年中最美的季節，但是坐在大眾牌皮卡車駕駛室中的王勇已經什麼都感覺不到了。確切地說在水裡泡了九個多小時後，他終於被一個釣魚的人發現。很快，隨著大眾皮卡車被吊出水面，被泡得有些膨脹的王勇也終於出現在了大家的面前。

　　「我認識這個人！」看著緩緩落地的皮卡車，章桐皺眉嘀咕了一句。

故事二　疼痛無聲

「妳認識死者？」童小川簡直不敢相信自己的耳朵，因為最近這段時間每一具被發現的屍體似乎都和章桐有關。

「你那麼盯著我看做什麼？我確實認識他。」章桐伸手一指駕駛室中幾乎面目全非的王勇，「他叫王勇，是個私家偵探。」小潘站在一旁忙著拍照。

「私家偵探？」童小川皺眉問道，「章主任，我看妳最近或許真的得去靈山做個法事了。」

章桐好奇地看著童小川：「做那玩意兒幹麼？有用嗎？迷信破不了案子的。」

小潘終於憋不住了，他強忍住笑，對章桐說道：「姐，我想我們童大隊長的意思是從城中村那具屍體開始，每個死者似乎都多多少少與妳有關，現在妳居然又認識這個死者，有點晦氣。」

童小川尷尬地笑了笑：「我開玩笑呢，章法醫妳別誤會。」

看著童小川和盧強慢慢走向圍觀的人群，小潘不由得小聲說道：「章姐，童隊是屬於少根筋那種類型的人，我看妳以後盡量不要和他當面起衝突最好。」章桐卻神情專注地查看著死者的脖子，似乎根本就沒有聽到小潘好心的忠告。小潘碰了一鼻子灰，搖搖頭，拿起胸前的相機繼續工作。

突然，章桐轉身看著小潘，神情嚴肅地說道：「告訴童小川，需要馬上封現場，這是凶殺案，不是意外事故！」

* * *

「李曉偉？那個心理醫生？失蹤了？」在解剖室門口，身穿一次性手術服的童小川就像老鷹抓小雞一般薅住了盧強的衣領，「你有沒有搞錯，

第十一章　自律神經障礙

眼皮子底下的人你都看不住？」

盧強委屈地抱怨：「老大，你又沒有叫我看著他，找不到他也很正常啊。」

童小川剛想發火，身後卻傳來了章桐冷冷的聲音：「鬧夠了沒有，這裡是解剖室，要打架出門右轉，回你們辦公室裡鬧去！」

在這個一畝三分地，章桐是話說了算的人，童小川漲紅了臉，只能壓低嗓門對自己的下屬狠狠地教訓道：「我給你一天時間，給我立刻把他找出來，哪怕挖地三尺！聽明白沒有？」

盧強一臉哀怨地點點頭，轉身快步離去了。

「現在的年輕人，不好好訓教就是不成器。」童小川一邊偷偷看著章桐，一邊嘴裡嘟嘟囔囔地靠近解剖臺，王勇的屍檢工作就差最後的縫針收尾了。

「結果怎麼樣？」

「他殺！」

看童小川還是一副沒有回過神來的樣子，章桐想了想，然後順手摘下乳膠手套，衝著他招了招手：「童隊，你過來，我演示一下。」

童小川剛接近，章桐便迅速雙手合併以一個45度角的位置向對方的脖子用力壓了下去。童小川沒有絲毫防備，被狠狠地撞在了解剖室的牆角柱子上，痛得叫了起來：「章法醫，妳想做什麼？痛死我了！」

章桐厲聲說道：「別動，你現在是死者，你已經被我注射了足夠多的咪達唑侖，所以任我擺布，你動彈不了。」

「咪達唑侖？」

故事二　疼痛無聲

小潘嘀咕了句：「強效鎮靜劑，5毫克就能放倒一匹馬。」

童小川以一個怪異的姿勢貼緊冰冷的柱子，怕得罪章桐又不敢掙扎，只能繼續問道：「那章法醫，妳剛才的動作……」

「我現在沒有用力，但是凶手那時候至少加了十成力在手掌上，你的頸動脈只要三分鐘內不供血，你就完全昏迷了，身體單薄一點的就此死了也說不定，再醒過來的時候，在咪達唑侖的作用下渾身癱軟，腦部雖然有意識，但渾身上下再也動不了了。不過，凶手為了以防萬一，」說著，章桐迅速用左手朝上托起童小川的下巴，右手反方向按住他的第三節脊椎骨，「這兩個位置同時用力，不用一分鐘的時間，你就徹底癱瘓。打個比方吧，此刻你人還活著，腦子還有思維，和正常人無二，但是你已經和你的身體完全脫節了，此刻的身體就成了你的棺材！你連你的眼皮子都眨不了。」

說到這裡，章桐才把手鬆開。

童小川心有餘悸地摸了摸自己的脖子，這才放心地左右活動了一下：「章法醫，那接著呢，凶手對他做了什麼？」

「他把死者的牙齒一個個都拔光了。死者那時已經感覺不到痛苦了。」章桐淡淡地說道，重新戴上了乳膠手套。

「那他的死因？」童小川愣住了。

「他是被活活嚇死的！」

「就這麼簡單？」童小川目瞪口呆。

「對。」章桐晃了晃手中的剪子，平靜地說道，「我想這就是凶手要的結果，帶有一種懲罰性質。死者絕對不是淹死的，因為他的肺部和氣管裡都是乾乾淨淨的，很顯然是死後入的水，他的皮卡車屬於拋屍現場。而他

第十一章　自律神經障礙

全身癱瘓後就連呼吸也變得無法自主，這個時候即使他還活著，時間也所剩無幾了，幾分鐘之內，他就會因為呼吸肌無法運作而被活活憋死。」說著，她又伸手指了指死者，「現在看來他已經算是中了頭彩了，不用承受這些痛苦，因為過於恐懼而引起的心臟猝死反而使他得到了解脫。」

「能併案嗎？」童小川皺眉說道。

章桐搖搖頭：「在前面死者的身上沒有發現咪達唑侖，頸動脈上也沒有發現壓痕，雖然牙齒也被拔去了，但是很顯然不是一個手法，所以光憑這些，我不能判定是同一個人做的。」

「童隊，我想充其量只能算是模仿犯！而且是深知前面死者的具體死亡方式的模仿犯。」小潘在一旁忍不住插嘴道，「我個人認為這個凶手具有一定的醫學背景，知道從哪裡下手可以讓對方直接昏迷或者死去。」

「章法醫，妳覺得呢？」童小川問道。

「很顯然他要的不是從身體上懲罰死者，而是從心靈上，而過度的恐懼是可以引發猝死的。」章桐一邊仔細查看著死者的頸部，一邊頭也不抬地說。突然，小潘注意到章桐的手在微微顫抖。他不由得皺眉，這個細小的動作只意味著一點，那就是此刻的她正在極力掩飾著自己內心的不安。

很快，童小川就滿腹心事地離開了解剖室。案情分析會被安排在了一個小時後，到時候有的是時間讓他提問題。

解剖室裡又一次安靜下來，只能聽見不鏽鋼手術剪、手術刀在托盤上發出的清脆的叮噹聲。許久，他小聲問道：「章姐，妳有心事？」章桐沒吱聲。

「那你是不是懷疑失蹤的李曉偉醫生？」小潘乾脆放下剪子，抬頭看著章桐。

故事二　疼痛無聲

　　章桐也不否認：「沒錯，我確實很擔心是他。」因為戴著口罩，所以小潘無法看清楚章桐這時候的臉部表情。

　　「章姐，我是妳帶出來的徒弟，所以我對妳的判斷是絕對不會懷疑的。我只想讓妳告訴我，難道妳真的認為這案子是李曉偉醫生做的嗎？」小潘神情嚴肅地說道。

　　章桐默默地摘下了口罩和手套，開始了清理工作：「在這之前，我在休假的時候就曾經和李曉偉醫生談起過前面的案子，包括作案手法。我想，如果真是他做的話，那麼我就是犯了一個不可饒恕的錯誤。」

　　「你都和他說了？」小潘不由得目瞪口呆。

　　「雖然不是全部，但是我想，也足夠拿來模仿了。」章桐長嘆一聲，陷入了深深的沮喪與無奈中。看著小潘目光中的失落，她知道自己現在解釋過多也沒用，在這整件事情中自己一直都是被牽著走的木偶。

　　這種明知前面是個坑，卻又偏偏要硬著頭皮逼著自己朝裡面跳的滋味真的很難受。章桐感到了難以言狀的挫敗感。

　　不過從心底，她還是願意相信李曉偉絕對不可能是這麼冷血的殺手。只是，該死的他現在到底去了哪裡？

＊　＊　＊

　　「李曉偉，男，34歲，警官學院犯罪心理學講師，兼市第一醫院心理科醫生，參加工作時間為四年。畢業院校為本地醫科大學心理系。平時為人和善，無不良嗜好，同事評價也很不錯。根據戶籍登記資料顯示，李曉偉從小就被人收養，收養人名叫方淑華，李曉偉叫她奶奶，去年因身體不好住在養老院，家中房子已經變賣用來支付養老院費用。李曉偉現在登記的正式居住地址是警官學院宿舍區2棟201。」說到這裡，童小川略微停頓

第十一章　自律神經障礙

了一下,「有足夠生物證據證實,李曉偉的 DNA 中的 Y 染色體和 30 年前被處決的殺人犯趙家瑞完全吻合,所以並不排除李曉偉就是趙家瑞和黃曉月的親生兒子。」

話音剛落,整個會議室頓時一片嗡嗡聲,大家面面相覷,雖然時間過去很久了,但對於很多人來講,趙家瑞這個名字,依舊還是一場可怕的夢魘。

張局皺眉問道:「確定了嗎?」

童小川沒吱聲,只是伸手指了指章桐。

章桐本來一直雙手抱著手臂默不作聲,見此情景也只能無奈地嘆了口氣,點點頭:「沒錯,李曉偉的父親就是趙家瑞。這是系統裡 DNA 資料配對的結果。但是這並不表明父親是連環殺人犯,子女也會成為殺人犯,這麼推論是不科學的。」

童小川問:「那這個王勇,章法醫,妳是怎麼認識他的?」

「之前,李醫生對我說有人跟蹤他,就是這個私家偵探王勇。後來我們在交涉後得知王勇是接受了某個神祕僱主的委託,對李曉偉進行跟蹤調查。但是對於這個僱主,王勇自己都說無法知道更多的詳情。」章桐接著說道,「不過,對於這種人的話,不能百分百相信。他是靠販賣別人的祕密生存的,所以他有這樣一個結局,我一點都不覺得奇怪。」

「那章法醫的意思是他是被人報復殺死的?」張局問道。

「不排除這個可能,明明有很多種方式可以殺了王勇,但是凶手偏偏選擇這種費時費力的方式,還要讓他活著看自己受折磨,靈魂被牢牢地禁錮在自己的軀體之內,卻又無法呼救,可以說,這個凶手對他是恨之入骨了。」

故事二　疼痛無聲

「我的下屬走訪下來得知，王勇在被害當晚曾經出現在 1918 酒吧一條街，監控鏡頭中顯示 10 點 47 分的時候，他是被酒吧陪酒女攙扶著坐上自己的皮卡車走的，不過走之前明顯是醉成了一攤爛泥。」童小川看了看自己面前的紀錄本，繼續說道，「我們也找到了那個陪酒女阿蘭。她講述說當晚有人轉了兩百塊給她，要她去勾引一個在吧檯前喝酒的男人，並告知了詳細體貌特徵，而那個男人就是死者王勇。那個神祕人要求在幾點幾分左右把王勇攙扶出酒吧，最後保證讓他上一輛皮卡車，並且承諾再給陪酒女阿蘭一筆錢。酒吧裡的監控證實了她所說的話。」

「找到那個人了嗎？」張局長有些激動，因為這是一個很明顯的案件突破口。

童小川苦笑：「張局，現在可不像您當初那個年代了。我請查過這個號碼，結果呢，是被盜的，包括那兩百塊錢，也是從那個倒楣蛋的帳戶裡轉出去的，這個倒楣蛋自始至終對這件事都一無所知。」

「那個陪酒女呢？她能認得出駕駛皮卡車的人嗎？監控裡她不是對著駕駛室做了個親暱的動作嗎？」張局心有不甘地指著監控截圖相片，問道。

童小川搖搖頭：「對於這種誰有錢便是自己爹的人，這叫職業習慣。她見誰都會做這個動作，才不會去看對方長什麼樣呢。真可惜，停車場偏偏沒有監控探頭。」

「我看，這傢伙應該是個電腦高手啊！」痕跡檢驗工程師方小木在一旁小聲嘀咕著。

「前面幾起凶案，都是衝著我來的，和李醫生一點關係都沒有，」說到這裡，章桐抬頭看了看坐在對面的童小川，「而且在屍體身上，我看不

第十一章　自律神經障礙

到任何報復性的手法，相反，雖然死者是被活活解剖致死，但是事先都被剝離了相關的腦神經組織，期間甚至還得到過救治，所以整個過程，都不會感受到痛苦。我想，凶手的目的只是報復我，讓我看到他渴望復仇的內心世界。他與死者之間毫無恩怨可言，同樣死者對於他來說也只不過是個被利用的工具罷了。但是這個王勇不一樣，很明顯可以看出凶手就是要他活著，活著看自己受到折磨。因為中樞神經癱瘓導致心臟供血隨時都可能中斷，再加上大量鎮靜劑在體內的共同作用，死者的生命就變得非常脆弱。」

「脆弱？」盧強問。

章桐點點頭：「在沒有心肺呼吸機的幫助下，任何一次細小的心臟跳動頻率的改變，都很有可能導致心臟的停跳，所以，他是被活活嚇死的。」

童小川小聲嘀咕了句：「這死法也太悲催了點。」

章桐目光專注地盯著自己面前桌子上的警帽上的帽徽，一字一頓地說道：「嚴格意義上來講，王勇案件的凶手只能被定性為故意傷害致死，不屬於故意殺人。在這一點上，凶手很聰明。」

張局沒弄明白：「章法醫，那有關死者牙齒被拔掉的事，如何解釋？」

章桐搖搖頭：「目前來看，除了牙仙這個傳說以外，我還真的找不到更合理的解釋。透過死者的口腔痕跡可以看出都是用專業的拔牙鉗做的，只是這種拔牙鉗，網路上到處都可以買到，所以這條線索目前為止我覺得沒有任何價值。」

「至於說到那個死在宿舍的電腦程式設計師潘威，我們也調查過他當晚的活動，不過，因為監控資料不全，再加上他的宿舍所處的位置又是一

故事二　疼痛無聲

個死角，案件可以說是進入了一個死巷。但是法醫方面又堅持是謀殺，我實在是想不出更好的解釋來。」童小川愁眉苦臉地說道，「我的人把樓上樓下所有當晚在家的人都問遍了，包括他的同居女友，沒有進展，都說不知道。話說回來，這傢伙又是一個被確診的妄想症患者，突然想到自殺也是情有可原的，我覺得並不一定要在現場找到什麼遺書之類的證據，你們說對不對？因為沒有人能真正懂得妄想症病人的腦子，難道不是嗎？」

聽了這話，章桐只是聳聳肩，輕聲說道：「屍體上的證據就是這麼說的，我的結論都是結合證據得出來的，不是我自己的憑空瞎想。」

「潘威和這個案子的唯一連繫就是李醫生所講的故事吧，章法醫？」童小川問。

章桐點點頭，事實確實如此。

散會後，章桐整理好會議資料，剛準備離開房間，童小川突然攔住了她的去路。「有什麼事嗎？」

「剛才在會上，有件事我沒有說。」童小川靠著桌子，摸出了菸盒，目光看著會議室的窗外。

「什麼事？」章桐皺眉，她隱約感覺到了一絲異樣。

「方淑華，就是收養李曉偉的那個女人，你見過嗎？」

章桐搖搖頭：「她去了養老院，身體不太好。」

「卷宗紀錄上顯示她應該是趙家瑞案件的專案組成員之一，我不知道她後來為什麼會想到去收養趙家瑞的兒子，但是這麼一來我真的開始有點擔心她的人身安全了。」童小川愁眉苦臉地說。

第十二章　凶手另有其人

　　雷聲陣陣，窗外下起了瓢潑大雨，雨霧把天地間連成了一條線。

　　這是一間狹小陰暗的鄉村旅舍，黃色的燈光在嘩嘩的雨聲中微微閃動。因為不是旅遊旺季，所以旅社中一大半的房間都空置著，旅舍的小酒吧裡更是門可羅雀。李曉偉在裡面坐了整整一個下午，都沒有看見除自己以外的第二個客人前來光顧。

　　李曉偉知道自己需要一個安靜的空間讓腦子思考一下，不能再這樣混亂下去。奶奶的生活已經拜託保母馮姨照顧，馮姨對奶奶忠心耿耿，他可以放心些。醫院那邊也請了足夠長的假期。李曉偉知道自己已經沒有了後顧之憂。手機來電紀錄中顯示已經有將近 30 個未接電話，除了自己的護理師阿美以外，就是章桐的來電，李曉偉乾脆就把電話設定成了免打擾的狀態。

　　眼不見心不煩。他需要的是專心而不是猶豫不決，因為李曉偉明白自己已經沒有後路可走。

　　如果可以的話，這麼做就當是為了章桐吧。想到這裡，他輕輕一笑，從口袋裡摸出紙鈔壓在杯子底下，然後衝著酒保點點頭，站起來搖搖晃晃地離開了酒吧。

　　回到房間關上門後，他打開了電腦，在等待啟動的同時，鋪開白紙，摘下筆帽。他需要用筆來記錄一些東西，因為有時候筆遠遠比電腦來得更加安全可靠。

故事二　疼痛無聲

電腦啟動時的嘎嘎聲雖然輕微卻意味非常,李曉偉深吸一口氣,神情凝重,他知道眼前正在打開的是一個只屬於自己的特殊的潘朵拉魔盒。

* * *

這是一家特殊的養老院,非常注重保護老人的隱私。

章桐走進大門,出示證件後來到三樓,伸手按下了302房間的門鈴。很快,大門就打開了,只不過出現在面前的是一張中年婦女的面孔,四五十歲的樣子,她目光茫然地看著章桐問道:「妳找誰?」

章桐愣了一下,想了想,便從隨身挎包裡拿出了自己的工作證,伸手遞給對方:「我是市警局的,想找下李曉偉醫生。請問他在不在?」章桐知道李曉偉肯定不在,不只是不在,就連自己的電話對方都不肯接。

中年婦女搖搖頭:「我是住家阿姨,李醫生說他要外出幾天,讓我照顧他的奶奶。妳過幾天再來找他吧,或者妳可以直接打他電話!」看她想要關門,章桐連忙用腳頂住門,在對方流露出不快的表情之前,趕緊誠懇地說道:「那我就找方淑華。這名字妳應該聽說過吧?」

中年婦女微微皺眉,不過也不好說什麼,便退後一步:「好吧,妳進來吧,趕緊關門,方姐身體不好,著涼的話就不好辦了。」

章桐尷尬地點點頭,趕緊低頭鑽進了門。她還是頭一回這麼厚著臉皮走進人家家裡。

方淑華對章桐的出現並不感到很意外,她只是輕輕一笑,伸手指了指自己面前的沙發:「坐吧,丫頭,就知道妳會來的。」

章桐卻感到有些吃驚:「您認識我?」

「你是章鵬的女兒,我早就聽說過妳了,只不過啊,我年紀大了,有

第十二章　凶手另有其人

時候記性不好了。」方淑華長嘆一聲，又縮回到自己的安樂搖椅裡去了。

章桐心中一震：「您認識我父親？」

方老太太微微一笑：「一起共事過，他常提起妳，妳是他的驕傲。他和我們打賭說以後一定是妳接他的班，現在看來果真沒錯。」

提起自己的父親，章桐鼻子一酸，眼淚差點流下來：「那您還記得趙家瑞的案子嗎？」

「我當然記得。他殺了12個人，在當時都引起轟動了。但是像他那樣的人犯案，其實一點都不奇怪。」老人慢悠悠地說道，「那樣糟糕的一個童年，長大了肯定也不會快樂。」

「您調查過他？」章桐吃驚地問道。

「那是必需的，更別提這個案子這麼大。」老人笑了，目光中流露著一絲得意，「那時候啊，我們都可有成就感了。畢竟是本地史上最大的一個案子，妳說對不對？」

章桐用力點點頭。時間一分一秒地過去，房間裡放在五斗櫥上的三五牌檯鐘發出有節奏的滴答聲。突然，方老太太睜大了雙眼，用犀利的目光看著章桐：「孩子，妳知道先天性無痛症嗎？」

章桐感到有些茫然，這是自己這三天內第二次聽到無痛症這個特殊的詞：「我知道，這個病症很特殊的。」

「我跟妳父親不止一次提到過，趙家瑞就是一個很典型的無痛症患者，不然的話，無法解釋那麼多死者身上那些縱橫交錯、密密麻麻的刀傷，就因為趙家瑞他自己感覺不到疼痛，所以才會拚命地用刀去切割別人的肉體，他明擺著就是在病態地追求痛苦的刺激。這就是他的真正作案動機，但是沒有人聽我的！妳知道嗎，沒有人聽我的！」或許是太過於激

故事二 　疼痛無聲

動,方淑華緊握著搖椅扶手的手掌變得更加白了,目光中充滿了激動。

「我想證明我的觀點,只是很可惜,他的屍體後來被捐獻了,不然的話,妳父親一定會確診這種病的,我相信他。」

聽了這話,章桐這才恍然大悟:「難怪您後來特意收養了他的兒子,因為您怕李曉偉也得上他父親一樣的病,然後也一樣去殺人!我看過育幼院的收養檔案,你是指定要收養他的。我想這才是您收養李曉偉的真正理由吧,對嗎?」

老人的目光中閃過了一絲亮晶晶的東西,可惜很短暫,她發出一聲長長的嘆息,又微微闔上雙眸:「妳真的很聰明,阿偉沒有看錯妳。」

「那李曉偉知道您的初衷嗎?」章桐不甘心地追問道。

方淑華不由得苦笑:「他是個沒心沒肺的傢伙,傻乎乎的,我就知道是我把他寵壞了。」

章桐若有所思地看著方老太太,半晌,喃喃地說道:「奶奶,如果李曉偉被證實也是先天性無痛症的基因攜帶者的話,您會怎麼辦?」

方老太太微微一愣,隨即靠在椅背上,伸了個懶腰,然後慢悠悠地晃動著搖椅,衝著章桐笑笑:「如果他有這方面的任何特徵顯露出來的話,就不會有現在的他。可惜啊,可惜他目前還沒有表現出來,看來我這輩子都不會有機會去證明自己的觀點了。」

看著老人眼中深深的失落感,胃裡一陣翻江倒海的感覺襲來,章桐匆忙說了聲對不起,隨即站起身衝出了房間。來到屋外牆角,此時她再也忍不住了,不顧身邊走過的路人投來異樣的目光,她開始蹲在牆角拚命地嘔吐起來。

眼淚順著眼角無聲地緩慢滑落。收養一個人並且把他親手養大就只是

第十二章　凶手另有其人

為了看對方是否具有和其父親一樣的遺傳病症。

孩子是無辜的。

＊　＊　＊

「妳說什麼？章法醫，妳的話我聽不明白。」童小川皺眉看著自己面前辦公桌上的一盆多肉植物，他其實根本就不喜歡這種醜兮兮的所謂的綠色植物，要不是後勤硬性規定說刑警隊每個人的辦公桌上都必須放一盆植物的話，童小川才不會硬逼著自己成天瞪著它呢。

電話那頭章桐的聲音時斷時續，儘管如此，童小川最終還是勉強弄明白了她的特殊要求：需要當年趙家瑞一案專案組的所有成員名單。雖然按照程序規定，法醫並不直接參與辦案，但是眼前這個案子很特殊。

「章法醫，妳要那個名單做什麼？」

「我剛去見了方淑華，我想，我知道凶手當初的殺人動機了。」停頓一下後，她又認真補充道，「我還要趙家瑞的所有資料，包括他的醫療檔案，所有你們能找到的，我都需要。童隊，我們時間不多了，在凶手下一次下手之前，我們一定要抓住他。」

童小川驚愕地看著湊到自己面前的盧強，結束通話電話後，盧強迫不及待地問道：「章法醫怎麼說？」

「目前還無法確定，你去下田波那裡，把趙家瑞案的相關檔案全都搬過來，包括專案組人員名單，就說我說的，馬上就要。」盧強趕緊一溜小跑離開了刑警隊辦公室。

童小川伸手在亂七八糟的抽屜裡摸索了老半天，終於摸到一個被壓扁的香菸盒，臉上隨即露出了欣喜的神情，雖然裡面只剩下了一支菸。他一邊叼著香菸，一邊掏出打火機正準備把它點燃，突然，腦子裡閃過一個可

281

故事二　疼痛無聲

怕的念頭。童小川頓時臉色鐵青，愣了一兩秒鐘後，便手忙腳亂地把香菸往桌上一丟，掏出手機開始撥打章桐的電話。

電話那頭卻只傳來了單調的嘟嘟聲，始終都無人接聽。童小川急出了一身冷汗，趕緊從椅子上站起來，衝到門口，對著大廳裡大聲嚷嚷道：「還有人嗎？趕緊給我來人！趕緊的！」

他一邊焦急地四處張望，一邊心裡直罵自己愚蠢：章桐的父親是專案組成員之一，他雖然死了，但是章桐還在，作為他的直系親屬，凶手的殺人名單上肯定也已經寫上了她的名字。而前面的三個死者就已經很明顯地表露出凶手的報復心理。

「天吶，章法醫要是因為這個而出事的話……」童小川一邊小聲嘀咕一邊衝著向自己跑來的下屬吼道，「趕緊定位技偵大隊章法醫的手機，我要馬上找到她，確定她沒事！」

話音剛落，童小川身後傳來了小潘吃驚的聲音：「章姐到底出什麼事了？你別嚇唬我，童隊，玩笑可不是這麼開的！」

童小川一咧嘴，趕緊轉身笑咪咪地看著他：「哦，潘法醫啊，你放心吧，你們老大沒事，我只是想馬上找到她，案子都擱著沒破呢，她又偏偏不在……」

小潘本來就對童小川沒什麼好感：「今天她輪休，人不在單位很正常。」說著，他把手中王勇的屍檢報告往童小川手裡一塞，嘴裡乾巴巴地蹦出兩個字，「簽字！」

*　*　*

隔著一條馬路，坐在車裡看著對面坐在站臺上等公車的章桐，他的目光中充滿了迷茫。

第十二章　凶手另有其人

　　章桐身高163公分，身形偏瘦，齊肩短髮，一個人發愣的時候總是愛歪著頭，目光若有所思地注視著身邊的某個地方。她算不上標準的美女，卻絕對耐看。難怪李曉偉會那麼喜歡她。

　　這就是章鵬的女兒，他微微點頭，伸手拿過儀表盤上的紙，右手拿起筆，用牙齒咬開筆帽，然後一筆一畫地在上面寫道：她一個人？想了想，他又在問號下面用力地劃了兩道。

　　這時，一輛開往市區的公車正緩緩進站，看著章桐上車後，他的心忽然就有了一種淡淡的失落感。他一遍又一遍地在章桐的名字上畫圈，心情複雜，而沒有開車追趕公車。因為在他看來，既然已經知道公車的目的地了，就沒有再去浪費時間和精力的必要了。就像和魔鬼簽訂了契約一般，各取所需就好。

＊　＊　＊

　　市局的玻璃大門被用力推開，一個中年婦女神色慌張地衝了進來，見到穿警服的人就一把拽住：「我要報案！我要報案！我老公出事了……」得到指點方向後，她就沿著走廊跑進了報案值班室。

　　「我要報案，你們快去醫院，我老公出事了，出大事了……」中年婦女語無倫次地嘟囔著，焦躁不安。

　　「先坐下，請慢慢說！妳先生現在人在醫院裡是嗎？他人怎麼樣了？」既然聽說人已經在醫院了，接警的刑警隊警員阿水就放心了許多，他站起身，指了指自己面前的凳子，做了個「請」的手勢。

　　中年婦女一邊擦著汗並不急著坐下來，反而聲音帶著哭腔說：「他人還活著，但是已經和死人差不多了，我求你了，快去吧，去晚了就真的完蛋了！」

故事二　疼痛無聲

見此情景，阿水也不再拖延，便匆匆和總機打了個招呼，帶著筆錄本跟著中年婦女走了出去。走到大廳的時候，兩人和章桐擦肩而過，阿水點頭打了聲招呼。章桐突然停下腳步，皺眉想了想，轉身叫道：「阿水，等等！」

「章法醫，有什麼事嗎？」

章桐卻上下打量著中年婦女，轉而問阿水：「是家暴案吧？」

阿水有些茫然，他搖搖頭：「不是啊，是她老公出事了，人在醫院，生命有危險，所以需要我出警去看一下。」

「是嗎？那快去吧。」章桐揮了揮手，看著兩人的背影逐漸消失在大廳外面的樓梯上，搖搖頭，不由得感到很奇怪，「明明被人打得多次骨折，為什麼就偏偏不是家暴案呢？」

「章法醫，妳在碎唸什麼呢？」張局正好路過，見此情景便好奇地問道。

「張局，剛才一個來報案的女的身上多處陳舊性骨折，明顯是外力造成的，卻不報家暴，只是說她老公出了意外，我擔心這個事情遠遠沒有我們想像的那麼簡單。」章桐擔心地說道。

聽了這話，張局長的臉上也露出了同樣凝重的神情。

真是怕什麼就來什麼，下午章桐站在解剖臺旁，身穿一次性手術服，戴著口罩、手套和帽子，低頭看著剛從醫院急診室送來的屍體發呆。「你確定是上午來報案的那個中年女人的丈夫，對嗎？」章桐頭也不抬地問道。小潘查看了一下登記資料，點點頭：「沒錯，就是從醫院急診室直接送過來的。死因……」

「怎麼了？」章桐突然意識到他說話有些吞吞吐吐，不禁皺眉問道，

第十二章　凶手另有其人

「死因有什麼問題嗎？」

「不，恰恰是沒有問題。」小潘看著章桐發呆，「章姐，難怪剛才阿水無意中說到醫院急診室的醫生對我們的出現感到很意外呢，現在看來果真如此。」

「別婆婆媽媽的，快說，死因對方定性是什麼？」章桐有些不耐煩了。

似乎生怕自己看錯，小潘又一次比對了一下醫院開的死亡證明：「肯定沒看錯，死因是中風！」

「中風？他才多大啊！而且身體不錯……等等，你再仔細看一下搶救病歷，核查送到醫院時病人是否處於清醒狀態。」章桐突然意識到了什麼，她轉到屍體頭部旁，仔細查看死者的頸動脈位置附近的情況。

「他被送到醫院的時候糖皮質激素只有3，瞳孔放大，對外部刺激無任何反應，急診醫生只能對他進行插管手術和打鎮靜劑……」

「他用的鎮靜劑是什麼？咪達唑侖？」章桐皺眉。

「一般急診室都用這個啊，全麻搶救，更何況他的情況特殊……」突然，小潘呆住了，看著章桐怪異的神情，他滿是懊惱，「我真蠢，那還需要檢測咪達唑侖的體內含量嗎，姐？」

章桐戴著乳膠手套的雙手輕輕掰開死者的嘴巴，指著黑洞洞的口腔和滿是裂口的牙床：「那你說呢？」

* * *

一看見章桐推門走進來，驚愕之餘，中年女人的眼神就開始下意識地躲閃了起來，在她身邊依偎著一個十一二歲的小男孩，明顯有些營養不良，臉上掛著鼻涕，穿著髒兮兮且極不合身的運動服，腳上的廉價白色膠鞋早就已經磨破了口子，雙眼始終都透露著警惕的目光。

故事二　疼痛無聲

　　章桐沒有說話，直接快步走向中年女人，突然伸手準確無誤地抓住了她的右臂然後順勢向上一提，中年女人頓時一聲慘叫，臉上滿是痛苦的神情。

　　章桐抬頭看向童小川和盧強所坐的位置，點點頭：「屢次暴力所引起的外傷陳舊性骨折，肌肉壞死，已經嚴重影響右上肢的基本伸展功能，根據受傷位置完全可以肯定是家暴引起的。」

　　一聽這話，中年女人頓時面色蒼白，一邊護著右臂，上身一邊出於本能而向後退縮，似乎是在躲避著什麼。小男孩急了，上前猛推章桐，連踢帶咬，嘴裡憤怒地叫嚷著：「放開我媽媽，不許你傷害她！不然我叫牙仙來收拾你！」

　　話音未落，屋子裡的人都驚呆了，童小川這才恍然大悟，他快速翻找著公文夾中的死者相片，等翻到有關死者口腔部位的特寫那張後，他頓時神情嚴肅了起來，剛想開口，章桐卻衝他搖了搖頭，示意讓她和孩子交流。

　　房間裡頓時安靜了下來，而中年女人則在童小川嚴厲的目光制止下咬住了嘴唇，暫時沒有吱聲。章桐來到小男孩的身邊，笑咪咪地看著他，柔聲說道：「我叫章桐，你能告訴我你的名字嗎？」

　　小男孩猶豫不決的目光停留在了母親的身上，中年女人隨即點點頭，他才小聲咕噥了一句：「我叫帥宇康。」

　　「那你能和阿姨說說你遇到牙仙的經歷嗎？」

　　小男孩聽了，咬著嘴唇猶豫了好久，才雙手插在口袋裡，吞吞吐吐地說道：「前幾天晚上，爸爸打我和媽媽，我害怕，就離家出走了，後來，因為肚子實在太餓了，出來找吃的，就遇到他了。」

第十二章　凶手另有其人

「你為什麼肯定他就是牙仙？你知道有關牙仙的故事嗎？」章桐不動聲色地繼續問道，「你放心，你的祕密，我是絕對不會告訴這個房間以外的人的。要不，我用祕密跟你交換？」

小男孩先是猶豫，過了會兒居然點點頭笑了：「成交！妳可不許騙我啊。他都跟我說了的。」

「說什麼了，能告訴阿姨嗎？」章桐微微有些激動。

「他就是牙仙。他說能幫我實現一個願望，代價是他要拿走牙齒。」小男孩開心地笑了，「我就知道他不會騙我。」

「你能告訴阿姨你的願望是什麼嗎？」

「我想讓我爸爸永遠都不要再打我和媽媽，我想讓他永遠被關起來。我說了，只要牙仙能幫我做到這點的話，他就可以帶走我爸爸的所有牙齒。」小男孩認真地說道。

章桐心裡一涼，看來牙仙說的確實沒錯，他的父親是被永遠地關了起來，只不過被關在了自己的身體裡罷了。最後一個問題，也是章桐最不願意卻又非常想知道答案的問題：「你見過牙仙，那他長什麼樣子，你還記得嗎？」

小男孩出人意料地用力點點頭：「他還跟我說了他叫什麼。」

章桐神色凝重地站起身，來到童小川的身邊，壓低嗓門說道：「我需要四張差不多的相片，其中一張是李曉偉醫生的。馬上就要。」

「沒問題。」

很快，盧強就拿來了四張五寸的相片。章桐一張張依次在小男孩的面前擺放，同時柔聲問道：「不急，慢慢看，然後告訴阿姨，你見過其中的哪個人？」

故事二　疼痛無聲

小男孩毫不猶豫地把手伸向了李曉偉：「大概和他長得差不多，但是衣服不一樣。那天他穿的是黑色的風衣。」

「你很勇敢，最後再跟阿姨說一下，他告訴你他的名字叫什麼了嗎？」章桐感覺到自己臉上的笑容就像被生生凍住了一樣。

小男孩笑了：「他說他叫李醫生。」

房間裡幾乎所有人的心都懸到了嗓子眼，童小川更是一臉的凝重。

章桐愣了好一會兒，這才無奈地站起身，看著表情嚴肅的童小川，心情沮喪到了極點。難道殺人基因真的能夠跟隨 DNA 遺傳？

送走中年女人和小男孩後，刑警隊辦公室裡鴉雀無聲，章桐轉身剛要走，卻被童小川叫住了：「章法醫，請等一下。」

「還有什麼事嗎，童隊？」

「死者帥嘉勇的死因，你還沒有告訴我，我是指真正的死因。」說著，他伸手指了指自己面前攤開的筆記本。

「他的死因和王勇的一模一樣，都是頸動脈受到外力壓迫時間過長而導致中樞神經受損，頸椎骨斷裂後壓迫中樞神經系統最終引起全身癱瘓。」想了想，章桐又補充道，「這種癱瘓是不可逆的。」

「不可逆轉？」童小川問道。

章桐點點頭：「也就是無藥可救。」

「什麼樣的人才能一口氣完成這麼一套連貫的動作？」

大家心裡其實都很清楚，童小川的問題只有一個答案。

章桐並不傻，她輕輕嘆了口氣：「必須是系統接受過專門醫學培訓的人。」

第十二章　凶手另有其人

「這些就足夠了，我馬上派人找李曉偉！」童小川憤怒地一拍桌子。

一旁的盧強卻小聲嘀咕道：「童隊，你冷靜點，你不能光憑著他是殺人犯的兒子和一個十一、二歲的孩子的指認這兩點就貿然抓他，這樣的證據是沒有說服力的。」

「我請他回來協助調查不行嗎？難道說非得等他跑了才去四處找他？」童小川皺眉看著他，「你做事有點腦子好不好？」

＊　＊　＊

傍晚，夕陽西下。李曉偉猶豫了好一會兒，才終於打開車門走下了車。

眼前是一棟陳舊的居民小樓，灰暗的外牆，裸露在外的各種下水管道給人一種搖搖欲墜的感覺，陰暗低矮的樓道更是讓進來的人無形之中產生了一種壓抑感。

老式的居民樓似乎都長著一樣的面孔，橫排六間，每一間的實際面積不超過 60 平方公尺。站在這樣的樓道裡，李曉偉突然覺得自己住的房子雖然也小，但是相比之下就成了世外桃源。

剛走上三樓，李曉偉就冷不丁地踩到了一個肉乎乎的東西，還沒等他反應過來，一聲淒厲的貓叫聲響起，李曉偉這才發現自己的腳邊飛似的跳開了一隻黑貓，牠躍到鋪滿灰塵的窗臺上，一邊舔著自己被踩痛的尾巴，一邊向李曉偉投來憤怒的目光，時不時還夾雜著低沉的怒吼。

「嘭——」302 室的房門應聲打開，一個男人的咒罵聲隨即響起，「想找死啊，又來欺負我家的貓！看我不把你……」

他沒有再繼續說下去，只是呆呆地看著樓梯口，很快，他就認出了站在那裡的李曉偉，他毫不猶豫地衝了過來，一把薅住了他胸口的衣服，湊

故事二　疼痛無聲

上去咬牙切齒地怒罵：「見過不要臉的，沒見過你這麼不要臉的，醫院裡你倒是溜得很快啊，居然還敢上門來找事，我看你是活膩了！」

「冷靜點，我不是上門來找麻煩的，請問你是季慶雲的哥哥季慶海，是嗎？」李曉偉沒有掙扎，他知道這個時候的掙扎只會火上澆油。所以，他沒有表示出害怕，也沒有做出本能的反抗動作，相反，只是任由對方擺布。

「是我，怎麼了？上門調查戶口來了？」中年男人斜睨著李曉偉，沒好氣地說道。

「不，你冷靜點，我想我是唯一能幫你的人！」李曉偉感覺到自己都快窒息了。

「阿海，放開他！」一個滿頭白髮、拄著拐杖的老婦人出現在了門口，她冰冷的聲音不容半點質疑。

季慶海剛想開口，老婦人卻慢慢地轉身進屋了，被踩痛了尾巴的黑貓慢悠悠地跟在老婦人的身後也走進了房間。

季慶海無奈，只能憤憤地鬆開手，狠狠地瞪了李曉偉一眼：「別再讓我見到你！」說著，轉身頭也不回地下樓去了。很快，樓下就傳來了逐漸遠去的摩托車馬達轟鳴聲。

李曉偉微微猶豫了一下子，看看開著的低矮的房門，一咬牙便低頭鑽了進去。

讓他感到十分意外的是，和陰暗且雜亂不堪的樓道相比起來，房間裡乾淨整潔得有些不可思議。簡單的楠竹家具桌椅板凳一應俱全，屋子一角淡雅的檀香，再配上復古的竹製捲簾，回頭又一次仔細打量舒服地坐在躺椅上的老婦人，李曉偉不禁暗暗讚嘆。

第十二章　凶手另有其人

「坐吧，年輕人。」老人身穿藍底碎花長衫，雖然拄著枴杖，但是行動起來一點都不拖沓。她給李曉偉倒了一杯茶，伸手做了個「請」的手勢。

「不好意思，阿海對你無禮了，請多包涵。」老人慢悠悠地說道。

見狀，李曉偉不由得心中一緊，坐在自己面前的應該就是死者季慶雲的母親，他的眼神中閃過一絲歉意。看著老人滿頭的白髮，李曉偉還是決定暫時先不講出自己的真正來意。

「我是社區衛生院的李醫生，這次上門是特地來看看您老的身體的。」李曉偉很慶幸自己做了心理醫生，別的沒學會，說起謊來倒是能夠做到面不紅心不跳了。

「是嗎？那可真讓李醫生費心了，我是老糖尿病患者了，也沒幾天活頭了。」老人緩緩說道。這時候，李曉偉才意識到老人體重嚴重偏輕，而身邊的垃圾桶裡有一隻空的胰島素盒子。他不由得暗暗叫苦。老人卻笑了，她認真地看著李曉偉，柔聲說道：「我知道你是誰，放心吧，別看我頭髮都白了，我還沒有老到痴呆的程度呢。」

李曉偉臉上的笑容頓時僵住了，他尷尬地咳嗽了兩聲：「哦，是嗎？阿姨，您還記得啊！」

「怎麼會不記得呢？上次來看我還麻煩你幫我帶了很多藥呢！這年紀大了，腿腳不方便了，出門也就成了一種奢望。」老人笑咪咪地看著李曉偉，順手摸了摸自己的膝蓋骨，一臉的歉意。

「對了，看我這記性，差點忘了這茬了。李醫生啊，真對不起，我家阿海不懂規矩，冒犯你了，我向你道歉。」

李曉偉心裡一沉，老人的記憶已經明顯出現了紊亂的跡象，她似乎已經完全忘記剛進門的時候就已經向李曉偉道過歉了。不過既然說到這個，

故事二　疼痛無聲

他還是決定硬著頭皮順便問下去：「阿姨，您的女兒，季慶雲，您還記得嗎？」

老人點點頭：「他們說她死了，下葬的時候只有一個腦袋。」

「那個殺人犯，他沒說出您女兒餘下的遺體去哪裡了嗎？」李曉偉小心翼翼地問道，他知道，問道的關鍵就在這裡。

老人突然認真地看著李曉偉，半晌，搖搖頭，長嘆一聲：「為什麼你們就不聽我的話呢？明明不是那個人殺的！凶手另有其人……不過啊，阿雲早就投胎了的，過去了就過去吧，別想那麼多了。」

「阿姨，我不明白，您說什麼？」李曉偉蒙了，他茫然地看著老人，「凶手是誰？難道不是趙家瑞？」

這一次，老人卻很果斷地說道：「不，我女兒絕對不是趙家瑞殺的。」

「為什麼？」李曉偉驚訝地問道。

老人卻笑了，笑得很詭異：「年輕人，我看你也是聰明人，殺十個人都是一樣的手法，為什麼偏偏第十一個人卻身首異處呢？要我說啊，當年趙家瑞臨死前不是故意要隱瞞我女兒屍體的其餘部分的下落，而是因為他確實不知道，也就是說：趙家瑞，你父親，他肯定不是殺害我女兒季慶雲的真正凶手！」

聽了這話，李曉偉震驚不已。

半晌，他結結巴巴地問道：「阿姨，那個時候，警察知道這個事嗎？」

「我跟那個法醫說了，真遺憾，他並不相信我所說的話。我也沒有證據，因為我只找回了我女兒的頭顱而已。」老人長嘆一聲，「而光憑一個人的頭顱是無法知道她的確切死因的。」

第十二章　凶手另有其人

「那，阿姨，為什麼他們會認定您女兒季慶雲也是趙家瑞所殺？」就好像有一雙無形的手正牢牢地掐著自己的喉嚨一般，李曉偉突然又有了那種喘不過氣來的感覺。

「要是我沒記錯的話，是他自己承認的。我只是覺得很奇怪，明明不是他做的事情，他為什麼要承認？」老人喃喃自語，「這麼多年了，我唯一想不通的就是這個問題。」

夕陽不知不覺中已經移動到了老人布滿皺紋的臉上，把她的臉蒙上了一層緋紅的血色。老人身邊的黑貓則始終警惕地注視著李曉偉的一舉一動，時不時地露出自己鋒利的尖牙。

跌跌撞撞地走出居民樓，李曉偉直到用力關上自己的道奇車門，才長長地出了口氣。車外，夕陽映照著變幻的雲霞，一切都變得如夢似幻，李曉偉卻感到了一陣難以名狀的恐懼。稍稍冷靜下來後，他摸出手機撥打了那個熟悉的號碼。

電話很快就接通了，不等對方開口，他便迫不及待地衝著手機話筒嚷嚷道：「章法醫，我要馬上見妳……很重要！非常重要！是的，所以我必須馬上見妳……我想，我終於找到案子的突破口了。」

故事二　疼痛無聲

第十三章　活成了你的樣子

　　晚上 7 點多一點，清明橋旁的咖啡館。店裡的客人不是很多，老闆是個三十出頭的年輕人，開這家咖啡館或許只是為了圖個鬧中取靜吧。一有空閒的時間，老闆就一邊專心致志地擦拭心愛的咖啡機，一邊頗有興致地反覆聽那張已經有些年頭的老唱片。見到一些老顧客進門，就熱情地和對方打招呼。

　　生活本不就是應該這麼悠閒嗎？

　　歌曲都很熟，但是章桐只叫得出其中一首的名字：Shape of my heart。她喜歡看老電影，所以她記得這部經典作品，因為電影中有句臺詞她留下了深刻的印象──我所認為的最深沉的愛，就是我把自己活成了你的樣子。而自己這麼多年來也正是這麼做的。

　　時間過得真快，父親已經離開 20 多年了，劉春曉也離開自己快五年了。一個人總是生活在記憶裡又有什麼不好呢？至少那麼做，就不會覺得太孤單。想到這裡，章桐輕輕地一笑，端起手中的咖啡細細地抿了一口，然後緩緩地合上了雙眼。

　　「喜歡這裡的咖啡嗎？」是一個男人的聲音，溫柔但絕對不是李曉偉。

　　章桐睜開眼睛，意外地看到眼前坐著一個穿著紫紅色毛衣、面帶笑容的年輕男人，年齡和李曉偉差不多，甚至眉宇間都帶著一分神似。自己好像在哪裡見過他，章桐心中不由得微微一動。

　　「還行吧。」

第十三章　活成了你的樣子

「看妳經常來這裡呢。」或許是覺得自己有些冒昧，年輕男人伸手指了指正在忙碌的老闆，後者也對他笑著點點頭，「我是老闆的朋友，這家店的合夥人。看妳一個人在這裡坐了很久了。」

章桐輕輕一笑：「謝謝，是的，因為離我家近，上班經過就常來買咖啡喝。我在等我朋友。」

「哦？朋友啊，看來是有事耽誤了呢！」說著，年輕男人站起身，禮貌地點點頭，「那我就不打擾妳了，有空常來坐坐。」

「謝謝老闆。」

年輕男人轉身離開後，章桐又陷入了沉思。

離約定的時間已經過去了半個多小時，雖然感到有些意外，但是章桐一點都不擔心，她知道李曉偉肯定會來，因為就像他曾經說過的那樣：一根繩上的兩個螞蚱，在這件案子中，他們兩人都是被人獵捕的對象。並且，也只有章桐才能夠真正地幫他。這就是信任，非常簡單，難道不是嗎？

再次轉過視線的時候，果然，法式落地長窗外看得清清楚楚，李曉偉在街對面停好車後，就匆匆忙忙地橫穿馬路準備向咖啡館走來。

只是他的身體總保持著一個特殊的角度，似乎有些呼吸困難，在等紅燈的時候，他的臉不斷地流露出痛苦的神情。雖然轉瞬即逝，但是章桐看得清清楚楚。她抱著手臂靠在沙發椅背上，皺眉看著推門向自己走來的李曉偉。

「剛才出什麼事了？」章桐認真地看著李曉偉的眼睛。

「沒什麼事啊，沒出什麼事。」李曉偉嘿嘿一笑，拉開椅子剛想坐下，胸口的疼痛讓他不由得倒吸一口冷氣。

故事二　疼痛無聲

「還能瞞得了我嗎？」章桐重重地嘆了口氣，下巴抬了抬，「喏，你的左邊第六根肋骨斷了，下顎有明顯的淤青，呼吸嚴重受影響，講話都很勉強，所以，是不是你開車的過程中出車禍了？」

聽了這話，李曉偉這才尷尬地點點頭：「是啊，一輛不知道從哪裡來的車子，司機猜想是喝醉了，突然逆向行駛，加足馬力壓了黃線不說，還狠狠地撞了我的車屁股，還好我反應快，不然的話至少五噸重的鐵沙子現在就成了我的墳墓了！」

章桐想了想，伸進自己的大挎包裡摸了半天，找出一個小塑膠包，然後站起身，繞到李曉偉身邊：「別動，雙手舉高！」

「妳……妳想幹麼？」李曉偉有點慌張。

「放心。」章桐一邊嘟囔著，一邊迅速地對他綁上了胸帶，最後滿意地退後一步上下打量了一番，點點頭，「看來我給活人綁的技術也不錯。」

李曉偉神情尷尬地低頭看看自己胸口的粉紅色胸帶，愁眉苦臉地對章桐說道：「章法醫，妳隨身帶著醫用胸帶幹什麼？」

章桐擺擺手，回到自己座位上坐了下來：「我經常要上瑜伽課，又記性不太好總是忘記帶，所以就乾脆放包裡了，反正也不重。對了，到底在哪裡發生的事？」說著，她伸手指了指李曉偉的胸口。

「梁清路口，我剛開車下橋的時候。」李曉偉小聲嘀咕道，「真沒碰到過這麼倒楣的事。」

「我打你電話你為什麼不接？不知道幾乎整個警局的人都在找你嗎？」章桐有些生氣，所以心情很不好。

「是嗎？我還真沒注意到呢。」李曉偉嘿嘿一笑，卻立刻又痛得一咧嘴，「感謝妳能來見我。」

第十三章　活成了你的樣子

章桐無奈地聳聳肩：「說吧，有什麼重要的事，這麼急著要見我？」

李曉偉突然神情嚴肅地看著章桐，認真地說道：「章法醫，妳有沒有想過，趙家瑞連環殺人案中，加上趙家瑞，也就是我父親在內，其實是有兩個凶手存在的可能性？」

「兩個？」章桐剛想笑，仔細看著李曉偉，這才意識到他臉上嚴肅的表情，便皺眉問道，「證據呢？」

李曉偉把剛才拜訪過季慶雲母親的事和盤托出，最後他輕輕地說道：「屍檢報告妳應該比我更清楚，前面 10 個死者的被害手法都如出一轍，唯獨這第 11 個死者，也就是季慶雲，卻被分屍，除了頭顱以外的剩餘部分至今都不知道下落。以前，我們都認為是趙家瑞故意為之，但是現在我們不得不同時面對另外一種可能性，那就是有兩個凶手存在！我們都知道連環殺手的殺人方式都是模式化進行的，而前面 10 個人，也正是驗證了這種觀點，所以，季慶雲是唯一的突破口。我記得她的檔案中紀錄說她的死亡是趙家瑞講出來的，而在這之前，她一直處於失蹤的狀態。所以，我可以由此推論，趙家瑞在季慶雲的被害案中只是處於一個知情者的位置，而不是實施者。但是他又為什麼要背下這個黑鍋？他到底想保護誰？」由於太過於激動，再加上語速過快，李曉偉的臉痛得幾乎都扭曲了。

章桐搖搖頭：「我看你就歇歇吧，肋骨斷了需要靜臥禁言才會好。」

李曉偉不由得咧嘴苦笑：「謝謝，我也是醫生，我當然懂。但是時間來不及了。」說著，他若有所思地看著章桐，「我不知道那個還在外面晃盪的凶手到底想做什麼，但是我有一種很不好的感覺。」

章桐點點頭，神情凝重：「是的，看來他不達目的是不會罷休的。」

「對了，局裡那幫警察四處找我做什麼？我又沒有做什麼壞事。」李

故事二　疼痛無聲

曉偉端起咖啡剛想喝時才回過神來，突然記起了章桐幾分鐘前跟自己說的話。

「牙仙！有人說你是牙仙！」章桐頗有興致地看著李曉偉。

「胡說八道！」

＊　＊　＊

童小川皺眉看著平躺在警局醫務室床上的李曉偉，目光在他身上的粉紅色胸帶和蒼白的臉色之間來回移動。

「我說李大醫生，到底出什麼事了，你怎麼這麼一副倒楣樣？」說著，他又回頭看向章桐，「章法醫啊，這傢伙嚴不嚴重啊，要不要送醫院，躺這裡不會出事吧？」

章桐搖搖頭：「不用，他只是斷了一根肋骨，靜養就行了，最好是平躺。再說了，你不是要找他問話嗎？我就把他帶回來了。」

童小川抿著嘴，愁眉苦臉半天沒吱聲。正在這時，門被推開了，盧強探頭進來順手把一份報告塞在了童小川的手裡：「老大，交警隊的報告。」

童小川點點頭，伸手打開報告，只瞥了一眼，臉色頓時沉了下來：「李醫生，你真的確信這場車禍只是因為後面的司機喝多了？」

李曉偉一臉茫然地看著章桐。

「交警隊的報告怎麼說？」章桐問。

「根據現場的車輪印判斷，車子衝向你的道奇車直到碰撞發生，最後車輛逃逸，整個過程中都沒有煞車痕跡，而且從車輛行駛軌跡上判斷，肇事車輛一直保持著正常軌跡行駛，中途並沒有發生什麼偏移打滑的痕跡，根據監控探頭所拍攝下來的錄影判斷，說他事發當時是全速撞上你一點都

第十三章　活成了你的樣子

不誇張，」說著，童小川神色嚴峻地看著病床上的李曉偉，「李醫生，你也是有腦子的人，你說誰會在下橋的時候全速開車的？所以目前來看就只有一個可能，那就是對方想要你的命。」

李曉偉急了，伸手一按床沿就想坐起來，因用力過猛牽動胸口，於是又痛得齜牙咧嘴，只能勉強靠著枕頭斜躺著。章桐輕輕嘆了口氣：「李醫生，難道你忘了王勇說過的那個神祕僱主了嗎？」

聽了這話，李曉偉頓時臉色鐵青。

「什麼僱主？」童小川一頭霧水。

「說來話長。童隊，等下回辦公室後我會跟你說。」章桐斜靠在牆上，小聲嘀咕道，「現在嘛，我建議你抓緊時間問，不然等等這傢伙麻藥上來了，打雷都別再想吵醒他了。」

童小川長嘆一聲：「好吧好吧。」說著，他從隨身帶著的公文包裡拿出幾張相片，依次交到李曉偉的手裡，「你看看，裡面有沒有你認識的人？」

李曉偉一臉茫然，不停地搖頭：「我都沒見過……沒印象……沒見過……」最後，他抬頭看著童小川，「童大隊長，有什麼事你就直說吧，不用轉彎抹角。」

「三天前，轄區發生一起意外事件，死者帥嘉勇在下班回家的途中被人發現倒地不省人事，送醫不治最終死亡，死因被定為中風導致的腦梗死。」在簡單講述事件前因後果的過程中，童小川的目光始終都沒有離開過李曉偉的臉。

「這不就是意外嗎，和我有關？」李曉偉的聲音越來越弱，很顯然麻藥發揮作用了。童小川翻出那張小男孩帥宇康的相片，在李曉偉面前晃了

故事二　疼痛無聲

晃：「這個男孩，你真的不覺得眼熟嗎？」李曉偉想了想，隨即肯定地搖搖頭：「我從來都沒見過他。」

「那他為什麼見過你，並且一眼就認出你來，還稱呼你一個奇怪的外號：牙仙？」童小川越說越激動，可是目光一轉，他就沮喪地低下了頭，因為李曉偉不知什麼時候已經闔上了雙眼，沉沉地睡去了，甚至還發出了輕微的鼾聲。

童小川懊惱地回頭看著章桐：「章法醫，他要多久才能醒過來？」

「他實在太累了，再加上那點劑量，我想至少需要三個小時吧。」章桐無奈地搖搖頭，「走吧，讓他睡一下，有點精神再說。」

　　　　　　＊　＊　＊

這一次坐在會議室裡，雖然各個部門的主管都來了，但是章桐明顯感覺心情比上次好了許多。只是五分鐘前本部來的一個電話讓她有些憂心忡忡。

張局衝著章桐點點頭：「章法醫，請開始吧，這一次我們想從法醫的角度來整體聽聽妳的看法。」

章桐便站起身，衝著坐在投影機後的小潘打了個手勢，兩邊的窗簾自動放了下來，投影機響起了沙沙的轉動聲。

「這一系列案件非常複雜，也很微妙，因為它們和30年前的那個系列殺人案有著不可分割的關聯。我先說一下最近發生的幾起針對我的案件，死者李江、鄭豪民和蘭小雅，死因都是失血過多所引起的多臟器功能衰竭，身上被劃了至少30刀，通俗點說就是放血，不過他們在這過程中並不會感到多少痛苦，因為生前受到過醫學專業手法的處理，被人為損傷了人體內的12對腦神經和31對脊神經，這導致死者喪失了包括痛感在內的

第十三章　活成了你的樣子

所有感覺，當然了，這是逐步發生的，但是死者在整個過程中的神志是清醒的。」看著投影機上不斷顯現出的拋屍現場相片和解剖相片，章桐輕聲補充道，「所以，從另外一個角度來講，可以說這個凶手屬於相對的仁慈型。」

「死者為什麼要被劃那麼多刀，而不是捅？」張局皺眉問道，「要知道有時候殺一個人只要在要害部位捅一刀就解決問題了，這麼多刀，不就是折磨的性質嗎？」

章桐點點頭，指著屍體解剖相片中的特寫：「『劃傷』和『捅傷』是兩個不同的概念，如果就單純地傷害程度來說，『捅傷』絕對要比『劃傷』嚴重得多，但是後者所產生的出血量遠遠大於前者，只要傷口足夠深，創面足夠大，那受害者的痛苦是可想而知的。只是我不明白的有兩點，其一，凶手明明在折磨死者，卻又為什麼要刻意減輕死者所受到的痛苦？其二，凶手為什麼要拿走死者的牙齒？三個人的牙齒都沒了，這又代表著什麼？」

說著，章桐看了看童小川：「後來我和童隊經過溝通後一致認為，減輕死者痛苦這一點再加上死去的三個人都曾經是我所經辦的案子中的相關人，凶手應該是衝著我來的。但是從死者身上的『傷口』和『牙齒』這兩個特殊的資訊來看，他真正要找的，或許是我的父親，只是因為我父親在20多年前已經死了，所以可以理解為是父債子還。」

「趙家瑞案件中的死者並沒有丟失牙齒啊？」高工問道。

聽了這話，章桐點點頭：「高工說得沒錯，確實沒有丟失，但是趙家瑞父親的身上卻發生過相同的一幕。趙家瑞父親的死亡在當時雖然被定性為酒後意外，可是無法解釋死者生前一口牙齒到底去了哪裡？話說回來，

故事二　疼痛無聲

針對現在死者身上發現的類似情況，不妨推定為凶手是在刻意告訴我們這件事和趙家瑞有關，因為趙家瑞的父親在他的人生軌跡中肯定有很大的影響。最起碼的一點就是家暴。而幼年時的家暴對於一個人的成長是有很大影響的。雖然說現在這些情況已經無法得到直接證實，但是可以得到很多旁證。非常自信的凶手就是在用屍體告訴我們：這個案子和趙家瑞有關！」

童小川點點頭：「章法醫說得沒錯，事後我查看過相關的檔案，除了牙齒丟失以外，死者的死亡手法和30年前的趙家瑞案件如出一轍。」

「可是趙家瑞明明已經被處決了啊！」痕跡鑑定工程師小九忍不住問道，「難道說我們多了一個傳說中的COPY-CAT（模仿犯）？」

「不排除這個可能，但是同時也不排除當年趙家瑞案件有疑點的可能！」章桐這話一出，會議室裡頓時議論紛紛，大家交頭接耳，面色凝重。

「章法醫，說話要有根據，不能憑空瞎猜疑，雖然30年前我們的刑偵技術手段確實有一定的缺陷，但是你也不能就此一棍子打死啊。」果然有人開始了抱怨。

「我可沒有這麼說，而且，我們做技偵的，講的就是科學證據。」章桐一邊指著身後投影機上的12張死者相片，一邊冷靜地說道，「趙家瑞當年所承認的12起凶殺案中只找到了11具屍體，第12具屍體在上週才被人發現，而其中10具屍體的死因都是一樣的——失血過多引起的多臟器衰竭，身上至少30刀都繞開了致命的部位，雖然沒有檢查出神經受損的跡象，但那或許是因為時間太久了，有些證據已經無法收集到了。」

房間裡一片寂靜，章桐走到季慶雲的相片前停了下來：「她叫季慶雲，被害時30歲，生前是老師，晚上外出教課後一直未歸，家人都認為她失

第十三章　活成了你的樣子

蹤了。直到趙家瑞在半年後供述罪行時講出了季慶雲的名字，並且找到了她的頭顱，眾人才得知她已經死亡，但是僅此而已，只有頭顱。而只根據頭顱的話，當時的法醫是很難找出死者的真正死因的，也正因為如此，季慶雲的母親直到現在都認為她女兒不是死在趙家瑞的手裡。理由很簡單，一個連環殺手，有一套近乎於模式化的殺人手法，為什麼偏偏到季慶雲這裡就被打破了呢？我查過屍檢檔案，上面講得很清楚，在死亡時間上，死者季慶雲既不是第一個，也不是最後一個死者，所以說，除了趙家瑞刻意為之外，只有一種可能來解釋當初為什麼趙家瑞只指認了死者的頭顱所在地，而並沒有指出身體部分的藏匿處，那就是在季慶雲這起案件上，趙家瑞只是一個知情者，並不是一個殺人者，他不知道全部的拋屍點，卻承擔了所有的責任。」

張局點點頭：「這樣確實能夠解釋得通。但是他為什麼要承認不是自己做的案子呢？難道真的是因為殺一個也是死，殺十個也是死，都是死，多一個也無關痛癢？」

「我想，如果真的有第二個人存在的話，那人應該就是他的最愛吧。」一邊的童小川說道，「不過趙家瑞的妻子也死了，死在他的手裡，而當時他的孩子還小，這樣一來的話，那會是誰呢？」

「還有一點，趙家瑞的殺人動機。在案發前，因為身體比較弱，做不了重活，所以他就開了一家小雜貨舖，生意並不是很好，但也能勉強度日。他為人和善卻很孤僻，話不多也很不合群，平時幾乎沒有什麼娛樂活動。被捕前三年結婚，當時很多人並沒聽說過他有孩子，妻子就是剛發現不久的死者黃曉月。」童小川說著，注意到章桐緊盯著趙家瑞的相片陷入了沉思，忍不住問道，「章主任，妳發現了什麼嗎？」

故事二　疼痛無聲

「當時卷宗裡記錄趙家瑞為心理變態的殺人狂，卻並沒有直接指出他殺人的真正動機，你們注意看他的相片，他的眉毛，明明是刻意文上去的，而他的頭髮，要是我沒看錯的話，是假髮！」章桐語速飛快地說道。

「這又有什麼特殊的地方嗎？」小九皺眉想了想，突然一拍桌子，「等等，難道說他是無痛症患者？」

「小九，原來你也知道這種病？」章桐笑了，「真是佩服。」

小九靦腆地笑笑：「你可別誇我了，我只記得以前我的導師曾經提到過這種病，但是很罕見。其中的特徵之一就是全身無汗，部分患者渾身上下沒有毛髮。」

「是的，先天性的無痛症，是一種遺傳性的感覺自律神經障礙，因為身體內痛感的傳導受到阻滯，也就是說喪失了痛覺，但是其他方面，比如冷熱、震動、運動感知之類的我們一般人都具有的感覺能力則發育正常。總體來講這種病症確實非常少見。」說著，章桐抬頭看著童小川，「如果能確認趙家瑞確實患有這種病症的話，那就完全可以解釋他當年的殺人動機了。」

童小川臉上的表情漸漸凝固住了，他難以置信地搖搖頭：「天吶，只是為了在別人身上尋找痛感是什麼樣的感覺，竟然用這種殘忍的方式！人為什麼會這麼冷血？」

章桐長嘆一聲：「恐怕是的，因為他根本就感覺不到肢體上的痛苦。而對於一個活生生的人來說，如果毫無痛感的話，就會覺得自己活得不真實。我認識一位已經病入膏肓的老人，胰腺癌晚期，每天都被痛苦折磨著，骨瘦如柴，因為是臨終病房，為了減輕他的痛苦，醫生給他配了足夠量的哌替啶，但是他拒絕了，寧肯痛得滿頭大汗。他對我說過，只有感覺

第十三章　活成了你的樣子

到痛的時候，他才知道自己還活著。而一個沒有痛感的人，根本就無法區分生與死的界限。不過這還不是我最擔心的。」說到這裡，章桐不由得神情凝重，她輕輕放下了手中的一個黃色資料夾，環顧了一下整個會議室，啞聲說道，「我們都知道李曉偉醫生是趙家瑞的兒子，而先天性無痛症本就屬於遺傳性病症，一般都展現在五號基因的變異上。我已經把李曉偉醫生的基因圖譜送到本部去做篩選了，雖然還沒有拿到正式結果，但是在剛才開會前，我接到一個電話，證實了李醫生五號染色體上的 FAM134B 發生了明顯的變異，而這種 FAM134B 基因常見於我們的背根節神經元中，這種神經元是負責將感覺訊息傳遞給中樞神經系統的初級感覺神經元，這種基因變異會導致背根節神經元無法表達，從而致使該部分神經元逐漸凋亡，後果就是阻礙了人們對痛感的感知。不過在這裡要提醒的是，這種病症的展現不是一出生就有的，只是我們平時不一定會注意到罷了，換句話說就是痛感的消失是緩慢卻又不可逆轉的。而帶有這種變異基因的人也不一定會爆發這種病症，但是他的下一代發病的可能性非常高。」

「但是，章法醫，我記得剛才在醫務室中看見李醫生應該是會有痛的感覺的。」童小川不解地問道，「那他還是這種病的患者嗎？」

「基因變異就如同一顆定時炸彈，爆炸只是時間問題，就看你的運氣了。」章桐隱約感到一絲不安。

「所以，綜上所述，我覺得李江、鄭豪民和蘭小雅的死，是兇手想給我傳遞的一個訊息，表面上我與這些案子脫不了關係，其實他知道，根據現在的刑偵手段，很快就可以證實我是無辜的。結合屍體上所表現出來的刻意減輕受害者的痛苦來看，這些死者並不是他的真正目標，他們只不過是被利用來傳遞訊息的載體罷了，或者說，類似於一場考驗。」她繼續說道，「所以我可以肯定他的真正目的，就是想讓我關注到當年趙家瑞的案

故事二　疼痛無聲

子，因為在他看來，趙家瑞或許是被冤枉的，甚至是頂包的也不無可能。如果我能從前面的考驗中成功脫身的話，那麼，我就完全有資格完成我父親當年沒有完成的工作，找出事情的真相！」

彷彿一石激起千層浪，整個會議室裡又一次議論紛紛。

「在這裡我要補充的是，凶手透過牙齒還留下了一個訊息給我：趙家瑞的童年是在他父親的拳腳下度過的，由此我更加肯定這是一把能打開當年案件的唯一的鑰匙，所以我不能也無法放棄！」

局長沉思良久，皺眉說道：「靜一靜，大家靜一靜。章法醫，我們都能理解妳的心情，請妳接著說下去。」

章桐點點頭，衝著小潘打了個手勢，機器繼續沙沙運轉了起來，此時出現在大家面前的是王勇的屍體被人發現時的現場相片。

「首先要宣告一下，我之所以會認識這個叫王勇的私家偵探，全都是因為李曉偉醫生。有一次他找我，說他被跟蹤了，後來抓到這個跟蹤的人，就叫王勇。王勇也承認了，表示自己是受人之託，在調查李曉偉的下落和相關情況。」

童小川清了清嗓子：「是的，我們刑警隊經過調查確認死者王勇就是靠販賣別人的祕密過日子，屬於高危險人群（此處泛指娼妓、吸毒人員、未成年少女等容易遭受到他人侵害的一類人），所以他的出事也是意料之中的事，相關的電腦資料正在網監大隊處理，很快就會有結果。」

話音未落，身旁的盧強小聲嘀咕了句：「老大，沒那麼快，整整500G的儲存，雙重加密，至少得三天以上啊。」

全場哄堂大笑，童小川的臉頓時漲紅了，狠狠瞪了自己的副手一眼：「更正一下：盡快出結果。」

第十三章　活成了你的樣子

「王勇的死因和前面三位的截然不同，他在被人注射了大量的鎮靜類藥物後，人為阻斷腦部供血導致了全身癱瘓，再加上第三節脊椎折斷，導致中樞神經癱瘓，呼吸肌逐步壞死。此時的王勇雖然還活著，腦部清醒，但是渾身上下沒有任何反應，甚至連呼吸都要加上呼吸機才可以正常進行，在這種情況下，凶手採用了拔牙等恐怖的方式，活活把他給嚇死了。」

「嚇死？」小九疑惑不解地問道，「難道說他的心臟供血系統出了問題？一旦心率加快就出現了『卡機』？」

章桐不由得苦笑：「是的，凶手用了一個特殊的方式，切斷動脈供血幾分鐘後，神經就出現了麻痺，心臟供血受到了嚴重的影響，後果就是王勇因為過度緊張和恐懼，自己把自己給活活嚇死了。嚴格意義上來說，這是一起傷害致死案，凶手不停地折磨他。不過，雖然說他的牙齒也被人拔走了，但是極為粗糙，手腳不是很乾淨，和前面的三起案件相比，有點小兒科的感覺，你們看。」說著，她指著身後投影機上的王勇口腔放大相片，牙床上幾乎都是傷口，甚至還殘留著一顆被硬生生掰斷了的牙齒。

「這麼看來，果真是有兩個凶手。」張局點點頭，神情嚴峻。

「王勇的死，看來和他所掌握的祕密有關，而他的祕密，相當程度上跟李曉偉醫生有關。」童小川補充道。

「我也贊成童隊的看法。」章桐瞥了一眼手中的黃色公文夾，繼續說道，「帥嘉勇的死亡和王勇如出一轍，作案手段是相同的。並且，帥嘉勇的兒子，一個13歲的男孩，不斷地提到牙仙，而在蘭小雅死亡之前，李曉偉醫生的一個病人——潘威，也曾經提到過牙仙，這個傳說中的人物據說會為很多受到欺負的孩子出頭，會為他們去做任何事，而交換條件，

故事二　疼痛無聲

就是人的牙齒。」

「牙仙？」張局不可思議地搖搖頭，「什麼亂七八糟的東西？」

章桐無奈地雙手一攤：「是啊，剛開始我也不相信。我是從李醫生的嘴裡知道這件事的，他說是他的一個病人告訴他的，有一個牙仙會替孩子出頭，不惜殺人。也是這個故事，把我們的視線引向了30年前的趙家瑞案件。受李醫生的委託，我調閱了相關檔案，這時候我才知道趙家瑞小時候受到過家暴，而他的父親雖然是意外而死，但是牙齒沒了……」

「我明白了，凶手肯定認為當初的案子有疑點，心有不甘，為了引起大家的注意，不排除也為了報復你父親，所以不惜栽贓陷害於你，而他真正的目的，就是想讓我們去重新調查趙家瑞的案子。」局長若有所思地說道。

章桐點點頭：「是的，這也是我的看法，因為他栽贓陷害的手段太幼稚了，就像我前面所說的那樣，現在的刑偵手段完全可以解決這個問題。這並不是他的真正目的，他想重新讓我們調查趙家瑞的案子。而連環殺人凶手一般都不會輕易改變自己的作案手法，在他們看來，這就是他們的名片，一旦固定便不會輕易更改。由此，從我們技偵這方面得出的結論如下：第一，趙家瑞案件中，有兩個凶手；第二，30年後的今天，六起殺人案中，也有兩個凶手存在。而他們之間的唯一交點，我想，就是李曉偉醫生。」

「前段日子那個死了的IT程式設計師潘威，也是李曉偉醫生的病人，是嗎？」張局看著童小川問道。

童小川點點頭：「是的，那傢伙簡直是個怪胎，根據他老婆說是對牙仙著了迷。」

第十三章　活成了你的樣子

＊　＊　＊

散會後，章桐匆匆來到警局醫務室門口，隔著門，感覺到裡面靜悄悄的，一點聲響都沒有，她微微一怔，一抬頭就看到了身邊站著的小潘，後者也緊鎖雙眉，伸手指指門：「章姐，開門看看吧。」

推開房門，果不其然，病床上被褥零亂，李曉偉不知何時不見了蹤影。

「人呢？」章桐轉頭問正好推門走進來的警局值班醫師。

「被他奶奶帶著保母過來接走了，說回家休養。」值班醫師愣住了，不明白到底發生了什麼事。

「我真蠢！小潘，李醫生他出事了！」突然回過神來的章桐頓時臉色發白，她一邊向門外跑去，一邊頭也不回地大聲叫道，「快通知童小川，李醫生出事了，叫他馬上帶人去天坪巷28號6樓，李醫生原來的家！」話音未落，章桐的身影就消失了。

值班醫師呆呆地看著空蕩蕩的病床，又看看一邊站著發愣的小潘，委屈地說道：「我話還沒說完呢。」

「那老太太還說什麼了？」小潘皺眉問。

「她說謝謝章法醫，說她終於弄明白為什麼無痛症沒有在李醫生的身上展現出來的原因了。」值班醫師笑咪咪地說道，「說實話，我還真佩服這個老太太，雖然頭髮花白了，居然還知道無痛症這麼個冷僻的概念呢！」

小潘卻目瞪口呆，突然轉身跑了出去。

故事二　疼痛無聲

第十四章　MAOA 基因

一切都像在做夢！李曉偉感覺自己暈暈乎乎的，身體似在空中打轉。

「你知道 MAOA 基因嗎？」

到底是誰在跟自己說話？聲音彷彿來自另外一個世界，若有若無。眼前一片朦朧，只能隱約看到人影在晃動。出於本能，李曉偉想閉上雙眼，因為越來越強烈的光線刺得他眼睛有些痠痛，但是不久他就發現自己根本動不了。不對，比那個更嚴重，自己渾身上下沒有一個地方是能動的。

耳畔的聲音還在繼續，由遠至近，有點熟悉，是的，李曉偉現在可以確信自己應該是在哪裡聽到過。

「只存在於男性體內的單胺氧化酶 A 基因變異，俗稱 MAOA，我到現在才知道，而它一旦發生變異，你的無痛症基因就成了隱性，所以，你身上就展現不出來了。阿偉，看來你還真是個調皮的孩子呢，你說對不對？」

終於看清楚了是奶奶。李曉偉吃驚地張嘴想說話，他的心緊了一下，因為不只是發不出聲音，就連嘴唇的正常張開閉合也似乎成了一種奢望。

還好，胸口不再疼痛了，那根讓他呼吸困難的肋骨就好像從來都沒有斷裂過一樣，這倒是讓他覺得輕鬆了許多。

「奶奶收養了你這麼多年，也不圖個啥，就只希望能找到一個答案，現在看來，這 30 年，總算是可以鬆口氣了。我雖然老了，但是腦子還挺好使的，只是啊，我這個正常人偏偏要在你面前裝成個傻子，真累！」奶

第十四章　MAOA 基因

奶的臉上露出了滿足的笑容。

怎麼回事？李曉偉的心裡一顫，他從來都不知道自己是被人收養的，從小和奶奶相依為命，他根本就沒有考慮過這個問題。而他更多的，只是奇怪自己為什麼沒有父母而已。

奶奶幫李曉偉蓋好了被子，甚至還貼心地為他墊高了一個枕頭，最後，她滿意地點點頭，這才笑咪咪地伸手摸了一下李曉偉的額頭，就像小時候那樣，然後對著門口方向叫了聲：「好了，你進來吧！」

一陣腳步聲響起，腳踩在木地板上，腳步聲格外沉重，來人很快站到李曉偉的面前，彎腰湊到他的臉旁，柔聲而又卑微地說道：「晚安，李醫生。」熟悉的聲音，熟悉的臉，李曉偉卻感覺自己的腦袋就像被錘子給狠狠地敲了一頓，頭嗡嗡作響，因為過於驚愕，他的雙眼瞳孔猛烈收縮著。原來是你！為什麼！可惜的是，他什麼聲音都發不出來了，就連眼珠都再也無法轉動。他知道此刻自己跟個死人相比，只是多了一口呼吸而已。這是多麼悲哀的一件事。

＊　＊　＊

天坪巷 28 號 6 樓，陰暗的樓道裡，章桐氣喘吁吁地衝上六樓，這個鐘點正好是家家戶戶擠在廚房裡開始做飯的時候，但是往日熱鬧的六樓，此刻安靜得可怕。章桐急了，用力拍打門板：「有人嗎？有人在家嗎？快開門呐……」

半晌，對門吱呀一聲，一個中年婦女探出腦袋：「哎，別敲了，老太太下午出遠門了，和保母一起。」

「去哪裡了妳知道嗎？」

「說是去看一個遠房親戚了，猜想要走三個月吧。」

故事二　疼痛無聲

　　這個理由冠冕堂皇，章桐的臉上露出了苦笑，她確信方淑華不會再回來了，只是她不明白的是，為什麼會突然採取行動綁架李曉偉，到底出了什麼事？

　　想到李曉偉，章桐的心像被狠狠扎了一樣抽痛。

＊　＊　＊

　　法醫辦公室裡靜悄悄的，小潘在整理鐵皮櫃裡的屍檢檔案，章桐則呆呆地看著電腦螢幕半天沒有動靜。

　　「我覺得不應該啊，辛辛苦苦養大的孩子，為什麼要下毒手？也不知道李醫生現在到底在哪裡，會不會出事？都兩天兩夜了，還是沒有一點消息。」章桐雙眉緊鎖。

　　小潘把鐵皮櫃關上，轉身說道：「章姐，妳別太往心裡去了，我也相信李醫生是個好人，他絕對不可能是殘忍的牙仙。好人自有好福氣，他會回來的。再說了，現在童隊不正派人四處尋找李醫生的下落嗎？你就別擔心了。」

　　正在這時，伴隨著敲門聲，辦公室門被推開了，痕跡鑑定工程師小九笑咪咪地出現在了門口，手裡晃了晃那本鑑定報告：「章姐，想撞死妳朋友的人，是個男的，身高175到180公分，體重嘛，屬於中等偏瘦。」

　　小潘笑了，伸手接過小九手中的報告：「九爺厲害，你怎麼知道得這麼詳細？」

　　小九活動了一下發酸的腰部，伸了個懶腰：「童隊的手下挖地三尺終於在金錢豹KTV門口找到了那輛被遺棄的套牌小車，而這些資料都是我根據駕駛座的移動位置和監控探頭中模糊的駕駛者影像大體判斷出來的，所以說嘛，絕對不可能是那個矮小的方老太太。」

第十四章　MAOA 基因

小潘轉頭問道：「章姐，那老太太有子女嗎？」

章桐向後靠在椅背上，長嘆一聲：「童小川早就想到這點了，所以查過老太太的子女，包括保母的子女都查了，結果是活著的根本就沒有作案時間，也就是說，這或許就是那第二個人。但是他為什麼要撞李曉偉的車呢？」

小九悠閒地在一邊的椅子上坐了下來：「我說章法醫啊，妳對付死人是挺有本事的，揣測活人的腦子裡想的是什麼可就不那麼在行了。」

章桐苦笑：「沒錯，小九，做法醫的，處處都離不開科學證據，一是一、二是二，我一點都不擔心，說實話我的思維還真沒那麼快！」

「其實呢，章姐，我覺得妳的思維確實是有些狹隘了，一些看似正常的表面下，其實就隱藏著方向截然相反的真相也說不定呢！」小潘雙手抱著手臂斜靠在鐵皮櫃上，笑嘻嘻地說道，「九爺，你的意見呢？」

小九連忙擺手：「我不表態，你這傢伙可別找揍罵拖我下水啊。」

小潘開心地哈哈大笑，難得沉悶的法醫辦公室裡多了一點別樣的感覺，但是一邊的章桐臉上仍不見笑容，她低頭陷入了沉思。

＊　＊　＊

夜深了，章桐獨自一人拖著疲憊的步伐推門走進家，脫了鞋光腳來到客廳，翻出了那個陳舊的小樟木箱子。她全然不顧雙腳的涼意，打開小樟木箱，一股淡淡的薰衣草香味撲面而來，一整箱子的工作筆記按照年分排列得整整齊齊。

章桐伸手撐開客廳的落地燈，盤腿坐在地板上，開始耐心地尋找起了父親留在這個小樟木箱中的訊息。她知道，要想解開李曉偉的身世謎團，

故事二　疼痛無聲

　　要想把凶手徹底抓捕歸案，如同小潘所說的那樣，自己必須揭開表面現象看本質，凶手的影子就隱藏在當年的那場噩夢中。

＊　＊　＊

　　「你真的確定要那麼做嗎？」方淑華似乎有些於心不忍，她抬頭看了一眼靜靜地躺在病床上的李曉偉，作為一個女人特有的柔軟被無聲地觸動了，這還是第一次。

　　「放心吧，我不會讓他死的。」他俐落地為失去知覺的李曉偉綁上各種插管，掛上吊瓶，目光中閃爍著說不出的興奮，「他死不了，我絕對不會讓他死！如果他死了的話，我一切的努力都將付諸東流，我這輩子犧牲了那麼多，就是為了能夠找到他，你說，我又怎麼可能允許自己失敗呢？」

　　「那他，還會再醒來嗎？」方老太太開始感到有些惴惴不安。

　　「他會的，做了那麼多次實驗後，妳說，我還會那麼蠢嗎？」他黎然一笑，慘白的牙齒在夕陽中閃爍著詭異的光芒。「我一定要向他證明，我是對的！」

　　話音未落，窗臺上兩隻烏鴉似乎被驚醒了一般，振翅高飛撲向遠處的樹林。

　　夕陽將最後一抹緋紅灑向了天際。

＊　＊　＊

　　凌晨，天還未亮，一夜未眠的章桐便匆匆走下了計程車，加快腳步向市局大廳走去。因為最近案子比較多，加班也就成了常事，看見章桐走進來，保全人員點點頭就放行了。

　　她沒有回自己的辦公室，而是直接走向二樓的刑警隊辦公室。她知

第十四章　MAOA 基因

道,這個時候童小川肯定在。果然,整個辦公室裡坐滿了人,但是他們幾乎都累得趴在桌上呼呼大睡。眼尖的盧強看見了章桐,剛想打招呼,卻被她搖頭制止了。

童小川的辦公桌上亂七八糟地堆滿了各種卷宗和現場相片,桌角的垃圾桶裡塞滿了各式各樣的泡麵空桶,空氣裡瀰漫著濃重的菸味和泡麵的作料味,讓章桐幾乎喘不過氣來。

看著趴在卷宗上睡得正香的童小川,章桐皺眉,一狠心便毫不猶豫地嚷嚷道:「醒醒,童隊,快醒醒!」童小川迷迷糊糊地咕嚕了一句,便轉頭繼續睡覺。章桐急了,伸手猛地在他的肩胛骨處拍了一巴掌,只聽他「哎喲」一聲頓時清醒了。

「章法醫,妳怎麼動手打人啊?」童小川雙眼布滿血絲,一臉的委屈,「我們都連軸轉了好幾天了,打個瞌睡也是正常的啊。」

「別吵,我懷疑季慶雲沒有死!」說著,章桐把手中早就準備好的工作筆記摘要放到童小川面前,「這是我父親當初的工作筆記,我仔細查過,前面 10 具屍體,無論是被害手法還是拋屍地點,都是一般無二的,唯獨黃曉月和季慶雲的屍體,卻出現了異樣。」

一聽這話,本來還有些迷迷糊糊的童小川頓時來了精神頭,他揉了揉眼睛,神情也變得嚴峻了起來:「你慢慢說。」

「黃曉月是趙家瑞的妻子,只不過當時因為環境特殊,再加上在趙家瑞被捕前她就已經失蹤了,所以知道這個情況的人並不多。」

「沒錯,我後來派人去那個物流倉庫查了檔案紀錄,上面登記顯示當時的貨主是個女的,你想,名字可以造假,證件也可以造假,但是貨主站在你面前,我相信性別是沒有辦法造假的。」童小川一邊說著,一邊伸手

故事二　疼痛無聲

　　從椅背上的警服口袋裡摸了老半天，終於摸出一個空香菸殼，他頓時沮喪地輕輕嘆了口氣，隨手把香菸殼丟進了垃圾桶。

　　這一幕被章桐看見了，她不由得輕輕一笑：「看來想要叫你們這幫老刑警戒菸就跟要我戒咖啡一樣，是不可能的。」

　　童小川搖頭苦笑：「提神必備，沒辦法。對了，章法醫，我記得李曉偉當時說到蘭小雅的時候，也提到過一個女人，因為戴著口罩，所以沒有認出對方來。對嗎？」

　　章桐點點頭：「是的。這個案子裡確實有個女人存在，現在看來就是收養李醫生的女人，她曾經跟我說過當初一直懷疑趙家瑞是無痛症患者，卻苦於沒有機會證實這個觀點，於是她就收養了被送到育幼院的李曉偉，我猜她本想著當李曉偉的無痛症基因顯現出來後就親手把他殺了的，結果卻很失望，因為李醫生一直都很正常。」

　　「天吶，這女人真變態！」童小川愁眉苦臉地長嘆一聲，「我這輩子最怕的就是女人。」

　　章桐沒去搭理童小川的抱怨，她伸手指著桌面上的筆記，繼續說道：「我父親筆記上顯示，他一直都懷疑季慶雲頭顱的可信性，因為被找到時已經嚴重腐爛，再加上當時沒有現在這樣的 DNA 技術，也就不存在比對，所以說季慶雲屍體的確認完全基於她弟弟季慶海的認屍。你看這裡，我父親畫了一個很大的問號。所以我認為，那個頭顱不一定是季慶雲的。只是奇怪的是，季慶海為什麼一下就認出來了呢？」

　　「親情使然？血緣關係？」

　　章桐搖搖頭：「沒那麼簡單。記得第一次在他家見到季慶海的時候，我就注意到他的顴骨，而根據我父親留下的工作筆記和顱骨手繪圖比對下

第十四章　MAOA 基因

來發現，兩者缺乏必要的遺傳特徵，所以我大膽地推論他們倆並無血緣關係，也就是說，季慶雲或許沒死。這樣一來，再結合前面他認屍速度飛快，我想，你有必要和他談談了。」

「沒錯，這傢伙！」童小川憤憤然地嘟囔，「對了，還有那個黃曉月，妳的意思是說她的死和這個女人有關？」

「是的，雖然死因和被害手法與前面十個死者相同，但是讓人無法理解的是，為什麼趙家瑞偏偏沒有供述出黃曉月的藏屍點？」

童小川恍然大悟，神情激動地說道：「只有一個可能，他根本就不知道自己的老婆已經死了，只知道失蹤，所以他無法指認老婆的藏屍處，不然你想想看，他難道就忍心自己的老婆在冰冷的物流倉庫一放就是幾十年？」

「其實呢，趙家瑞是一個感情很豐富的男人。我認識當時擔任刑場值班法醫的卓叔叔，他跟我說過，趙家瑞臨死前哭了。」章桐若有所思地說道。

「哭了？」童小川覺得有些不可思議。

章桐點點頭：「是的，他哭了。據說當時是因為有個記者提到說趙家瑞應該留幾句話給自己的孩子，但已經來不及了。我想，他有孩子這件事，是絕對不想讓別人知道的，再加上對孩子的思念，最終就流下了眼淚。卓叔叔說他還從來都沒有看到過連環殺人犯臨死前哭的。要知道趙家瑞是以凶殘出名的，他被捕後對自己的罪行從未進行過道歉，相反，在監獄裡過得很開心，就好像最終的死刑就是自己的解脫一樣。」

「可以理解李醫生，有個這樣的殺人犯父親，在孩子的心裡該留下多大的陰影啊。」童小川輕輕說道。

故事二　疼痛無聲

＊　＊　＊

盧強對童小川來說是個可有可無的小跟班，雖然有時候反應慢了點，並且經常捱罵，但是關鍵時刻考慮事情比童小川冷靜，所以一旦外出辦案，童小川還是很願意把這個晚輩帶在自己身邊的。

開車這件小事自然也就成了盧強的工作，當他們趕到季慶海的工作單位時，已經是上午9點多了。陽光正對著童小川他們所站的位置，所以他不得不瞇縫著眼朝廠區裡面張望著。終於，十多分鐘後，身穿灰布工作服的季慶海快步走了過來。

「誰找我？」他一邊摘下紗布手套，一邊沒好氣地咕噥了句，「我忙著呢，有什麼事不能下班後再說嗎？」

童小川衝著盧強努了努嘴，便認真地觀察起了季慶海的臉部表情。盧強摸出工作證在季慶海面前晃了晃：「我們是警局的，這是我們長官，有些事情想請你配合調查一下。」

果不其然，季慶海的目光中閃過一絲慌張：「警察？找我什麼事？是不是你們抓住了那個殺害我姐姐的凶手？把他關起來了嗎？」

「哎，季慶海，我們大老遠地趕來可不是回答你的問題的，你不要搞錯了。」童小川一臉的嚴肅，「你要是不願意在這裡回答問題的話，我可以免費讓你搭車，去警局回答也沒關係，中午餐我請就是。對你，我們可有的是時間。」

童小川不冷不熱的幾句話讓季慶海頓時尷尬了起來，再加上身邊不遠處保全室裡的值班人員也投來了異樣的目光，他終於搓著雙手，語調變得緩和了下來：「對不起對不起，你們問吧，我什麼都告訴你們，絕不隱瞞。」

第十四章　MAOA 基因

「是嗎？」童小川看了看盧強，兩人相視一笑，「不過我必須提醒你一點，季先生，其實有些事情的真相我們已經完全掌握了，這一次只是想在你這裡得到進一步證實而已，例行公事，希望你能夠理解。」

「沒問題的，你們儘管問吧。」季慶海嘿嘿一笑，躲開了童小川咄咄逼人的目光。

「你姐姐還活著這件事，你為什麼不跟我們說實話！」童小川笑咪咪地盯著季慶海的眼睛。

「我……我……」季慶海就像活生生地吞下了一隻蒼蠅，臉上一陣紅一陣白。他真的做夢都沒有想到童小川一上來直接就戳中了他最不想讓別人知道的祕密。

「你說呀，為什麼呢？」童小川更高興了，他知道此刻的季慶海一定在後悔剛才為什麼不把眼前這兩個貌不驚人的小警察放在眼裡。「我……我……」季慶海猶豫了老半天，一聲不吭，雙手抱著腦袋蹲在了地上。盧強剛要上去進一步追問，卻被童小川攔住了，他輕輕搖搖頭。

突然，季慶海猛地站了起來，衝著童小川嚷嚷道：「那人不是我殺的！那個人真的不是我殺的，你們一定要相信我，我這次真的沒騙你們！」

童小川皺眉看著他：「你說的是什麼人？什麼人不是你殺的？」

「那個頭顱，那個我把她當作我姐姐頭顱的人，真的不是我殺的。我也知道那人不是我姐姐，但是，但是……」

童小川火了，一把抓起他前胸的衣服，惱羞成怒地說道：「但是什麼？你早就已經知道真相為什麼不告訴我們警方？知道什麼叫做偽證嗎？那可是犯罪，你明白嗎？婆婆媽媽的，你到底還是不是個男人，講話就不能果斷點嗎？」

故事二　疼痛無聲

「童隊，注意形象！」盧強在一邊小聲嘀咕，腦袋朝保全室的方向歪了歪，「人家正盯著我們看呢。」

果然，話音未落，身旁保全室裡的兩個小保全立刻站起身把門關上了。

童小川無奈地深吸一口氣，耐著性子鬆開了手，順便幫季慶海撫平了他胸口的衣服：「抱歉，我剛才有點失控。」

「沒事，沒事，我……好吧，我就告訴你們。當初聽說找到了我姐姐的頭顱以後，我就去火葬場認屍，當然了，我不能叫我母親去，她心臟不好，我怕她出事。我們家經濟狀況也不是很好，這些你們也都知道。」季慶海沮喪地低下了頭，目光有些茫然，「然後呢，我剛到火葬場的時候，有一個男人給了我一張紙條，紙條上寫著，只要我承認那個頭顱是我姐姐的，我就可以拿到一千塊錢。我想，頭顱不是我姐姐的，說明人還可能活著，我認了就能拿一千塊錢，也算是件好事，畢竟我們家需要錢，我上學也需要學費，我就同意了。事情經過就是這樣。」

許久，大廳裡靜悄悄的。突然，童小川搖搖頭：「不對，他後來沒再聯絡你了嗎？」

「沒有，真的沒有，你要相信我。」

「你錢是什麼時候拿到的？」

「出火葬場的時候。警衛給我的，說有人專門留下的信封。」

「你後來沒再見過這個人嗎？」

季慶海用力地點頭：「是的，我沒有再見過他，我真的沒有再見過他，我連他長什麼樣都不知道。」

「你撒謊！」童小川冷冷地說道。

第十四章　MAOA 基因

「我沒有，我沒有撒謊！」季慶海急了，委屈地說道，「我真的沒有再見過他！後來，學校畢業後，我頂替父親進了廠子，一直都很忙，哪有時間出去亂晃，下班就回家，我現在都50歲了連個老婆都沒有。」

「你撒謊！如果你沒有再見過他或者接過他的電話的話，你又怎麼可能去醫院找李曉偉醫生鬧事？」童小川的聲音也變得冰冷起來，「我給過你機會了，你又撒謊！」

「李……李曉偉醫生？」季慶海的身體本能地向後慢慢退縮著，目光也開始游移不定了起來。

「好吧，既然你的記性不太好，那我就來幫你回憶一下！」說著，童小川衝著身邊站著的盧強點點頭。盧強立刻心領神會，打開手中的平板，點開那段季慶海在醫院鬧事的監控影片，開始播放的剎那，聽著自己幾乎聲嘶力竭的聲音在空蕩蕩的大廳裡迴盪，季慶海頓時面如土色，急得滿頭大汗：「趕緊關掉，趕緊關掉，求求你們，不然的話我會被炒魷魚的！」

童小川輕輕一笑：「沒問題，那你說吧。李曉偉醫生的身世，到底是誰透露給你的？當初你為了一千塊錢能把別人的頭顱認作你姐姐的，由此可見你對這件事的興趣更多的是在錢上，我說的對嗎？」

季慶海的臉漲得通紅，他猶豫了半天，最終長嘆一聲：「五百塊錢，鬧一次。」

「是誰叫你這麼做的？」童小川緊追不放。

「一個女人……」季慶海唯唯諾諾地說道。

「女人？怎麼又是女人，她年輕嗎？還是五六十歲的年紀了？」童小川一頭霧水。

「你剛才不是看到了嗎？就在我旁邊站著的。」季慶海伸手指了指盧強

故事二　疼痛無聲

　　手裡的平板。童小川這才恍然大悟，他一把奪過平板，打開那段監控錄影，神情緊張地看了起來，半晌，他抬頭看著盧強，一臉的驚愕：「怎麼會是她？」

　　「沒錯，就是她，就是她，當時來找我的時候手裡還抱著個孩子，所以給我的印象特別深。她在我家門口等了老半天，那天我送我媽去醫院複查，腦子不太好，萎縮了。回來的時候天都黑了，她就抱著孩子坐在我家門口，一個女人家獨自帶孩子，真的太可憐了，我挺同情她的。她跟我說自己也是趙家瑞案件的被害者家屬，因為是個女人，所以力量不夠，希望我能幫她，後來是她把李曉偉醫生就是殺人犯趙家瑞的兒子這個消息告訴我的，還硬塞給我五百塊錢，說事成之後再給五百，結果後來就再也沒看見她了！」說到這裡，季慶海的聲音裡還流露出了一絲不滿。

　　童小川突然想到了什麼，頭也不抬地追問道：「那你見過你姐姐嗎？」

　　「跟人間蒸發了一樣，」季慶海搖搖頭，「或者說跟死了沒啥區別。」

　　　　　　　　＊　＊　＊

　　回到車上，童小川示意盧強開車，自己則抱著平板坐在副駕駛座上一遍又一遍地看著那段監控錄影，只不過這一次他的注意力不再集中在賣力表演的季慶海身上，而是死死地盯著縮在柱子旁邊的那個熟悉的身影，半晌，心有不甘地咕噥了句：「盧強，你說林玉芝這女人到底想做什麼？」

　　盧強猛地一個煞車，童小川猝不及防，重重地磕在前擋風玻璃上，懊惱地嚷嚷道：「你幹麼？到底會不會開車啊！」

　　「對不起，老大，我這不是突然想到些東西嗎？」盧強尷尬地笑了笑，轉而嚴肅地說道，「童隊，林玉芝是死者潘威的妻子。我記得我老媽曾經跟我說過，結婚前和結婚後的女人是不一樣的，結婚前是男人為她死

第十四章　MAOA 基因

心塌地。而結婚後，尤其是有了孩子以後，則是女人為自己的男人死心塌地，你看這個林玉芝，潘威條件又不是很好，我看過他的相片，再加上又是個神經兮兮的傢伙，而林玉芝卻為了他不惜未婚生子，你說一個女人甘願為男人未婚生子，那要多大的勇氣和愛才會支持她去這麼做啊！」

童小川仔仔細細地上下打量了一番自己的下屬，伸手摸了摸他的額頭：「你沒發燒吧？要是我沒記錯的話，你小子應該還沒談戀愛，對嗎？」

盧強嘿嘿一笑：「是的，老大，不過這是我老媽跟我說的金科玉律。話說回來，老大，我可不是在浪費時間，你想想，季慶海大鬧醫院的時候，她老公潘威應該已經死了吧，她為什麼要害李曉偉醫生呢？」

這時候童小川開始對自己的這個小跟班刮目相看了，愣了半晌，看見交警正朝自己的車子走來，他趕緊伸手狠狠一拍盧強的腦袋：「快開車，再吃罰單的話我這個月獎金就徹底完蛋了！」

車子開過交警身邊的時候，童小川順手把警燈往車頂上一按，同時滿臉帶笑伸手作揖狀：「公事，公事，下不為例！下不為例！」

話音未落，車子就開跑了。交警只能無奈地搖搖頭，一臉的苦笑。

＊　＊　＊

地下室的法醫辦公室裡，章桐已經整整一個下午都保持著相同的姿勢了，她感覺到雙腳逐漸麻木，這可是不好的現象。就在這時，電話鈴聲響了起來，尖利而又刺耳。

她微微皺眉，在電話鈴聲第二次響起之前就摘下了話機，夾在脖子上，雙手仍然敲擊著電腦鍵盤，季度報告還有最後的結尾，雖然最討厭文書工作，心裡又總惦記著毫無下落的李曉偉，但是工作還得有人去做，更不用說現在辦公室裡就只有自己和小潘兩個人是能工作的了。

故事二　疼痛無聲

　　電話是童小川打來的。還沒等章桐開口說話,他就開始嚷嚷上了:「章法醫,我們馬上去找林玉芝談談。潘威的死,麻煩妳再複核一下他的屍檢報告,我覺得他的死可能有問題。季慶海就是拿了林玉芝的錢後才按照她的要求去醫院大廳大鬧的。還有,至少可以證明當年季慶海說了謊,那個頭顱不屬於季慶雲。」稍微停頓一下後,童小川微微帶著一絲遺憾的聲音又響了起來,「事實證明妳父親當初的觀點是正確的,季慶雲有可能並沒有死,但是那個頭顱到底是誰的,現在沒有辦法確定了。」

　　「等等,你說什麼?潘威?那個李曉偉的妄想症病人?他死於電擊這個結論是肯定的,但是⋯⋯」突然,她臉上的表情僵住了。

　　「章法醫?」

　　「我知道了,童隊,我看了馬上打給你。」章桐心中隱約感到了一絲不安,她便盡快結束了談話。結束通話電話後,章桐一臉嚴肅地抬頭看著小潘:「馬上給我潘威的屍檢報告,還有,他的屍體應該還在冷庫,對嗎?」

　　小潘點點頭,站起身便向門口走去,突然,他停下腳步看著章桐,皺眉猶豫道:「章姐,有句話我一直憋在心裡,不知道該不該說,是和這個案子有關的。」

　　「沒事,你說吧。」

　　「牙仙這個故事,最早是誰說出來的,妳還記得嗎?」

　　章桐想了想,說道:「是潘威。」

　　「他是做什麼工作的?」小潘繼續追問道。

　　「IT 程式設計師,好像是在一家網路遊戲公司工作的軟體工程師,做網路程式設計的。」章桐微微皺眉,「你到底想說什麼?」

　　「章姐,我前幾天看了一部經典的懸疑電影,是英國女偵探小說家

第十四章　MAOA 基因

「阿婆」的代表作，叫《無人生還》，裡面就提到說凶手其實就是那個已經死了的人，而他的死亡事件只不過是一個假象而已。我就想到了我們這個案子，這個案子我總覺得少了關鍵的一塊拼圖碎片，我記得妳曾經說起過整個案子中一直提到有個神乎其神的牙仙，而且死者的牙齒也有丟失。我們也知道這個世界上其實根本就不存在什麼所謂的鬼魂，神仙之類更是無稽之談，那麼，潘威為什麼偏偏要刻意提到這個趙家瑞小時候的事，如果他不提的話，我相信根本就不會有人去朝這上面想，也就是因為他，我們才會把注意力集中到 30 年前的那個系列案件。所以，何不這樣認為，假設第一個提起這件事的人就是一個布局的人的話，那就可以說得通了。他肯定是對事情的前因後果都已經非常了解了，所以他才可以牽著我們的鼻子向前走去。」小潘神情嚴肅地看著章桐，「所以說，章姐，如果我的推測沒錯的話，這個潘威，是個極端工於心計的傢伙。妳要小心！」

「他不是死了嗎？」章桐喃喃地說道。

「我是說，如果他沒死的話，如果這整個死亡事件就只是一個局的話，章姐，是不是一切都解釋得通了？」小潘輕輕一笑，「別忘了，他可是一個 IT 程式工程師啊，這種人十之八九都是駭客級別的，我敢打賭，要是你叫童隊現在去調查城中村旅館、體育中心游泳館和地鐵站，他們的電腦在三個月內肯定受到過駭客攻擊，一些正常的紀錄都被抹去了，所以才會出現所謂的從天而降的屍體！」

章桐目瞪口呆地看著小潘，震驚得半天都沒有說出話來。

故事二　疼痛無聲

第十五章　基因療法

　　一個人活著，到底是為了什麼？

　　李曉偉相信自己還活著，當他看到潘威拿著一根碩大的骨髓穿刺針向自己走來的時候，他的心裡便已經明白了，對方不只要折磨他，還想要他的命！

　　還好，他感覺不到痛苦。

＊　＊　＊

　　法醫辦公室裡，電腦螢幕上很快就傳來了新郵件的提示音。其實不用看這封郵件就可以猜到結果了。當初在林玉芝租住的家中，她就已經注意到這個孩子有些異樣，或者說有些與眾不同，只是那個時候還沒有意識到這點罷了，試想兩歲左右的孩子又怎麼可能連基本的站立都無法做到？還有他的頭髮，稀疏發黃，皮膚是異樣的白色⋯⋯大膽地推測一下，這個孩子是否也是先天性的無痛症患者？林玉芝為什麼不去工作，難道說真的只是因為放不下孩子？需要帶孩子？沒有錢？不，只有一個解釋——孩子病了！而作為母親，她當然也就放不下！

　　半小時前，為了證實這個推論，章桐打遍了所有大醫院有關遺傳基因方面的主任醫師電話，講述這個孩子的大概年齡及樣貌，包括他母親的長相，沒想到很快就得到了答案。

　　「這種病沒法治，至少現在！」電話那頭，第一醫院遺傳科主任斬釘

第十五章　基因療法

截鐵地說道,「我跟孩子母親說過很多遍,但她就是不聽。我也沒有辦法,我已經盡力了。」

「那她在您那邊就醫多久了?您大概對此有印象嗎?」章桐問道。

「很久了,最初是和孩子父親一起來的。時間上嘛,至少應該有兩年了,孩子剛出生的時候就帶來了,對了,孩子好像還是在我們醫院的婦產科出生的。」

「他們是什麼時候發現的這個病?」章桐感到有些莫名的緊張。

「懷孕第六週做產檢的時候,基因篩查專案中就已經發現了,當時我徵求過孩子父母是否要放棄,選擇引產,但是被孩子父親拒絕了。其實這也不意外,因為孩子父親本身就是先天性無痛症的隱性基因攜帶者,而這種病人是很難有下一代的,即使有了下一代,孩子身上由隱性變為顯性的可能性超過 80%,所以對出生後的結果幾乎是不用質疑的。」電話中,遺傳科主任不無遺憾地說道,「而且,這個孩子活不長的。」

臨了,遺傳科主任又提到一點,這讓章桐更是感到一陣不安。當她問起對方是否跟潘威夫婦講起過一些新療法的時候,主任不無擔憂地說道:「最近有一種療法,但是還沒有被臨床證實,那就是透過提取擁有健康基因的人的腦脊液來進行相關的合成,最後進行中樞神經系統的基因療法。不過目前這還只是一個構想,具體實施方面,還沒有進一步的有效資料。」

章桐的心都涼了,她當然知道腦脊液所在的位置以及相關的提取方法,這也就可以解釋為什麼前面幾具屍體的身上都有疑似做過腰椎穿刺術的痕跡。現在看來,潘威只是在不斷地練習,而他真正的目標,就是李曉偉:一個健康的先天性無痛症基因攜帶者。

電話鈴聲又一次響了起來,打斷了章桐的思緒,是童小川打來的。

故事二　疼痛無聲

「章法醫，我們已經把人帶回警局了。你那邊屍檢結果怎麼樣？」

章桐定了定神，輕聲說道：「屍體不是潘威的，屍體血型是 O 型，孩子血型是 AB，而孩子母親林玉芝的血型也是 AB，根據血型遺傳規律，AB 和 O 型相結合，孩子的血型只有兩種可能，除了 A 就是 B。所以我可以肯定潘威還活著，他布了個局，而李曉偉應該就在潘威的手裡。」

「明白，謝謝！」

電話結束通話了，章桐的心卻仍然懸著。因為她始終都無法弄明白死者不是潘威，那麼死的是誰？他做這麼多到底是為了什麼？難道說為了救自己孩子的命就不惜一切去奪走那麼多無辜的人的性命？章桐不由得雙眉緊鎖。

警局檔案室裡亂成了一鍋粥，看著死氣沉沉的電腦螢幕，田波一臉的沮喪，他揮揮手叫來了自己的下屬：「網監大隊那邊怎麼說？」

「老大，已經肯定確實被入侵了，網監的兄弟說了，這傢伙是個標準的駭客！」下屬的目光中閃爍著興奮的光芒，「真沒想到隱藏這麼久才被我們發現。」

「他動了什麼能查得出來嗎？」田波緊張地問道。

「網監那邊說了，很奇怪，根據相關軌跡查看，就一個小檔案修改了一下，還加了一個特殊的幽靈碼在裡面，這樣做的結果就是無論多少人想去查這件事，他就會第一時間知道。」

田波有點發愣：「做這麼多就只為了修改一個陳年舊檔案？是不是吃飽了沒事做啊？」雖然說事情並不是很大，但是既然是在自己地盤上發生的，一貫追求完美的田波當然心有不甘了。

下屬嘿嘿一笑：「我說老大，你要是知道是哪個檔案的話，你就不會

第十五章　基因療法

這麼不把它當回事了。」

「什麼檔案？」田波皺眉問道。

「趙家瑞的檔案，網監那邊的報告上說了，只動了一句話，那就是殺人狂魔趙家瑞應該留下了兩個兒子，而不是一個。有關那個孩子的紀錄還被徹底從檔案中抹去了！」

田波臉上的笑容漸漸地消失了：「看來那個私家偵探的紀錄都是真的。」

「私家偵探？」

田波懊惱地點點頭：「已經被破解了，整整500G的資料啊。中午吃飯的時候，刑警隊的文書陳波閒聊時跟我們說的，說真沒想到那個私家偵探居然挖出了一條新聞：連環殺人惡魔趙家瑞有兩個兒子！我們當時還不相信，不過現在想想那也在情理之中，自己是殺人犯，殺了這麼多人，身敗名裂不說且肯定會禍害自己的孩子，他當然不願意公開自己有孩子這件事了。你們說那些家屬會輕易放過他們嗎？殺人犯的孩子，說不被周圍人歧視那是騙人的！」

話音剛落，田波無意中看到章桐正站在門口，便訕訕地笑了笑：「章法醫，你來得正好，我正要去找你說這件事呢。」

章桐搖搖頭：「謝謝，我已經知道了。對了，趙家瑞的兩個孩子，母親都是黃曉月嗎？」

「沒錯，上面填寫的都是黃曉月，而且我調看了出生證，是異卵雙胞胎，前後出生時間相差十分鐘多一點，但第二個孩子被一個護理師抱走了，之後就沒有消息了。說實在的，那個私家偵探還是挺厲害的，隔了這麼久的時間居然還弄到了出生證，只是可惜啊，這麼早就死了。」田波長嘆一聲。

故事二　疼痛無聲

「抱走第二個孩子的護理師就是趙家瑞殺的第七個人。」章桐冷冷地說道，「給我看看潘威的相片。」

看著相片中那個熟悉的面孔，章桐不寒而慄，那天在清明橋咖啡館中的一幕頓時浮現在了自己的腦海裡，身穿紫紅色毛衣的年輕男人就是潘威，而他突然離去，緊接著就是李曉偉的車禍，這一切原來是早就安排好的。他並不想撞死李曉偉，因為面對一個身體比自己健壯的男人，潘威只有一個辦法，那就是讓李曉偉徹底失去反抗能力。

這麼看來，他的賭注是押對了。

* * *

李曉偉這幾天來真正地體會到了被關在自己身體裡的感覺，簡直糟糕透了！除了自己的腦子還能思考以外，他根本就無法確定這個身體是否還屬於自己。他不得不隨時逼著自己去思考，哪怕做簡單的算術題，他害怕一旦停下來的話，就再也不會思考了。學醫這麼多年，職業的本能告訴李曉偉他只是被注射了大量的鎮靜劑罷了，因為還沒有為自己上呼吸機，這也就意味著他還能夠自主呼吸。但是他真的不明白，潘威這麼做到底是為了什麼？

直到他再一次拿著做腰椎穿刺的專用針筒出現在李曉偉的面前的時候，李曉偉的心都涼了。

「嗨！李醫生，讓我們開始今天的工作吧！」潘威的臉上露出了那特有的讓人頭皮發麻的笑容，右手同時拉開了李曉偉身上的衣服，「放心吧，不痛的哦！」

李曉偉呆呆地看著他：告訴我，你到底想做什麼？

沒有反應，因為在潘威的眼睛裡，只有他自己，盯著針筒的目光是那

第十五章　基因療法

麼專注。李曉偉突然意識到了什麼，恐懼迅速瀰漫了他的全身。

潘威只是一個普通的 IT 工程師，又怎麼可能會有這麼高的醫術？抽取腦脊液這樣的事情就連一般的護理師都做不來，可是眼前這個和自己相處了大半年的男人，卻好像從裡到外都換了一個人一樣。抑或說，他根本就沒有瘋！

心跳加快，心臟檢測儀上出現了一連串的波動，刺耳的滴滴聲響起。方老太太聞聲從隔壁快步走了過來：「出什麼事了？他的心臟怎麼了？」潘威卻紋絲不動，只是嘴角微微向上一揚，繼續全神貫注地抽取著透明黏滑的液體：「放心吧，他沒事，只是稍稍有些小想法罷了。」方老太太將信將疑地看著一動不動地躺在床上的李曉偉：「你說過不會讓他死的，對嗎？」潘威站起身，心滿意足地看著手中針筒中的液體：「我什麼時候騙過你？」

「那警察他們，會發現我的真實身分嗎？」方老太太有些擔憂。

聽了這話，潘威撲哧一笑，慢悠悠地走向門口：「不會，妳就是方淑華，方淑華是妳，而季慶雲，早就死了！他們只會一無所獲！」

「他們會不會對方淑華的身分起疑心？」方老太太還是不放心。

「放心吧，當年趙家瑞的案子一結，妳就提前內退了，再說知道妳長相的人早就死光了，這事了了後妳就安心用她的養老金找個沒人認識妳的地方養老去吧。」

「他會死嗎？」老太太的目光中流露出一絲複雜的情緒。

「等我提取了足夠的量後，他的生死就與我無關了。」潘威狡點地眨了眨眼，快步走出了房間。

老太太愣了半天，來到病床前坐下，看著李曉偉，長嘆一聲，目光溫柔，幽幽然說道：「不管怎麼樣你都要記住，阿偉，這不是你的錯。我知道你

故事二　疼痛無聲

聽得到我說話，要怪，那就怪你的父親吧，一切都是他造成的，你的死，只不過是為他所做出的彌補罷了。父債子還，相信我，你仍然是個好孩子！」

李曉偉的眼角默默地滾落了一滴淚珠，他心裡頓時什麼都明白了。

「你不是一直都想知道自己的身世嗎？那我現在就告訴你吧，我怕以後就沒機會了，因為我馬上就要走了，晚上的飛機，遠遠地離開這個該死的城市。我答應過你父親，要把你養大，現在我也終於實現了我的諾言。你父親是誰，相信你已經知道了，你父親不止擁有你一個孩子，你還有個兄弟。老天有眼，我後來找到了他。那時候他都已經有了自己的愛人和孩子，我想，你父親也應該滿足了。沒錯，他就是你的病人潘威。你們兄弟倆都很聰明，就像你父親一樣，我把你送進了醫學院，你也很爭氣，成了一名醫生，而潘威修了電腦和醫學雙學位。我想，你父親還活著的話，肯定會為你們感到驕傲的。」

夕陽一點一滴地灑滿了整個房間，李曉偉靠在枕頭上，看著天花板，心裡也漸漸地平靜了下來。

「你相信一見鍾情嗎？」老太太陷入了回憶中，眼神閃過一絲亮光，「我見到你父親的時候，他已經結婚了。但是我知道他過得一點都不幸福，他妻子完全不懂他的心事，他真正需要的是一個能像我這樣全身心地陪在他身邊的女人，永遠都不離開他，包容他所有的一切並且不背叛他，因為只有這樣，他才能感覺自己是一個健全的人。你肯定會問我，知不知道你父親殺人？」說著，她輕輕一笑，「我當然知道，雖然我沒親眼見過，但是他都告訴我了，一樁樁一件件詳詳細細，在我見到你父親之前，總共有十條人命，我本應該成為那第 11 個的，但是他跟我說了，我之所以會活下來，那都是因為命中注定我和你父親有緣分，難道不是嗎？況且，只

第十五章　基因療法

有我才知道他為什麼會殺人，因為他的病，他根本就不知道什麼是痛，所以才會那麼孤獨，在他看來，不知道痛的人活著和死了並沒有什麼區別，他甚至想過就此結束自己的生命一了百了。我們第一次見面的時候，他正在用刀割他的手腕，血流了一地，但是你父親的臉上只有平靜。我救了他，幫他止血，他告訴我說還是第一次有人這麼對他，他很感動，跟我講了很多很多心裡的苦悶，我就對他說，只要他願意，我這輩子都是屬於他的。他後來跟我說，得上這個病的人，是活不長的，不過他已經算是幸運的了，因為除了不知道痛感以外，別的，他真的什麼都不缺，甚至還有兩個孩子。他跟我說過，最擔心的就是這兩個孩子會得上和他一樣的病，不過還好，你們倆都是隱性基因，但是你們的下一代，就不好說了。染色體變異成顯性基因的可能性非常大。後來，直到你弟弟的孩子出生，你父親當年最擔心的事終於成了事實。」一聲苦笑，她輕輕地搖了搖頭，感慨道，「真是世事無常啊，你說對不對，阿偉？我當初收養你，把你撫養成人，還有找到你的弟弟，現在看來，你的出生就是天注定為了治好那個小生命的病，你的付出是很有意義的。」

真的有意義嗎？先天性無痛症根本就是無藥可醫的啊！李曉偉憤怒地注視著她。

老太太剛要站起身，突然想起了什麼，略加思索後縈然一笑：「既然都說了，那我也不用瞞著了，你父親當年只殺了 10 個人，剩下的兩個，包括那個生下你的女人在內，都是我做的，不過你父親是知道的，他沒怪我，也沒就此離開我，處決前他是知道我會收養你們並且把你們好好養大的，所以，這應該算是一筆交易，他會扛下所有只求贖罪速死，我想就是為了保護你們兄弟倆吧。再說了，這 10 條命與 12 條命也真的不差什麼了。」

聽了這話，李曉偉的眼淚瞬間滑出了眼眶。

333

故事二　疼痛無聲

＊　＊　＊

　　刑警隊辦公室裡難得的熱鬧，章桐還沒推門就聽到了小孩的哭鬧聲。抬頭看見章桐站在門口的時候，文書陳波如釋重負般地長長鬆了口氣：「總算來了個會哄孩子的了，章主任，快幫幫忙，這孩子就像個小魔鬼！」

　　章桐一眼就認出來了，在陳波懷中折騰個不停的正是潘威那連走路都還不會的孩子。她走上前，伸手：「來，我抱。」陳波一臉的苦笑：「都鬧了半個多小時了，真慶幸我還沒結婚對象。」

　　「你老大呢？」

　　陳波伸手朝訊問室的方向一指：「在裡面很久了，不過貌似沒什麼進展，多虧章法醫妳來了，不然的話我可就真的慘透了。還尿了我一身，真倒楣，我又要去換衣服了。」

　　章桐卻好像沒聽到一樣，直接抱著孩子推門走進了訊問室，完全不顧童小川和盧強驚訝的目光，伸手一指自己懷中已經安靜下來的孩子，看著林玉芝，直截了當冷冷地說道：「無痛、無汗、長期發熱、智力發育遲緩、多發性骨折、關節囊鬆弛和免疫功能低下所引發的長期反覆感染，這些症狀都可以在你兒子身上找到，那麼，你現在還會堅持對我說你的兒子不是先天性無痛症顯性基因的攜帶者嗎？」

　　林玉芝目瞪口呆。而章桐懷中的孩子見到自己的母親後又變得煩躁不安了起來。

　　「你丈夫瘋了，認為攜帶相同基因的活人能夠治好你兒子的病，你知道那個人是他的親哥哥嗎？如果你再不說出他們的下落的話，李曉偉醫生如果死了，你也是共犯，這樣一來，你這輩子都別想再見到你的親生兒子了！」章桐仔細地打量了一下孩子的雙眼後，一字一頓地說道，「別怪我

第十五章　基因療法

沒及時提醒妳，你兒子的眼睛快失明了，這是嚴重的併發症！」

瞬間，林玉芝心中最後一道防線被徹底擊潰了，她不由得嚎啕大哭了起來：「我說，我說，我全都告訴你們。求求你們救救我的孩子！」

章桐卻只是把孩子塞到童小川的懷裡，然後便頭也不回地離開了訊問室。

* * *

一陣劇痛襲來，李曉偉忍不住叫出了聲，突然，他的心中一陣狂喜。是的，這不是幻覺，他能夠聽到自己的聲音了，儘管非常微弱！也就是說藥力正在逐漸散去，他試著動了動自己的腳趾，果然，輕微地轉動，有些麻木，但是他分明已經感覺到了。

李曉偉很清楚，因為長時間使用麻醉劑，他的身體已經對這種藥物產生了一定的耐藥性，原先的那些劑量將會漸漸地失去作用。記得以前聽同事說起過有些病人明明注射了麻醉劑，但是在手術過程中還是會醒來，現在看來，這樣的奇蹟正在自己的身上發生！

在潘威給自己再次注射麻醉藥物之前必須趕緊離開這個鬼地方！腦海中閃過這個名字的時候，李曉偉有一種說不出的厭惡。竟然把一個活人當作小白鼠，李曉偉忍無可忍，他一咬牙，強忍著頭暈和虛弱從床上坐了起來，用力拔掉手上的監測儀的時候，他的目光落在了身旁桌上那把異常鋒利閃著寒光的水果刀上。

一把鋒利的小刀對於一個精通全身血管分布的全科醫生來說，不亞於一把救命的防身武器。

天知道潘威究竟是怎麼活過來的，還有那個死了的人到底是誰？腦子裡亂成了一鍋粥。此刻，李曉偉心裡只有一個念頭，那就是想盡辦法趕緊

故事二　疼痛無聲

離開這個鬼地方！

＊　＊　＊

童小川和盧強走出訊問室的時候，已經是晚上十點多鐘了，盧強迅速帶人離開了，而孩子則趴在童小川的肩頭早就沉沉地進入了夢鄉。章桐一直沒有走，她雙手抱著手臂靠在牆上看著童小川：「童隊，你打算放林玉芝走嗎？」

童小川搖搖頭：「保護性拘留，可以48小時。」

「看來你這是擺明了要把潘威逼得狗急跳牆了。」

童小川苦笑：「就怕他不上當。盧強帶人去搜了，按照林玉芝提供的線索，應該會有收穫。只是潘威這混蛋上不上鉤就不知道了。」

「他會的，」章桐的目光停留在孩子的臉上，若有所思地說道，「這是他的一切，為了這孩子，我相信他可以做任何事。他會出現的。」

「章法醫，妳說潘威那傢伙有什麼好，這孩子的母親竟然會對他如此死心塌地，一條道走到黑都不帶回頭的。」

章桐若有所思：「感情這東西我也不是很懂。」

「不過說實話，這麼看起來潘威這人還真是挺讓人頭痛的呢，李曉偉醫生倒是不錯，很正派。真難以相信他們倆居然是親兄弟。」童小川長嘆一聲，「真是林子大了什麼鳥都有。」

「確切地說應該是異卵雙胞胎，長相都不會太相像，而且這種雙胞胎長大後在基因上會表現出顯著的差異，分開的時間越長，接觸的環境不一樣，所產生的差異就越大。」說著，章桐伸手拉開了走廊的玻璃門，一股微寒的夜風迎面而來，兩人一起慢慢向樓下走去。

第十五章　基因療法

「DNA不就只是決定人的外表長相嗎？」童小川好奇地問道，孩子依舊趴在他肩膀上呼呼大睡，而往日裡脾氣暴躁猶如一列火車的童小川也似乎變得溫柔了許多。

章桐微微一笑：「不，DNA很複雜，所包含的資訊量巨大。打個比方吧，它就像一臺忠實的紀錄儀，把你一生中所經歷過的事情，包括你的想法、你的喜怒哀樂、你的習慣愛好、你所遭受的病痛以及你的外表，所有的一切都打包重新編碼然後傳給你的下一代。」

「那，章主任，如果父親在世時是殘忍的連環殺人犯的話，他的孩子也會遺傳到暴力基因嗎？」童小川冷不丁地問道。

聽了這話，章桐雙眉緊鎖，半天才緩緩地點點頭：「男孩體內的單胺氧化酶基因，也就是MAOA基因，據說就是從父親或者母親那邊所遺傳的暴力基因。如果這類基因在體內發生變異的話，就會有更多的暴力傾向。不過這些都還只是理論，真正的，誰都說不清。」

說著，她抬頭看著童小川：「我不明白的是，為什麼潘威要拔走人的牙齒？還有，另外那個人到底是誰？那個王勇的僱主真的就是方老太太或者潘威嗎？方老太太和潘威之間究竟是什麼關係？」

童小川呆呆地看著章桐，半晌，壓低嗓門笑了起來：「章法醫，我看妳可以改行來我們刑警隊了。」

突然，章桐轉身就跑：「我或許有辦法知道王勇生前最後一刻到底去過哪裡了，或許李曉偉醫生被困在那裡也說不定，等下我給你電話。」童小川一怔，看著章桐匆匆離去的背影，良久，由衷地點點頭：「張局說的沒錯，這一行裡妳是最棒的！」

法醫解剖室，章桐一邊穿上一次性手術服，一邊招呼小潘把王勇的屍

故事二　疼痛無聲

體拉了出來，抬到中間最大的解剖臺上。她打開最亮的頂燈，然後拉開蓋在屍體身上的白布單。

「你還記得嗎，當初解剖的時候我曾問起你在他右手臂上端5公分處的那塊疑似剮蹭的東西是什麼？」

小潘點點頭：「我放大了十倍，化驗結果是聚乙烯。」

「沒錯，聚乙烯。」章桐臉上露出了興奮的神情，「聚乙烯可以用來做什麼？」

「根據密度的不同，分別用於工程塑膠、唱片、管材和電線外部包裹……」小潘隱約感覺到了什麼，不由得苦笑，「章姐，難道說妳有發現？可是這個剮蹭長度才3公釐多一點啊，我除非變成孫猴子才有戲。」

「你換個角度考慮一下！」章桐眨了眨眼睛，「用我們的分光光度計啊，昨天才到貨的那個！不同的物質有不同的選擇吸收，也就有不同的吸收光譜，我教過你怎麼用了，還記得嗎？把它放在要檢驗的色物質上，然後按下按鈕就行。」

小潘笑了：「章姐，我就知道什麼都難不倒妳！」

章桐卻嘆了口氣：「要是早一點買或許早就已經抓住那個混蛋了。」

很快，連線的電腦發出了滴滴聲，報告隨即列印了出來。

「含有蛋白質和澱粉的成分？麵粉廠的包裝袋？難道說在一家麵粉廠裡？」小潘看著報告奇怪地問道。

「林玉芝在上官弄的住處前有一家規模不是很大的麵粉廠，我記得第一次和李醫生去的時候就看見過，沒多少人，但是裡面有開工！快，通知刑警隊！馬上救人！」說著，章桐脫掉工作服就往外面走。

「章姐，妳去哪裡？」小潘急了，「妳可不要一個人去，太危險！妳要

第十五章　基因療法

等後援！」話音未落，人影卻早就已經消失了。

　　陰暗的樓道，搖搖晃晃的頂燈，李曉偉感覺眼前發黑、雙腳發軟，他不得不強打起精神向前一步步地挪動著，幾天的不吃不喝全都靠著點滴維持著自己的生命，如果不是以前經常鍛鍊身體，自己根本就撐不下去。

　　或許是沒有料想到他會突然醒過來，房門並沒有被鎖住，李曉偉順利地走出了樓道，推開底層大門的那一刻，身後二樓的某個房間裡傳來了一聲絕望的怒吼：「不！他們不能扣留我的孩子！」

　　李曉偉的心頓時懸到了嗓子眼，他知道，距離被潘威發現自己逃跑的時間已經越來越近了，他必須盡可能地跑出大門去，只要有人看見自己，就有救了。

　　屋外一片漆黑，伸手不見五指。李曉偉跌跌撞撞地向前摸索著，終於到了一扇鐵門邊，外面隱約有大卡車開過的聲音，相信只要再打開這扇門，自己倖存的希望就變得大了許多。他顫抖著雙手去扒拉門上的滑鎖。

　　「咔嗒。」滑鎖被打開了，好順利！李曉偉不由得暗自慶幸，可是轉念一想，他又感到惴惴不安起來，因為一切都太順利了，簡直就像開自己家的門一樣順手。

　　就在這時，黑暗中有人猛地從背後抓住李曉偉的衣服，用力把他拖了過去。李曉偉還來不及反應，一把明晃晃的刀子就架在了他的脖子上，院子裡的燈也瞬間被打開了。

　　熟悉的笑容，潘威的臉上只是多了一絲小小的驚訝：「不錯嘛，李醫生，你居然能自己跑出來，麻醉劑對你都不管用了。」李曉偉渾身僵硬，太陽穴痛得炸了一般，他用盡全力大聲問道：「你到底想做什麼？我警告你，殺人可是犯法的！」

故事二　疼痛無聲

　　潘威哈哈大笑，甩手就給虛弱不堪的李曉偉狠狠一巴掌，使得他連退好幾步，最後癱坐在堅硬的水泥地面上。潘威神情誇張地說道：「你看見我殺人了？我殺人了嗎？我很好奇你到底是哪隻眼睛看見我殺人的？」

　　李曉偉突然呆呆地看著潘威，半天才皺眉喃喃說道：「原來你沒有病，你根本就沒有病！」

　　「病？你才有病呢！我好得很！整整一年了，我一直都不敢確定是你，直到那個貪財的傢伙說出了你的一切，我才終於下定了決心。」燈光下，潘威的臉因為太過於激動而顯得有些扭曲變形，他緩緩蹲了下來，雙眼死死地盯著李曉偉，「你是醫生，你在學校的時候是全科第一名。你所有的一切我都知道，你的社交網站、你的所有朋友圈，哪怕你對那個女法醫的愛慕，儘管你刻意掩飾，刻意做到低調，但是我也都瞭如指掌，只要我願意，隨時隨地都可以取代你。」

　　李曉偉恍然大悟：「天吶，難怪章桐經手的案子你會這麼清楚，我怎麼就偏偏忘了你是一個網路工程師！你計劃這件事情到底有多久了？」

　　「從我知道你上了醫學院開始。」潘威輕描淡寫地說道，他伸出手，手中是塊潔白的手帕，「擦擦吧，你嘴角流血了。」

　　「為什麼？你應該也是受過專門的醫學訓練的，為什麼你卻要害人！你為什麼不走正道！」李曉偉憤怒地看著他。

　　「走正道？這個世界上居然還有正道邪道一說，哈哈哈！真愚蠢！」潘威放肆地仰天大笑起來，笑聲戛然而止，他的臉突然陰沉下來，「收養我的父親是個什麼東西，你不是不知道。而你就不一樣了，那個女人對你真好，就像自己親生的一樣。我看你別身在福中不知福。」

　　「你早就認識奶奶了？」李曉偉突然感到自己的後脊梁骨直冒寒氣。

第十五章　基因療法

「奶奶？」潘威愣了一下，隨即得意地笑了起來，「你知道她的真實年齡嗎？哈哈，原來這麼多年你都被矇在鼓裡，不過這女人也太會演戲了。」潘威得意地笑了起來。

回想起下午奶奶臨走時說的那番話，李曉偉的心頓時懸到了嗓子眼：「難道她所說的都是真的？」

潘威的目光中滿是輕蔑：「你被一個殺人犯養大，就別裝清純了！」

李曉偉呆住了。

「你真的好可憐。」潘威搖搖頭，目露同情，「我相信黃曉月這個名字你一定很熟悉吧？為了得到我們的父親，她把黃曉月殺了，裝在塑膠袋裡不知道丟到哪個倉庫裡去了。女人啊，狠心的時候可是比我們男人要厲害得多呢，那句話怎麼說的來著，最毒婦人心！」說著，他長嘆一聲，「只是可憐父親，兩條人命，居然替她背黑鍋。」

李曉偉驚得目瞪口呆，沒錯，那張相片，記憶中自己第一次看到的時候，奶奶就是拿著它坐在窗口……

「那個頭顱，還有她提到的第二個死者，是誰？」李曉偉顫抖著嘴唇問道。

「鳩占鵲巢，這個成語我相信你並不陌生吧？她因為和趙家瑞案件專案組的一個女警察長得很像，而那個女警察不僅是孤兒還是單身，就讓她替自己死了吧。警察的退休金可是很高的哦。」潘威笑笑，「話說回來，我真是佩服得五體投地，這麼一個殺人犯把你養大，你居然還成了一個所謂的正派人士，我算是徹底服了！真要說誰厲害，我看她才是真正的厲害呢！」

「她……她去哪裡了？我要去報案！」李曉偉喃喃自語。

「早就走了，下午的飛機，我看你就死心吧！」李曉偉剛要開口，潘

故事二　疼痛無聲

　　威卻再也沒心思和他浪費時間了，只是一把拖起毫無反抗能力的李曉偉，「走，還差最後一次，我一定要完成它，不然量不夠的！」

　　「你到底想做什麼？你想對我做什麼？」李曉偉無力地掙扎著，卻還是被潘威拖進了二樓的房間裡，重新丟回到了床上，床邊的托盤上，一支骨髓針筒早就準備好了。

　　「基因療法，你明白嗎？基因療法，我說過，我一定要找到一種能徹底治好我兒子病的方法，現在我找到了。」提起自己的兒子，潘威瞬間變得異常興奮了起來。

　　「你這混蛋，過量抽取中樞神經系統中的腦脊液，我會癱瘓的！」李曉偉怒吼道，聲音卻虛弱不堪。

　　「放心吧，我不會殺了你的，我檢查過，你的基因是可以治好我兒子的先天性無痛症的。基因療法的原理我相信你應該不用我過多解釋了吧？至於說你有什麼樣的後果，就與我無關了。」潘威信心十足地挽起了袖子，笑咪咪地看著李曉偉，「你存在的價值就是為了這個使命，你明白嗎？好了，還有什麼問題要問我嗎，我親愛的哥哥？」

　　「當然有，你為什麼要針對章桐？她和我們一點關係都沒有，你為什麼要毀了她，誣陷她是兇手？」李曉偉知道自己必須拖延時間，他相信警方肯定會來救自己。

　　「如果沒有她的父親，我們的父親肯定還活得好好的。」潘威一陣冷笑，「不過我對她沒興趣，我只是想讓她知道，她必須替自己父親的所作所為付出代價！」

　　說到這裡，潘威輕輕嘆了口氣，隨即伸手拿起針筒，一步步向李曉偉走來，「開始吧，我就差10毫升就能夠完工了！」

第十五章　基因療法

　　一個黑影突然衝進了房間，李曉偉眼前一花，耳邊就傳來了扭打的聲音、玻璃碎裂的聲音，很快，聲音消失了，章桐冷冷地說道：「潘威，我建議你不要亂動，警察馬上就到，如果你變換姿勢的話，哪怕只是挪動1公分的距離，肱動脈每分鐘三千毫升的出血量就會徹底要了你的命，所以你老老實實躺著才是最明智的！不為別人，為了你那寶貝兒子你都得活著，懂嗎？」聽了這話，潘威的目光中流露出絕望與痛苦，他重重地嘆了口氣。

　　遠處，警笛聲響起。

　　章桐長長地出了口氣，轉身面對李曉偉，柔聲說道：「很抱歉，我來晚了。」李曉偉卻已經暈了過去。

＊　＊　＊

　　窗外陽光燦爛。李曉偉睜開雙眼的時候，正好看到站在窗口的章桐的背影。「謝謝妳救了我，章法醫。」李曉偉感激地說道。

　　「放心吧，潘威不會殺了你，只不過是利用你幫他兒子治病罷了。」章桐輕輕嘆了口氣，轉身靠在飄窗臺上，眉宇之間充滿了疲憊。

　　李曉偉不由得苦笑：「我也是學醫的，章法醫，妳不用哄我開心，我都懂。在他眼裡，我和一隻小白鼠沒啥區別。」

　　「他和你是兄弟，這是無法改變的事實，我相信到最後一刻，他是會良心發現的。」話雖這麼說，但是章桐知道，自己的話聽上去是軟弱無力的。

　　「不過還是謝謝妳。」李曉偉咬著嘴唇啞聲說道，「不管怎麼說，都要感謝妳，如果沒有妳的話，我都不知道我是不是還活著。對了，那孩子，林玉芝和潘威的孩子，有救嗎？」

故事二　疼痛無聲

　　章桐苦笑：「先天性無痛症是沒有救的，至少目前是這樣，再過十年二十年的話，我就不知道了。林玉芝帶著孩子離開了，她說了，會好好把孩子養大，會盡力讓他活著的日子每一天都快快樂樂。我相信她會做到。」

　　「那，潘威呢？我想去看看他。」李曉偉忐忑不安地說道，畢竟是自己的親兄弟。

　　「過幾天吧，童隊會派人來接你去看守所。」

　　「那個，章法醫，王勇是不是潘威殺的？」想起那個只為了錢不惜一切的小私家偵探，李曉偉的心裡突然有了一種說不出的憐憫。

　　「不，他死在季慶雲的手裡，潘威全都說了，她之所以要拔光王勇的牙齒，也只不過是想混淆我們的視線。」

　　「她為什麼要殺了他？」李曉偉的好奇心又一次被激發了。

　　章桐想了想，輕輕嘆了口氣：「好吧，我都告訴你。王勇確實很聰明，他發現了季慶雲的祕密，並且找到了季慶雲進行敲詐，拿到了錢，自然也就丟了命。」

　　說著，章桐長長地出了一口氣，雙手插在口袋裡，輕輕一笑，「你也別想太多了，我們會抓住她的。好了，我該走了，過兩天再來看你。你好好休息，再見！」

　　李曉偉一愣，隨即臉上露出笑容，用力地點點頭。

　　　　　　　　　　＊　＊　＊

　　走出住院大樓，迎面吹來一陣刺骨的寒風，冬天了啊！章桐抬頭看看天空，微微一笑便伸手拉開了越野車的車門。童小川坐在駕駛座上，他一

第十五章　基因療法

邊轉動方向盤把車開出第一醫院的大門，一邊笑咪咪地問道：「李醫生恢復得怎麼樣了？」

「他身體本就不差，所以會比一般人恢復得快一點。」章桐目光注視著車窗外的行人。

「真可惜，這一次沒有能夠抓住季慶雲，她溜得太快了。」童小川憤憤然說道，「真沒想到她居然會死心塌地地為趙家瑞這個殺人犯做事，還不惜為他殺人！」

「我記得在心理學上有一種說法，就是被綁架的人反過來愛上了綁架她的人，並且甘願為他做任何事，我想，季慶雲應該是愛上了趙家瑞吧。」章桐重重地嘆了口氣，稍稍活動了下有些發酸的肩膀。

「而只有找到這個女人，方淑華和黃曉月被害案才能結案。」

童小川突然想到了什麼，看了章桐一眼：「我說，章法醫，妳的副手小潘，很厲害啊，是不是偵探小說看多了？」

章桐撲哧一笑，搖搖頭：「你是說駭客那件事？他啊，是個偵探迷，腦子確實很聰明，也善於分析，說實話他跟著我，確實是屈才了。我以前也提過很多次，讓他自己主事或者推薦他去本部，但是他拒絕了，說不會離開法醫處。」

「案子破了，我也輕鬆了許多。」童小川說道，「對了，妳知道嗎，網監大隊把旅館和體育中心的電腦硬碟全都掃了一遍，真的是被駭客入侵了，徹底洗掉了案發當晚的監控資料，於是呢，屍體也就詭異地從天而降了。也真是的，這個潘威明擺著就是個天才，精通電腦和生物工程醫學，我就是不懂他為什麼不好好地享受自己的人生呢？」

聽了這話，章桐不由得陷入了沉思，她真的沒辦法回答這個問題，就

故事二　疼痛無聲

像小潘所說的那樣，死人的心事是很容易讀懂的，但是活人的心，卻如同霧裡看花。章桐知道，自己這輩子都無法真正看懂一個活人的內心！

＊　＊　＊

一個月後，在童小川的幫助下，李曉偉終於又一次和自己的同胞兄弟潘威在探視房間裡見面了。在等待獄警把潘威帶來的時候，李曉偉把隨身帶來的公文包放在了桌角的地板上。

房間並不大，50 平方公尺左右，給人的感覺卻很空曠，水泥地面，白色的瓷磚牆，靠牆的上方是房間裡的照明來源——一個普通的白色燈管。房間裡的擺設就只有一張固定在地面上的沉重的桌子和隔著桌子擺放的兩張同樣固定住的鐵椅子。就像潘威和李曉偉，一奶同胞的手足，卻永遠都無法走上相同的人生軌跡。每次想起，李曉偉的心中就都會有一種隱隱的刺痛，沒錯，該是做個了斷的時候了。

一進房間，潘威就輕蔑地注視著李曉偉：「來看我笑話，對嗎？」李曉偉搖搖頭：「不，我來看你有三個目的。」

「說說看，我很有興趣。」潘威蹺著二郎腿，悠閒地伸了個懶腰，「在這裡的日子過得無聊得很呢。」

李曉偉微微一笑，沒有生氣，他知道看似若無其事的潘威其實只是想徹底把自己激怒罷了，所以他絕對不能給對方如願的機會，便只是輕輕搖搖頭：「第一，因為我們是兄弟，所以我來看你，不過僅此一次，以後我相信不會再有人來看你，你將孤獨地死去。不過你放心，我會替你收屍，因為我畢竟是你的兄弟。」

果然，潘威臉上的笑容變得僵硬了，他最害怕「孤獨」兩個字，但他只是下意識地咬了咬嘴唇，然後強裝鎮定，不動聲色地看著李曉偉。

第十五章　基因療法

「第二，你想知道當年趙家瑞父親的屍體上為什麼會沒有牙齒嗎？」李曉偉輕輕點點頭，然後從容地繼續說道，「讓我來告訴你為什麼吧，因為呢，當時趙家瑞母親的老家有個古老的傳說，那就是拔光一個人的牙齒能讓他乖乖下地獄，所以，你會很失望，因為真相是這個世界上根本就不存在什麼牙仙，而正因為恨透了自己丈夫的殘忍家暴，也為了不讓他再繼續傷害自己的孩子，所以，本性善良的她最終選擇親手殺死了自己的丈夫，然後一顆一顆用心地拔光了他的牙齒……」

「你胡說！」潘威崩潰了，他猛地跳了起來，雙手用力拍在桌面上，死死地瞪著李曉偉，「你胡說！」

李曉偉雙手抱著手臂，上下打量著對方，無奈地嘆了口氣：「我沒有胡說，趙家瑞的母親叫李月，是個傳統的女性，沒有上過一天學，是個純樸的農村婦女。」

「她……她不是失蹤了嗎？」潘威呆呆地坐回到了椅子上，目光茫然。

李曉偉苦笑道：「她回老家鄉下後跳河自殺了，不過因為當時交通不便和資訊閉塞，再加上家裡人因為家醜不願意外揚，所以就草草地安葬了事，也沒有報死亡。後來是她兒時的閨密在臨死前把這個祕密說了出來，你現在要聽她的錄音嗎？」說著，他彎腰拿起了自己的公文包，從裡面掏出了一個小型錄音機，然後輕輕放在了桌面上，按下播放鍵。

時間緩慢地向前移動著，老人的嗓音雖然沙啞，講述的東西卻聽得一清二楚。潘威不由得愣住了，他驚愕地張大了嘴，半天都沒有回過神來。李曉偉關掉錄音機，無奈地說道：「我知道你很失望，潘威，因為牙仙的存在是你唯一的夢想和寄託，但是事實證明這只是一個傳說而已。」

一滴眼淚無聲地滾落下來，潘威臉上驕傲的神情徹底消失了，目光也

故事二　疼痛無聲

落到了桌面上，喃喃地說道：「那第三呢？」

李曉偉卻並不急著回答這個問題，只是認真地看著潘威的眼睛，半响，微微皺眉：「我剛開始的時候實在是無法理解你這麼一個冷血的殺手，為什麼會那麼愛自己的兒子，甚至為了挽救他的生命而不惜犧牲自己的手足。現在看來真正的原因其實是在你的腦海中，他歸根結柢也只不過是你的替代品而已，就像你殺害的那些無辜的人一樣，都只是你的一次次實驗，你用人的生命進行實驗來達到你拯救自己的真正目的，對嗎？如果你兒子的病情能夠得到緩解的話，那麼你就可以理所當然地在自己身上實施相同的治療方案了，這也是為什麼你根本就不打算讓我繼續活下去的原因，因為在你眼中，這個世界上就只有你自己才是最重要的。」

潘威笑了：「你的想像力真豐富！」

「不，我該說你的想像力豐富才對，難道不是嗎？你身邊的所有人都是為了你而存在，就像收養你的父親和你哥哥潘軍，他們的生與死無足輕重，極度自戀的你是典型的反社會型人格障礙，而不是妄想症。所以我只能說，對你，在過去的一年時間裡，我是真的看走眼了。」李曉偉長嘆一聲，感到了深深的絕望。

一陣清脆的掌聲打破了房間裡的寂靜，潘威微微一笑，眉宇間甚是得意：「不錯不錯，李醫生，顯然你還是挺聰明的，這麼快就看出來了，而且還很有敬業精神嘛。你以後還會來看我嗎？」

李曉偉果斷地搖頭。

走出探視室，李曉偉抬頭看到等在門口的童小川，便尷尬地清了清嗓子迎了上去：「真抱歉，讓你等了這麼久。」

「說什麼話呢，我們章法醫親自囑咐的事，我是肯定要做到的。怎麼

第十五章　基因療法

樣，順利嗎？」童小川掐滅了手中的菸頭，順手把它丟進了垃圾桶。兩人並肩慢慢向外走去。

李曉偉苦笑一聲：「還行吧。」

童小川伸手拉開車門：「怎麼樣，我現在送尊敬的李醫生去哪裡？」

李曉偉無奈地長嘆一聲，彎腰上車坐在副駕駛座上，神情尷尬：「回學院宿舍吧，這地方我再也不想來了。」

童小川瞥了他一眼，笑了：「放下就好。」

＊　＊　＊

半年後，隔壁市傳來消息，網路上追逃的殺人嫌犯季慶雲落網。

食堂裡，童小川問面對面坐著的章桐：「這個季慶雲與方淑華年齡相差那麼大，為什麼李醫生居然沒看出來，還管她叫『奶奶』？叫『阿姨』還差不多。」

章桐放下筷子，想了想，認真地點點頭：「從女人的直覺角度來講，我們亞洲人對於女性的年齡判斷很容易被頭髮的顏色誤導，如果你再突出一下自己的動作姿態，年長幾歲完全沒問題，更何況與方淑華親近的人基本都已經過世了，這才被季慶雲鑽了空子。至於說『奶奶』，被稱呼的一方並不一定非得要七老八十，我樓下的鄰居才48歲，就被人家這麼稱呼了，因為輩分在那裡放著，人聽上去也覺得親切，你說是不是？」

童小川聽了，尷尬地清了清嗓子，不再說話了。

法醫追凶——最後一個名字：
找出真相才能送好友「回家」，法醫從業者的半寫實懸疑小說

作　　　者：	戴西
責 任 編 輯：	高惠娟
發 　行 　人：	黃振庭
出　版　者：	崧燁文化事業有限公司
發　行　者：	崧燁文化事業有限公司
E - m a i l：	sonbookservice@gmail.com
粉　絲　頁：	https://www.facebook.com/sonbookss/
網　　　址：	https://sonbook.net/
地　　　址：	台北市中正區重慶南路一段61號8樓

8F., No.61, Sec. 1, Chongqing S. Rd., Zhongzheng Dist., Taipei City 100, Taiwan

電　　　話：	(02)2370-3310
傳　　　真：	(02)2388-1990
印　　　刷：	京峯數位服務有限公司
律師顧問：	廣華律師事務所 張珮琦律師

-版權聲明-

本書版權為樂律文化所有授權崧燁文化事業有限公司獨家發行電子書及紙本書。若有其他相關權利及授權需求請與本公司聯繫。
未經書面許可，不得複製、發行。

定　　　價：450 元
發行日期：2024 年 09 月第一版
◎本書以 POD 印製
Design Assets from Freepik.com

國家圖書館出版品預行編目資料

法醫追凶——最後一個名字：找出真相才能送好友「回家」，法醫從業者的半寫實懸疑小說 / 戴西 著 .-- 第一版 . -- 臺北市：崧燁文化事業有限公司 , 2024.09
面；　公分
POD 版
ISBN 978-626-394-848-8(平裝)
857.81　113013074

電子書購買

爽讀 APP

臉書